기묘한 이야기

최초의 의심

기묘한 이야기

최초의 의심

그웬다 본드 장편소설
권도희 옮김

STRANGER THINGS

SUSPICIOUS MINDS

용감하게 싸우며 영감을 주는 모든 엄마들,

특히 나의 엄마에게

차례

• 일러두기
본문에서 괄호 안의 설명은 모두 옮긴이주이다.

프롤로그

1969년 7월
인디애나주 호킨스
호킨스 국립연구소

✛

　먼지 한 점 묻지 않은 검정색 차에 탄 남자는 인디애나 주립도로를 달리다가 '제한 구역'이라고 적힌 표지판 옆 철조망 앞에서 속도를 줄였다. 그곳을 지키던 경비원이 차 안을 힐끔 들여다보고 나서 번호판을 확인하더니 손을 흔들어 차를 통과시켜주었다.

　연구소에서는 남자가 온다는 것을 알고 있었다. 그들은, 남자가 이곳에서 하게 될 새로운 일을 위해 미리 전달한 지시 사항과 세부 사항을 이행하고 있을 터였다.

　다음 초소에 도착한 남자는 차창을 내리고 경비를 선 군인에게 신분증을 내밀었다. 군인은 남자의 신분증을 자세히 살피면서도 그와 눈을 마주치는 것을 피했다. 사람들은 종종 그랬다.

　남자는 새로운 사람을 처음 대면할 때만 관심을 가졌다. 그들을 성별, 신장, 체중, 인종, 지능지수, 가장 중요한 잠재력 등의 항목으로 나눠 머릿속으로 빠르게 평가했다. 사람들은 대체로 마지막 항목에는 관심을 두지 않았지만 그는 결코 그냥 넘어가는 법이 없었다. 사람을 보고 평가하는 것은 그의 제2의 천성이자 직업상 중요한 요소였다. 대부분의 사람들은 그의 흥미를 끌지 못했다. 하지만 그의 주의를 끄는 사람들……. 그가 여기에 온 건 바로 그들 때문이었다.

군인은 평가를 내리기 쉬운 상대였다.

남성, 173센티미터, 82킬로그램, 백인, 평균 지능. 잠재력은, 한 번도 사용한 적 없는 무기를 찬 채 초소에 앉아 방문자들의 신분증을 확인하는 능력 정도.

"어서 오십시오, 마틴 브레너 씨."

군인이 눈을 가늘게 뜨고 남자와 신분증을 번갈아 쳐다보며 인사를 건넸다.

재미있는 것은, 그 신분증에는 브레너가 자기 자신을 밖에서 보게 된다면 알고 싶었을 정보의 일부가 담겨 있다는 점이었다. 자신이 정한 기준에 따르자면 그는 남성, 185센티미터, 88킬로그램, 백인, 천재 수준의 지능, 잠재력 무한대였다.

"오신다는 말씀 들었습니다."

군인이 덧붙였다.

"브레너 박사라고 불러주시오."

브레너가 군인을 물끄러미 바라보며 호칭을 정정했다.

군인은 여전히 남자와 눈이 마주치지 않도록 조심하며 뒷좌석에서 몸을 웅크리고 잠들어 있는 에이트(Eight)를 힐끗 쳐다보았다. 다섯 살인 에이트는 주먹 쥔 양손을 작은 턱에 받치고 깊이 잠들어 있었다. 브레너는 실험대상자인 아이를 연구소로 옮길 때면 늘 직접 차를 운전해 데려왔다.

"브레너 박사님, 저 아이는 누구죠? 따님입니까?"

브레너는 질문에 답할 필요성을 느끼지 못했다. 그의 피부색은 창백한 우유 빛깔인데 에이트는 짙은 갈색이었다. 다만 현재 그가 아이의 아버지 역할을 대행하고 있으니 군인의 말이 완전히 틀린 것은 아니었다.

"이제 들어가봐야겠소. 사람들이 내가 오길 기다리고 있을 거요."

브레너가 다시 군인을 쳐다보더니 차분한 어조로 말을 이었다.

"이곳에서는 기밀유지가 중요하니, 다른 실험대상자들이 올 때는 질문을 삼가도록 해요."

머쓱해진 군인은 입을 꾹 다물고 건물 쪽으로 시선을 돌렸다.

"잘 알겠습니다."

브레너는 차를 몰고 안으로 들어갔다.

연구소에 대한 연방 관료 체제의 시각은 고루했다. 정부는 이 시설을 운영하는 데 필요한 제반 경비를 대주지만 연구에 쓰이는 비용은 보다 은밀한 부서에서 나왔다. 브레너가 지휘하는 연구는 일급기밀이어서 드러내놓고 할 수가 없었다. CIA는 정부의 표준 관리 규정을 그대로 따를 수 없는 연구라는 사실을 인정해주었다. 소비에트연방이었다면 이 연구소를 정부 차원에서 공식적으로 인정해주었을지도 모른다. 그 대신 반대 의견을 철저하게 억압했겠지만. 지금 이 순간 공산주의 과학자들도 이 건물에서 이루어지는 것과 똑같은 실험을 하고 있을 공산이 컸다. 이것이 미합중국 정부가 그의 연구를 최우선적으로 존속시킨 배경이었다. 그들은 이미 미래를 위한 전쟁을 시작한 상태였다.

브레너가 차에서 내려 문 앞에 설 때까지 에이트는 잠을 깨지 않았다. 그는 천천히 차 문을 연 뒤 아이가 주차장 바닥으로 떨어지지 않게 등을 받쳤다. 그는 이곳까지 안전하게 이동하기 위해 아이에게 진정제를 먹였다. 이 아이는 다른 사람에게 맡기기엔 너무나 중요한 자산이었다. 이제껏 다른 실험대상자들의 능력은 아주 실망스러운 수준으로 밝혀졌다.

"에이트."

브레너가 몸을 숙이고, 아이의 어깨를 부드럽게 흔들었다.

아이는 여전히 눈을 감은 채 중얼거렸다.

"에이트가 아니라 칼리예요."

아이는 계속 자신의 진짜 이름인 칼리로 불러주길 원했다.

"이제 집에 왔으니까 일어나."

집이라는 말을 듣자마자 굳게 닫혀 있던 아이의 눈이 떠졌다.

"칼리, 네가 앞으로 지낼 새 집이야."

아이의 눈빛이 금세 어두워졌다.

"너도 여길 좋아하게 될 거야."

브레너는 아이를 차에서 내리게 한 다음 손을 내밀었다.

"이제부터 어른처럼 걷는 거야, 알았지?"

연구소 건물 정문 앞에서 실험복을 입은 남자들과 여자 한 명이 기다리고 있었다. 브레너의 연구를 도울 전문가들이었다. 그들의 얼굴에서 불안한 기색이 엿보였다.

바깥에서 많은 시간을 보낸 듯, 얼굴이 햇볕에 그을린 남자가 앞으로 걸어 나와 손을 내밀었다.

"리처드 모제스 박사입니다. 수석연구원 대행을 맡고 있습니다. 브레너 박사님이 연구소에 오시게 되었다는 말을 듣고 모두 흥분해 있습니다. 먼저 연구원들을 만나보시겠습니까?"

"나는 에이트가 아니라 칼리예요."

에이트가 졸음을 쫓으려고 애쓰며 말했다.

"먼저 이 아이가 머물 방으로 안내해주시죠. 그다음에는 실험대상자들을 만나볼 생각입니다."

브레너는 아이를 데리고 로비에서 떨어져 있는 보안설비를 갖춘 문을 향해 걸어갔다. 모제스 박사와 다른 연구원들이 허둥지둥 뒤따랐다. 모제스 박사가 인터컴 버저를 누른 뒤 이름을 댔다. 뒤따라온 연구원들과 직원들의 얼굴에 당황한 빛이 역력했다.

"실험대상자들은 아직 박사님을 만날 준비가 되어 있지 않습니다."

모제스 박사가 이중문을 밀며 말했다. 그가 칼리를 힐끗 쳐다보았다. 조금 전보다 정신이 든 아이는 낯선 환경에 곧바로 적응한 모양이었다.

문 뒤에 무장 군인 두 사람이 서 있었다. 적어도 보안만큼은 철저하다는 의미였다. 무장 군인이 모제스 박사의 출입증을 확인한 후 브레너에게도 출입증 제시를 요구했다.

"브레너 박사님은 아직 출입증이 나오지 않았어요."

모제스 박사가 서둘러 말했다.

"다음에 올 때는 준비하지. 나와 함께 온 실험대상자에 대한 서류 사본도 보내주겠소."

브레너가 에이트를 가리키며 말했다.

무장 군인은 가볍게 목례를 하더니 그들을 모두 통과시켜주었다.

"내가 연구소에 도착하는 즉시 실험대상자들을 만나보고 싶다고 전했을 텐데요."

"박사님, 실험대상자들 중 일부는 현재 환각 상태에 빠져 편집증 증세를 보이고 있습니다. 당장 만나보기에는 적절치 않아 보입니다."

모제스 박사가 말했다.

브레너가 한 손을 들어올렸다.

"그런 문제라면 상관없어요. 그런데 이 아이가 지낼 방은 어디죠?"

"이쪽으로 오시죠."

모제스 박사가 말하고는 유일한 여성 연구원에게 눈길을 주었다.

"팍스 박사, 아이에게 줄 음식을 가져오라고 해줘요."

팍스 박사는 굳이 자신을 지목해 그런 일을 시키자 표정이 굳었지만 고개를 끄덕이고 자리를 떠났다.

모제스 박사가 이층침대와 책상이 놓인 작은 방으로 브레너 박사와 에이트를 안내했다. 방에 들어선 브레너는 한결 마음이 놓였다. 그는 에이트를 안심시키기 위해 그 침대를 주문했고, 같이 있을 만한 적당한 친구도 찾고 있었다.

이층침대를 본 아이가 말했다.

"이 방에서 나랑 같이 지낼 친구도 있어요?"

"그래, 머지않아 친구가 생길 거야. 자, 이제 음식을 가져다줄 테니 먹고 나서 혼자 있을 수 있겠지?"

브레너의 말을 들은 아이가 고개를 끄덕였다. 아이는 어느새 낯선 곳에 왔다는 흥분이 가신 듯 침대 끝에 털썩 주저앉았다. 독한 진정제를 먹은 탓에 긴장이 풀려서일 수도 있었다.

브레너는 방을 나서다가 팍스 박사와 아이가 먹을 음식을 가져온 군인과 마주쳤다.

"아이를 혼자 있게 해도 괜찮겠습니까?"

모제스 박사가 물었다.

"지금은 괜찮아요."

브레너가 음식을 가져온 군인을 바라보며 말했다.

"보통 아이처럼 보이겠지만 저 애가 자넬 놀라게 할 수도 있어. 보안규정을 철저히 따라야 하네."

군인이 잠시 머뭇거리더니 고개를 끄덕였다.

"자, 이제 실험대상자들이 있는 방으로 가볼까요? 모제스 박사가 안내해주면 되니까 다른 연구원들은 각자 위치로 돌아가도 좋아요."

연구원들은 모제스 박사가 그 말에 동의하기를 기다렸다.

모제스 박사가 그들을 못마땅하게 쳐다보며 마지못해 말했다.

"브레너 박사님 말씀대로 하세요."

연구원들은 그 말이 끝나자마자 모두 자리를 떴다.

첫 번째 방 실험대상자는 내반족(발이 안쪽으로 휘는 병)이라 애초부터 실험에 부적합한 인물이었다. 그는 환각제에 취해 있었고, 그저 모든 면에서 평균적인 사람이었다.

브레너는 실험대상자들이 있는 다섯 개의 방을 더 둘러보았다. 그다지 특별할 게 없는 여자 두 명과 남자 세 명이 있을 뿐이었다.

"자, 이제 연구원들을 모두 한자리에 모아주세요."

브레너가 모제스 박사의 불안해하는 시선을 뒤로하고 먼저 회의실로 들어갔다. 얼마 지나지 않아 연구원들이 회의실 탁자 주위로 모여들었다.

브레너는 연구원들을 날카로운 눈초리로 둘러보며 말했다.

"오늘 본 실험대상자들은 모두 내보낼 겁니다. 사전에 약속했던 보수를 지불하고, 기밀유지각서에 서명한 보안 사항을 제대로 숙지하고 있는지 확인해보세요."

회의실 안은 조용했다. 연구원 하나가 손을 들었다.

"저는 채드라고 합니다. 그동안 진행해왔던 실험은 어떻게 되죠? 왜 실험대상자들을 모두 내보내려고 하는 겁니까?"

"채드 연구원이 방금 '왜'라고 질문했죠? 그런 질문이 과학을 발전시켜왔습니다. 우리가 이곳에서 해야 할 일이 무엇인지 이해하는 건 대단히 중요합니다. 혹시 우리가 무엇을 위해 일하는지 짐작하는 사람 있습니까?"

연구원들은 서로 눈치만 볼 뿐 입을 꾹 다물었다. 그들은 모두 팍스 박사라면 뭔가 말을 할지도 모른다고 기대했지만 그녀 역시 양손을 가지런히 모으고 서 있을 뿐이었다.

"좋아요. 어림짐작 같은 건 접어둡시다. 우리는 인간의 능력을 무한히 향상시키기 위해 이 자리에 모였습니다. 내가 원하는 건 평범한 인간들이 아닙니다. 그런 사람들은 우리에게 특별한 결과를 가져다줄 수 없으니까요."

브레너는 회의실에 모인 연구원들을 둘러보았다. 모두들 정신을 집중하고 있었다.

"내가 이 연구소에 온 이유는 여러분들이 내놓은 실험 결과가 목표에 전혀 근접하지 못했기 때문입니다. 애초부터 실험대상자로 부적합한 사람들을 선택한 탓일 수도 있겠죠. 그간 이 연구소에 실험대상자로 선발되었던 죄수들이나 정신질환자들이 연구원들을 속였을 수도 있을 테고요. 병역기피자나 마약중독자도 마찬가지입니다. 이제 새로운 실험대상자가 몇 명 더 이곳으로 올 겁니다. 젊은 사람들이죠. 환각제와 적절한 유인책이 우리가 필요로 하는 비밀을 알려 줄 거라 확신합니다. 우리가 적을 대화로 설득하거나 암시를 통해 조종할 수 있게 된다고 생각해보세요. 적국의 기밀정보를 아주 손쉽 게 얻을 수 있게 되는 겁니다. 하지만 적합한 실험대상자를 구하지 못하면 우리는 결코 원하는 결과를 얻을 수 없습니다. 우리에게는 잠재력이 큰 사람들이 필요합니다.”

“그런 사람들을 어떤 방법으로 구해 오겠다는 겁니까?”

채드 연구원이 질문했다.

브레너는 채드를 곧 해고하기로 마음먹었다.

“이 지역에 우리와 제휴를 맺고 실험대상자를 제공해주는 대학이 있습니다. 새로운 선별 과정을 마련해 실험대상자를 뽑게 될 테고, 내가 직접 해당자를 고를 겁니다. 이제부터 이 연구소에서 진짜 연 구가 시작된다고 보면 됩니다.”

브레너의 말에 아무도 이의를 제기하지 않았다.

1장

단순한 검사

1969년 7월
인디애나주 블루밍턴

1

테리는 문을 열고 들어서다가 흠칫했다. 아파트 안에서 향긋한 냄새를 풍기는 뿌연 연기가 새어 나오고 있었다. 식당에서 일하는 동안 흰색 앞치마와 분홍색 웨이트리스 유니폼에 배어 있던 기름 냄새와 커피 냄새가 순식간에 마리화나 냄새로 바뀌었다.

"테리, 어서 와!"

앤드루가 옆에 있는 데이브에게 마리화나를 건네주며 테리를 향해 손을 흔들었다. 테리는 그의 환영 인사에 미소가 절로 나왔다. 앤드루의 덥수룩한 갈색 머리가 마치 괄호처럼 그의 턱을 양옆에서 받쳐주고 있었다.

테리는 그 자리에 모여 있는 친구들과 인사를 나누며 집 안으로 들어섰다.

"나만 모르는 좋은 일이 있는 거야?"

안락의자에 앉은 테리의 언니 베키는 19인치 흑백텔레비전을 눈이 빠지도록 바라보고 있었다. 앤드루의 친구 데이브가 역사적인 순간을 놓치지 않고 보기 위해 가져온 것이었다. 그의 아버지가 최근에 컬러텔레비전을 구입한 덕분이었다.

오늘은 아폴로 11호가 달에 착륙하는 날이었고, 미 전역이 흥분의 도가니에 빠져 있었다.

"테리, 지금 농담해? 오늘이 무슨 날인지 정말 모르는 거야?"

데이브가 소리쳤다.

턴테이블에서 흘러나오는 CCR(1960년대 후반부터 70년대 초반까지 활약한 록그룹)의 〈불길한 달이 떠오른다(Bad Moon Rising)〉가 흑백텔레비전에서 터져 나오는 월터 크롱카이트(1916~2009, 미국 CBS의 저명한 앵커)의 흥분된 목소리와 뒤섞였다.

"이제 됐습니다! 지금 미국의 우주인들이 몇 시간째 달에 머물고 있습니다. 지금 어디에 있다고요? 네, 달에 있습니다."

"테리는 식당에서 일하고 있었으니 모를 수도 있지."

앤드루가 테리를 끌어당겨 무릎에 앉히며 말했다. 그는 테리의 빛바랜 금발을 쓰다듬은 뒤 뺨에 키스했다.

"테리는 늘 일하느라 눈코 뜰 새 없이 바쁘거든."

"집세를 내주는 부모님이 없는 사람도 있어."

테리가 말했다. 앤드루와 데이브는 부모님이 집세를 내주고 있어 기숙사 대신 꽤 괜찮은 아파트에서 살고 있었다.

베키가 다 안다는 듯 테리와 눈을 마주치고는 다시 텔레비전으로 시선을 돌렸다.

테리의 룸메이트 스테이시는 맥주와 마리화나에 취해 비틀거렸다. 포니테일로 묶은 검은 곱슬머리가 밖으로 다 빠져나왔고, 셔츠의 겨드랑이 부분은 땀에 젖어 있었다. 쉬는 날이라 맘껏 마시고 피워댄 모습이었다.

"넌 취하지 마."

스테이시가 손가락으로 테리를 가리키며 혀 꼬부라진 소리로 말했다. 데이브가 마리화나를 테리에게 넘겨주려 하자 스테이시가 재빨리 가로채 한 모금 길게 빨고 다시 말했다.

"테리는 마리화나를 피우지 않으니까 맥주나 한잔 가져다줘."

앤드루가 옆에서 한마디 덧붙였다.

"테리는 마리화나를 피우면 편집증이 생겨."

앤드루의 말은 사실이었다. 테리는 마리화나를 처음 피웠을 때 다시는 떠올리기 싫을 만큼 불쾌한 경험을 했다. 다들 그걸 환영이라고 했지만 테리는 지금도 유령 아니면 그 비슷한 걸 본 것이라 믿었다. 그렇지만 친구들이 자신을 뭔가 유별난 사람으로 규정하는 건 달갑지 않았다.

"그날은 좀 특별한 경우였지. 다들 나한테 신경 쓰지 말고 달이나봐."

테리는 손을 내밀어 스테이시의 손에서 마리화나를 빼앗아 한 모금 짧게 빤 다음 되돌려주었다. 기침이 나오지 않아 그나마 다행이었다.

"맥주를 더 가져올게."

테리는 자리에서 일어나 주방으로 향했다. 주방 바닥에 맥주가 가득 담긴 아이스박스가 놓여 있었다. 테리는 맥주를 한 병 꺼내 뺨에 대고 문지른 뒤 다시 거실로 향했다. 아파트에 사람들이 많이 모여

있어 심하게 더웠다. 벽걸이 에어컨 한 대로 후끈한 열기를 식히기
에는 역부족이었다.

거실에서는 스테이시가 한창 이야기를 늘어놓고 있었다.

테리는 다시 앤드루의 무릎에 앉아 이야기를 들었다.

"그 연구소 사람들이 나에게 15달러를 줬어."

"15달러? 무슨 아르바이트를 했는데?"

언제나 돈이 궁한 테리가 관심을 보였다.

스테이시가 바닥에 앉으며 테리를 쳐다보았다.

"심리 실험에 자원했어. 그런데……."

스테이시가 말을 잇지 못하고 몸을 부르르 떨었다.

"그런데?"

테리는 몸을 앞으로 숙이면서 맥주를 한 모금 마셨다. 앤드루가 테
리의 허리를 팔로 감싸 안았다.

"아무리 생각해도 이상한 곳이야."

스테이시가 말했다. 그녀는 흘러내린 머리를 매만지려다가 잘못
건드리는 바람에 오히려 다 풀어버리고 말았다. 흑백텔레비전에서
흘러나온 빛을 받은 스테이시의 얼굴이 무언가에 홀린 것처럼 보
였다.

"한 연구원이 나를 어두운 방으로 데려가더니 바퀴 달린 침상에
눕히는 거야."

"와, 15달러를 주고 무슨 일을 했는지 알 만한데."

데이브가 말했다.

스테이시와 테리가 동시에 데이브를 노려보자 앤드루가 재미있다
는 듯 키득거렸다.

그렇게 웃고 농담할 일이 아니었다. 테리가 눈동자를 굴리며 말했다.

"그래서 어떻게 됐는데?"

"그 사람이 내 맥박을 재고, 심장박동 소리를 듣더니 노트에 뭔가를 적었어. 미친 소리처럼 들리겠지만 그런 뒤 내 팔뚝에 주사를 놓고 혀 밑에 알약을 넣었어. 잠시 후 그가 이상한 질문들을 하기 시작했어."

"어떤 질문이었는데?"

테리가 계속해서 물었다.

"기억나지 않아. 아무튼 그렇게 지독한 환각 상태는 평생 처음 경험했어. 정신이 몽롱하고, 몸에서 감각이 제대로 느껴지지 않았을 정도니까."

"금요일에 있었던 일이지? 왜 지금까지 아무 말도 안 했어?"

스테이시는 잠시 텔레비전 화면에 나오는 월터 크롱카이트를 슬쩍 돌아보고 다시 고개를 돌렸다.

"그 연구소에서 어떤 일이 있었는지 깨닫기까지 꽤 오랜 시간이 걸렸어. 아무튼 난 다시는 그곳에 가지 않을 거야."

스테이시가 어깨를 으쓱했다.

앤드루가 테리의 어깨 너머로 고개를 내밀며 물었다.

"그들이 다시 와달라고 했어?"

"그렇다니까. 하지만 난 가기 싫어. 15달러를 벌 수 있지만 정말 하고 싶지 않은 일이야."

"그들에게 가지 않겠다고 통보했어?"

테리가 물었다.

"아직 아무 말 안 했어."

"15달러면 이 아파트 한 달 집세야. 별로 어려운 일도 아닌 것 같은

27

데 차라리 내가 갈게."

앤드루의 말에 스테이시가 얼굴을 찡그렸다.

"넌 부모님이 집세를 내주는데 뭘 걱정이야? 게다가 그 연구소에서는 여자만 원해."

"대체 뭘 했는데 15달러나 줬을까?"

데이브가 또다시 음흉스러운 눈길로 말했다.

스테이시가 베개를 집어 들어 데이브를 향해 던졌다.

"내가 가볼게. 무슨 일인지 궁금해서 견딜 수가 없네. 분명 너희 같은 남자들이 상상하는 그런 일은 아닐 거야."

테리가 앤드루를 돌아보며 말했다.

테리의 머릿속에는 언제나 묻고 싶은 질문이 백만 가지쯤 들어 있었다. 아버지는 주어진 기회를 놓치지 않으려면 늘 주의를 집중해야 한다고 했다. 테리는 뭔가 중요한 일을 할 수 있는 기회를 놓치고 싶지 않았다. 그녀는 늘 샌프란시스코나 버클리처럼 혁명적인 변화가 일어나는 곳, 정부 정책에 대해 일상적으로 반기를 드는 곳, 정부의 결정에 대해 반대 의사를 표한다고 주변 사람들 절반이 이상한 눈으로 쳐다보지 않는 곳에서 살고 싶었다. 그녀는 주민들 대부분이 보수적인 인디애나주 블루밍턴에서 살아온 것만으로도 충분한 좌절을 겪어야만 했다. 그런 환경에서 살다 보니 머릿속에서 와글거리는 질문들을 하나도 꺼내놓지 못했다.

이번엔 다를 것이다. 게다가 15달러를 벌 수 있는 일이니까 베키 언니도 별말 하지 않을 것이다.

"뭐?"

스테이시가 눈을 깜박거렸다.

"스테이시, 네가 가지 않겠다면 내가 갈게. 그 연구소에서 무슨 일을 하는지 알아보고 싶어."

테리가 열성적으로 말했다.

베키는 그럴 줄 알았다는 듯 고개를 끄덕였다. 딱히 반대하지 않는다는 의사 표시였다.

그때 데이브가 소리쳤다.

"모두들 조용히 하고 음악도 꺼! 지금 이 순간 역사적인 일이 벌어지고 있으니까."

앤드루가 테리의 귀에 대고 속삭였다.

"테리, 네가 호기심이 유난히 많다는 건 알지만 정말 괜찮겠어? 어쩐지 이상한 연구소라는 생각이 들어서 그래."

"넌 갈 수 없으니까 질투하는 거잖아."

테리는 맥주병을 들어 올려 옅은 먼지 맛이 나는 맥주를 한 모금 마셨다.

"그래, 맞아."

그들은 텔레비전 볼륨을 높이고, 닐 암스트롱이 사다리를 타고 달 표면으로 내려가는 광경을 눈이 빠지도록 지켜보았다.

"사람이 달에 가는 세상인데 여전히 베트남에서는 전쟁이 계속되고 있다니 알다가도 모를 일이야."

데이브가 말했다.

"누가 아니래. 정말 한심한 일이지."

앤드루가 맞장구쳤다.

모두가 웅성거리며 동의했다.

잠시 후 텔레비전 화면이 정지되더니, 암스트롱이 말했다.

"이제 우주선에서 달 표면으로 내려가겠습니다."

모두들 일제히 숨을 죽였다. 일시에 밀어닥친 긴장감 속에는 인류의 새로운 발걸음에 대한 희망과 꿈이 담겨 있었다.

바로 그때 우주복을 입은 암스트롱이 황량하고 아름다운 달 표면에 첫발을 내딛었다. 그가 다시 말했다.

"이것은 한 인간에게는 작은 한 걸음이지만 인류에게는 위대한 도약입니다."

데이브가 너무나 감격해 펄쩍펄쩍 뛰었고, 방 안 가득 환호성이 울려 퍼졌다. 경이롭고 장엄한 광경이 펼쳐지고 있는 그 순간 앤드루가 테리의 몸을 돌려 키스했다. 텔레비전 화면에 비친 월터 크롱카이트는 당장이라도 눈물을 쏟을 것 같았다. 그건 테리도 마찬가지였다.

방 안에 있는 사람들 모두가 우주비행사들이 성조기를 달 표면에 꽂는 장면을 지켜보았다. 우주비행사들이 저 하늘에 걸려 있는 천체를 가로지르며 미끄러지듯 앞으로 나아갔다. 이 모든 것은 인류가 발명한 위대한 기계 작품 덕분에 가능한 일이었다. 우주비행사들은 대기권 밖으로 날아가서도 살아남았고, 지금 달을 걷고 있었다.

인류에게 과연 불가능한 일이 있을까?

테리는 맥주를 한 병 더 마시면서 스테이시가 다녀온 연구소 사람들을 상상했다.

2

심리학부 건물은 테리가 처음 방문하는 곳이었다. 캠퍼스 한쪽 구석에 있는 3층짜리 건물로 주변에 나무들이 울창했다. 금방이라도 비가 올 것처럼 흐린 날씨에 나뭇가지들이 바람에 흔들리고 있었다.

반짝이는 메르세데스 벤츠 한 대와 검정색 밴 두 대가 건물 앞에 주차되어 있었다. 여름 휴가 기간에는 캠퍼스에 남아 있는 학생들이 별로 없어 주차장에 빈자리가 많았는데 굳이 건물 앞에 차를 세워둔 이유를 알 수 없었다.

벌건 대낮에 대학캠퍼스 내 건물에서 은밀한 실험이 이루어질 가능성은 낮았다. 테리가 미리 알고 있어야 할 사항이 있는지 물었을 때 스테이시는 건물 3층에 있는 방에서 대기하고 있으면 관계자가 와서 데려간다고 했다.

"너의 '짜릿한 쿨에이드 마약 테스트(톰 울프의 논픽션으로 1960년대 히피 문화에 관한 작품)' 장례식이 될 거야."

테리가 유리문을 열고 건물 안으로 들어서자 실험복을 입은 여자가 클립보드를 들고 기다리고 있었다. 밤색 곱슬머리에 이마가 넓은 여자는 허점이 조금도 드러나지 않을 만큼 야무진 인상이었다.

"명단에 이름이 없는 사람은 안으로 들어갈 수 없어요."

"명단이요?"

그때 마침 또 다른 여자가 급히 문을 열고 건물로 들어서다가 하마터면 테리와 부딪칠 뻔했다. 테리는 여자를 돌아보았다. 기름 얼룩이 묻은 작업복을 입은 그녀가 테리와 눈이 마주치자 싱긋 웃어 보였다.

"미안해요. 늦을까봐 급히 서두르다가 그랬어요."

여자가 어깨를 으쓱하며 말했다.

"괜찮아요."

테리도 여자를 향해 미소를 지었다. 두 여자는 척 보기에도 완전히 상반된 모습이었다. 테리는 단정한 스커트와 블라우스 차림이었고,

어깨까지 흘러내리는 긴 머리카락이 옷차림새와 잘 어울렸다. 작업복 차림 여자는 손톱 밑에 기름때가 끼어 있었고, 헝클어진 머리에 볼은 주근깨투성이였다.

"자, 어서 이름을 말해요. 명단에 있는지 확인해야 하니까."

클립보드를 든 여자가 재촉했다.

"앨리스 존슨입니다. 이쪽 지역이 아니라 도시에서 왔어요."

작업복을 입은 여자가 먼저 말했다.

"명단에 이름이 있어요."

"스테이시 설리번입니다."

여자가 명단을 살펴보고 나서 고개를 들었다.

"역시 이름이 있어요. 설리번 양은 지난번에도 왔었군요. 이제 3층으로 올라가 지시를 따르면 됩니다."

"여기서 무슨 일을 하는 거죠? 그러니까, 저, 사실 저번에 왔을 때 일이 기억이 잘 안 나서요."

테리가 망설이다 말했다.

"이건 신입 면접이에요. 위층에 올라가보면 확실히 알게 될 거예요."

여자가 말했다.

테리는 앨리스와 함께 엘리베이터를 향해 걸어가다가 비상계단 앞에서 잠시 걸음을 멈췄다.

"우리 그냥 계단으로 올라갈까요? 오래된 건물이라 엘리베이터가 느려터질지도 몰라요."

"그래도 난 엘리베이터를 탈래요. 난 기계를 좋아하니까."

"아, 그래요 그럼."

두 사람은 엘리베이터 앞으로 나란히 걸어갔다. 한참 만에 엘리베이터가 도착했고, 문이 서서히 열리기 시작했다.

"정말 예전에 만들어진 거네요."

앨리스가 엘리베이터의 표면을 손으로 어루만지며 감탄한 목소리로 말했다.

테리는 보통 사람들은 오래된 엘리베이터에 열광하지 않는다는 사실을 굳이 지적하지 않았다. 앨리스는 괴짜인 것 같았다. 심리 실험에 나타난 것도 전혀 이상할 게 없었다. 테리는 그녀에게 호감을 갖게 되었다.

"도시에서 왔다고요? 난 여기서 겨우 한 시간 떨어진 래러비에 살고, 이 학교에 다녀요."

"난 삼촌이 운영하는 정비소에서 일해요. 중장비 수리 전문이죠."

"나도 기계에 대해 잘 알았으면 좋겠어요."

앨리스가 어깨를 으쓱하며 말했다.

"정비공들에게는 기계가 친구죠. 내 몸 자체가 또 다른 기계라고도 할 수 있어요."

"그래도 설마 심장은 있죠?"

테리가 농담을 했다.

"그럼요, 심장이 나 같은 인간기계를 움직이는 원동력이니까."

엘리베이터가 3층에서 멎었고, 문이 답답할 정도로 느리게 열렸다.

"여긴 어떻게 오게 됐어요?"

"삼촌이 신문에서 뛰어난 능력을 가진 대학생 나이 여자를 찾는다는 구인광고를 보고 말해줘서 지원하게 됐어요."

입구에서 만난 여자가 '신입 면접'이라고 했었다. 테리는 자신은 '뛰어난 능력'으로 뭘 내세워야 할지 생각했다.

엘리베이터에서 내리자 전단지들이 잔뜩 붙어 있는 복도가 나왔다. 복도에 있는 방들 중에서 한 곳의 문이 열려 있었다. 두 사람은 누가 먼저랄 것도 없이 열린 문 안으로 들어섰다.

실험용 가운을 입은 사람이 방 안에서 기다리고 있었다. 테가 두꺼운 안경을 쓴 남자였다. 그가 두 사람에게 종이와 펜을 나눠주었다.

"기밀유지각서인데 양식에 맞춰 기입하고 이름을 부를 때까지 대기하세요."

남자가 의자가 비치된 대기 장소를 손으로 가리켰다. 이미 그곳에는 대학생으로 보이는 여자들이 앉아 있었다. 긴 갈색 머리에 예수님 같은 수염을 하고, 나팔바지를 입은 남자도 한 명 있었다.

테리와 앨리스는 서로 떨어져 있는 남은 의자 두 개에 앉았다.

앨리스 옆에는 커다란 교과서를 보고 있는 흑인 여자가 앉아 있었다. 단정하고 깔끔한 보라색 정장 차림이었다.

"당신도 도시 출신인가요?"

앨리스가 여자에게 말을 걸었다.

그녀가 앨리스를 돌아보았다. 곱슬한 머리가 예쁘고 사려 깊어 보이는 얼굴을 돋보이게 해주었다.

"난 여기서 자랐어요. 글로리아 플라워스라고 해요."

"그……."

"맞아요. 그 플라워스예요."

앨리스가 휘둥그레진 눈으로 테리를 돌아보며 속삭였다.

"시내에서 플라워스 플라워라는 큰 꽃가게를 운영하는 집 딸인가 봐요."

"정확하게는 플라워스 플라워 앤 기프트죠."

글로리아가 차분하게 말했다.

"당신도 신문에서 구인광고를 보고 찾아온 건가요?"

"아뇨, 난 이 학교 학생이고 생물학을 전공하고 있어요."

"아, 미안해요. 기분 나쁘게 할 생각은 아니었어요."

앨리스가 무안해했다.

둘 사이의 대화가 끊기자 테리가 몸을 앞으로 내밀어 글로리아에게 악수를 청했다. 글로리아도 들고 있던 교과서를 가슴에 끌어안고 테리의 손을 마주잡았다. 그 순간 바닥으로 뭔가 떨어졌다. 만화책이었다.

글로리아가 당혹스러운 빛으로 눈을 크게 떴다.

테리는 손을 뻗어 만화책을 집어 들었다. 총 천연색 표지의 『엑스맨』이었다.

"난 '아치의 여자 친구들, 베티와 베로니카'를 좋아하죠."

테리가 만화책을 글로리아에게 돌려주며 말했다.

"이건 조금 다른 얘기예요."

글로리아가 미소를 지으며 대꾸했다.

"나도 이 학교에 다녀요. 만나서 반가워요."

테리는 그 순간 진짜 이름을 말할 수 없다는 사실을 깨닫고 잠시 주저했다.

"다들 이 학교 학생들인데 난 차라리 지원하지 말 걸 그랬어요."

앨리스가 힘 빠진 목소리로 말했다.

한쪽에서 고개를 숙이고 있던 남자가 끼어들었다.

"이 자리에서 당신이 제일 똑똑해 보이니까 실망하지 말아요. 난 켄이라고 해요."

"여자들만 모집하는 줄 알았는데, 아니었어요?"

앨리스가 물었다.

"난 심령술사입니다."

남자가 속삭이는 소리로 말했다.

"당신이 정말 심령술사예요?"

테리가 물었다.

켄이 자세를 똑바로 했다.

"그럼요. 그래서 여기 있는 거예요."

"그럼요, 그러시겠죠."

앨리스가 그의 말을 흉내 냈다. 테리는 앨리스가 심술을 부리는 건지, 재미로 그러는 건지 알 수 없었다.

그들 양옆에 앉아 있는 여자들은 지금까지 그 자리에서 있었던 일들을 덤덤히 바라보려고 애쓰는 것 같았다. 테리는 자신이 이 상황을 즐기고 있다는 것을 알아차리고 앨리스와 눈빛을 교환했다. 심령술사라는 켄과 글로리아 역시 마찬가지일 거라는 생각이 들었다.

그때 실험용 가운을 입은 남자가 뒤쪽 문을 열고 들어와 호명했다.

"글로리아 플라워스."

글로리아가 윙크를 하고는 만화책을 교과서 속에 끼워 넣은 뒤 남자를 따라 나갔다.

테리는 그들 세 사람이 정말 좋아졌다.

이제 대기실에는 테리와 켄만 남았다. 대기한 지 이미 몇 시간이 지나 있었다. 방에 들어설 때 나누어준 기밀유지각서에는 온갖 심각한 용어들이 가득했다. 이 대학이 아니라 미 정부의 과학 지능 부서에서 만든 서류로 이곳에서 벌이는 실험의 기밀사항에 대해 누설할 경우 강력한 처벌이 따를 거라는 내용이었다.

테리의 아버지는 2차 세계 대전에 참전했을 당시 끔찍한 일을 목격했다. 아버지는 딸들 앞에서 그 내용을 이야기하지 않았지만, 테리는 어느 날 밤 아버지의 비명 소리에 놀라 잠에서 깬 적이 있었다. 무슨 일인지 알아보려고 침실에서 몰래 나와 부모님 방 문 앞에 바짝 붙어 귀를 기울였더니, 아버지가 어머니에게 수용소에서 사람들을 밖으로 데리고 나오는 일을 도왔던 것에 대해 이야기하고 있었다.

"몸에 살점이라고는 하나 없이 뼈만 앙상하게 남은 사람들이 수두룩했어."

아버지는 수용소에서 일할 때 잔인한 학대를 막지 못했던 것에 대해 죄책감을 느꼈고, 그로 인해 극심한 악몽에 시달리고 있었다.

"나라에서 시킨 일이야. 그러니까 당신 잘못은 없어."

어머니가 아버지를 안심시켰다.

"나도 그렇게 생각하고 잊고 싶어. 하지만 그곳에서 일했던 수많은 사람들이 아마 나처럼 날마다 악몽을 꾸고 있을 거야. 난 지금도 어디선가 그런 끔찍한 일이 벌어질 수 있다고 생각해."

"그때는 전시였어. 지금은 그렇지 않을 거야."

"나도 그랬으면 좋겠어."

아버지는 스스로 의문을 품어야 할 정도로 공포스러운 참상을 목격했다. 매일 뉴스를 볼 때마다 아버지는 국민의 대표를 뽑는 투표권이 얼마나 중요한지에 대해 말했다. 힘 있는 자들을 감시하고 자신의 권리를 지켜내려면 항상 경계심을 늦추지 말아야 한다고도 했다.

테리는 아버지의 말을 진지하게 받아들였다. 베키 언니와 어머니는 테리가 정부에서 하는 일에 지나치게 관심을 보인다고 걱정했다. 반면 아버지는 테리를 자랑스럽게 여겼다.

테리는 서류를 읽는 동안 흥분과 불안이 가슴을 꽉 조이는 것을 느꼈다. 그녀는 침착하게 마음을 추스르며 서류를 작성하다 마지막에 이르러 망설였다. 스테이시는 분명 이 일에 관여하고 싶어 하지 않았다. 이제 스스로 나서야 했다. 테리는 서류의 서명란에 스테이시 설리번이라는 이름 대신 자신의 이름을 기입했다.

실험용 가운을 입은 남자가 문을 열고 이름을 불렀다.

"스테이시 설리번?"

켄이 테리를 쳐다보았다.

"당신이에요?"

켄이 둘밖에 없는데 그 사실을 물어보는 게 흥미로웠다.

"네, 나예요."

테리는 자리에서 일어섰다.

이름을 호명한 남자는 이제까지 왔던 사람이 아니었다. 남자는 호리호리한 체격에 갈색 머리였고, 얼굴이 주름살 하나 없이 반질반질했다. 남자가 똑바로 쳐다보는 순간 테리는 갑자기 체온이 몇 도쯤 뚝 떨어지는 듯한 느낌을 받았다.

"스테이시 설리번 양?"

테리는 잔뜩 긴장한 탓에 하마터면 들고 있던 서류를 바닥에 떨어뜨릴 뻔했다. 그녀는 가방을 메고, 남자에게 작성한 서류를 내밀었다.

서류를 받아든 남자가 테리에게 앞장서 걸으라고 손짓했다.

"앞으로 곧장 걸어가서 오른쪽 끝 방으로 들어가세요."

남자의 말대로 앞으로 걸어가자 문이 열려 있는 크고 어수선한 방이 보였다. 안쪽에 진찰대가 놓여 있었다. 테리는 안으로 들어갔다. 이동식 침상 두 개와 도표가 그려진 포스터, 전선과 튜브들이 달린 이상한 기구들이 눈에 들어왔다. 탁자 위에는 공책들이 쌓여 있었고, 한쪽 구석에는 아무도 쓰지 않는 것처럼 보이는 현미경이 처박혀 있었다. 분리하거나 조립할 수 있는 연한 분홍색 두뇌 모형도 눈에 띄었다.

"앉아요."

남자가 손짓으로 진찰대를 가리켰다. 자못 권위적인 어조였다.

테리는 잠시 망설이다가 진찰대 끝에 걸터앉았다.

남자는 여전히 테리를 내려다보며 서 있었다. 잠시 어색한 침묵이 흐른 뒤 남자가 물었다.

"학생은 누구죠? 스테이시 설리번이 아니죠?"

테리가 미처 대답하기도 전에 남자가 말을 이었다.

"당신이 스테이시 설리번이 아니라는 건 이미 알고 있어요."

"어떻게 알았죠?"

테리가 반사적으로 물었다.

"대학 직원이 작성한 서류에 따르면 스테이시 설리번은 검은색 곱슬머리, 신장 160센티미터, 갈색 눈, 평균적인 지능지수라고 되어 있어요."

테리는 친구 대신 기분이 상했다.

"당신은 신장 172센티미터, 짙은 금발, 푸른 눈동자잖아요. 지능이 어느 정도인지는 설리번 양이라고 주장하며 여기 온 이유가 무엇인지에 달려 있지만, 일단 평균 이상으로 보이네요. 자, 이제 당신이 누군지 말해봐요."

테리의 예상과 달리 남자는 대수롭지 않은 일이라는 듯 심드렁하게 말했다.

"스테이시가 연구소 이야기를 들려줬어요. 당신은 스테이시가 만났던 연구원은 아닌 것 같군요."

스테이시가 말해준 상황과는 완전히 달랐을 뿐만 아니라 이 남자에 대한 설명은 듣지 못했다.

"스테이시는 연구원이 준 약을 먹고 나서 지난 주 내내 머리가 몽롱하다고 했어요. 연구소에 다시는 가지 않겠다고 하더군요. 그러는 당신은 누구시죠?"

테리는 남자가 그 질문에 어떻게 답할지 궁금했다.

남자가 흥미롭다는 듯 웃으며 말했다.

"난 마틴 브레너 박사입니다. 당신이 말한 남자는 대학에서 근무하는 심리학자고요. 이제 당신 차례입니다."

"나는 테리 아이브스입니다. 스테이시의 룸메이트죠."

"일단 당신이 우리가 계획하고 있는 실험에 적합한 대상인지 알아봐야 해요."

"조금 전에 밖에서 다른 사람들과 이야기를 나누었는데 신문에서 구인광고를 보고 왔다는 사람도 있던데요. 그 기준이라는 게 얼마나 엄격한 거죠?"

브레너는 한참 동안 말없이 테리를 쳐다보았다.

테리가 자리에서 일어나 그의 얼굴을 마주 바라보았다. 그녀와 브레너 박사의 눈높이가 비슷했다.

"나는 룸메이트인 스테이시를 대신해 왔어요. 어쩌면 이 일이 중요할 수도 있겠다는 느낌이 들었거든요. 그렇지 않으면 너무 이상하잖아요. 대학생 나이의 여자들을 불러 모아 약을 먹으라고 권하는 연구는 없으니까요. 적어도 그게 전부는 아닐 거예요."

"그럼 뭐라고 생각하는데요?"

테리는 어깨를 으쓱했다.

"아까 나눠준 서류를 봤어요. 내가 말할 수 있는 건, 그게 무엇이든 뭔가 중대한 연구라는 거예요. 그래서 연구에 동참하고 싶어요."

"흠, 연구에 참여하려면 우선 자격이 충족돼야 해요."

브레너는 회의적인 반응을 보였다.

"어떤 자격이 필요하죠?"

"독신입니까?"

테리는 그 순간 앤드루의 얼굴이 떠올랐다.

"결혼은 아직 안 했어요."

"건강 상태는 어떤가요?"

"식당에서 아르바이트를 하는데 한 번도 결근한 적이 없어요."

브레너가 미소를 지으며 고개를 끄덕였다.

"성관계 경험은 있습니까?"

테리는 처음 대면한 남녀가 나눌 대화 주제는 아니라는 생각에 몸이 굳었다.

"내가 어떤 질문을 하더라도 솔직하게 답변해야 합니다."

"있어요."

브레너가 고개를 끄덕였다.

"출산 경험은?"

"없어요."

"평소 본인의 의지력이 강하다고 생각합니까?"

"지금 여기에 와 있는 것만으로도 충분한 답변이 되지 않을까요?"

"사실 당신이 기본 조건을 충족하는지 의심스럽군요. 하지만……."

브레너는 말을 멈추고 테리를 쳐다보았다. 그는 아직 마음을 정하지 못한 것 같았다.

테리는 브레너에게 열거할 만한 자신의 '뛰어난 능력'을 떠올려보았다. 모든 손님들의 주문을 잊어버리지 않고 여섯 개에서 여덟 개의 테이블에 음식 접시를 나르는 것, 카페인과 디카페인을 헷갈린적이 없다는 것, 벼락치기를 해도 괜찮은 성적을 받는다는 것, 앤드루를 웃게 만들고 가끔은 베키의 기운을 북돋아줄 수 있다는 것……. 그러나 이러한 자질에 브레너가 관심을 가질 것 같지는 않았다.

"당신은 스스로 잠재된 능력이 크다고 생각하나요?"

브레너가 물었다.

"물론이죠."

"좋아요. 내가 보기에도 그런 것 같군요. 자, 이제 앉아봐요."

브레너가 저울질이 끝난 듯 말했다.

테리는 누구에게든 지시받는 걸 싫어했지만 그의 말을 따랐다.

3

앤드루는 심리학부 건물 바깥에 차를 세우고 기다리고 있었다. 진녹색 플리머스 바라쿠다 패스트백은 그가 적어도 일주일에 한 번은 정성껏 세차를 하며 아끼는 차였다. 그는 혹시라도 테리가 스테이시와 같은 경험을 하게 된다면 차가 필요할 거라고 주장했다.

테리는 잔디밭을 가로질러 걸어가며 앤드루를 향해 손을 흔들었다. 그녀는 안에서 있었던 일에 대해 그에게 어느 정도까지 이야기해주어야 할지 가늠해보았다. 앤드루는 그녀가 이곳에 오는 것을 긍정적으로 생각하지 않았다.

테리는 차에 올라타자마자 시간을 끌기 위해 말했다.

"나 지금 배가 몹시 고픈데 우선 뭐 좀 먹자. 15달러를 벌었으니까 밥은 내가 살게."

"좋아, 어디로 갈까?"

"스타라이트에 가자."

금요일 밤이었고, 내일 오전 아홉 시까지는 일이 없었다. 저녁 시간이었지만 한여름이라 오븐 속처럼 무더웠다. 스타라이트는 자동차에 앉아 음식을 먹으며 영화를 볼 수 있는 곳이었다. 영화를 시작하려면 아직 몇 시간 남았지만 빨리 가야 좋은 자리를 잡을 수 있었다. 극장 근처의 카페는 이미 문을 열었을 것이다.

"너도 〈와일드 번치〉(샘 페킨파 감독의 1969년 작) 보고 싶어 했잖아."

"네가 원하면……."

앤드루는 차의 시동을 걸고 캠퍼스를 빠져나갔다.

"한참을 기다렸는데 나오지 않아서 하마터면 건물 안으로 뛰어들어갈 뻔했어. 그들이 널 납치했을지도 모른다고 생각하니까 눈에 뵈는 게 없어졌지. 어떻게 된 거야?"

"박사라는 사람이 나한테 이것저것 물어본 게 다야. 나더러 계속 실험에 참가해달라고 했어."

"이상한 약을 먹으라고 하지는 않았어?"

"스테이시가 만난 사람이 아니었어. 다음에 가면 어떨지 모르지. 아무튼 뭔가 중요한 실험이라는 느낌이 들어."

그때 라디오에서 베트남전 관련 뉴스가 흘러나왔다. 앤드루가 손을 뻗어 라디오 볼륨을 높였다.

"이번에 데이브 친구도 죽었대."

두 사람은 베트남에서 사망한 사람들을 많이 알고 있었다. 테리는 죽은 사람들의 얼굴을 고등학교 졸업 앨범 사진으로 연상했다. 미소 짓고 있는 흑백 사진들.

앤드루는 학생 신분이라 징병을 연기해둔 상태였다. 내년 봄에 대학을 졸업하면 입대해야 하지만 대학원에 진학하면 또다시 늦출 수 있었다.

"정말 끔찍한 일이야."

테리가 혐오감을 절제하며 말했다. 이 세상에는 너무 끔찍해서 어떤 말로도 표현할 수 없는 일들이 있었다.

앤드루는 그녀의 말에 고개를 끄덕이고 다시 뉴스에 귀를 기울였다.

테리는 오늘 심리학부 건물에서 있었던 일을 떠올려보았다. 그녀는 브레너 박사에게 자신이 '고도의 잠재력'을 가지고 있다는 걸 알리기 위해 애썼다. 다음번부터는 학교 밖에 있는 정부 전용 연구소에서 실험이 이루어질 거라고 했다. 브레너 박사는 자신의 연구가 최첨단의 매우 중요한 프로젝트임을 인정받았다고 말했지만 테리는 그것이 무엇을 의미하는지 잘 알지 못했다. 그녀는 3주간 연구에 동참하기로 했고, 그 결정에 큰 자부심을 느꼈다.

테리는 오늘 일을 베키에게는 이야기하지 않기로 했다. 테리가 전쟁에 반대하는 편지를 써서 국회의원들에게 보냈을 때 베키는 회의적인 반응을 보였다. 편지로 세상을 바꿀 수 있다고 생각하는 건 순진한 생각이라며 차라리 사람들에게 열심히 일해야 살아남을 수 있다는 사실을 일깨워주는 편이 나을 거라고 했다. 그러니 베키를 납득 시키기는 어려울 것이다.

"난 더 이상 정부를 믿을 수 있을지 모르겠어. 저들은 그저 우리를 위해 일하는 척할 뿐이잖아."

앤드루가 말했다.

테리가 라디오의 볼륨을 낮추며 대꾸했다.

"그래도 달에 갔잖아."

"그건 과학이 이룬 성과지. 존 F. 케네디 시절에 우주개발을 목적 으로 어마어마한 예산을 쏟아부은 결과이기도 하고. 지금 저들이 하 는 짓은 수많은 젊은이들을 사지로 몰아넣는 거야."

테리는 이번 실험을 주도하는 이들이 누구인지 앤드루에게 알려 주지 않기로 마음먹었다. 정부 지원을 받는 과학자들이 실험을 주도 하고 있다는 말을 하면 앤드루는 다시는 가지 말라고 완강하게 반대 할 게 뻔했다.

"핫도그와 팝콘을 사 올게. 날씨가 너무 더우니까 슬러시도 있어 야겠다."

테리가 차에서 내리며 말했다.

앤드루가 그녀에게 윙크를 보냈다.

"손이 크네."

2장

동화의 나라는 없다

1969년 8월
인디애나주 블루밍턴

1

"저 애들은 내가 숨겨둔 애인이라도 있어서 함께 가지 않는다고 생각하나 봐."

테리가 말했다.

앤드루가 침실 구석에 있는 침대 위로 테리를 끌어당겼다.

"목소리 좀 낮춰. 다 들리겠어. 네가 학교를 자주 빼먹지만 않았어도 함께 갈 수 있었잖아."

"베키 언니가 벌써 계절학기 수업료를 냈어. 넌 수업쯤이야 어떻게 되든 상관없겠지만 난 달라."

계절학기가 시작되었고, 두 사람은 2주 수업에 등록했다. 테리는 교육학, 앤드루는 철학세미나 과목을 신청했다.

테리는 자신에게 각별한 책임감을 느끼는 언니를 의식했다. 앤드루는 자유분방한 편이었지만 이제껏 심각한 문제를 일으킨 적은 없었다. 그들은 접근 방식이 다를지언정 생각이 일치했고, 서로 상대에게 의지하는 마음이 컸다.

"이번 주에는 계절학기 수업도 들어야 하고, 연구소에도 가야 해서 도저히 안 돼."

"그 연구소에 가는 게 과연 좋은 생각이라고 확신해?"

"물론이야. 확신하니까 가지."

"우리 모두 같이 즐기려는 여행이야. 즐겁게 어울릴 수 있는 기회인데 놓치면 후회할걸."

"어렵사리 얻은 자리야. 시작도 해보기 전에 쫓겨나고 싶지는 않아."

"그래, 알았어. 그래도 난 네가 같이 가면 좋겠어. 네가 보고 싶을 거야."

다른 방에서 남자들 목소리가 들려왔다.

"앤드루, 서둘러. 십오 분 안에 출발할 테니까."

머리에 기름을 바르고 다니는 릭의 목소리였다. 그에게 5인승 밴이 있었고, 그들은 다 함께 그 차를 타고 뉴욕 인근 우드스톡으로 떠나기로 되어 있었다.

테리가 눈동자를 굴렸다.

"앤드루, 매사 조심하겠다고 약속해. 캘리포니아에서 온 낯선 아이들과 밴을 타고 며칠씩 함께 돌아다닌다는 게 영 미덥지 않아서 그래. 저 애들 중에 살인자가 있을지도 모르잖아."

테리는 어제 살인사건에 대한 기사를 읽고 밤새 잠을 설쳤다. 연쇄살인마 찰스 맨슨이 임신 8개월이던 배우 샤론 테이트를 칼로 찔러 살해한 사건이었다. 얼마나 미치광이 같은 괴물이기에 임신한 여자를 살해했을까?

"우린 며칠 동안 이 나라의 양쪽 끝 지점에 있게 되는 셈이네. 정말 저 애들 중에 살인자가 있을 거라고 생각하지는 않지?"

"무슨 일이든 일어날 수 있어. 미쳐 돌아가는 세상이니까. 각별히 조심하라는 얘기야."

"릭과 데이브는 어릴 때부터 같이 자란 친구 사이야."

하지만 릭이 데려온 친구들은 데이브도 모르는 사람들이었다. 우그라는 별명을 가진 남자와 로잘리라는 여자인데, 테리가 생각하기에 그들이 데이브를 찾아온 이유는 버클리에서 출발해 전국을 횡단하던 중 아파트에서 샤워를 하기 위해서였을 수도 있었다.

"그래, 말도 안 되는 생각이라는 건 나도 알아. 그냥 조금 걱정한 거야."

"별일 없을 거야. 너한테도 별일 없길 바랄게."

앤드루가 미소를 지으며 테리를 다시 침대에 쓰러뜨렸다. 그리고 그녀의 귓가에 입술을 가져다댔다.

"자, 이제 작별해야 할 시간이야."

"나를 두고 혼자 재니스 조플린(미국의 여성 블루스 가수)을 보러 가다니, 넌 정말 나빠."

"그러니까 같이 가자고."

재니스 조플린의 공연이 끌리긴 했지만 어쩔 수 없었다.

십오 분 뒤 앤드루는 우드스톡으로 떠났고, 테리는 기숙사에 남았다.

2

　며칠 뒤, 테리는 심리학부 건물에 다시 갔다. 처음 왔을 때 보았던 밴이 대기하고 있었다. 정부 번호판이 붙어 있었고, 차창은 옅게 코팅이 되어 있었다.

　앤드루 일행은 지금쯤 우드스톡 페스티벌에 가 있을 것이다. 이미 축제가 시작되었다. 테리는 뉴욕의 조용한 마을 우드스톡 근처 베델 평원에 30만 명이 넘는 인파가 모여들었다는 뉴스를 들었다. 거의 모든 신문에 마치 약속의 땅에 도착한 사람들처럼 눈을 동그랗게 뜨고 미소 짓는 진흙투성이 참가자들의 사진이 실렸다.

　테리는 그 사진에 앤드루가 찍혔을지도 모른다고 생각하며 열심히 들여다보았지만 끝내 찾을 수 없었다. 앤드루와 함께 떠난 일행 중에서 데이브 말고 다른 사람들은 얼굴이 익숙하지 않았다. 뉴스에 따르면 재니스 조플린이 환상적인 공연을 선보였다고 했다. 반면 테리는 따분하기 짝이 없는 계절학기 수업을 들어야 했다.

　잠시 후 다 찌그러진 차 한 대가 요란한 엔진 소리를 내며 다가왔다. 앨리스가 멈춰 선 차에서 내렸다. 그녀는 처음 만났을 때처럼 지저분한 기름때가 묻은 작업복 차림이었다.

　"늦은 거 아니죠?"

　인사할 새도 없이 앨리스가 물었다.

　"제 시간에 도착했어요."

　테리가 대답했다.

　"왜 차에 타지 않고 여기 있어요?"

　그 순간 밴의 문이 열리더니 켄이 얼굴을 내밀었다.

"왜 거기 있어요? 어서 타요."

심령술사라던 그의 말은 농담이 아니었던 걸까. 테리와 앨리스는 서로 눈빛을 교환한 뒤 밴에 올랐다. 켄의 뒤쪽 자리에 글로리아가 앉아 있었다. 무릎까지 오는 옥색 스커트에 흰색 물방울무늬 블라우스를 입은 완벽하게 세련된 모습이었다. 테리가 조심스럽게 허리를 굽히며 글로리아 옆자리에 앉았고, 앨리스는 어쩔 수 없다는 듯 켄의 옆에 앉았다.

군복을 입은 거구의 남자가 털이 북슬북슬한 팔로 운전대를 잡고 앉아 있다가 옆 좌석에 놓인 클립보드를 집어 들었다.

"자, 이제 다 왔죠? 지금부터 한 사람씩 이름을 확인할 테니 대답하세요."

켄이 손을 들었다.

"클립보드에서 명단을 봤어요. 여기 있는 네 사람이 다니까 그냥 출발하시면 됩니다."

군복 차림 남자가 살짝 인상을 찌푸렸다가 이내 클립보드를 내려놓고 다시 운전대를 잡았다. 밴이 부드러운 엔진 소리와 함께 출발했다.

"클립보드를 봤다고요? 그럼 이 일이 뭔지는 모른다는 거잖아요?"

테리가 켄에게 물었다.

켄이 콧수염이 아래로 처지도록 찡그린 얼굴로 뒤돌아보았다.

"여기서 평가를 받게 될 줄은 몰랐네요. 아무리 심령술사라 해도 뭐든 다 알지는 못해요."

"미안해요. 무례하게 굴 생각은 없었어요. 농담한 거예요."

켄이 잠시 생각하다가 고개를 끄덕였다.

"그럼 됐어요."

"당신이 심령술사라는 걸 어떻게 믿죠?"

글로리아가 낮은 목소리로 대화에 끼어들었다.

"내가 여기에 있잖아요?"

켄이 가슴에 손을 올리더니 손가락을 펼쳤다. 테리는 그가 미래를 보거나 영혼과의 대화가 가능한 사람인지는 알 수 없었지만 적어도 극적인 감각은 있어 보였다.

"다들 이 실험에 참가하게 된 이유가 뭐죠?"

테리가 딱히 누구에게랄 것 없이 물었다.

그사이 밴은 대학 진입로를 빠져나가 평탄한 길로 접어들었다.

"난 원해서 선택한 게 아니에요."

글로리아가 망설이지 않고 대답했다.

"무슨 뜻이죠?"

테리가 깜짝 놀라 물었다.

글로리아가 한숨을 푹 쉬었다.

"학장님은 내가 남학생들과 함께 생물학 연구 프로젝트에 참여하는 걸 반대했어요. 심지어 학장님은 나 같은 사람이 대학에서 전공 공부를 하면 안 된다고 생각하시죠. 내가 실험실에서 쫓겨나자 아버지가 학교에 찾아와 난리를 피웠어요. 그래서 내가 필요한 학점을 딸 수 있게 학교에서 이 방법을 고안해낸 거예요."

좌석에 팔을 기대고 있던 앨리스가 테리와 글로리아를 돌아보았다.

"난 솔직히 돈을 벌려고 왔어요. 폰티악 파이어버드를 사고 싶은데 돈을 빨리 모아야 차를 살 수 있을 테니까요."

잠시 침묵이 흘렀고, 다들 켄을 주시했다.

"지금 이 순간 난 여기 있어야 해요. 우리는 서로에게 아주 중요한 존재가 될 거예요."

어쨌든 아주 놀랄 만한 이야기는 아니었다.

"당신은 어때요?"

켄이 테리에게 물었다.

"이름이 스테이시라고 했죠?"

앨리스가 도와주려는 듯 거들었다.

테리는 잠시 망설였다.

켄이 그녀를 대신해 말했다.

"이분 이름은 스테이시가 아니라 테리입니다."

"맞아요, 난 테리 아이브스예요."

앨리스가 콧잔등에 주름을 만들었다.

"난 분명 스테이시로 기억하는데요?"

이제는 모두가 테리를 쳐다보고 있었다.

"왜 다른 이름을 사용했죠? 혹시 범죄자예요? 말 못 할 사연이 있나요?"

앨리스가 눈을 동그랗게 뜨고 물었다. 그녀의 머릿속에서 온갖 이야기들이 빙빙 돌아가고 있는 게 테리의 눈에 그려졌다.

"속일 생각은 없었어요. 그럴 만한 사정이 있었죠."

앨리스가 잔뜩 실망한 표정을 지었다.

"원래는 내 룸메이트 스테이시가 실험에 참가하기로 했었는데 중도에 마음이 바뀌는 바람에 내가 대신 오게 됐어요. 학교에 다니려면 돈을 벌어야 하니까요."

테리는 바로 눈앞에서 뭔가 할 수 있는 기회가 생겼기 때문이라는 말도 하고 싶었다. 어쩌면 지금 이 자리에 모인 사람들이 새로운 역사를 만들어내는 주인공이 될 수도 있었다. 바로 그 가능성이 그녀가 여기에 오게 된 이유였다. 하지만 그렇게 말하면 이상한 사람으로 보일지 몰라, 테리는 브레너 박사에게 말했던 것처럼 보다 단순한 이유만 덧붙이기로 했다.

"그리고 이번 일이 뭔가 중요한 일인 것 같은 느낌이 들었어요."

글로리아가 고개를 끄덕이더니 목소리를 낮춰 말했다.

"뭔지는 몰라도 중요한 연구라는 생각이 들긴 해요."

테리가 좌석 등받이에 팔을 올리고 운전자에게 말을 걸었다.

"호킨스에 연구소가 있는지 지금껏 몰랐어요. 어디에 있나요?"

"그리 멀지 않아요. 원래는 연구소가 아니었는데 작년에 개조했죠."

"거기서 뭘 하는데요?"

"연구요."

그 이상의 말은 없었다. 운전자는 계속 앞만 쳐다보고 있었다.

평평한 도로를 따라가다 보니 어느 덧 마을을 벗어나 양옆으로 옥수수 밭이 펼쳐졌다.

"당신 룸메이트는 돈이 필요하지 않았나요?"

앨리스가 갑작스레 물었다.

"이 연구에 참여하게 되면 다른 일을 전혀 할 수 없을 것 같다며 꺼려했어요."

"백인들은 일을 가려서 한다니까."

앨리스가 고개를 절레절레 저으며 글로리아와 눈을 마주쳤다.

테리는 그런 주장에는 동의할 수 없었지만 앨리스처럼 기름때를 뒤집어쓰면서 일할 자신은 없었다. 결과적으로 앨리스의 말이 전적으로 틀린 셈은 아니었다.

"나라면 그렇게 말하지 않을 거예요."

글로리아가 가볍게 핀잔을 주듯 말했다.

"우아한 당신이 나서서 그런 말을 할 필요는 없죠. 내가 대신 해주면 되니까."

앨리스가 글로리아에게 살짝 윙크했다.

글로리아가 고개를 저으며 환하게 웃었다.

"아마 쉬운 일은 아닐 거예요. 그저 가벼운 실험이라면 이 정도로 많은 돈을 주진 않을 테니까."

테리도 돈을 많이 주는 이유가 무엇인지 궁금해서 이 일에 뛰어들었다.

실험에 대한 이야기가 나오자 운전자가 주의를 주었다.

"연구소 밖에서는 실험에 대해 말하지 말아야 합니다. 필요 이상으로 궁금해하지도 말아야 하고요. 잘못했다간 큰일 납니다."

그들은 저마다 생각에 빠져 침묵을 유지했다.

앨리스에게는 오 분이 말을 하지 않고 견딜 수 있는 최대 한계치인 모양이었다.

"비틀스의 새 앨범이 나왔어요. 다들 알고 있죠?"

그들은 그 순간부터 음악 이야기를 비롯해 실험과는 상관없는 다양한 주제로 대화를 끌어갔다.

3

긴 철조망이 목적지에 도착했음을 알려주었다. 건물 입구에 '호킨스 연구소'라는 현판이 붙어 있었다. 운전자의 말대로 새로 지은 건물은 아니었다. 원래 다른 용도로 쓰이다가 연구소로 개조한 건물이었다.

밴은 총을 든 군인들이 지키는 초소를 그대로 통과해 주차장으로 향했다. 테리는 이 상황이 실제로 벌어지고 있는 일이라고 생각하자 새삼 놀라웠다. 연구소는 본관 양옆에 다른 동이 연결되어 있는 규모가 상당한 5층 건물이었다. 테리는 건물 앞에서 총을 들고 삼엄한 경계를 펼치고 있는 경비원들을 보자 긴장감이 밀려왔다.

테리는 마음을 굳게 먹었다. 그녀는 무언가를 진심으로 결정하면 여간해서는 생각을 바꾼 적이 없었다. 베키 언니와 셜리 이모가 세상에서 가장 고집 센 인간이라며 나가떨어질 정도로.

물론 안으로 들어가면 그저 둥글게 모여 앉아 명상 같은 것을 할 가능성도 있었다. 스테이시가 과장한 것일 수도 있었다.

"테리?"

글로리아가 부르는 소리를 듣고 나서야 테리는 밴이 멈춰 서 있고, 차 문이 열려 있다는 걸 깨달았다.

"미안해요. 잠시 딴생각을 했어요."

테리는 운전자와 글로리아를 번갈아 쳐다보며 사과했다.

차에서 내린 일행은 불안감을 감추지 못하며 무리지어 걸어갔다. 운전자는 그들이 도망이라도 칠까봐 걱정된다는 듯 바짝 뒤따르며 경계의 눈길을 거두지 않았다.

주차장에는 차들이 가득했다. 건물 입구 근처에 번쩍거리는 메르세데스 벤츠 한 대가 서 있었다. 심리학부 건물 앞에서 봤던 바로 그 차였다. 틀림없이 브레너 박사의 차일 것이다.

그들은 유리로 된 출입문 앞에 멈춰 서서 건물을 올려다보았다.

운전자가 출입문을 열었다. 테리는 일행들이 들어갈 때까지 기다렸다가 마지막으로 바깥 공기를 깊이 들어마신 다음 건물 안으로 들어섰다.

로비에 들어서는 순간 이 연구소가 국가적으로 매우 중요한 일을 하는 곳이라는 느낌이 절로 들었다. 눈에 보이는 모든 시스템들이 그렇게 말해주고 있었다. 출입문마다 총을 든 군인들이 지키고 서 있었다. 나이 지긋한 여자가 지키는 안내데스크에는 두꺼운 방명록이 놓여 있었다. 바닥은 먼지 한 점 없이 깨끗했다.

"아직은 출입증이 없으니 다들 방명록에 이름을 적어요."

운전자가 안내데스크 앞에서 말했다.

글로리아가 가장 먼저 방명록에 이름을 적으려는 순간 안내데스크 안쪽 문이 스르르 열렸다. 브레너 박사가 그 문으로 성큼성큼 걸어 나왔다. 로비로 나온 브레너 박사는 테리 일행을 보자마자 환한 미소를 지었다.

"어서들 와요."

그가 안내데스크 여자를 향해 손을 흔들었다.

"모두 안으로 들여보내줘요."

안내데스크 여자가 고개를 끄덕였다.

브레너 박사는 테리 일행에게 들어오라고 손짓한 뒤 앞서 걸었다. 그들은 그 뒤를 따라갔다.

앨리스는 긴 복도를 지나는 동안 군인들이 들고 있는 라이플을 쳐다보느라 여념이 없었다. 테리가 그녀의 팔을 잡고 부드럽게 앞으로 이끌었다. 앨리스는 그제야 정신을 차렸다.

"고마워요. 처음 보는 물건에 워낙 호기심이 많아서. 이해해줘요."

테리와 앨리스는 조금 간격이 벌어진 일행을 서둘러 뒤따랐다.

"여기서는 무슨 일을 하죠?"

테리가 묻자 브레너 박사가 돌아보았다. 지금껏 그런 식의 질문을 받아본 적이 없는지 그의 눈에 당황한 기색이 역력했다.

"내가 얘기해주는 것보다는 여러분들이 직접 경험하면서 천천히 알아가는 게 좋을 것 같군요."

"어떤 경험을 하게 될지 기대가 되네요."

브레너가 미소를 지으며 고개를 끄덕였다.

"아마도 좋은 경험일 겁니다."

그들은 미로처럼 생긴 복도를 지나갔다. 공기 중에 청소 세제 냄새가 떠다녔다. 복도 바닥과 벽에는 티끌 하나 묻어 있지 않았고, 천장에는 밝은 조명기기가 열 지어 매달려 있었다. 혼자서는 밖으로 나가기도 힘들어 보이는 미로였다.

테리 일행은 가끔 실험복이나 환자복을 입은 사람들과 마주쳤다. 그들은 브레너 박사를 향해서는 깊이 고개 숙여 인사했지만 테리 일행은 마치 투명인간을 대하듯 무심히 지나쳤다. 어느새 운전자는 어디론가 사라지고 없었다.

브레너 박사가 엘리베이터 앞에 멈춰 서더니 키패드에 비밀번호를 입력했다. 삑삑거리는 소리가 울리고 엘리베이터가 움직이는 소리가 들려왔다. 브레너 박사가 아래층으로 내려가는 버튼을 눌렀다. 키패드 아래쪽에 경고 표시가 부착되어 있었다.

'제한구역. 보안상 출입허가 필수.'

테리는 계속 자신의 가정이 너무 멀리 간 것이며, 자신의 생각이

틀렸다는 것을 입증해주는 무언가가 나타나기를 기다렸지만 아직까지는 보이지 않았다.

이내 엘리베이터가 도착했고, 문이 열렸다.

"모두 엘리베이터에 타세요."

브레너 박사가 말했다.

테리 일행은 다함께 엘리베이터 안으로 들어갔다.

앨리스는 완벽하게 깨끗한 엘리베이터 내부를 샅샅이 살피면서도 계속 입을 다물고 있었다.

엘리베이터가 지하 2층에 멈춰 섰다.

지하 복도에서 사람들이 기다리고 있었다. 지난번 학교 심리학부 건물에서 봤던 남자 두 명과 여자 한 명이 눈에 들어왔다. 실험복을 입은 그들이 클립보드를 들고 앞으로 다가오더니 앨리스와 글로리아, 켄의 이름을 차례로 불렀다.

브레너 박사가 테리를 보며 억지웃음을 지어 보였다.

"당신은 나를 따라오면 됩니다. 물론 다른 분들도 정기적으로 체크할 테고요."

브레너 박사가 어깨 너머로 연구원들을 향해 고개를 끄덕였다. 테리는 그를 따라 긴 복도를 걸었다. 뒤를 돌아보니 다른 사람들도 각자의 방으로 향하고 있었다. 테리는 지나는 길에 유리창을 통해 복도 양옆에 있는 방 안을 들여다보았다. 정돈되지 않은 침대, 작은 탁자, 여러 가지 물건들이 놓여 있는 작업대가 보였다.

두 사람은 계속 복도를 따라갔다.

"다 왔어요. 이 방으로 들어가면 됩니다."

브레너가 걸음을 멈추고 문이 열려 있는 방을 가리켰다. 방 안에는 그들을 연구소로 데려다준 운전자가 있었다. 아마도 그는 브레너 박사를 보조하는 역할인 듯했다.

방의 한쪽 벽에 흰색 시트로 덮인 침대, 탁자와 의자 몇 개가 비치돼 있었고, 다양한 기계들이 놓여 있었다. 침대 위에는 흰색 바탕에 푸른색이 섞인 환자복이 준비되어 있었다.

"잠시 나가 있을 테니까 옷을 갈아입어요."

"꼭 환자복으로 갈아입어야 하나요?"

테리가 조금 불만 섞인 목소리로 물었다.

"아무래도 그쪽이 편할 겁니다."

브레너 박사가 말을 멈추고 잠시 테리를 쳐다보았다.

"환자복 때문에 실험에 참가하기 싫어진 건 아니죠?"

테리는 입안이 바짝 타들어가는 느낌을 받으며 고개를 저었다.

"불안해할 필요 없어요. 옷을 갈아입고 나면 복도로 고개를 내밀어요."

브레너 박사가 조수와 함께 밖으로 나갔고, 이내 문이 닫히는 소리가 들렸다.

테리는 혹시 꼼짝없이 감금당한 건 아닌지 의심스러워 문으로 다가가 살며시 문손잡이를 돌려보았다. 문이 쉽게 열렸다.

"무슨 일 있어요?"

밖에서 기다리던 브레너 박사가 물었다.

"아니에요, 죄송합니다."

테리는 재빨리 문을 닫고 환자복을 집어 들었다. 일반 병원에서 흔히 입는 스타일에 얇고 종이처럼 버석거리는 재질이었다. 테리는 건강 체질이라 여태껏 한 번도 병원에 입원한 적이 없었다. 다만 그녀가 중학생일 때 어머니가 충수염으로 입원하는 바람에 병원에 몇 차례 들락거린 적은 있었다. 어머니가 입원해 있던 이틀 동안 아버지는 딸들에게 가급적 환자 옆을 지켜야 한다고 강조했다. 어머니는 무슨 이유인지 딸들이 곁을 지키고 있는 동안 좀처럼 침대에서 일어나지 않았다. 알고 보니 환자복 뒤쪽이 트여 있었기 때문이었다. 어머니는 그 환자복에 대해 아주 특이한 논평을 했다.

"이건 분명 남자들이 만들었을 거야."

테리는 바지와 블라우스를 벗고, 머리 위로 환자복을 꿰어 입었다. 문에 달린 작은 유리창으로 밖을 내다보았지만 시야가 좁아 브레너와 연구보조원의 모습이 보이지 않았다. 그녀는 잠시 방 안을 둘러보았다. 기계들은 용도를 알 수 없었다. 탁자 위에 놓인 클립보드에는 실험 결과를 기록해 넣을 빈 칸들이 가득했다. 작은 컵들과 물이 담긴 투명한 병도 하나 있었다.

테리는 문을 열고 남자들을 향해 손을 흔들어 보였다. 바닥이 어찌나 차가운지 발이 얼어붙을 것 같았다. 신발을 벗지 말았어야 했다.

"물을 한잔 줄까요?"

브레너 박사가 물었다.

"네."

가뜩이나 입안이 바짝 말라 갈증이 나던 차였다.

브레너 박사가 투명한 병에 담긴 물을 작은 컵에 따라 건넸다.

테리는 컵을 받아들고 물을 한 모금 마셨다.

브레너 박사가 의자를 가리켰다.

"이제 채혈을 하고, 바이탈 사인을 측정할 겁니다. 침대에 편안히 누워 나와 이야기를 나누다 보면 곧 실험이 끝날 테니 걱정할 필요 없어요."

아주 간단한 이야기였지만, 뭔가 이상하기도 했다. 테리는 자리에 앉았다.

연구보조원이 피를 뽑아 두 개의 튜브에 나누어 담았다. 브레너 박사가 테리의 눈에 불빛을 비추었다. 어찌나 눈이 부신지 그녀는 움찔했다. 박사는 차가운 청진기를 그녀의 가슴에 가져다댔다. 심장박동 소리가 너무 커서 박사에게도 들릴 것만 같았다. 브레너 박사가 기계를 끌고 오더니 기계에 달린 선을 그녀의 손가락에 연결한 후 몇 개의 버튼을 눌렀다.

테리는 스크린에 빨간색 선이 지그재그로 나타나는 걸 넋을 놓고 바라보았다. 심장은 여전히 빠르게 뛰고 있었다.

브레너 박사가 뒤로 물러섰다. 테리는 눈으로 그를 따라가려고 애썼지만 주변이 온통 흐릿해 보였다. 브레너는 물론이려니와 방 안에 있는 모든 물건들이 흐릿해 보이다가 어디론가 이동하는 느낌이 들었다. 그게 아니라면 그녀의 몸이 이동하거나 움직이고 있다고 봐야 했다.

"이제 효과가 나타나는 모양입니다."

연구보조원이 말했다.

테리는 그 말이 무슨 뜻인지 이해하려고 애쓴 끝에 겨우 알아차렸다. 스테이시가 했던 말은 결코 과장이 아니었다.

"혹시 나에게 약을 먹인 건가요?"

"네, 우린 당신에게 강한 환각제를 주었어요. 환각제가 피암시성을 발현시킨다는 실험 결과가 있죠. 당신은 그저 편안하게 누워 약효가 나타나는 동안 가만히 있으면 됩니다."

테리는 말이 나오지 않았다. 환각 상태이긴 해도 아직은 브레너와 연구보조원의 얼굴이 흐물거리거나 흘러내리지는 않았다.

두 사람이 그녀를 일으켜 세우더니 침대로 데려갔다. 테리는 그들의 얼굴이 흐물흐물 녹아내리는 모습을 보는 동안 왜 자꾸만 웃음이 터져 나오는지 알 수 없었다. 그녀는 하얀 시트 위에 편히 누웠다. 여전히 웃음이 멎지 않아 몸이 자꾸 흔들렸다.

테리가 침대에 눕자 그들은 뒤로 물러났다. 테리는 누운 자세로 심전도 모니터의 빨간 선을 바라보았다.

저 선이 안정적이면 난 괜찮은 거야.

테리는 더 이상 웃지 않았다. 침대는 부드러우면서도 딱딱했다.

어떻게 두 가지 상반된 감각을 다 느낄 수 있지?

테리는 자리를 박차고 일어나고 싶었다.

"편안하게 쉬면서 마음을 열어요. 의식을 자유롭게 풀어줘요."

브레너 박사의 차분한 목소리에 매달리고 싶었지만 거부의 뜻으로 고개를 저었다.

"나를 봐요."

브레너의 손에 반짝이는 수정이 들려 있었다.

"이제부터 이 수정을 집중해서 바라봐요."

브레너는 말을 들을 때까지 멈추지 않겠다는 듯 그녀의 얼굴을 빤히 쳐다보았다.

테리는 그의 지시를 따르기 전에 희미해진 눈으로 심전도 모니터에 나타난 빨간색 선을 재차 확인했다. 그런 다음 수정을 바라보았다.

"이제 눈을 감아요. 이 방이 시야에서 사라져도 가만 내버려둬요."

눈꺼풀 뒤로 다양한 색들로 이루어진 점선이 나타났다. 정원에서 식물에 물을 줄 때 호스에서 뻗어나간 물줄기가 햇살에 반사되어 나타나는 무지개와 흡사했다.

"무지개가 보여요."

테리가 중얼거렸다.

"잘하고 있어요."

남자 목소리가 들렸지만 테리는 이제 그가 누군지 기억할 수 없었다.

"좀 더 깊이 몰입해봐요."

테리는 저항해야 한다고 생각했지만 남자의 지시를 거부하기 힘들었다.

4

기계들이 많이 놓여 있는 장소는 대체로 지저분한데 이 방은 먼지 한 점 보이지 않을 만큼 청결했다.

앨리스는 손톱 밑에 낀 기름때를 자신의 일부로 여기며 살았다. 매일이다시피 기계를 만지며 일하다 보니 저도 모르게 몸 어딘가에 기름때가 묻어 있기 일쑤였다. 앨리스가 처음 삼촌의 정비소에서 일을 시작했을 때만 해도 어머니는 잔소리를 입에 달고 살았다. 얼굴이 아무리 예뻐도 손톱에 기름때가 낀 여자를 좋아할 남자는 없다고. 이제는 어머니도 체념하다시피 했다. 그녀의 가족들은 다들 눈코 뜰 새 없이 바삐 사는 형편이라 차림새에 신경 쓸 여력이 없었다. 일요일에 교회에 갈 때도 꾸미지 않고 편한 옷을 입었다.

"렌치나 드라이버를 가져올 걸 그랬어."

앨리스는 혼잣말로 중얼거렸다. 왠지 말할 때 혀에서 거북한 느낌이 일었다.

팍스 박사가 방에 들어오자마자 작은 종잇조각을 건네더니 혀에 올려두라고 했던 기억이 났다.

얼마나 오래됐을까?

앨리스는 시간을 알 수 없을 경우 조바심을 느꼈다. 그녀가 제일 처음 분해해본 물건도 사촌이 토론토에서 가져온 시계였다. 여섯 살이었던 앨리스는 캐나다의 시간과 인디애나의 시간이 다른지 알고 싶었다.

"뭐가 보이죠?"

팍스 박사가 물었다. 하얀색 가운을 입은 박사의 몸이 두 개로 보였다. 앨리스는 둘 중 어디에 초점을 맞춰야 할지 갈피를 잡을 수 없었다. 초점이 딱 맞아떨어지지 않아 눈을 감았더니 이번에는 어지러운 불연속선들이 나타나 머릿속이 혼란스러웠다.

앨리스는 눈을 뜨고, 오른쪽에 있는 형상을 바라보았다.

"저 기계들의 내부를 보고 싶어요."

팍스 박사는 그녀의 말을 듣고 골똘히 생각에 잠겼다. 앨리스는 의학이나 과학 분야에 종사하게 되면 누구나 팍스 박사처럼 무뚝뚝해지는지 궁금했다. 그녀의 성격을 직업 탓으로 여기는 건 무리였다. 아무리 유능한 정비공이라도 손보기 힘든 기계가 있기 마련인데, 작업복을 입고 손톱 밑에 기름때가 묻어 있으면 뭐든 잘 고칠 수 있을 거라 지레짐작하는 것과 마찬가지였다.

앨리스는 기계를 고칠 때 항상 작동원리를 먼저 이해하고 나서 작업을 시작했다. 그녀는 기계를 좋아했고, 누구보다 잘 고쳤다.

저 기계들의 내부를 들여다볼 수만 있다면 머리가 맑아지고 본래대로 돌아갈 수 있을 것 같았다.

놀랍게도 팍스 박사가 뒤에 서 있는 연구보조원에게 지시했다.

"드라이버를 가져다줘요."

앨리스는 자신의 얼굴에 기쁨이 드러났다는 것을 알 수 있었다. 처음으로 팍스 박사의 표정이 부드러워졌기 때문이다.

"아주 흥미로운 실험이 될 것 같네요. 브레너 박사님을 불러와야겠어요. 박사님도 분명 이걸 보고 싶어 할 거예요."

앨리스가 흔들리는 나사 머리에 드라이버를 꽂고는 말했다.

"멈춰."

하지만 나사, 전선, 톱니바퀴 주변의 모든 부품들이 맞물리더니, 마치 심장이 박동하듯 쿵쾅거리기 시작했다. 그녀가 할 일은 한 가지밖에 없었다. 이 기계를 완전히 분해해서 돌아가는 원리를 알아내는 것이었다. 순간 앨리스는 자신이 왜 이런 생각을 하고 있는지 아득해졌다. 아무래도 혓바닥 위에 올려놓은 종잇조각 때문인 것 같았다. 그녀는 여전히 눈에 초점이 잡히지 않았고, 방 안에 있는 모든 기계들이 둘로 보였다.

방문이 열리는 순간 앨리스는 고개를 돌려 방 안으로 들어서는 사람을 쳐다보았다. 마틴 브레너 박사였다. 물결치는 머리를 한 그의 얼굴에 어색한 미소가 어려 있었다.

"무슨 일입니까?"

브레너가 묻자 팍스 박사가 앨리스를 가리켰다.

앨리스는 다시 기계 쪽으로 고개를 돌렸다. 기계가 그녀의 관심을 받길 원한다는 듯 요란한 소리를 내며 돌아가고 있었다.

연구보조원이 공구가 든 연장통을 가져왔다. 앨리스는 드라이버를 내려놓고 펜치를 집어 들었다. 그녀는 펜치를 기계의 중심부에 찔러 넣은 뒤 부드럽게 비틀면서 전선들을 잘랐다.

"지금 심전도 기계로 뭘 하는 거죠?"

브레너가 팍스 박사에게 물었다.

"이 기계가 어떻게 살아 있는지 보려고 분해한 거예요."

팍스 박사 대신 앨리스가 대답했다.

"흥미롭군요. 전기를 한번 써봅시다. 어떤 반응을 보일지 궁금하니까."

"우리가 원하는 기준에 도달한 것 같긴 한데 아직 확신하긴 어려워요."

팍스 박사가 회의적인 목소리로 말했다.

"내가 확신해요."

브레너 박사가 앨리스 옆으로 다가왔다.

"잠깐만 자리에 누워 있도록 해요. 우리가 새로운…… 치료를 할 동안."

"당신은 날 기계로 만들고 싶은 거죠? 하지만 난 이미 기계와 한 몸이라고요."

앨리스가 말했다.

연구보조원이 앨리스의 팔을 잡더니 손에서 펜치를 빼앗아 탁자 위에 올려놓았다.

"난 가만히 누워 있기 싫어요."

"누워 있다 보면 곧 끝날 거예요."

브레너 박사가 미소를 지으며 말했다.

그가 다른 기계를 끌고 왔다. 팍스 박사의 얼굴에 그늘이 드리워졌다. 그녀는 앨리스의 관자놀이에 전극을 부착했다. 앨리스는 거부감이 일었지만 기력이 쇠해 제지할 방법이 없었다.

첫 번째 충격이 가해지는 순간 앨리스는 번개를 맞은 듯 소스라쳤다. 이내 두 번째 충격이 가해졌고, 앨리스는 내면으로 깊이 들어갔다. 빛과 어둠이 혼재된 섬광이 그녀를 에워쌌다.

앨리스는 방향을 분간할 수 없었다. 앞에 있던 높은 건물이 갑자기 허물어져 내렸다. 자그마한 홀씨들이 공기 중에 무수히 떠돌았다. 앨리스는 손을 뻗어 홀씨를 잡으려고 했지만 허사였다.

숨을 쉬어, 앨리스. 숨을 쉬어. 약물과 전기충격 때문이야.

콘크리트 건물이 단숨에 무너지며 사라지고, 그 자리에 움직이는 별들이 가득한 하늘이 펼쳐졌다.

앨리스는 온갖 이미지들이 서로 충돌하는 내면의 고요하면서도 혼란스러운 장소에 잠시 머물렀다. 건물 벽이 별들이 되었다가 이내 풀잎으로 바뀌었다. 그녀는 브레너 박사와 그의 지독한 전기충격에서 달아나 현실 세계의 아래쪽에 깊이 숨어들었다.

5

무지개는 한참 동안 테리의 눈앞에 머물러 있었다. 그러다가 서서히 흐릿해지더니 그 자리에 본래의 어둠만이 남았다. 캄캄한 구덩이속 같기도 했고, 밤하늘에 떠 있는 구름 속 같기도 했다. 어느 순간 주위가 밝아지기 시작했다. 주변의 모든 것이 가능성을 지니고 있었다.

그것들은 그녀의 내면에도 있었고, 외부에도 있었으며, 모든 곳에 다 있었다. 이건 모든 것이었다. 에너지를 품고 요동치는 보이지 않는 별들에 둘러싸인 기분이었다. 문득 이상하다는 생각이 들었지만 지금은 모든 생각이 똑같이 이상했다. 그녀는 어딘지도 모르는 곳에 와 있었지만 모든 감각이 그대로 살아 있었다.

어떻게 이런 일이 가능하지? 바로 이런 게 환각 체험일까?

테리는 보이지 않는 손이 자신을 억누르고 있다는 느낌이 들었다. 여기에서는 시간도 알 수 없었고, 아무런 냄새도 느낄 수 없었다. 어디선가 무슨 소리가 들려왔다. 멀리서 들리는 소리 같기도 했고, 가까이에서 울리는 소리 같기도 했다.

눈앞에는 아무것도 없었다. 뒤에도 아무것도 없었다.

조심스럽게 달래는 듯한 남자 목소리가 들렸다.

"테리, 지금 어디에 있죠?"

"어딘지 모르지만 깊은 곳이요."

대답이 자동으로 나왔다.

"내 목소리가 들려요?"

"들려요."

"마음속을 들여다봐요. 뭐가 보이죠?"

"아무것도 안 보여요."

"좋아요. 지금부터 내가 말하는 대로 해요. 아주 중요한 일이니까."

"그럴게요."

"당신 인생에서 가장 힘들었던 날이 언제였죠? 이제부터 그날로 다시 돌아가는 거예요. 자, 이제 그날 무슨 일이 있었는지 얘기해봐요."

테리의 머릿속에서 그날의 기억이 선명하게 떠올랐다. 가능하다면 억누르고 싶은 기억이었다.

"말하고 싶지 않아요."

"중요한 일이니까 어렵더라도 말해봐요."

남자의 목소리는 잔잔한 호수에 떠 있는 보트처럼 안정적이었다.

테리의 눈앞에 하얀빛이 나타났다. 그녀는 무엇인지 알아볼 새도 없이 하얀빛이 있는 곳을 향해 걸어갔다. 가까이 다가가 보니 흰색으로 칠한 나무 문이었고, 십자가가 새겨져 있었다.

테리가 그 문을 마지막으로 본 것은 부모님의 장례식 날이었다. 아버지는 예배에 자주 참석하지 못해 늘 죄책감을 느꼈지만, 테리와 베키는 일요일마다 교회에 갔었다. 그 교회에서 부모님의 장례식이 열렸다.

"눈앞에 뭐가 보이죠?"

테리는 손바닥으로 하얀 문을 밀었다.

"교회에 들어가기 전에 차에 놓아두고 온 물건이 있어서 가져와야 했어요. 베키 언니는 이미 교회 안으로 들어갔고요."

"그때가 언제쯤이죠?"

"3년 전이에요."

테리는 교회의 중앙통로로 들어갔다. 발밑에서 삐걱거리는 소리가 났다. 교인들이 줄지어 앉아 있는 긴 탁자들을 그대로 지나쳐 계속 앞으로 걸어갔다. 스테인드글라스 창문으로 빛이 쏟아져 내렸다. 양팔을 펼친 예수님과 후광을 두른 어린 양, 십자가에 못 박힌 손과 발에 피를 흘리는 예수님……

테리는 그날 그랬던 것처럼 그대로 돌아서서 도망치고 싶었다. 하지만 충동을 억누르고 계속 걸어갔다. 참았던 눈물이 솟으며 눈앞이 흐려졌다. 그녀는 며칠 내내 운 탓에 눈이 빨개져 있었다. 베키가 눈물이 가득한 눈으로 그녀를 돌아보며 억지 미소를 지었다.

테리는 나란히 놓인 두 개의 나무 관을 바라보았다. 베키는 장의사에게 지불해야 하는 비용이 지나치게 비싸 당황했지만 선택의 여지가 없었다. 어머니와 아버지는 마치 잠을 자는 듯 평온하게 눈을 감고 있었다.

"베키 언니와 내가 고등학생일 때 부모님이 교통사고를 당했어요. 우리 자매는 소식을 듣고 병원으로 달려갔지만 부모님은 이미 돌아가신 뒤였죠. 그날은 차마 부모님의 시신을 보게 해달라고 할 수 없었어요."

"당신이 살면서 가장 고통스러웠던 날이 그날이군요. 왜 사고 당일이 아니라 장례식 날이죠?"

테리는 부모님의 관 앞에서 흐느껴 울다가 그 자리에서 그대로 무너져 내렸다.

"부모님이 돌아가신 건 이미 알고 있었지만, 시신을 보지 못했기 때문에 실감하지 못했죠. 그날 비로소 부모님이 다시는 우리 곁으로 돌아올 수 없다는 걸 알게 됐어요."

"그렇군요."

테리가 눈물을 펑펑 쏟자 베키가 등을 쓰다듬어주며 위로했다. 베키도 울고 싶었지만 동생을 위로해야 하기에 겨우 참아내고 있었다.

"그날 당신이 느꼈던 감정과 기억들을 모두 상자에 담아요. 현재 상태를 벗어나게 되면 상실감은 남더라도 고통은 사라질 거예요."

과연 그럴 수 있을까?

그건 불가능한 일이었다. 부모님에 대한 그리움은 조금씩 옅어져

가고 있었지만 그때 일이 떠오를 때마다 참기 힘든 고통이 밀려왔다.

"상자를 떠올리고, 그 안에 우울한 기억들을 모두 담아요. 분명 큰 도움이 될 테니까."

테리는 남자의 말대로 했다. 무거움과 가벼움이 동시에 느껴졌다.

"이제 깨어나면 당신이 본 건 기억에 남겠지만 내가 말한 건 모두 잊게 될 겁니다."

테리는 다시 공포감이 엄습했다.

"난 지금 어디에 있죠?"

"당신은 실험실에 있어요. 이제 곧 깨어날 거예요."

테리는 힘껏 앞을 향해 달려갔다. 마치 발이 땅에 닿지 않고 허공에 떠 있는 것 같았다. 그녀는 숨을 헐떡이다가 마침내 눈을 떴다. 두 손은 얇은 시트를 꼭 부여잡고 있었고, 피부는 땀에 흠뻑 젖어 있었다.

방 안이 흐릿해 보였지만 어둡지는 않았다. 시야가 점점 또렷해지며 밝은 빛이 눈으로 스며들었다. 테리는 눈을 뜨자마자 심전도 모니터에서 빨간색 선을 확인했다. 심장은 여전히 안정적으로 뛰고 있었다.

브레너 박사는 옆에 앉아 그녀의 팔에 손을 올리고 있었다. 엄마가 생전에 그러했듯 마음을 편안하게 해주는 손길이었다.

"이제 괜찮아요."

테리가 자기 자신에게 확신을 주듯이 말했다.

"목이 마를 테니 마실 물을 가져오게."

브레너가 연구보조원에게 지시했다.

"물은 안 마실래요."

"이번에는 진짜 물이니까 걱정하지 말아요. 자, 이제부터 마음을 가라앉히고 내 질문에 대답해봐요."

테리도 물어보고 싶은 것이 많았다.

6

브레너 박사는 실험대상자들의 마음속을 들여다보고 싶었다. 사실 그들과 대화를 나누어본들 최면술이 얼마나 효과적이었는지 알아낼 방법은 없었다. 그들의 경험을 증언해줄 목격자는 존재하지 않으니까.

지금 눈앞에 있는 테리 아이브스는 그의 호기심을 자극했다. 이런 경우는 최근 들어 드문 일이었다. 성인 실험대상자일 때는 더욱 그랬다. 테리는 스스로 기회를 감지했고, 적극적으로 자신의 가능성을 보여주려 했다. 그는 그녀의 강인한 기질이 이 실험을 더욱 의미 있게 만들어줄 수 있으리라 기대했다. 그녀는 다른 실험대상자들과 달리 그를 두려워하지 않았다. 높이 살 만한 자질이었다. 그는 적어도 아니라는 대답을 받아들이지 못할 만큼 꽉 막힌 사람은 아니었다.

"이제 좀 괜찮아요?"

테리가 연구보조원이 건네준 물을 마시자 브레너가 물었다.

테리는 고개를 끄덕이고 번들거리는 뺨에 달라붙은 머리카락을 쓸어 넘겼다. 눈물과 땀을 많이 흘린 걸 보면 환각제에 민감하게 반응한 것 같았다.

"스스로 생각하기에 환각 효과가 어느 정도로 강했는지 1에서 10 사이의 숫자로 말해볼래요?"

"8이요."

테리의 눈빛이 대답만큼 또렷했다.

"환각 상태가 지속되는 동안 무엇을 보았죠?"

테리는 잠깐 머뭇거리다가 간결하게 대답했다.

"부모님 장례식을 봤는데 마치 실제 모습처럼 선명했어요."

"지금 기분은 어때요?"

"기분이…… 어쩐지 좀 가벼워졌어요. 무슨 말인지 아시겠어요?"

브레너는 고개를 끄덕였다. 테리는 환각 상태일 때 자신의 고통을 상자 속에 집어넣어 한결 가벼워진 느낌일 것이다. 감각을 예민하게 만들기 위한 첫 번째 단계였다. 이런 과정을 거쳐 그는 점점 막강한 영향력을 행사할 수 있게 될 것이며, 지금보다 더 높은 수준의 성과를 얻게 될 것이다. 무엇보다 중요한 건 그때까지 테리가 변화를 깨닫지 못하게 하는 것이었다.

"왜 그런지 알겠어요?"

테리가 불안한 눈길로 브레너를 쳐다보았다.

"아뇨. 궁금한 점이 있는데 물어봐도 될까요?"

"물론이죠."

"이 실험의 목적이 뭐죠? 물론 매우 중요한 일일 거라 짐작하지만요."

브레너가 질문에 답을 하기도 전에 테리가 고개를 저으며 헛웃음을 지었다.

"굳이 답변하지 않아도 괜찮아요. 내가 서명한 규칙에 위배되는 질문이니까. 오는 길에 들은 것처럼요."

"그게 무슨 소리죠?"

"저분이 실험에 대해 말하지 말라고 했거든요."

브레너는 바닥을 내려다보고 있는 연구보조원을 쳐다보았다. 그의 생각은 달랐다. 그는 실험대상자들이 머릿속에 떠오르는 것들을 무엇이든 다 털어놓을 수 있어야 한다고 생각했다.

"하고 싶은 말이 있으면 무슨 말이든 해도 돼요."

연구보조원은 브레너의 눈길을 피하면서도 수긍한다는 뜻으로 고개를 끄덕였다.

"환각 상태일 때 부모님 장례식 말고 다른 무언가를 더 본 게 있나요?"

테리는 숨을 몰아쉬었다.

"온갖 미친 일이 다 있었죠. 너무 지쳤어요. 이런 경험은 처음이라서."

테리가 환각제에 강하게 반응한 게 설명되었다.

"당신이 환상을 본 건 처음이 아닌 것으로 알고 있는데요. 설문지에 환각 경험이 있다고 하지 않았나요?"

"약을 몇 번 해본 적이 있다고 했죠. 박사님이 바라는 대답이라고 생각했거든요."

잠재력. 그녀는 잠재력이 가득했다. 브레너는 앞으로 실험을 거듭하면서 그녀의 잠재력을 최대치로 끌어올리기로 마음먹었다.

실험대상자 앨리스는 전기충격에 흥미로운 반응을 나타냈다. 아직 단정하기에는 이르지만 이번 참가자들이라면 주목할 만한 성과를 거둘 수 있을 듯했다. 그가 직접 뽑은 사람들이니 당연한 일이기도 했다. 그들은 모두 의지가 강했다. 그보다 브레너 본인의 의지가 더 강했다.

"내 말이 맞나요? 박사님이 원하는 대답이었나요?"

"역시 당신은 감각이 좋아요."

테리가 고개를 들어 올리고 미소 지었다. 하지만 여전히 불안감이 가시지 않은 기색이었다.

"이제 옷을 갈아입어도 될까요?"

브레너는 지금 그녀가 두려움을 감추고 짐짓 태연한 척하고 있다는 것을 알았다.

"네, 그렇게 해요. 다음번에는 좀 더 깊은 대화를 나눌 수 있길 바랍니다."

브레너는 다음 실험 때 테리가 어떤 반응을 보일지 벌써부터 궁금했다.

"고마워요."

테리는 다리를 살짝 떨면서 겨우 자리에서 일어났다.

연구보조원이 벌써 방문을 열고 기다리고 있었다. 브레너는 대화를 좀 더 이어가길 바랐는데 그가 눈치 없이 서두르는 바람에 화가 났다.

"앞으로는 절대로 재촉하지 말게."

브레너가 복도로 나서며 말했다.

"죄송합니다."

브레너는 다른 실험대상자들의 상태를 확인하기 위해 복도를 따라 걸었다. 그들도 모두 약물에 대한 반응에 따라 정해놓은 기준선을 잘 통과했다. 그의 기대를 한껏 충족시키지는 못했지만 앞으로 실험이 진행될수록 뚜렷한 발전이 있을 것이다. 인내심이 과학자의 가장 큰 미덕이라지만 그에게는 한참 부족한 덕목이었다.

브레너는 기분을 전환할 요량으로 에이트의 방을 찾았다. 그는 방문을 열고 들어가 방 한가운데에 섰다. 이층침대는 가지런히 정돈되어 있었다. 지난번에 에이트에게 어느 쪽에서 자는지 물었더니 마치 중요한 비밀이라도 된다는 듯 말해주지 않았다. 그 후로는 다시 묻지 않았다.

에이트는 놀이용 책상 앞에 앉아 최근에 그린 그림들에 크레파스로 마구 색칠을 하고 있었다. 검정색 크레파스는 벌써 다 닳은 상태였다. 브레너는 아이에게 새 크레파스를 사줘야겠다고 생각했다. 이곳에서 일하는 심리학자의 말에 따르면 창의력이 높은 아이에게 미술은 매우 중요한 활동이라고 했다.

에이트는 방문자를 무시하고 그림에 열중했다. 아이는 어느새 그를 짜증나게 하는 방법이 뭔지 알고 있었다.

브레너가 팔짱을 끼고 말했다.

"저녁 먹을 시간이라서 같이 식당에 갈까 하는데, 네 생각은 어때?"

직원 식당이 아래층에 있었다. 아이들을 보는 건 아무에게도 허락하지 않았다. 에이트에게 다른 아이들이 이곳에 있다는 걸 알려주는 것 역시 금지되었다. 다른 아이들은 에이트와 달리 대부분 평범했다. 브레너는 그 아이들이 에이트까지 평범하게 만들까봐 걱정하고 있었다.

아이는 여전히 브레너를 무시하며 그림에 열중했다. 그는 아이를 훈육할 필요를 느꼈지만 일단은 달래기로 했다. 그는 아이를 향해 한 걸음, 다시 한 걸음 다가갔다. 그리고 가운 주머니에서 사탕 봉지를 꺼내들었다

"칼리, 스위트 타르트를 가져왔는데 먹어보지 않을래?"

아이는 그제야 크레파스를 집어 던지며 자리에서 일어났다. 아이

가 브레너의 손에서 재빨리 사탕봉지를 낚아채더니 사탕을 입안 가득 집어넣었다.

"친구와 함께 있게 해준다고 약속했잖아요."

아이의 입가에 설탕가루가 잔뜩 묻었다.

"조금만 더 기다려봐. 친구가 생길 테니까. 네 방에 이층침대를 들여놓은 걸 보면 모르겠니? 곧 친구와 함께 방을 쓰게 될 거야."

다섯 살 아이에게 뭔가 알아듣게 설명하려면 인내심이 필요했다. 역시 인내심이 별로 없다는 게 브레너의 단점이었다.

에이트는 그를 여기까지 오게 만들어준 보물이었다. 인간의 특별한 능력을 개발할 수 있다는 사실을 처음으로 입증할 보석 같은 존재였다. 에이트는 아직 자신을 통제하지 못했고, 브레너도 아이의 야성적인 재능을 제어하기 어려웠다. 하지만 그는 그런 것에 개의치 않았다. 결국 마지막에는 늘 성공했으니까.

7

실험실에서 여덟 시간을 보낸 그들은 올 때처럼 다시 밴에 올라탔다. 모두들 지쳐 있었다. 테리는 여전히 허공에 떠 있는 기분이었다. 브레너 박사는 그녀의 인생에서 최악의 날이었던 부모님의 장례식을 다시 한 번 보게 만들었다.

테리는 집으로 돌아가는 내내 아무도 말을 하지 않을지도 모른다는 생각이 들었다. 물론 앨리스가 입을 다물어야 가능한 일이긴 했다. 테리는 다른 사람들은 어떤 경험을 했는지 알고 싶었다.

앨리스는 어느새 켄의 어깨에 기대 잠이 들었다. 잠든 앨리스의 머리 위로 테리와 켄의 시선이 마주쳤다.

"다들 몹시 피곤했나 봐요."

앨리스의 잠을 깨우지 않도록 조심하며 켄이 작은 목소리로 말했다.

테리는 애써 미소를 지어보려 했지만 잘 되지 않았다. 앨리스가 잠든 상태로 얼굴을 찌푸렸다. 글로리아는 창밖에 펼쳐진 옥수수 밭만 멍하니 바라보고 있었다.

다들 어떤 일을 겪었을까? 테리는 물어보고 싶은 마음이 간절했지만 질문을 속으로 삼켰다. 다음 기회로 미룰 수밖에 없었다.

3장

어딘가로의 여행

1969년 9월
인디애나주 호킨스
호킨스 국립연구소

1

테리는 다시 연구소에 왔고, 이번에는 커다란 방으로 들어갔다. 여러 가지 기계들이 놓여 있는 그곳에 브레너와 직원 몇 명이 먼저 와 대기하고 있었다. 물을 가득 채워놓은 금속 수조와 잠수복이 그녀의 눈에 대단히 위협적으로 보였다.

직원 한 사람이 테리에게 탈의실을 알려주며 잠수복으로 갈아입으라고 했다. 탈의실 안으로 들어가니 화학제품 냄새가 희미하게 풍겼다. 잠수복에 다리를 먼저 집어넣고 몸 위로 끌어올렸다. 어디선가 시계 소리가 들려와 신경을 거슬렀다.

테리는 불안감을 떨쳐버리기 위해 잠수복이 아니라 갑옷을 입고 있다고 상상하며 탈의실을 나섰다. 브레너와 직원들이 그녀를 기다리고 있었다. 그들은 물이 가득 찬 수조에 그녀를 집어넣을 생각이었다. 수조 위쪽에 사람이 드나들 수 있는 크기의 구멍이 나 있었다.

그 위로 올라갈 수 있게 사다리가 설치돼 있었다.

"갑자기 해리 후디니(1874~1926, 헝가리 출신 마술사. 수갑을 차고 자물쇠로 잠근 궤짝에서 탈출하는 마술로 유명하다)가 된 기분인데요."

테리가 말했다.

"당신이 탈출할 곳은 여기예요."

브레너 박사가 손가락으로 관자놀이를 톡톡 치며 말했다.

"궁금한 게 있어요. 박사님은 의사라고 알고 있는데 어쩌다가 이런 연구를 하게 되었죠?"

브레너가 어깨를 으쓱했다.

"의사가 되고 나서 공익사업에 관심을 갖게 됐죠."

브레너가 테리에게 수영모를 건네주며 희미하게 웃었다.

테리는 머리카락을 수영모 안으로 밀어 넣었다. 두피 가장자리가 심하게 당겼다.

"불안해요. 이런 건 처음이라."

테리가 고갯짓으로 수조를 가리켰다.

"오히려 기분이 좋아질 겁니다. 감각 차단 수조거든요."

"직접 경험해보셨나요?"

"수조에 들어가본 적은 없지만 이미 여러 번 실험 도구로 활용한 적이 있어요. 그러니 걱정하지 않아도 됩니다. 만일의 사태에 대비해 바이탈사인을 계속 확인할 겁니다. 외부 자극을 줄여 감각을 차단하면 집중력이 올라가죠."

"무엇에 집중해야 하죠?"

"당신의 의식을 확장하고 깊이 파고들어가는 겁니다. 내가 밖에서 계속 당신을 인도할 거예요."

"이 모든 게 무엇을 위한 실험인지 언제 알려주실 거죠? 목적을 알고 있으면 더 도움이 될 텐데요."

"우리 연구의 정확한 본질은 기밀입니다."

방 안의 직원들이 두 사람이 대화하는 모습을 지켜보고 있었다. 브레너가 그들을 둘러보며 물었다.

"약물 칵테일은 누가 가지고 있지?"

그러고는 테리의 어깨에 손을 올렸다.

"사람들은 모두 비밀을 가지고 있지요. 우리는 그 비밀들을 새로운 방식으로 드러내는 연구를 하고 있습니다."

비밀을 밝히기 위한 연구.

테리는 그 정도만으로도 이 일이 얼마나 중요한지 가늠할 수 있었다.

연구보조원이 LSD가 들어 있는 종이컵을 그녀에게 건네주었다. 앤드루는 연구소에서 겪었던 환각 여행에 대해 듣더니 별일 아니라는 듯 웃어넘겼다. 그도 우드스톡 페스티벌에서 세 번이나 마약을 흡입했으니까.

테리는 약을 마셨다. 쓴 맛이 강했다. 그녀는 집에 있을 때 LSD에 대해 조사해보았다. 1930년대 후반 스위스 과학자가 첫선을 보인 환각제로 샌프란시스코와 버클리에서 급속도로 퍼지기 시작해 최근 몇 년 사이에 인기가 급상승했다. LSD를 기적의 소산이라고 주장하는 사람들과 광기의 관문이라고 부르는 사람들 사이에서 치열한 논쟁이 펼쳐지고 있었다.

브레너는 이 약물에 '칵테일'이라는 표현을 썼다. 호킨스 연구소에서 특별히 배합해 만든 것일 텐데 무엇이 더 첨가되었는지는 알 수 없었다. 브레너에게 물어도 대답해줄 것 같지 않았다.

"준비됐어요?"

브레너가 다시 앞으로 다가왔다. 그는 테리의 잠수복 오른쪽 끈 아래에 흡착 모니터를 붙였다.

"내가 여기 있다는 걸 잊지 말아요."

수조 꼭대기로 올라가자 테리는 어린 시절에 난생 처음 수영장에 갔을 때 일이 떠올랐다. 다른 아이들이 신나게 다이빙을 하는 모습을 보고 그녀도 용기를 내 시도해보았다. 처음에는 서투르기 짝이 없었지만 열두 살이 되던 해부터 누구보다 다이빙을 잘할 수 있게 되었다. 어찌나 재미있던지 계속 더 높은 다이빙대로 올라가 연신 뛰어내렸다. 그러다가 기진맥진해져 물에서 널브러지자 구조대원이 다가와 밖으로 끌어냈다. 당시 열여섯 살이었던 베키가 수영장으로 달려와 구조대원들에게 동생이 다이빙을 못하도록 막았어야 했다고 항의했다. 테리는 그해 여름 다시는 수영장에 가지 못했다.

테리는 수조 위에서 출렁거리는 물을 내려다보았다. 머릿속에서 최악의 이미지들이 떠올랐다. 익사, 사체, 관 따위.

"괜찮을 거야."

테리는 자신에게 다짐하듯 말했다.

"당신을 다치게 할 위험 요소는 아무것도 없어요. 산소가 계속 공급되니까 안심해요."

브레너 박사가 우주비행사들이 쓰는 것과 유사한 헬멧을 건네주며 말했다.

테리는 헬멧을 쓰면서 수영모자는 왜 쓰라고 했는지 궁금했다.

헬멧을 쓰고 나서 고개를 돌려 브레너 박사를 보았다. 그가 기대에 찬 눈빛으로 그녀를 바라보고 있었다.

테리는 마침내 수조 안으로 들어갔다. 그나마 잠수복이 한기를 막아주었다. 몸을 뒤로 젖히자 물이 튀어 올랐다. 몸이 물속으로 점점 가라앉는 동안 빛이 점차 옅어지다가 뚜껑이 닫히는 소리와 함께 완전히 사라졌다.

"이제부터 내가 지시하는 대로 따라야 해요."

테리의 귓가에 브레너의 차분한 목소리가 들려왔다. 헬멧 속에 교신 장치가 들어 있었다. 그녀는 긴장을 풀어보려고 애썼지만 쉽지 않았다. 호흡이 가빠지며 시야에 검은 점들이 나타나기 시작했다. 몸을 돌려보려고 했지만 물속이라 잘 되지 않았다.

"심장박동이 빨라지고 있어요. 숨을 깊이 들이마시고, 침착하게 눈을 감아요. 이제 곧 약효가 나타나기 시작할 거예요. 더 깊은 곳으로 들어가요."

브레너가 말했다.

과연 더 깊은 곳으로 들어갈 수 있을까? 이미 환각 상태가 되었을까? 환각제 탓에 뇌에 스위스 치즈처럼 구멍이 생기지는 않았을까?

테리는 점점 가빠져오는 맥박을 안정시키기 위해 애썼다. 물속인데도 얼굴에서 땀이 흘러내렸다. 눈을 감고 더 깊은 곳으로 내려갔다. 다시 눈을 떠보니 더 깊은 곳이었고, 주변이 어두웠다.

"이제부터 내면에 집중해요. 오래된 기억들을 떠올리면서 무슨 일이 있었는지 설명해봐요. 이번에는 고통스러운 기억이 아니라 즐거웠던 일이면 좋겠어요."

환각제의 효과가 나타나기 시작한 탓인지 테리는 아무런 거부감 없이 기억을 떠올렸다. 마치 자신이 이 수조가 아니라 다른 곳에 와 있는 것 같은 느낌이 들었다.

"지금 어디에 있죠?"

테리는 집 거실에 깔려 있는 두꺼운 양탄자에 발가락을 파묻는 상상을 했다. 그녀와 베키는 나란히 앉아 아버지와 함께 조니 카슨 쇼를 보고 있었다. 주방에서는 엄마가 스토브 위에서 팝콘 냄새를 풍기는 냄비를 흔들었다. 테리와 베키는 냄비 안에서 옥수수 알갱이가 탁탁 소리를 내며 터지는 걸 구경하기 위해 자리에서 벌떡 일어났다.

"거실에서 아빠와 언니와 함께 앉아 TV를 보고 있어요. 엄마는 주방에서 팝콘을 만드는 중이고요."

평소에는 가족들과 행복했던 시절을 떠올리고 나면 슬픔이 밀려오는데 지금은 그저 안온한 느낌만 들었다.

"이제 당신을 가장 편안하게 해주는 장소로 이동해봐요."

앤드루의 침실. 그저 장소가 아니라 편안했던 순간이 떠올랐다. 그녀가 앤드루의 집에서 처음 머물렀던 날의 모습이 눈앞에 펼쳐졌다. 침대 옆 탁자에는 향초가 켜져 있었다. 그녀는 비로소 어른이 된 기분이었다. 남자가 쓰는 침대에 처음으로 누워본 날이었다. 테리는 그날 앤드루와 나누었던 대화를 떠올려보려고 했지만 잘 되지 않았다. 다만 침실 가득 울리는 두 사람의 웃음소리를 들을 수 있었고, 마음속 깊은 곳으로부터 안전하게 보호받고 있다는 느낌이 들었다. 앤드루의 얼굴 주위에 무지개색 줄무늬가 나타났다. 테리는 그가 이곳에 있거나 자신이 그곳에 있기를 바랐다.

"지금은 어디에 있죠?"

"앤드루와 함께 있어요."

"앤드루?"

"내 남자친구요."

"지금 뭘 하고 있죠?"

테리는 곧이곧대로 말할 수 없었다.

"그냥 함께 있어요."

"마음이 편안해요?"

"네, 더할 나위 없이 편안해요."

머릿속에 떠오르는 장면이 계속해서 바뀌었다. 테리는 계속해서 모든 질문에 대답했다. 브레너의 목소리가 들렸다.

"이제 곧 당신을 데리고 나올 겁니다. 좀 더 깊은 곳으로 들어가봐요."

테리는 지금 자신이 어디에 있는지 잠시 잊고 있다가 기억을 떠올리려는 순간 물이 주위를 뒤덮었다.

좀 더 깊이, 깊이.

테리는 마음속으로 그렇게 말했다.

하얀색 교회 문이 떠올랐다. 그곳으로 돌아가고 싶었다. 어떤 이유에서인지 모르지만 거기에 가도 더는 상처받지 않을 것 같았다.

"이제 천천히 수조 뚜껑을 열 겁니다."

테리는 좀 더 있고 싶다며 항의하고 싶었지만 바로 그때 머리 위에서 눈부신 형광 불빛이 쏟아졌다.

"눈을 감아요."

테리는 그의 말대로 눈을 감았다가 다시 떴다. 그런 다음 빛에 익숙해질 때까지 가만히 기다렸다.

2

"걱정되지 않아?"

앤드루가 테리의 손을 잡으며 물었다. 그들은 교정을 가로질러 걸어가는 중이었다.

"조금 걱정되긴 하지만 뭐 별일 있겠어? 네가 함께 가주니까 더 안심이 돼."

학교 행정본부에서 테리에게 잠시 들러달라는 편지를 집으로 보내왔다. 베키는 전화로 그 사실을 알려주며 무슨 문제가 생긴 건 아닌지, 자기가 같이 가봐야 하는 게 아닌지 걱정했다.

테리는 뭔가 착오가 있거나 미제출 서류가 있을 거라고 짐작했다. 새 학기가 시작된 지 얼마 되지 않았고, 행정상 착오는 흔한 일이었다. 이제껏 이런 일을 한 번도 겪어보지 않았지만 있을 수 있는 일이라고 생각했다.

"이제까지 행정본부에서 좋은 일로 연락한 적은 별로 없었는데."

테리는 앤드루의 마음이 편해지기를 바라며 손을 꼭 잡아주었다. 그는 우드스톡 페스티벌에 다녀오느라 계절학기 수업을 빼먹어 학사경고를 받았다. 학교에서 퇴학이라도 당하면 더는 징병을 연기할 수 없기 때문에 나름 심각한 일이었다. 징병 대상인 남학생들 중에서 졸업하길 바라는 사람은 아무도 없었다.

"앞으로 조심하면 돼. 우드스톡은 그럴 만한 가치가 있었잖아."

테리가 말했다.

"너무나 행복했지. 너도 좋아했을 거야."

"그랬을 거야."

"그 책은 아직 안 읽었어?"

앤드루는 뉴욕에서 돌아오는 차 안에서 읽은 『반지의 제왕』에 푹 빠졌고, 돌아오자마자 테리에게 너덜너덜해진 책을 선물로 주었다. 표지에는 흰 수염을 길게 늘어뜨린 채 노란색 가운을 펄럭거리며 산 정상에 서 있는 마법사 그림이 있었다.

"세 권짜리 책이잖아."

"빨리 안 읽으면 후회할걸."

"그렇게 재미있어?"

"굉장한 작품이야."

"읽어볼게."

그들은 벽돌과 유리로 지은 3층짜리 행정본부 건물에 도착했다. 편지에 방문하라고 적혀 있던 151호실은 1층 맨 끝에 있었다. 이제 보니 전에도 와본 적이 있는 등록처 사무실이었다.

테리는 직원이 앉아 있는 책상 쪽으로 다가갔다.

"저는 테리 아이브스인데 들러달라는 편지를 받고 왔어요."

직원이 두꺼운 안경 너머로 그녀를 멍하니 쳐다보았다.

"무슨 일인지 용건이 적혀 있지 않던가요?"

"아니요, 그냥 오라고 했어요."

"학생 이름이 테리 아이브스라고 했죠?"

"네."

"이제 생각이 나네요. 잠깐만 기다려요."

직원이 테이블과 캐비닛이 있는 곳으로 갔다.

테리는 대기석에 앉아 있는 앤드루를 돌아보며 어깨를 으쓱했다. 그도 어깨를 추어올리고는 고갯짓을 했다. 어느새 직원이 자리에 돌아와 있었다.

"목요일 수업에 빠져도 된다는 걸 알려주려고 들르라고 했어요. 학생이 참여하는 연구 프로젝트가 있죠?"

"네, 있어요."

테리는 어찌 된 일인지 영문을 몰라 다시 앤드루를 쳐다보았다. 그도 알 수 없다는 표정으로 고개를 저었다.

"그 연구 프로젝트로 수업을 대체할 수 있게 했어요. 학생의 담당 교수님에게도 고지했습니다. 그 대신 매주 목요일 오전 아홉 시까지 심리학부 건물로 가야 해요."

"알겠습니다. 그럼 성적은 어떻게 되는 거죠?"

"성적은 그쪽 연구소에서 평가하게 될 겁니다."

어차피 실험에 계속 참가할 생각이었으니까 결과적으로 잘된 일이었다.

"연구소에서 어떤 실험을 하는 거예요? 이런 경우는 드물어서요."

직원이 목소리를 낮춰 물었다.

"기밀이라서 말씀드리기 곤란합니다."

"그래요? 잘 알겠습니다."

직원은 대답을 듣지 못해 기분이 상한 듯했다.

앤드루가 사무실을 나와 복도를 걸으면서 인상을 찌푸렸다.

"그 사람들 대체 뭐야? 무슨 실험이기에 수업까지 대체해주겠다는 거야?"

"내가 말했잖아. 중요한 연구라고."

"왠지 마음에 안 드는데."

"실험에 참가하는 것만으로 학점을 받을 수 있으니 잘된 일이잖

아. 그들도 내가 어떻게 하느냐에 따라 점수를 매기겠지. 나 말고도 다른 학생들이 더 있어. 그러니까 걱정하지 않아도 돼."

"거기서 무슨 실험을 하는지 알고 싶어."

앤드루가 이마를 테리의 이마에 맞대었다.

"나도 그러고 싶지만 약속을 저버릴 수는 없잖아. 이해할 수 있지? 별일 없을 거야."

테리는 앤드루의 볼에 가볍게 키스했다.

"그들이 조금이라도 널 다치게 하면 가만있지 않을 거야."

앤드루가 짙은 갈색 눈을 빛내며 말했다.

3

아주 드물게도 식당이 한산했다. 급료를 받는 동안 전적으로 숨을 쉬게 해주는 약속의 땅에 있는 것 같았다. 빈 접시를 치우던 직원 한 명이 앞치마를 벗어던진 뒤 테리에게 담배를 한 대 피우고 오겠다고 말했다. 그녀는 매장에 아무도 없다는 것을 확인하고는 혼잣말을 했다.

"나는 담배를 안 피우니까 휴식 시간을 따로 줘야 해."

테리는 가만히 있지 않고 빈 수납장에 접시를 채워 넣기로 했다. 그날은 화요일이었고, 이틀 뒤 연구소에 가기로 되어 있었다. 원래는 이삼 주에 한 번씩 갔는데 이번에는 일주일 만이었다. 연구소에서 수업을 빼주면서까지 실험을 서두르는 이유가 무엇인지 궁금했다.

아마도 베키는 '수업에 빠져도 된다'는 이야기를 들으면 온갖 질문을 퍼부을 게 뻔했다. 베키에게는 학교에서 전공 공부에 매진할 수 있도록 도와주는 거라고 둘러댈 생각이었다.

접시를 다 채운 뒤에도 식당이 계속 한가하면『반지의 제왕』을 읽기로 마음먹었다. 그때 출입문에 달린 종이 울렸다. 식당에 들어온 사람은 놀랍게도 켄이었다.

"안녕, 테리."

"심령술사께서 여긴 웬일이야? 이렇게 보니까 더 반갑다."

켄은 문 앞에서 잠시 어색하게 서 있다가 홀의 칸막이 자리에 앉았다.

"이 자리가 좋겠네."

테리는 재미있다는 듯 고개를 젓고는 그가 앉은 테이블에 메뉴판을 내려놓았다.

"뭐 먹을래?"

"음식은 나중에 시킬게."

그때 출입문에 달린 종이 다시 울렸다. 테리가 돌아보자 앨리스가 들어오고 있었다. 두 사람을 발견한 앨리스가 곧장 칸막이 테이블로 다가왔다.

"앨리스랑 만나기로 한 거야? 무슨 일 있었어?"

테리가 켄에게 조용히 말했다.

"켄도 와 있었네? 여기 앉아도 돼?"

앨리스가 기름 얼룩이 묻은 작업복 허리춤에 양손을 올리고 물었다.

켄이 테리를 쳐다보며 눈썹을 치켜 올렸다.

"앉아."

테리는 약속도 하지 않은 두 사람이 자신이 일하는 식당에서 만난 게 의아했다. 너무나 놀라운 우연의 일치였다. 그 순간 문밖에 또 한 명의 익숙한 사람이 서 있는 것이 눈에 들어왔다. 글로리아였다.

테리는 밖으로 나가 글로리아에게 다가갔다.

"오늘 다 모이네. 앨리스랑 만나기로 했어?"

글로리아는 말없이 머뭇거렸다. 그녀는 파스텔톤 꽃무늬 블라우스와 무릎까지 오는 녹색 스커트를 입고 있었다. 다른 날보다 편한 차림이었다. 핸드백도 녹색이었다.

"무슨 일인데 그래?"

테리가 또다시 물었다.

"평소엔 이쪽으로 잘 안 다녀. 사실 올까 말까 망설였어."

"여긴 괜찮아. 아무도 신경 쓰지 않을 거야."

테리는 글로리아가 한 말의 속뜻을 알아차리고 말했다.

이제는 블루밍턴도 컨트리클럽이나 골프장 같은 곳을 제외하면 공식적으로 흑백이 분리되어 있지 않았다. 하지만 대부분의 사람들은 여전히 사는 지역과 인종에 집착했고, 흑인들은 백인들이 주로 가는 곳에 가길 꺼려했다. 그러다 보니 대학캠퍼스는 평등을 위해 싸우는 흑인 학생들의 주요 투쟁 장소였다.

테리를 따라 식당으로 들어온 글로리아는 앨리스와 켄을 보자 눈이 휘둥그레졌다.

"다 모였다는 말 농담인 줄 알았어."

글로리아가 살짝 얼굴을 찌푸렸다.

"켄과 앨리스도 여기서 마주칠 줄 몰랐나 봐. 적어도 내가 보기엔 그래."

"글로리아, 너도 왔네. 우리 지금 여기서 뭐 하는 거야?"

앨리스가 말했다.

"내가 묻고 싶은 말이야. 여기 있을 이유가 확실한 사람은 나밖에 없으니까."

글로리아가 앨리스의 옆자리에 앉았다. 테리는 뒤를 돌아 주문을 받길 기다리고 있는 상사를 힐끔 쳐다본 후 자리에 합류했다.

"자, 이제 무슨 일인지 말해봐."

테리가 말했다.

글로리아는 여전히 찡그린 얼굴이었다.

"너도 학교 행정본부에서 이야기를 전해 들었지?"

"응. 난 잘된 일이라고 생각해."

테리는 글로리아가 뭘 걱정하는지 잘 알 수 없었다.

"무슨 일인데 그래? 우선 감자튀김이라도 시키고 이야기하자."

앨리스가 말했다.

테리는 자리에서 일어나 주문한 메뉴를 주방에 알려주었다. 그리고 다시 친구들이 있는 테이블로 돌아왔지만 조금 있으면 음식이 나올 터라 자리에 앉지는 않았다.

"글로리아와 난 학교에서 목요일 수업에 빠져도 된다는 말을 들었어."

"나도 들었어."

켄이 말했다.

"너도 학생이었어? 난 까마득히 몰랐어."

글로리아가 깜짝 놀라며 말했다.

"너희들은 나에 대해 뭘 묻지 않았잖아."

앨리스가 눈동자를 굴렸다.

"네가 무시무시한 말을 할까봐 그랬지."

그 말에 켄이 콧잔등을 찡그리자 앨리스가 피식 웃었다.

"난 그 실험을 수업으로 대체해주겠다는 게 마음에 안 들어."

글로리아가 말하고 나서 가벼운 한숨을 쉬었다.

"어차피 실험에 계속 참가할 거라면 학점을 마다할 이유가 없잖아."

테리가 말했다.

"그 실험에 너무 깊숙이 말려드는 것 같아서 신경이 쓰여. 뭔가 다른 뜻이 있는 것 같기도 하고."

테리는 무슨 말인지 이해했다.

"그만큼 중요한 실험이기 때문일 수도 있어."

"물론 그럴 수도 있겠지."

글로리아가 손톱을 만지작거리며 말했다.

"넌 여기 어떻게 온 거야?"

테리가 앨리스에게 물었다.

"네가 여기서 일한다고 했잖아. 지난주에 이 시간에 근무한다고 해서 이번 주에도 같을 거라고 생각했지."

"나도 그래서 오늘 온 거야. 근데 테리 말은 무슨 볼일이 있어서 온 거냐는 거잖아. 적어도 타이밍은 우연의 일치였던 것 같고."

글로리아가 입술을 한쪽으로 삐죽거리며 말했다.

"난 아니야."

켄이 말했다.

그때 주방장의 목소리가 들렸다.

"테리, 음식 나왔어!"

테리는 주방으로 뛰어가 감자튀김 접시를 들고 돌아왔다.

앨리스가 감자튀김을 입에 넣다가 화들짝 놀라며 손길을 멈추었다.

"앗 뜨거워라."

테리가 재빨리 물을 따라주었다.

앨리스가 물을 마시고 나서 감자튀김을 호호 불어 식힌 뒤 입에 넣었다.

"우리 삼촌에게도 연락이 왔어. 날 연구소로 보내주면 삼촌한테 보상하겠다고 했대. 삼촌은 알겠다고 했지만 수상하게 생각하고 있어."

"뭐가 수상하다는 거야?"

테리가 물었다.

"넌 이상하지 않아? 우리가 연구소에서 뭘 하고 있지? 삼촌이 무슨 일을 하느냐고 묻기에 그냥 '여자들 일'이라고 둘러댔어. 비밀유지각서에 서명해놓고 다 털어놓을 수는 없으니까. 아무튼 난 그들이 내 의사를 묻지도 않고 삼촌을 설득한 게 마음에 안 들어."

"나도 그래. 그런 결정을 내리기 전에 미리 말해줬어야지."

글로리아가 말했다.

테리는 친구들이 연구소에서 각자 어떤 실험을 했는지 물어볼 참이었다. 그 순간 문에서 다시 종소리가 울렸다. 이번에 들어온 사람은 앤드루였다.

"오늘 무슨 날인가 보네. 저쪽은 내 남자친구 앤드루야."

앤드루가 잠시 머뭇거리다가 테이블로 다가왔다.

"앤드루, 이쪽은 연구소에서 만난 친구들이야. 켄, 글로리아, 앨리스."

"우린 지금 비밀 이야기를 하는 중이었잖아."

앨리스가 말했다.

"앤드루는 괜찮아. 이미 웬만큼 알고 있으니까."

테리가 말했다.

"이제부터 비밀유지각서 얘기는 그만해야겠네."

앨리스가 얄밉게 말했다.

앤드루가 머쓱해하며 테이블 끝 쪽 의자에 앉았다.

"연구소에서 우리를 실험에 계속 합류시키려는 이유가 뭘까?"

글로리아가 물었다.

"사실은 나도 그 이유에 대해 생각해봤어요. 혹시 이 실험을 어디서 주관하는지 알아요?"

앤드루가 대화에 끼어들었다.

"정부 부서일 거야."

테리가 말했다.

"그런 말 안 했잖아."

"비밀유지각서까지 써놓고 일일이 다 말해줄 수는 없잖아."

테리는 친구들 앞에서 앤드루와 다투고 싶지 않았다.

앤드루 역시 표정을 보니 다투려는 생각은 없어 보였다.

"정부가 전쟁 중에 그런 실험에 집착하는 게 이상하지 않아? 차라리 첨단무기를 만드는 거라면 몰라도."

"그런 것일 수도 있어."

식당 안에는 손님이 그들밖에 없었지만 켄이 목소리를 낮춰 말했다.

"뭐? 나나 앨리스가 무기가 된다고? 글로리아가?"

테리는 말도 안 되는 소리라며 고개를 저었다.

"날 **빼놓지 마**."

켄이 말했다.

"그래. 그건 아닐 거야."

앤드루가 그들을 둘러보며 말했다.

글로리아는 아무 말도 하지 않았다.

이제 다들 자리에서 일어나고 싶어 하는 분위기였다.

"감자튀김은 내가 살게. 앞으로 이런 자리를 종종 마련하는 게 좋겠어. 어쨌든 우린 한 배를 탄 사람들이니까."

테리가 말했다. 그녀는 걱정하지 않았다. 목요일에 브레너를 만나면 궁금한 걸 모두 물어볼 생각이었다.

4

앨리스는 조명이 어두운 연구소 복도를 따라 엘리베이터로 가는 동안 몸에서 식은땀이 났다. 그들이 전기충격 실험을 시작한 뒤로 희미한 전등 불빛이 자신을 비웃으며 왜 이런 곳에 와서 실험대상자가 되었냐고 묻는 것 같은 기분이 들었다.

그녀는 영원히 여기 갇힌 것 같았다. 어둠에 겨우 빛을 밝힌 것처럼 느껴지기도 했다. 그래도 '빛을 밝힌다'는 건 좋은 말이었다. 언젠가 교회 전도사가 선교 여행에서 봤다며 빛이 나는 문서에 대해 이야기하는 걸 들은 적이 있었다. 문서에서 빛이 난다면 현실이라기보다 기적에 가까웠다.

그녀는 테리가 일하는 식당에서 글로리아의 말을 들은 뒤로 삼촌이 받았다는 연락이 진심으로 걱정되었다. 그들이 왜 그런 식으로 자신을 붙들어놓으려고 하는지 이해가 되지 않았다.

테리가 그녀 옆으로 다가왔다.

"오늘은 유독 말이 없네. 기분이 별로야?"

"아니, 괜찮아."

앨리스는 뒤에서 걱정스러운 눈빛으로 쳐다보고 있는 글로리아와 켄에게도 괜찮다는 뜻으로 고개를 끄덕여 보였다.

"안색이 안 좋아 보여."

테리가 앨리스의 이마에 손을 가져다댔다.

"다행히 열이 높지는 않아."

브레너 박사가 끼어들었다.

"팍스 박사에게 체온을 재고, 몸 상태가 괜찮은지 확인해보라고 하죠."

"앨리스가 몸이 아픈 거라면 오늘은 실험에 참가하지 않아도 되는 거죠?"

테리가 물었다.

"물론이죠."

브레너 박사가 부드럽게 말했다.

앨리스는 브레너 박사의 말을 믿지 않았다.

다른 친구들은 나와 다른 경험을 한 걸까? 그녀는 틀림없이 그럴 거라고 생각했다.

브레너 박사가 키패드에 비밀번호를 입력했다. 앨리스는 그의 손가락 움직임을 유심히 관찰했다. 엘리베이터 문이 열리길 기다리는 동안 그녀는 케이블을 절단하고 엘리베이터를 망가뜨리는 상상을 했다.

이제 곧 앨리스는 또다시 자신의 내면으로 들어가, 그 모든 것 아래에 있는 고요한 곳을 찾아 숨어들 것이다. 다 무너진 폐허에 홀씨들이 무수히 떠도는 곳. 문제는 그 기이한 장소가 그녀가 다시는 가고 싶지 않은 곳이라는 점이었다.

5

글로리아는 실험을 하는 동안 마치 의무사항이라도 된다는 듯이 환자복을 입으라고 하는 게 마음에 들지 않았다. 그것은 존엄성에 대한 모욕이었다. 그녀는 한 번도 환자복을 입는 데 동의한 적이 없었다.

글로리아는 이 연구소가 누가 정한 원칙과 운영 지침을 따르고 있는지 알 수 없었다. 그녀는 테리, 켄, 앨리스도 모두 자신과 같은 과정을 겪고 있는지 궁금했다. 이 연구소에서 진행되는 실험은 그녀의 기대나 그녀가 일찍이 과학서적을 통해 보았던 방식과 일치하는 면이 전혀 없었다. 그러다 보니 자꾸 의구심이 들었다. 그렇다고 이제 와서 그만두겠다고 할 수도 없었다. 수업을 대체하는 실험이었으니까.

글로리아는 한번 시작한 일은 끝을 보는 성격이었다. 그녀는 무릎 위에 양손을 가지런히 올리고, 젊은 의사가 오기를 기다렸다. 그린 박사는 그녀를 대할 때마다 머뭇거렸다. 그나마 담당자가 브레너 박사가 아니라서 다행이라는 생각이 들었다. 그린 박사는 그녀가 가끔 궁금한 사항이 있어 질문을 하면 비교적 대답을 잘 해주는 편이었다.

그린 박사가 클립보드와 LSD를 묻힌 작은 종잇조각을 들고 나타났다.

"글로리아, 잘 지냈어요?"

그가 마치 함께 차를 마시려는 사람처럼 친근하게 인사를 건넸다.

글로리아는 여전히 무릎 위에 손을 올리고 있었다.

"궁금한 게 있는데요. 스탠퍼드에서 공부했다고 하셨죠? 브레너 박사님은 어느 학교 출신인가요?"

그린 박사는 클립보드를 내려놓으며 글로리아의 시선을 피했다. 그는 갈색으로 태운 부분을 지나 흰 피부가 보일 때까지 셔츠 소매를 걷어 올렸다.

"나는 잘 모릅니다."

그린 박사가 클립보드에서 서류 한 장을 빼내 글로리아에게 건넸다.

"일단 이 서류에 담긴 정보를 암기하세요. 약효가 돌기 시작하면 내가 서류 내용에 대해 질문할 겁니다. 당신이 해야 할 일은 알고 있는 정보를 끝까지 숨기는 겁니다. 알겠습니까?"

글로리아는 서류를 받아들었다. 진짜인지는 알 수 없지만 적군의 동향에 대한 군사보고서였다.

"알았어요."

글로리아가 암기를 끝내자 그린 박사가 서류를 회수하더니 가운데에 노란색 원이 그려진 종잇조각을 건네주었다. 글로리아는 종잇조각을 혓바닥에 올려놓았다. 그린 박사는 평소와 달리 그녀가 혼자 '명상'할 수 있게 자리를 비켜주었다.

글로리아는 조금 전 그린이 가져간 서류에 적혀 있던 내용들을 잊지 않기 위해 머릿속으로 반복해서 떠올렸다.

환각제 효과가 나타나기 시작하면 벽시계 바늘이 피를 흘리는 것처럼 보였다. 글로리아는 그럴 때마다 한쪽 눈을 감고 오 초를 버티면 정상적으로 보인다는 사실을 알게 되었다. 그래서 그린 박사가 돌아왔을 때 LSD를 먹은 지 세 시간이 지났다는 걸 알 수 있었다.

글로리아는 이제 환각 상태의 정점에 다다라 있었다. 그린 박사 주위로 다양한 색상의 빛이 보였다. 그런 환각 체험은 글로리아에게 아무 의미가 없었기에, 이런 걸 즐기는 사람들이 있다는 사실이 그녀로서는 신기할 따름이었다. 만일 이 실험을 통해 LSD의 유용성을 발견하게 된다면 생각을 바꿀 수도 있겠지만 지금으로서는 전혀 가능성이 없는 얘기였다.

클립보드를 든 그린 박사가 고개를 끄덕였다. 그의 몸이 세 개로 보였다.

"글로리아?"

"네."

"19구역 내에 있는 부대 위치를 말해줄 수 있나요?"

세 시간 전에 그린은 아무런 대답도 하지 말라고 했고, 글로리아는 그 사실을 분명하게 기억하고 있었다. 그린은 지금 약물을 이용해 정보를 얻어내는 실험을 하고 있었고, 환각 효과로 가장 강력한 통제력을 얻게 되길 바라고 있었다.

"부대 위치라니요? 무슨 말인지 모르겠는데요."

LSD에 취하면 아무것도 확신할 수 없었기에 글로리아는 다만 그렇게 대답했다고 믿었다.

그린 박사가 글로리아가 걸터앉아 있는 침대 옆으로 의자를 끌고 왔다. 그녀는 스커트 매무새를 가다듬기 위해 손을 뻗었다가 이내 환자복을 입고 있다는 사실이 떠올랐다.

집중해야 돼.

"19구역이나 부대 위치를 모르겠다고요?"

"몰라요."

글로리아는 자신이 임무를 잘 수행하고 있다는 것을 알리듯 가볍게 미소 지으며 대답했다.

그린이 키 큰 연구보조원을 손짓으로 불렀다. 천장이 낮은 방에 서 있기에는 키가 너무 큰 사람이었다. 환각 상태인 글로리아의 눈에는 그의 모습이 그저 희미한 실루엣으로 보였지만 그조차 위협적으로 느껴졌다.

"정말 모르는 게 확실하죠?"

글로리아는 환각 효과 탓에 눈앞에 보이는 다양한 색상들과 주변이 뿌옇게 흐려 보이는 현상을 그린에게 알려주고 싶었다. 그린의 반복적인 질문은 정당하지 않았다.

"그들은 지금 어디에 있습니까?"

"그들이라니요?"

키 큰 연구보조원은 이 상황을 은근히 즐기는 것 같았다.

글로리아는 교수들이 언급하길 꺼려했던 연구 사례들이 떠올랐다. 매독 치료를 받지 않은 남자들, 임상실험용으로 팔려간 노예들, 의과대학마다 있는 흑인 시체들. 불과 10년 전까지만 해도 미군과 CIA는 플로리다 흑인들을 상대로 황열병 실험을 위해 모기들을 풀었다. 글로리아는 몇몇 사람들의 연구에 적임자로 발탁되었지만 대부분 일회성으로 이용당했을 뿐이었다. 검은 피부색 탓이었다.

글로리아는 이제 어느 그룹에 소속되든 그 안에서 다치지 않고 무사히 지내는 방법을 터득했다. 아무것도 모르는 척하는 게 가장 좋은 방법이었다. 그들은 그녀가 아무리 실력이 뛰어나도 그룹의 리더가 되는 걸 허용하지 않았다.

"무슨 말씀을 하시는지 모르겠어요. 그들은 하루에 7킬로미터씩 북쪽으로 가고 있어요. 연필을 주면 지도를 그려 보일게요."

그린 박사가 눈썹을 치켜올리더니 연구보조원을 쳐다보며 자부심이 가득한 미소를 보냈다. 반면 연구보조원은 잔뜩 실망한 표정을 지었다.

"아주 잘했어요."

사실은 그렇지 않을걸요.

글로리아는 두 사람을 보며 생각했다.

6

앨리스는 환각 상태에 접어들면서 주변 사물들이 뿌옇고 흐릿하게 보이기 시작하자 긴장을 풀었다. 오늘은 전기충격을 건너뛸 모양이었다. 그녀는 침대에 멍하니 누워 있는 대신 공구를 손에 들고 뭐든 분해하고 싶었지만 그대로 내면 세계에 머물렀다. 연구소를 떠날 시간이 될 때까지 그들이 자신이 여기 있다는 걸 잊어주길 바라면서. 내면의 모든 것이 고요했다.

팍스 박사는 그녀가 올 때마다 피를 뽑고 튜브에 날짜와 이름을 적은 라벨을 붙였다. 그들은 그녀의 심장박동 소리를 듣고, 눈동자를 확인하고 나서 환각제를 주었다. 가끔 앨리스는 삼촌의 정비소에서 광고를 보고 관심을 가졌던 인쇄기를 떠올리며 환상의 나래를 펼쳤다. 인쇄기를 낱낱이 분해해 모든 부품들을 일렬로 늘어놓는 상상을 했다.

켄은 지금 어떤 경험을 하고 있을지 궁금했다. 그는 자칭 심령술사였지만 다른 사람들과 별반 다를 게 없어 보였다. 앨리스는 그의 코를 주먹으로 한 대 갈겨주고 싶었다. 그가 심령술사라면 이 연구소에서 어떤 실험이 진행될지 미리 알았어야 했고, 그랬다면 처음부터 참가를 말렸어야 했다.

앨리스, 젊은 남자를 때리면 곤란하지.

환상 속에서 엄마가 말했다.

"존중할 가치가 없는 인간이라도?"

"뭐라고요?"

팍스 박사가 문을 열고 들어서며 물었다. 그녀의 뒤로 브레너 박사와 항상 데리고 다니는 수염 난 연구보조원이 따라 들어왔다. 연구보조원 옆에는 앨리스가 분해해 망가뜨리고 싶어 하는 기계가 있었다. 그들이 전기충격을 가할 때 쓰는 바로 그 기계였다.

"아무것도 아니에요."

앨리스가 발을 바닥에 대고 일어나 앉으며 말을 이었다.

"그런데 오늘은 정말 몸이 안 좋아요."

팍스 박사가 인상을 찌푸렸다.

"증상이 어떤데요?"

폐허 더미에서 바람개비들이 돌고 있다고.

브레너 박사가 앞으로 나섰다.

"심리적인 문제입니다. 오히려 환각 치료를 받으면 도움이 될 겁니다."

앨리스는 자기도 모르게 코웃음을 쳤다.

브레너 박사가 눈썹을 치켜올렸다.

"의료전문가로서 말하는데, 당신의 몸 상태가 안 좋은 건 환각 치료를 받은 지 일주일이 지났기 때문입니다."

아니, 내 몸은 여기서 나가는 즉시 좋아질 거야.

"우리가 하는 실험에 대해 어디 가서 말한 적은 없죠?"

"그럼요. 그러기로 약속했잖아요."

브레너 박사가 연구보조원에게 손짓해 전기충격기를 가져오게 했다. 수염 난 남자가 기계를 가져오자 박사가 앨리스의 관자놀이에 전극을 붙였다.

브레너가 그녀를 부드럽게 밀어 침대에 눕혔다.

"좋아요. 이번에는 전류를 조금 높여봅시다."

팍스 박사가 손가락으로 턱을 괴었다.

"몸 상태가 안 좋다고 하는데 괜찮을까요?"

"오히려 효과가 더 클 겁니다."

브레너가 말한 뒤 앨리스에게 동의를 구했다.

"그렇죠?"

앨리스는 고개를 끄덕이는 수밖에 없었다. 브레너는 들어올 때 테리에게 했던 말과는 정반대의 행동을 하고 있었다.

앨리스는 가만히 눈을 감고 기다렸다. 그녀는 마음속으로 비명이나 그 어떤 소리도 내지 않겠다고 다짐했다. 충격이 가해지자 숨이 가빠졌고, 눈꺼풀 뒤로 작은 불티들이 떠돌아다녔다. 아니, 불티가 아니었다. 결코 손으로 잡을 수 없는 홀씨였다.

앨리스는 벗어나고 싶은 현실 아래, 내면 깊은 곳에 있는 조용한 장소로 갔다. 그녀는 극심한 혼란을 느꼈다. 퇴락한 피난처에는 온갖 그림자들이 가득했다. 오늘은 그 그림자들이 움직이지 않았다. 벽과 창문들에는 금이 가 있었고, 그림자들이 누워 있는 곳에는 죽은 덩굴손들이 있었다. 그녀는 이곳에도 생명체가 존재한다는 것을, 자신이 살아 있다는 것을 입증하기 위해 장애물들을 헤치며 앞으로 나아갔다.

이번에는 환각제에 무언가가 더 첨가되어 있었다.

앨리스는 눈을 감았다가 뜨면서 원을 그리며 돌았다. 눈을 깜박일 때마다 그림자들이 커졌다. 색이 없는 해바라기가 높이 솟아올랐고, 눈앞이 어지러웠다.

앨리스는 새로운 움직임이 감지되는 쪽으로 빙그르르 돌았다. 번쩍이는 괴물이 보였다. 그녀의 사촌들이 즐겨 보는 만화책에서 보았던 괴물과 흡사했다. 생명체를 분해했다가 다시 합쳐놓은 것 같은 형태. 괴물이 기형적으로 보이는 긴 팔과 사악해 보이는 꽃 같은 머리를 기괴하게 흔들었다.

"앨리스, 내 목소리 들려요? 원한다면 눈을 떠도 돼요."

팍스 박사의 목소리였다.

흑백의 해바라기들이 흔들리는 사이로 괴물이 사라졌다. 괴물은 계속 해바라기들 사이에 있었던 것일까? 꽃의 노란색이 돌아오자 줄기가 흔들리면서 나비들이 날아올랐다.

앨리스는 눈을 떴고, 다시 현실 세계로 돌아왔다. 브레너가 가장 먼저 시야에 들어왔다.

"내 머릿속에 괴물이 살아요."

7

테리는 한순간에 길을 잃고 계속 바닥과 벽, 천장만 살피고 있었다. 천장이 하늘처럼 움직였다. 환각 상태인 뇌로 보면 세상의 모든 풍경과 사물이 이상한 모습으로 변질되어 보였다. 이번 주에는 작은 검사실에 있었다. 브레너 박사와 연구보조원은 밖으로 나갔고, 그녀 혼자 남았다. 브레너 박사에게 실험을 수업으로 대체하게 된 이유를 물어볼 생각이었는데 기회를 놓쳤다. 지금 물어보지 않으면 잊어버릴 수도 있었다.

나가서 브레너 박사를 찾아볼까? 그는 개의치 않을 것이다. 안 그런가? 그는 방을 벗어나서는 안 된다고 말한 적이 없었다.

테리는 자리에서 일어나 문으로 다가가 손잡이를 돌려보았다. 문은 잠겨 있지 않았다. 그것 봐! 그녀는 문을 열고 복도로 나갔다. 오가는 사람이 아무도 없었다.

테리는 한 번도 가본 적이 없는 복도로 걸어갔다.

브레너 박사의 사무실이 이쪽에 있지 않을까?

벽에 붙은 타일들이 일렁거리며 춤을 추었다.

문을 여는 소리가 나더니 발소리가 들려왔다. 그녀는 몸을 벽에 바짝 붙였다. 실험용 가운을 입은 남자가 그녀의 바로 앞에서 모퉁이를 돌더니 그대로 지나쳐 갔다. 그녀는 게임을 하듯 아슬아슬한 기분을 느끼며 앞으로 계속 걸어갔다.

남자가 나왔던 문은 연구소의 다른 동 건물과 이어져 있었다. 문 옆에 키패드가 붙어 있었지만 아직 문이 조금 열려 있었다. 테리는 문이 닫히기 직전에 가까스로 안으로 들어갔다. 갈림길이 나왔지만 그녀는 계속 직진해서 걸어갔다. 복도를 지나면서 문이 열린 방 안을 들여다보니 갖가지 기계들과 침대들이 놓여 있었고, 사람의 모습은 보이지 않았다. 그러다 작은 방에서 사람을 발견했다. 어린 여자아이였다. 아이는 나지막한 책상 앞에 앉아 크레파스로 종이가 찢어질 정도로 색칠을 하고 있었다.

저 아이는 왜 여기에 있을까?

테리는 조심스럽게 노크를 하고 방 안으로 들어갔다.

"안녕."

테리는 최대한 부드럽게 아이에게 인사를 건넸다. LSD로 환각 실험을 하는 곳에 어린아이가 있다는 게 이해되지 않았다. 아이도 실험대상자들이 입는 환자복을 입고 있었다.

"언니는 누구세요?"

아이가 놀란 눈을 깜박이며 물었다.

테리는 아이의 맞은편 의자에 앉았다.

"난 환자야. 넌 누구니?"

"칼리예요. 근데 환자가 뭐예요?"

"아픈 사람이라는 뜻이야."

아이가 검은 눈썹을 치켜올렸다.

테리는 아이가 머리를 뒤로 넘긴 남자 그림을 그리고 있었다는 걸 알아차렸다. 언뜻 보기에 브레너 박사 같았다.

"어디 아파요?"

"아니, 난 괜찮아."

"그럼 왜 여기 있어요?"

"실험에 참가하고 있어. 그게 뭔지 아니?"

"언니도 실험-대상자인가 보네요. 나도 그래요. 언니가 여기 온 거 아빠도 알아요? 난 보통 다른 사람들이랑 말하지 못하게 되어 있는데."

아빠? 브레너 박사의 딸인가?

그때 문밖 복도로 누군가 지나갔다. 테리는 갑자기 자신이 무단으

113

로 방을 나와 이 아이를 발견한 것을 브레너 박사와 연구원들이 좋아하지 않을 거라는 생각이 들었다. 그녀는 아이와 눈높이를 맞추기 위해 몸을 숙인 채 의자에서 일어났다.

"내가 이 방에 왔었다는 걸 비밀로 해줄래? 이제 가야 하는데 기회가 되면 또 만나러 올게."

아이가 어깨를 으쓱했다.

"좋아요, 난 비밀을 좋아해요."

테리는 그만 가야 했지만 마지막으로 질문했다.

"너도 비밀인 거니?"

칼리는 망설이다가 고개를 끄덕였다.

"그런 것 같아요."

"그래, 비밀 꼭 지켜야 해."

칼리는 또다시 고개를 끄덕이고는 오른손 검지를 입술에 가져다 댔다.

아이가 비밀을 지킬 수 있을까? 테리는 자신의 존재가 비밀이라고 말하는 아이라면 훈련이 되어 있을 거라고 생각했다. 그리고 그렇게 만든 건 브레너 박사일 거라고 확신했다.

4장

인간과 괴물

1969년 10월
인디애나주 블루밍턴

1

앤드루는 주말에 가족들을 만나러 갔다. 테리는 그가 돌아오기로 한 시간에 맞춰 아파트에 가서 기다렸다. 앤드루가 현관문을 열고 들어와 가방을 바닥에 내려놓자마자 테리는 그에게 달려들었다.

"연구소에 아이가 있었어. 어린 여자아이."

테리는 앤드루가 미처 숨 돌릴 새도 없이 연구소에서 본 아이 이야기를 꺼냈다.

"숨 좀 쉬고 말해. 어린아이가 왜 연구소에 있는 건데?"

"아직은 몰라."

테리는 어디서부터 이야기를 시작해야 할지 막막했다.

"우선 맥주나 한잔 마실까?"

앤드루가 그녀의 뺨을 어루만지며 이마에 키스했다.

"좋은 생각이야. 미안해. 이 얘기 하려고 너무 오래 기다려서 그래.

117

아이가 왜 연구소에 있는지 아무리 생각해도 그 의미를 모르겠어."

"연구소 친구들과 이야기해보지 그랬어?"

앤드루가 주방의 냉장고 문을 열고 맥주 두 캔을 꺼내 한 개를 테리에게 던져주었다.

"일단은 나 혼자 알고 있는 게 좋을 것 같아. 왠지 이상한 생각이 들어."

앤드루가 거실로 돌아와 소파에 앉았다.

테리는 거실을 서성거리며 환각 상태로 연구소를 돌아다니다가 우연히 칼리를 만나게 된 일과 둘이 나누었던 대화에 대해 설명했다.

"정말 이상한 일이네. 혹시 연구소에서 네가 아이를 만난 사실을 아는 사람이 있어? 그 박사한테는 말하지 않았지?"

"브레너 박사의 허락을 받지 않고 돌아다니다가 아이를 만났어. 복도에서 연구소 사람들에게 들키지 않은 게 다행이었지."

앤드루가 손을 내밀어 그녀의 팔을 토닥여주었다.

"곤란한 상황에 처했다고 생각해?"

"잘 모르겠어. 아직은 더 지켜봐야겠어."

테리는 앤드루 옆에 앉았다. 앤드루가 그녀의 무릎 위에 손을 올렸다.

"브레너 박사의 딸일 수도 있고, 어디가 아파 와 있을 수도 있잖아?"

"잠시 봤을 뿐이지만 아파 보이지는 않았어. 그래, 아직은 아무것도 단정할 수 없어. 다만 왠지 느낌이 좋지 않아. 아무래도…… 뭔가 있어 보여. 그 아이가 있던 작은 방도 그렇고, 이층침대도 그렇고."

"차라리 그냥 박사에게 물어보는 편이 낫지 않을까?"

"그럴 수도 있지."

테리도 그 경우를 생각해보았다. 하지만 실험과 학점이 연계되어 있다는 사실에 의구심을 느낀다던 글로리아의 말이 마음에 걸렸다. 일단은 보다 많은 정보가 필요했다.

"다른 친구들은 잘 지내?"

"그럭저럭 괜찮아 보여. 앨리스가 좀 안 좋아 보이긴 했는데, 그냥 아파서 그런 걸 거야."

"그 친구들한테 아이에 대해 어떻게 생각하는지 물어볼 수도 있잖아?"

"물론 그럴 거야. 하지만 난 우선 브레너 박사가 무슨 목적으로 이 실험을 하고 있는지 알아보고 싶어. 게다가 우리를 각자 다른 방에 분리해놓고 실험을 하고 있어. 우린 서로 어떤 실험대상이 되고 있는지 몰라. 그 아이에게는 어떤 종류의 실험을 하고 있을까?"

"LSD를 아이에게 사용하지는 않겠지?"

앤드루의 말에 테리는 한숨이 흘러나왔다. 아이에게 환각제를 준다고 생각하자 소름이 끼쳤다.

"아직은 모르지만 만약 그런 일이 벌어지고 있다면 문제가 심각해."

테리는 오래전 아버지가 비명을 지르며 깨어나 있을 수 없는 일을 전쟁에서 보았다며 괴로워하던 목소리가 들리는 것 같았다. 그런 짓을 하는 사람들도 있었다. 하지만 그녀는 그런 일을 하는 사람들이 있다면 그걸 막아내려 하고, 막을 수 있는 사람들도 있을 거라고 믿었다.

"정보를 좀 모아봐야겠어. 그 아이가 연구소에서 뭘 하는지도 알아보고."

앤드루가 테리의 어깨를 감쌌다.

"위험한 일일 수도 있으니까 몸조심해."

"그럴게."

브레너 박사는 무슨 목적으로 이 실험을 하게 되었을까? 그는 어떤 사람이고, 연구소에 오기 전에는 무슨 일을 했을까?

테리는 여러 가지 의문이 떠올랐고, 그 해답을 찾으려면 무엇을 해야 할지 생각해보았다.

2

테리는 다음 날 바로 도서관으로 갔다. 새로운 학기가 시작되기 직전이어서인지 도서관에 학생들이 많았다. 테리는 사서를 만나기 위해 대기 줄에 섰다. 기다리는 동안 가방에서 『반지의 제왕』을 꺼내 읽기 시작했다. 브레너의 배경을 캐기 전에 톨킨에 대해 좀 더 알아보는 것도 괜찮겠다고 생각했다. 앤드루의 말이 맞았다. 그녀는 작품에 푹 빠져들었다.

"학생?"

테리는 호빗들이 합류하는 장면을 읽다가 고개를 들고 눈을 깜박였다. 올린 머리를 헤어핀으로 고정한 사서가 피곤해 보이는 얼굴로 그녀를 바라보고 있었다.

"안녕하세요. 도와주셨으면 하는 일이 있어서요. 최근에 이 지역에 온 의사인데, 혹시 마틴 브레너 박사라고 들어보셨나요?"

"아니요, 처음 듣는 이름이에요."

"심리학 박사이거나 의학 박사이고, 어쩌면 둘 다일 수도 있어요. 그에 대한 정보와 그 사람이 과거에 했던 연구를 알아보고 싶어요."

"혹시 그분이 이곳에 오기 전에 어느 병원이나 대학에서 근무했는지 알고 있나요? 세부 전공은요?"

사서는 그런 것들에 대해 하나도 알아보지 않고 무작정 도움을 청하는 것은 바보들이나 하는 짓이라고 여기는 표정이었다.

"유감스럽게도 몰라요. 아마도 심리학 관련 연구가 있을 것 같아요."

"음."

사서는 테리 뒤에서 기다리는 사람들을 힐끔 쳐다보았다.

"시간이 아무리 많이 걸려도 상관없어요. 도움이 될 만한 거라면 뭐든 좋아요."

테리가 애원하듯 말했다.

사서가 알았다는 듯 고개를 끄덕이고는 잠시 후 단정한 글씨로 쓴 쪽지를 건네주었다.

"이쪽에서 그 사람 이름을 찾아봐요. 이곳에 자료가 있다면 한두 개는 나올 거예요. 행운을 빌어요."

쪽지에는 그녀가 찾아봐야 할 곳의 목록이 적혀 있었다. 가장 먼저 도서 목록에서 저자명을 찾아보았다. 세 명의 브레너를 찾았지만 마틴 브레너는 없었다. 다음은 미국 명사록이었다. 이름이 알려진 유명 인사들에 대한 인물 사전이었다. 테리는 희망을 품고 책장을 넘겼지만 여기에도 마틴 브레너는 없었다.

이제 사서가 적어준 목록의 마지막 순서로 가야 했다. 가능성이 가장 적었지만 그래도 시도는 해봐야 했다. 테리는 안내데스크로 돌아가 기타 자료 파일들이 어디에 있는지 물었다. 테리는 2층으로 올라가 캐비닛 안에 엉망진창으로 보관된 과학 기사 스크랩과 팸플릿

들을 뒤졌다. 종이를 얼마나 넘겼는지 나중에는 손가락 끝에 감각이 없을 정도였다.

거의 끝이 보일 무렵 도서관 불이 깜박거리더니 확성기를 통해 폐관 시간이 십 분밖에 남지 않았다는 안내방송이 흘러나왔다.

테리는 결국 아무것도 찾아내지 못했다. 마치 인디애나주로 와서 명망 있는 정부 연구소의 책임자가 되기 이전에는 마틴 브레너란 사람이 아예 존재하지 않았던 것만 같았다.

다시 1층으로 내려가 출구 쪽으로 향하다가 도움을 주었던 사서와 눈이 마주쳤다. 테리는 슬픈 표정으로 고개를 저었다. 그러자 사서가 안됐다는 표정으로 고개를 끄덕였다.

테리는 피곤한 몸을 이끌고 앤드루의 집으로 향했다.

"호빗들은 샤이어에 그냥 있는 편이 나았을 거야. 하지만 그들은 떠났어."

앤드루가 문을 열어주자 테리가 말했다.

앤드루가 환한 얼굴로 반기며 테리의 뺨에 키스했다.

"너도 좋아할 줄 알았어. 2권 읽고 싶으면 말해."

"푹 빠져서 읽고 있는데 아직 멀었어."

"톰 봄바딜과 골드베리 부분은 그냥 넘어가도 돼. 별 얘기 아니니까."

"그 말은 이 책이 모든 면에서 완벽한 건 아니라는 걸 인정한다는 뜻이야?"

"하하. 넌 정말 못 말리는 친구야."

앤드루는 테리가 웃음을 터뜨릴 때까지 한참 동안 붙잡고 간지럼을 태웠다.

테리는 비로소 자신의 현실로 돌아온 기분이었다. 연구소와 환각제로 인한 열병, 비밀에 싸인 아이에서 벗어난 온전한 세상으로.

3

테리는 작은 방의 침대를 손가락으로 두드리다가 브레너 박사의 시선을 느끼고 동작을 멈췄다. 두드림을 멈추자 손에서 물결 모양의 무지개가 퍼져 나오는 것 같았다.

"아직도 약 때문에 불안해요?"

브레너 박사가 물었다.

"아니, 그렇지는 않아요."

테리는 지금 약 때문에 긴장한 게 아니었다.

"나를 믿죠?"

왜 이런 질문을 하지? 테리는 마음속에서 의구심이 일었다.

"그럼요."

브레너 박사가 망설이며 테리를 쳐다보았다.

"우리 실험은 현재까지 아주 잘 돼가고 있어요. 자, 이제 좀 더 깊은 곳으로 들어가야 해요. 준비됐죠?"

우리 실험이 뭔데요? 좀 더 구체적으로 무슨 연구를 하고 있는지 말해봐요. 칼리는 누구예요?

테리는 그런 의문들을 어떻게 해소해야 할지 판단이 서지 않았다. 성급하게 행동했다가는 아무것도 얻지 못하고 기회를 잃을 수도 있었다.

테리는 그가 기다리는 대답을 해주었다.

"네, 준비됐어요."

"좋아요."

브레너 박사는 재킷 주머니에서 작은 수정을 꺼내 그녀의 눈앞으로 들어올렸다.

"수정에 집중하고, 머릿속으로 10부터 1까지 거꾸로 세어봐요."

테리는 브레너가 시키는 대로 하고 싶지 않았다. 브레너의 말을 그대로 따르지 않더라도 그가 알 수는 없었다. 테리는 정면을 응시했지만 수정에 집중하지는 않았다.

"이제 눈을 감아요."

눈을 감자 언제나 그랬듯이 눈꺼풀 뒤로 무지개와 불꽃이 보였다.

"곧 다음 단계로 넘어갈 겁니다. 당신이 무엇을 할 수 있는지 알아볼 때가 됐어요. 이 연구소에서 경험한 일들은 모두 기밀입니다. 당신은 그 점을 명심하고 임무를 완수해야 합니다. 내가 지시했다는 사실은 기억에서 지워야 합니다. 내가 한 말을 그대로 따라해봐요."

이제 뭐지? 전에도 이런 식의 교육을 받았었나? 그때도 브레너 박사의 지시를 그대로 따랐었나?

테리는 정신을 바짝 차리고 브레너의 말을 따라했다.

"연구소에서 경험한 일들은 모두 기밀입니다. 그 점을 명심하고 임무를 완수해야 합니다. 박사님이 지시했다는 건 기억에서 지워야 합니다."

"좋아요. 아주 잘했어요."

다시 주위가 조용해지더니 방문이 열리는 소리가 들렸다. 두 사람만 남겨두고 밖으로 나갔던 연구보조원이 다시 들어온 듯했다. 뭔가 바닥을 긁는 소리가 나더니 또다시 문이 닫히는 소리가 들렸다. 테리는 지나치게 큰 자신의 심장박동 소리를 들으며 브레너가 하는 말을 알아듣기 위해 주의를 집중했다.

"준비됐죠?"

"네."

"눈을 떴을 때도 지금 이 상태를 유지해야 합니다."

브레너가 잠시 말을 멈췄다. 테리는 눈을 떠야 할지 말아야 할지 알 수 없어 그대로 가만히 있었다.

"이제 눈을 떠도 됩니다."

테리는 눈을 떴다. 브레너가 그녀 앞에 놓인 작은 탁자 옆에 앉아 있었다. 탁자 위에는 전선이 연결된 검정색 전화기가 놓여 있었다. 브레너가 수화기와 뭔지 모를 작은 물체를 집어 들었다. 동전보다 얇은 검정색 금속물체였다.

"이거 보입니까?"

테리는 고개를 끄덕였다.

브레너는 금속물체를 탁자 위에 내려놓더니 드라이버로 수화기의 나사를 풀어 송화구 뚜껑을 열었다.

"이걸 어떻게 여는지 잘 봤을 겁니다. 누구든지 손쉽게 열 수 있죠. 할 수 있겠어요?"

"네, 할 수 있어요."

브레너 박사는 플라스틱 뚜껑을 옆에 내려두고, 금속물체를 집어 들었다. 그는 그 금속물체를 송화구의 전선과 작은 부품 사이에 끼워 넣었다.

"반드시 이 자리에 넣어야 합니다. 그래야 전선과 연결돼 작동이 되니까요."

브레너는 설명을 마치고 송화구 뚜껑을 닫았다.

"내가 했던 대로 할 수 있겠죠?"

"네, 할 수 있습니다."

브레너가 수화기를 올려놓자 테리는 당장 해야 하는 줄 알고 전화기에 손을 내밀었다.

"지금 여기서 하라는 건 아닙니다."

브레너 박사가 테리의 손에 뭔가를 쥐여주었다. 손바닥을 펼쳐봤더니 조금 전 송화구에 집어넣은 것과 똑같은 금속물체였다.

"이걸 글로리아 플라워스의 부모가 운영하는 '플라워스 플라워 앤 기프트'의 계산대에 놓여 있는 전화기에 집어넣어야 합니다. 다음 실험에 오기 전까지 해야 돼요. 내 말이 무슨 뜻인지 알겠죠?"

아니, 왜 그래야 하지?

"네, 알아들었어요."

"좋아요. 이제 눈을 감아요."

테리는 눈을 감았다.

4

테리는 '플라워스 플라워 앤 기프트'로 향하는 7번가를 따라 천천히 차를 몰았다. 커다란 건물 앞에 아이보리색 상호를 새긴 적갈색 차양이 드리워져 있었다. '앤 기프트'라는 글자 아래에 작은 조각상들, 그림 액자들, 가구들이 진열되어 있고, 그 옆에 사탕 진열대가 놓여 있었다. 맞은편에 꽃집 출입구가 있었다. 꽃집 창가에는 화사한 꽃다발과 잎이 넓은 양치식물 화분들이 놓여 있었다. 가게 주소는 기숙사에 있는 전화번호부에서 쉽게 찾을 수 있었다. 전화번호부에 가게에서 판매하는 물품들이 나열된 광고가 실려 있었다.

테리는 가게 건너편 연석에 차를 세우고 내렸다. 길을 건너자 사방치기 놀이를 하던 아이들이 그녀를 쳐다보았다. 테리는 재킷 주머니에 손을 집어넣어 브레너가 준 금속물체가 있는지 확인했다.

가게 문을 열자 벨이 울렸다. 강렬한 꽃향기가 코를 찔렀다. 흡사 나이 먹은 글로리아처럼 보이는 여자가 계산대 뒤에 놓인 의자에서 일어서며 인사했다.

"어서 오세요."

테리는 중앙통로로 걸어 들어갔다. 글로리아가 어머니 뒤쪽에 앉아 있는 것이 보이자 마음이 놓였다. 글로리아는 만화책에 푹 빠져 테리가 온 걸 여전히 알아차리지 못하고 있었다.

"글로리아를 만나러 왔어요."

글로리아의 어머니가 고개를 돌렸다. 글로리아는 그제야 만화책을 내려놓고 자리에서 일어섰다.

"테리, 어서 와."

글로리아가 테리를 맞이하고 어깨 너머로 말했다.

"연구소에 같이 나가는 친구예요."

"테리, 만나서 반가워요. 글로리아의 친구면 우리 가족 모두의 친구예요."

글로리아의 어머니가 반갑게 인사를 건넸다.

"감사합니다."

테리는 글로리아의 어머니의 환대를 받으니 주머니 속에 들어 있는 금속물체가 한층 더 무겁게 느껴졌다. 그녀는 글로리아를 돌아보았다.

"글로리아, 잠깐 이야기 좀 할 수 있을까?"

"엄마, 테리랑 할 얘기가 있으니까 아빠한테 다녀오세요. 가게는 내가 보고 있을게요."

"퇴근 시간 전까지는 손님이 거의 없을 거야. 그럼 편히 이야기 나눠. 난 조금 있다가 올 테니까."

글로리아의 어머니가 두 가게를 연결하는 통로로 나갔다.

"무슨 일인데?"

글로리아가 눈썹을 치켜올리며 물었다.

테리는 침을 꿀꺽 삼키고 나서 금속물체를 꺼내 손바닥 위에 올려놓았다.

"이게 뭐야?"

"잘은 모르지만 도청장치 같아. 브레너 박사가 이걸 여기 있는 전화기에 넣으라고 했어. 내가 최면에 걸렸다고 철석같이 믿고 한 얘기겠지."

글로리아는 충격을 받은 듯 고개를 절레절레 젓더니 금속물체를 조금 더 가까이에서 살펴보았다.

"네 말대로라면 이건 악마의 물건이네. 그때 넌 최면에 걸리지 않았던 거야?"

테리는 고개를 끄덕였다. 사실 이곳을 찾아온 건 테리에게 도박이나 다름없었다. 글로리아가 어떤 친구인지 잘은 몰라도 결코 배신할 수는 없었다.

"그냥 최면에 걸린 척했어. 브레너는 다음번 연구소에 오기 전까지 일을 끝내야 한다고 했어. 다음 단계로 넘어갈 수 있을지 알아보

128

는 테스트라는 말도 했고.”

“테스트라니, 죄다 헛소리야. 이런 것들을 보면 분명하게 알 수 있잖아. 과학 발전과는 전혀 상관없는 일이지.”

글로리아가 손을 내밀었다.

“그걸 이리 줘봐. 내가 전화기에 끼워 넣어볼게.”

“전화를 도청당할 수도 있을 텐데 괜찮겠어?”

글로리아가 살짝 미소를 지었다.

“여긴 꽃과 선물을 파는 가게야. 통화를 엿들어봐야 지루하기만 할걸.”

글로리아가 잠시 망설이다가 말을 이었다.

“내가 생각하기에 브레너 박사가 그런 지시를 한 건 우리 집 전화를 엿듣기 위해서가 아니야. 네가 그들의 지시를 잘 따르는지 시험해보려는 거지.”

테리도 같은 생각을 했었고, 그럴 가능성이 높았다.

“그들이 너한테도 이런 일을 시킨 적 있어?”

“아니, 아직은 없어. 연구소에서는 우리를 실험대상으로 삼아서 기억과 정신활동에 대해 연구하고 있어. 우리의 정신을 조종할 수 있는지 알아보려는 거지. 보통 사람들한테 이런 지저분한 일을 시킬 수 있다면……. 네가 최면에 걸렸다고 브레너가 믿은 게 확실해?”

테리는 그렇게 생각했다.

“믿지 못할 이유가 없었으니까. 그리고 지시 사항을 이행하고 나서 자기가 시켰다는 건 잊어야 한다고 했어.”

“좋아. 서두르는 게 좋겠다. 엄마가 곧 오실 거야.”

글로리아가 계산대로 걸어갔다.

테리는 그녀를 뒤따라가 전화기의 수화기를 가리켰다.

"송화구 뚜껑을 열고 장치를 전선에 닿게 집어넣어야 해. 그래야 작동한다고 했어."

글로리아가 송화구 뚜껑을 열고 도청장치를 집어넣었다.

테리는 머릿속으로 칼리를 떠올렸다. 아직 그 아이를 만나러 갈 엄두를 내지 못하고 있었다. 키패드가 달려 있는 문을 통과할 방법이 없었다. 그렇다고 누군가가 그 문을 지나가길 마냥 기다릴 수는 없었다. 칼리가 아직도 그 방에 있는지도 알 수 없었다. 어쩌면 글로리아는 과학을 전공하니까 칼리가 연구소에서 뭘 하고 있는지 추정할 수 있을지도 모른다는 생각이 들었다.

"다 됐어."

글로리아가 마치 비밀스러운 음모라도 꾸민 사람처럼 테리를 쳐다보며 빙긋 웃었다.

"앤드루의 집에서 핼러윈 파티를 열기로 했으니까 꼭 와줘. 켄과 앨리스도 초대할 거야."

테리가 불쑥 말했다.

"그래, 고마워. 재미있을 것 같은데."

그때쯤이면 친구들에게 뭐라고 말해야 할지 알게 될 수도 있었다.

5

앨리스는 축제 가운데 핼러윈데이를 가장 좋아했다. 핼러윈 분장을 하게 되면 다른 사람의 눈에 띄지 않고 하루를 보낼 수 있어서 마음에 들었다.

앨리스가 늘 들고 다니던 소켓 렌치를 내려놓고 평소에 입던 작업복 대신 근사한 드레스를 입고 나타나면 사람들은 굴욕적인 반응을 보이곤 했다. 그들은 속으로 이렇게 말하는 것 같았다.

앨리스, 넌 드레스가 어울리지 않아. 분수에 맞게 입어야지.

아무도 '너, 예뻐 보인다'는 말을 하지 않게 된 건 늘 기름때를 묻히고 사는 그녀 자신 탓이기도 했다.

앨리스는 테리와 앤드루의 핼러윈 파티에 신데렐라처럼 차려입고 가고 싶은 마음도 있었다. 하지만 좋은 옷을 골라 입고 교회에 갔을 때처럼 사람들이 놀리는 반응을 보일까 봐 두려웠다. 그녀는 생각 끝에 좋아하는 스타의 복장을 흉내 내기로 했다. 그 역시 요란스럽긴 마찬가지였다. 그녀는 드러그스토어에서 엘비스 프레슬리의 옷을 구입해 넓은 칼라를 달고, 흰색 나팔바지의 솔기에 커다란 별들을 달았다.

"완전히 이블 크니블(엘비스 프레슬리 복장으로 할리 데이비슨을 타고 묘기를 펼친 것으로 유명한 오토바이 스턴트맨)이네!"

테리가 아파트 문을 열어주며 소리쳤다. 안쪽에서 요란한 음악 소리가 울려 나왔고, 집 안은 이미 춤을 추는 사람들로 북적거렸다. 마리화나 연기도 흘러나왔다.

"앨리스, 완벽해. 앤드루, 이리 와서 앨리스와 인사해."

앨리스는 테리가 자신의 분장을 제대로 알아보자 기분이 좋아졌다. 그녀는 그날 밤 차 위를 날아오르는 오토바이 스턴트맨 분장을 완벽하게 소화해냈다. 테리는 맨발에 갈색 털을 붙이고, 낡은 셔츠에 걷어 올린 바지를 입고 있었다. 머리는 곱슬곱슬하게 말고 뾰족한 귀를 달았다.

앤드루가 문 앞으로 다가왔다. 그 역시 우스꽝스러운 곱슬머리에 앨리스와 비슷한 복장을 하고 있었다. 그는 발 대신 손등에 털을 붙이고 있다는 점이 달랐다.

"테리는 프로도, 난 샘이야. 내가 정말 좋아하는『반지의 제왕』에 나오는 인물들이지. 테리에게 먼저 좋아하는 인물을 선택하라고 했더니 나를 그만 하인으로 만들었어. 난 졸지에 테리의 하인이 됐지만 괜찮아."

앤드루의 말에 테리가 어깨를 으쓱했다.

"난 샘이 좋아."

"나도 프로도가 좋아. 앨리스, 잠깐만 기다려. 술을 가져다줄게."

앨리스는 평소 술을 마시지 않았지만 거절하지 않았다.

"고마워."

괴물 마스크를 쓴 남자가 보였다. 비뚤어진 입에 거대한 이빨이 달려 있었다. 그가 진짜 괴물을 보았다면 어떤 반응을 보일지 궁금했다. 연구소 실험을 떠올리자 앨리스는 기분이 다시 가라앉았다. 내면의 조용한 곳에서 보았던 어둠과 괴물들의 모습이 머릿속을 어지럽혔다.

테리가 앨리스의 손을 잡고 집 안으로 끌어들인 뒤 현관문을 닫았다.

"켄과 글로리아도 와 있어."

그때 빨간 입술에, 가운데 가르마를 탄 검정색 가발을 쓰고 몸에 찰싹 달라붙는 검정색 드레스를 입은 여자가 긴 손톱을 달랑거리며 악수를 청했다.

"모티샤 아담스(1991년 배리 소넨펠드 감독의 영화 〈아담스 패밀리〉에서 안젤리카 휴스턴이 맡았던 인물)입니다. 만나서 반가워요."

"근사해요, 난 이블 크니블이에요."

"내 룸메이트 스테이시야."

테리가 모티샤 아담스로 분장한 사람이 누군지 대신 말해주었다. 그러고는 앨리스의 어깨 너머로 누군가와 눈을 맞추었다.

"앨리스, 잠깐만! 저쪽에 좀 다녀올게."

앨리스는 사람들의 열기로 후끈한 집 안을 둘러보았다.

테리는 알고 지내는 사람이 몇 명이나 되는 거야? 아는 사람이 이렇게 많으니 파티에도 많이 가봤겠지? 대학생이라서 그럴 거야.

앨리스는 파티가 처음이었다. 교회에서 가는 피크닉은 파티로 치지 않았다.

"테리와는 어떻게 알게 된 사이죠?"

스테이시가 어릿광대 분장을 한 남자를 피하면서 물었다.

앨리스는 갑자기 테리가 실험에 처음 참가했을 때의 일이 떠올랐다. 그때 그녀는 룸메이트인 스테이시 대신 왔다고 했었다.

"연구소 실험에 함께 참가하면서 알게 됐어요."

"실험이 어떻게 되어가는지 말해줄 수 있어요? 테리가 도무지 말을 안 해서 궁금해 미치겠어요."

앤드루에게만 말해주고 룸메이트에게는 아무 말도 안했나 봐.

"뭐 특별할 게 없는 일이잖아요."

"나도 그 실험에 한 번 참가했었는데 제정신이 아니었어요. 환각 상태가 되었을 때도 기분이 좋지 않았죠."

"지금도 그런 식으로 하고 있어요."

스테이시가 안됐다는 듯 인상을 찌푸렸다. 그때 테리가 다시 나타났다.

"앨리스, 이리 와봐."

테리가 그녀의 손을 살며시 잡아끌었다.

비틀스의 〈친구의 도움을 조금만 받는다면(With a Little Help from My Friends)〉의 전주가 흘러나오자 그 자리에 모여 있던 우주인, 마녀, 유령, 슈퍼히어로들이 한꺼번에 환호성을 질렀다. 마침내 노래가 시작되었고 모두들 한목소리로 따라 부르기 시작했다.

혼자라고 생각하며 슬퍼하세요? 난 친구의 도움으로 헤어날 수 있어요. 누군가가 필요한가요? 난 사랑할 누군가가 필요해요.

노랫소리가 점점 더 커졌다.

앨리스도 큰 소리로 '난 사랑할 누군가가 필요해요' 부분을 힘껏 따라 불렀다. 테리도 마찬가지였다. 앨리스는 심장이 변함없이 잘 뛰고 있어 다행이라 생각했다. 몇 주 만에 처음으로 몸의 엔진이 제대로 기능하고 있다는 느낌이 들었다.

앨리스는 노래가 끝나자 모처럼 활짝 웃었다. 테리가 다시 앨리스의 손을 잡고 사람들 사이를 헤치고 지나갔다. 그들은 피크닉 테이블이 비치되어 있고, 모닥불을 피워둔 뒤뜰로 향했다. 벨벳 같은 밤하늘에 별들이 촘촘하게 박혀 있었다. 앨리스는 이제 연구소 실험 걱정을 하던 마음이 모두 사라졌다.

파티란 원래 이런 건가? 외톨이가 될까봐 걱정했다가 어느새 기분 좋게 즐기는? 앨리스는 저도 모르게 휘파람을 불었다. 적어도 이 자리에 어울리는 옷을 입고 오긴 했어.

"앨리스!"

피크닉 테이블에 앉아 있던 켄이 자리에서 일어났다. 그는 평소처럼 어깨를 덮은 머리카락에 수염을 덥수룩하게 기른 모습이었다. 제플린 티셔츠와 청바지도 평소 차림과 다르지 않았다.

"분장도 하지 않고 핼러윈파티에 나타나다니, 역시 대단한 배짱이야."

"난 마약중독자 복장을 한 거야."

앨리스가 눈을 가늘게 떴다.

"실제로 마약중독자라는 뜻이야?"

"그건 아니지."

"차라리 게을러서 그랬다고 인정하지 그래."

앨리스는 어느새 옆에 와 서 있는 글로리아를 보더니 양팔을 벌리고 탄성을 질렀다.

"와, 정말 굉장해!"

앨리스는 캣우먼 복장을 완벽하게 소화한 글로리아의 주위를 한 바퀴 돌았다. 그녀는 어사 키트(1960년대 TV시리즈에서 캣우먼 역을 맡았던 미국 가수) 버전으로 몸에 찰싹 달라붙는 검정색 점프슈트에 금사슬로 된 목걸이와 거기에 맞춘 벨트를 착용하고 있었다. 어디서 구했는지 고양이 눈 마스크와 고양이 귀 머리띠까지 구해 쓴 감각도 돋보였다.

"앨리스, 너도 정말 근사해."

글로리아가 미소를 지으며 말했다.

앤드루도 그 자리에 합류했다. 그가 앨리스에게 맥주를 건네주었다. 앨리스는 맥주를 마시고 싶지 않았지만 앤드루와 맥주병을 부딪쳤다.

"넌 내 여동생 같은 느낌이야."

"오빠는 이미 많아서 싫어. 세상에서 제일 필요 없는 게 오빠야."

앨리스가 말했다.

테리가 끼어들었다.

"앨리스, 조심해. 앤드루는 창꼬치(농어목 꼬치고깃과의 바닷물고기. 이빨이 날카롭고 공격적이다) 같은 이빨을 가지고 있으니까."

앨리스는 숙여주어야 할 때를 알고 있었다.

"세상에서 가장 명예로운 오빠가 생긴 것 같네."

앨리스가 피크닉 테이블에 앉자 켄이 슬쩍 그녀의 술을 가져갔다. 그녀가 깜짝 놀라는 시늉을 하자 켄이 뭐가 문제냐는 듯 눈을 찡긋했다.

"고마워."

앨리스가 말했다.

"조금 있다가 물을 가져다줄게."

앨리스는 성의 없는 복장으로 온 켄을 용서하기로 했다.

테리와 앤드루는 파티 뒷바라지를 위해 다시 집 안으로 들어갔다. 앨리스는 뒤뜰에서 연구소 친구들과 함께 파티를 즐겼다. 그들을 어떻게 알게 되었는지는 중요하지 않았다. 그들은 좋은 친구들이었으니까.

테리가 돌아와 앨리스에게 술잔을 내밀었다. 글로리아가 대신 술잔을 받아들자 앨리스는 깜짝 놀랐다.

"캣우먼, 난 네가 플라스틱 잔에 담긴 술을 마시는 줄 몰랐어."

"건배."

글로리아가 술잔을 들어올렸다.

테리는 다른 사람들과도 술잔을 부딪쳤다.

정원에는 그들밖에 없었다. 앤드루도 집 안에 있었다. 앨리스는 다음 날 출근해야 하기 때문에 원래는 일찍 자리를 뜰 생각이었는데 지금은 가능한 한 이 자리에 오래 머물고 싶었다.

"글로리아, 왜 생물학을 공부하는 거야? 생물학의 좋은 점이 뭐지?"

앨리스가 물었다.

"아, 나도 듣고 싶어."

테리가 옆에 앉으며 말했다.

켄은 저녁 내내 눈에 띄게 조용했다.

"아마도 너희들은 세포나 생명의 기적에 대한 이야기를 듣고 싶겠지?"

글로리아가 양손을 포개 테이블에 올리며 말했다.

"난 생물학이 아니라 만화책 이야기가 나올 거라고 기대했어."

테리가 싱긋 웃으며 말했다.

"생물학 이야기가 나오는 만화책도 많이 있어. 만화책에서 생물학자들은 대부분 악당으로 등장하지."

글로리아가 말했다.

"글로리아, 넌 악당이 아니야."

앨리스가 단언했다. 물론 두말할 필요가 없는 얘기였다.

"아무튼 생물학은 우리와 우리 주변의 모든 생명체를 연구하는 학문이야. 무엇이 생명체를 살아 움직이게 하는지를 연구하기도 하지. 처음에는 그런 것들이 생물학의 전부인 줄 알았는데 지금은 아니야."

"그럼 어떤데?"

테리가 물었다.

"내가 이 말을 하면 너희들이 나를 바보 같다며 놀릴지도 몰라."

"이 자리에 있는 사람들은 믿어도 돼."

켄이 말했다.

"좋아."

글로리아는 밤하늘을 올려다보았다.

"사람들은 함께 일을 하지. 과학적 진보는 사람들이 동일한 기준 아래 발견한 것들을 공유했을 때만 일어날 수 있어. 사람들 간의 차이는 중요하지 않아. 오직 새로운 과학의 발견 안에서의 차이일 테니까."

"정말 멋진 이야기야."

앨리스는 이해하기 쉽지 않았지만 근사한 이야기라는 생각이 들었다.

글로리아가 미소를 지었다.

앤드루가 비틀거리며 걸어오더니 앨리스 옆에 앉았다.

"무슨 이야기를 하는 중이었어?"

"위대한 생물학 이야기."

글로리아는 생물학이 얼마나 위대한 학문인지에 대해 이야기하지 않았지만 앨리스는 그렇게 받아들였다.

"적어도 그건 착한 과학이잖아."

앨리스는 집 안에서 더 이상 음악소리가 흘러나오지 않는다는 걸 알아차렸다. 지금 여기에는 그녀가 아는 사람들만이 모여 있었다. 그녀가 완전히 부숴버리고 다시는 고치고 싶지 않은 기계들을 가져오는 의사나 연구소 직원은 없었다. 그녀는 오늘밤만큼은 아무것도 생각하고 싶지 않았다. 하지만 지금 이 자리에서 위험을 감수하기로 했다.

"괴물을 본 사람 있어?"

앨리스의 입에서 그 말이 튀어나왔다. 어쩌면 밤이 그대로 삼켜버릴 만큼 작은 소리였다.

아무도 그 말을 정확하게 듣지 못한 눈치였다.

테리만이 자세를 바로잡으며 앨리스의 얼굴을 바라보았다.

"괴물이라니?"

앨리스는 자신이 내뱉은 말을 다시 주워 담고 싶었다. 이대로 마음 깊이 묻어두는 편이 나을지도 모른다고 생각했다. 하지만 그녀는 계속 이야기했다.

"브레너 박사와 팍스 박사 같은 연구소 사람들을 말하는 게 아니야. 그 사람들이 나에게 환각제를 주고 충격을 줄 때마다 내 눈에 보이는 형상들을 말하는 거야. 내 눈에 잠깐씩 괴물들이 나타나는데 다들 잔뜩 굶주려 있어. 마치 현실에서 지옥 구덩이 속을 들여다보는 느낌이었어. 그게 너무 무서워."

앨리스는 참을 수 있을 만큼 숨을 멈췄다가 한꺼번에 몰아쉬었다.

"그런 일이 여러 번 있었어?"

테리가 물었다.

"응. 번번이 나타나."

앨리스는 어둠에 가려진 다른 친구들의 얼굴 표정을 애써 읽으려 하지 않았다.

"환각제 때문일 수도 있긴 한데……."

테리의 목소리에 별다른 감정이 담겨 있지 않아 다행이었다.

"그 괴물들이 어떻게 생겼는데?"

이번에는 켄이 물었다.

"넌 심령술사라면서 그것도 몰라?"

앨리스는 힘껏 쏘아 붙였다가 이내 후회했다.

"미안해."

"신경이 곤두서서 그런 거잖아. 난 괜찮아."

켄이 말했다.

"공포영화에 나오는 괴물처럼 생겼어. 키가 크고 몸집은 가늘어. 온몸이 가죽과 비늘로 덮여 있고, 사람과는 전혀 닮은 구석이 없어. 괴물들 중 하나가 사람처럼 걸어 다니긴 하지만 그 정도로는 비슷하다고 할 수 없지."

"아까 그들이 충격을 줄 때마다 괴물을 봤다고 했잖아? 팍스 박사가 너에게 전기충격 요법을 쓴다는 뜻이야?"

글로리아의 목소리에는 감정이 담겨 있었다. 그녀는 분노하고 있었다.

"그들이 전기를 쓰는 건 사실이야. 내가 기계를 좋아 한다니까 그런 방법을 쓰는 건지도 몰라. 차라리 나에 대해 아무것도 알려주지 말걸 그랬어."

"난 환각 상태일 때에도 괴물을 본 적은 없어."

테리가 말했다.

앨리스는 속이 울렁거려 더 이상 아무 말도 할 수 없었다.

테리가 말을 이었다.

"그런데…… 연구소에서 어린 여자아이를 만났어. 그 아이가 브레너 박사를 '아빠'라고 불렀어."

"언제?"

켄이 물었다.

"그날 난 브레너 박사에게 왜 학교에 연락해 실험으로 수업을 대체하게 했는지 물어볼 생각이었어. 환각에서 깨어나고 있을 때 브레너 박사가 방에 없어서 밖으로 나갔다가 우연히 그 아이를 발견하게 됐어. 아이 이름은 칼리, 우리와 마찬가지로 실험대상자라고 했어."

"그 애를 한 번밖에 못 봤어?"

글로리아가 물었다.

"브레너가 그 후로는 나를 혼자 있게 놔둔 적이 없어. 게다가 그 아이는 키패드에 비밀번호를 입력해야 들어갈 수 있는 다른 동에 있어. 처음 그 방에 들어갈 수 있었던 건 운이 좋았기 때문이야."

"브레너가 우리 집 전화기에 도청장치를 달고 오라고 시킨 이야기도 해."

글로리아가 낮게 휘파람을 불었다.

"뭐, 도청장치?"

앨리스가 놀란 얼굴로 물었다.

테리는 최면에 걸린 척하고 받은 임무에 대해 자세히 설명했다. 그녀가 글로리아와 상의해 일을 어떻게 처리했는지에 대해서도 남김없이 말해주었다.

"브레너 박사가 너에게 그런 짓을 시켰다는 게 믿기지 않아."

켄이 말했다.

"이미 현실에서 분명하게 벌어진 일이야. 우린 대체 무슨 일에 연루된 걸까? 지금부터 우린 그걸 알아내야 한다고 생각해."

글로리아가 말했다.

테리가 테이블 위에 손을 올렸다. 마치 술을 한 방울도 마시지 않은 사람처럼 냉철한 모습이었다.

"이 모든 일들을 종합해봤을 때 건전한 목적으로 계획한 실험은

아닌 것 같아. 도서관에 가서 마틴 브레너 박사에 대한 자료를 찾아
봤는데 아무것도 없었어. 브레너 박사가 어떤 사람인지, 그들이 무
슨 짓을 꾸미고 있는지 어떻게든 알아볼 필요가 있어."

잠시 침묵이 흘렀다.

앨리스는 누구든 무슨 말이라도 하기를 기다렸다.

"그럴 줄 알았어."

켄이 말했다.

"그렇겠지."

앨리스가 눈을 흘겼다.

글로리아가 끼어들었다.

"내가 과학을 사랑한다는 말은 했지. 내가 실험에 동참하게 된 이
유도 실험실 작업에 대해 더 많은 걸 알고 싶었기 때문이야. 테리에
게는 이미 말했지만 우리가 나가는 연구소에서는 절대로 있어서는
안 될 일들이 벌어지고 있어. 게다가 방금 알게 된 일이지만 앨리스
에게 전기충격 실험까지 하고 있어. 결코 용납해서는 안 되는 일이
야. 우리가 힘을 합친다면 테리가 원하는 답을 얻을 수 있을 거야."

앨리스도 친구들 생각에 동의했지만, 여전히 괴물들 때문에 두려
웠다.

"내가 본 괴물들이 실제로 존재하면 어쩌지? 브레너가 그 괴물들
을 이용해서 우리를 해치려고 할지도 몰라."

테리가 손을 뻗어 앨리스의 손을 잡아주었다.

"그런 일은 절대로 없을 거야. 우리가 그렇게 하도록 내버려두지
않을 테니까."

"나도 돕겠다고 약속할게."

앤드루가 말했다.

앨리스는 그들의 말을 믿기로 했다.

"앨리스, 그 괴물들이 현실에 진짜로 존재한다고 생각해?"

켄이 물었다.

"모르겠어."

앨리스는 괴물들이 실제로 있을까봐 무서웠지만 확실한 건 없었다.

"우리가 힘을 합쳐 대처할 거라면 무슨 일부터 해야 하지?"

앨리스가 물었다.

"좋은 질문이야. 뭘 해야 할지는 이제부터 생각해봐야지."

테리가 말했다.

6

브레너가 손을 내밀자 실험실 조수가 대형 수건을 건네주었다. 에이트는 처음으로 감각 차단 수조에 들어갔다. 브레너는 아이가 이 실내에 맑은 날의 환영을 만들어낼 수 있도록 특별한 자극을 가했다.

브레너는 감각 차단 수조가 아이의 능력을 증폭시켜주길 바랐다. 그러나 아무 일도 일어나지 않았다.

"에이트, 이제 그만해도 돼. 밖으로 꺼내주마."

브레너가 에이트가 쓴 헬멧과 연결된 마이크에 대고 말했다.

아이는 브레너의 목소리에 담긴 실망감을 눈치챘을 것이다. 브레너는 아이가 성공하면 상을 주겠다고 약속했다. 하지만 성과가 없으면 보상도 없는 법이었다.

브레너가 고개를 끄덕이자 조수가 수조 뚜껑을 열고 에이트가 밖으로 나올 수 있게 도와주었다. 아이는 헬멧을 벗어 실험실 직원에게 내밀었다.

"아빠, 이거 쓰기 싫어요."

브레너는 환영이 나타나기 시작하는 동시에 아이의 콧구멍에서 검붉은 피가 흐르는 것을 알아보았다. 그는 갑자기 비친 눈부신 빛 때문에 눈을 가늘게 떴다. 그가 손을 들어 빛을 가리며 뒤로 한 발짝 물러서자 다른 직원들도 그를 따라 했다.

브레너는 가까스로 주위를 둘러보았다. 거센 폭풍우가 그들을 둘러싸면서 머리 위로 높은 파도가 솟구쳤다. 오른쪽에서 비명 소리가 나더니 누군가 허둥지둥 도망치는 소리가 들렸다. 그는 도망친 자가 누구인지 나중에 찾아낼 생각이었다.

"에이트."

브레너가 부드럽게 아이를 불렀다. 그는 정말로 깊은 인상을 받았다.

브레너는 아이가 대륙 건너에서 태어났기 때문에 바다를 본 적이 있다고 생각하지 못했다. 그는 가만히 머리 위로 지나가는 파도를 지켜보았다. 허상에 불과했지만 파도의 모습은 실제와 조금도 다르지 않았다. 그는 휘몰아치는 파도 속에서 겨우 실험실 벽과 사물의 윤곽을 알아볼 수 있었다.

브레너는 잔뜩 화가 난 아이가 울면서 만들어낸 소용돌이가 사라지길 기다리며 그 자리에 서 있었다.

"컵케이크."

환영이 몇 분 동안 계속되자 브레너가 크게 소리쳤다. 실험이 성공하면 주기로 했던 상이었다. 실험실 직원이 허둥지둥 달려와 그에게 에이트가 좋아하는 컵케이크 상자를 건네주었다. 에이트는 요즘 친구를 데려다달라는 요구를 부쩍 많이 하고 있었다. 그는 컵케이크가 일시적으로나마 아이의 마음을 달래주길 바랐다. 환영을 멈출 수만 있다면 아이에게 무엇이든 주는 수밖에 없었다.

아이의 강력해진 능력을 확인하게 된 실험이었다. 브레너는 이미 테리가 완수한 임무에 잔뜩 고무되어 있었다.

"에이트."

브레너가 아이를 향해 조심스레 다가갔다. 아이의 얼굴은 콧구멍과 입에서 흘러내린 피와 눈물 범벅이었다. 그는 아이의 팔에 손을 올렸다.

"컵케이크를 줄 테니까 이제 환영을 멈추렴."

"그게 잘 안 돼요. 나도 멈추려고 하는데 마음대로 되지 않아요."

머리 위로 더욱 거센 파도가 몰려왔다.

브레너는 컵케이크를 꺼내 아이의 손에 올려주고는 가만히 기다렸다. 아이가 컵케이크를 움켜쥐었다. 마침내 아이의 무릎이 꺾이며 환영이 사라졌다.

브레너는 아이에게 수건을 건네주려고 무릎을 꿇었다. 아이는 그를 쳐다보지도 않고 컵케이크 포장을 뜯었다. 아이가 초콜릿을 깨물자 안에서 하얀색 크림이 흘러나왔다. 브레너는 앞으로 아이를 좀더 엄하게 다스려야겠다고 생각했다. 하지만 성과가 있었고, 아이는더 강한 능력을 갖게 되었다. 아직은 자기가 만들어낸 환영을 제어하는 능력이 부족하다는 점이 개선해야 할 과제로 남았지만.

에이트가 컵케이크를 먹고 나서 힘없는 목소리로 물었다.

"그 언니는 또 언제 와요?"

"팍스 박사 말이니?"

브레너가 어리둥절한 얼굴로 물었다. 그는 팍스 박사가 칼리를 보러 간 적이 있는지 알지 못했다. 그렇다고 하더라도 놀랄 일은 아니었다. 여자들은 대개 어린아이에게 약하니까.

"아뇨."

"그럼 누구 말이니?"

"말해줄 수 없어요. 비밀이니까."

브레너는 아이의 팔을 잡아끌고 방으로 데려갔다. 그는 아이를 열세 시간 동안 재우지 않고 언니가 누구인지 물었다. 아이는 가능한 한 오래 버텼지만 끝내 비밀을 털어놓을 수밖에 없었다.

"환자복을 입은 언니였어요. 딱 한 번 봤어요. 꼭 다시 온다고 했는데 오지 않아요."

"어떻게 생긴 언니였지?"

"예쁜 언니였어요. 목소리도 다정하고요. 그 언니가 나를 만난 걸 비밀로 해달라고 했어요."

"그래, 늦었지만 내게 말한 건 잘한 일이야. 우리 사이에는 비밀이 없어야 하니까."

에이트는 맑은 눈으로 브레너를 쳐다보았다.

그래요, 우린 서로 비밀이 없어야 해요.

브레너는 아이의 생각이 들리는 것 같았다. 그는 이제 아이가 잠을 잘 수 있게 방을 나왔다. 그러고는 통제실로 달려가 에이트의 방에 드나든 사람이 있는지 모든 기록을 찾아내라고 지시했다.

에이트는 점점 강해지고 있었다. 브레너는 누군가 계획을 망칠 수도 있는 위험을 감수할 수 없었다.

5장

내버려둬

1969년 11월
인디애나주 블루밍턴

1

그날 밤 구내식당에서는 맛없는 커피와 감자 술이 제공되었다. 약간 탄 고기와 감자튀김 냄새가 식당에 모여 있는 사람들의 땀 냄새와 뒤섞여 악취를 풍겼다. 곧 베트남전에 관한 닉슨 대통령의 연설이 텔레비전으로 생중계될 예정이었다. 학생들의 반전시위를 막기 위해서라면 무엇이든 하겠다는 뜻으로 대학본부에서 방송을 시청하도록 한 것이다.

테리는 대통령이 국민들을 속이고 있다고 생각했지만 오늘은 식당에서 아르바이트를 하는 날이 아니어서 그 자리에 같이 있기로 했다. 식당 안은 사람들과 팔꿈치가 맞닿을 만큼 복잡해 테이블에 과제물을 올려놓을 자리도 없었지만 불평할 처지가 못 되었다. 테이블이 다 차자 백 명도 넘는 학생들이 바닥에 책상다리를 하고 앉았기 때문이다. 텔레비전은 너무 작아서 맨 앞자리가 아니면 화면이 제대로 보이지도 않았다.

식당에서 만나기로 한 앤드루는 아직 나타나지 않았다. 기숙사에서 나오기 직전에 그에게 전화를 걸었을 때, 데이브는 닉슨 대통령에게 존경을 표해야 한다는 학교의 지시가 부당하다며 큰 소리로 불만을 토로했다. 어쩌면 앤드루도 항의의 뜻으로 수업을 빼먹었을 수도 있었다. 그가 수업에 빠진 사실을 담당 교수가 모르고 넘어가길 바랄 뿐이었다.

"테리!"

스테이시가 사람들을 헤치며 테리가 앉은 테이블로 다가왔다. 그녀는 테리와 낯선 사람 사이에 끼어 앉았다.

"앤드루가 전화했어."

주변 사람들이 인상을 찌푸렸지만 스테이시는 아랑곳하지 않고 소리쳤다.

"앤드루가 전화했다고."

"거기 학생, 좀 조용히 해요."

교직원이 마이크를 들고 말했다. 마이크는 볼륨을 최고로 높인 텔레비전 앞에 놓여 있었다. 대통령 집무실을 비추고 있는 텔레비전 화면에 이마가 넓고 코가 둥글납작한 닉슨 대통령이 나타났다.

"친애하는 국민 여러분, 안녕하십니까?"

지지직거리는 소리와 잡음 사이로 닉슨이 말했다.

스테이시가 귀에 대고 속삭였다.

"앤드루가 좀 늦어도 식당으로 올 거래."

"알았어."

"쉿!"

앞쪽 바닥에 앉아 있던 교직원이 두 사람을 돌아보며 조용히 해달라는 뜻으로 손가락을 입에 가져다댔다.

스테이시는 그 교직원의 뒤통수를 쳐다보며 얼굴을 찌푸렸지만, 그대로 입을 다물었다.

닉슨은 미군이 계속 베트남에 남아 있어야 하는 이유를 설명하면서 젊은이들을 모두 살려서 데리고 오겠다고 약속했다. 식당에 모인 학생들은 몸을 들썩이며 연설을 지켜보고 있었다.

그때 구내식당 문이 열리더니 세 사람이 안으로 들어왔다. 테리는 핼러윈 가면을 쓴 그들을 보는 순간 덜컥 겁에 질렸다. 그러다 그 가면을 알아보았다. 한 사람은 프랑켄슈타인이었고, 다른 한 사람은 닉슨 대통령, 나머지 한 사람은 이마에 검정색 곱슬머리를 드리운 슈퍼맨이었다. 앤드루의 아파트에서 열린 핼러윈파티 때 남아 있던 가면들이었다.

스테이시가 테리를 보며 눈썹을 치켜올렸다.

"온다고 말했잖아."

가면을 쓴 시위자들이 텔레비전 앞으로 나가 팔짱을 끼고 서자 테리는 자랑스러운 마음이 드는 한편 몹시 걱정되기도 했다. 교직원들이 그들에게 당장 나가지 않으면 경비를 부르겠다고 위협했다.

"닉슨의 말은 궤변이다!"

데이브가 텔레비전에 나온 닉슨을 향해 소리쳤다.

"더 이상 대통령의 거짓말을 듣고 싶지 않다. 당장 전쟁을 끝내고 베트남에서 철수하라."

앤드루가 뒤이어 소리쳤다.

학생들 일부가 그들이 외치는 구호에 동조해 소리쳤다. 일부 다른 학생들은 대통령의 말을 더 들어보자며 맞섰다. 모두들 서로 밀치고 당기며 자리에서 일어났다.

테리는 사람들 숲을 헤치고 앞으로 나가려고 했지만 길이 막혀 도저히 갈 수가 없었다. 경비들이 식당에 먼저 도착했다. 이제 보니 그들은 학교 경비가 아니라 지역 경찰이었다.

앤드루가 수갑을 차기 전 마지막으로 외친 구호는 언젠가 테리에게도 보여주었던 슬로건이었다.

"프로도는 살아 있다!(『반지의 제왕』에서 따온 문구로 1960년대와 70년대 당시 정치 상황과 베트남전을 비판하는 집회에서 슬로건으로 이용되었다)"

테리는 안타깝게 고개를 저으면서도 마음속으로 자부심이 차올랐다. 그녀는 앤드루를 사랑했다. 그들 두 사람은 똑같이 용감무쌍한 바보들이었다.

닉슨의 연설이 끝나고 삼십 분이 지나고 나서야 테리는 경찰서에 도착했다. 교직원이 연설 중간에 나가는 사람을 전부 체포하겠다고 엄포를 놓았기 때문이다. 경찰에 체포되는 일이 생기면 베키가 걱정할 게 뻔했다.

닉슨은 자신의 정책이 침묵하는 다수의 미국인을 대변하고 있으며, 시위를 하는 사람들은 큰 소리를 내면 이기는 줄 아는 소수에 불과하다는 주장을 펼쳤다. 테리는 대통령이 어처구니없는 주장을 하는 동안 꼼짝없이 식당에 잡혀 있어야 했다. 그녀는 연설이 끝나자마자 집으로 돌아가 앤드루를 보석으로 꺼내야 할 경우에 대비해 가지고 있는 현금을 다 끌어모았다.

테리는 호킨스 연구소를 연상시키는 경찰서 로비에서 앤드루를 기다렸다. 차이가 있다면 연구소가 조금 더 깨끗하다는 것뿐이었다. 제복을 입은 경찰들이 로비를 부지런히 오가고 있었다.

"거기, 학생? 누구를 찾아왔죠?"

책상 앞에 앉은 경관은 양쪽 눈썹이 거의 일자로 붙어 있어 뭐든 못마땅하게 여기는 것 같은 인상이었다.

테리는 벌떡 일어나 가방을 끌어안고 그쪽으로 뛰어갔다.

"앤드루 리치요."

"그 학생은 치안 방해와 무단침입으로 기소됐어요. 대학 측에서도 엄벌을 원하고 있고요."

앤드루는 이미 보호관찰 중이었다.

"보석금은 얼마죠?"

"백 달러."

놀랄 만한 액수였다. 테리는 급히 필요할 때 언제라도 사용할 수 있게 속옷 서랍에 돈봉투를 보관해왔다. 지금껏 호킨스 연구소에서 받은 돈 전부를 내놓을 수밖에 없었지만 앤드루를 빼낼 수 있다면 조금도 아깝지 않았다.

"현금으로 낼게요."

"좋아요. 수표를 받게 되면 부모 허락을 받아야 하니까 현금이 좋지요."

"부모님은 돌아가셨어요."

경관이 책상 너머로 근엄하게 쳐다보았다.

"유감이군요."

테리가 돈을 세서 건네주자 경관이 받았다.

"저기 앉아서 기다려요."

"먼저 영수증을 주세요."

경관이 예의 못마땅한 얼굴로 영수증을 써주고 나서 대기실 쪽을 손으로 가리켰다.

"곧 사람을 보내 데려올 겁니다."

그 말은 사실이 아니었다. 테리는 삼십 분을 더 기다리고서야 다른 경관이 데리고 온 앤드루를 만날 수 있었다.

테리는 경관들이 어떻게 생각하든 상관없이 곧장 달려가 앤드루를 끌어안았다.

"그냥 내버려두지 그랬어. 보석금이 많이 들잖아."

앤드루가 낮은 목소리로 말했다.

"말도 안 되는 소리."

테리는 그의 뺨에 키스하고 당장 그를 경찰서 출입문 쪽으로 끌고 갔다.

경찰서 밖으로 나오자 테리는 앤드루가 아니라 마치 자신이 두 시간 동안 유치장에 갇혀 있었던 것처럼 크게 심호흡을 했다.

"내가 무슨 생각으로 그랬는지 궁금할 거야. 너한테 전화하려고 했어. 우리 모두 대통령의 연설을 정중하게 경청해야 한다는 학교 측의 지시를 받았어. 그의 말이 옳고 우리한테 의미 있는 척해야 한 다는 거지. 그럴 수는 없잖아. 우린 뭔가 해야만 했어."

"무슨 말인지 알아."

테리는 그를 완전히 이해하고 있었다.

"경찰서 유치장에 있는 동안 너와 연구소를 생각했어. 네가 얼마 나 용감한 사람인지도……. 아마 이게 끝은 아닐 거야."

물론 그럴 것이다. 테리의 낡은 차를 타고 앤드루의 아파트로 가는 동안 두 사람은 한동안 입을 열지 못했다. 그날 밤 데이브와 다른 친구는 유치장에서 나오지 못했다. 그들의 부모가 보석금을 내주지 않아서 그런지는 정확히 알 수 없었다.

테리는 엔진을 그대로 켜두고 차를 세웠다. 앤드루가 돌아보며 한 손으로 테리의 뺨을 쓰다듬었다.

"오늘 밤, 같이 있어줄래?"

그 질문이 두 사람 사이에 무겁게 내려앉았다.

테리는 그의 눈에서 반짝이는 욕망을 보았다.

그녀도 그와 똑같은 욕망을 느꼈다.

"그 말 안 했으면 섭섭했을 거야."

차 안에서의 침묵이 침실까지 이어졌다. 두 사람의 입술이 이미 뜨겁게 맞닿아 있었다. 그들은 말로 할 수 없었던 모든 것을 서로에게 말했다. 어디든 그들의 피부가 서로 닿을 수 없는 곳은 위험했다. 바깥세상은 그들을 갈라놓고 싶어 했고, 함께 있는 걸 방해했다. 앤드루에게 징계를 내릴 수 있는 학교도, 테리가 다니는 연구소도 상시적인 위험 요소였다.

테리와 앤드루는 그들이 할 수 있는 유일한 방식으로 외부와 맞섰다. 바로 존재하지 않는 척하는 방식이었다.

하지만 그날 밤엔 그렇게 하지 않는 편이 나았을지도 몰랐다.

2

테리는 후지어 파이를 크게 한 조각 잘라 접시에 올린 다음 담당 테이블에 날라주었다. 카운터로 재빨리 돌아온 그녀는 역시 파이를 자르고 있던 로리에게 고개를 끄덕여 보였다.

"십 분만 쉴게."

"그래. 어서 친구들에게 가봐."

테리는 켄, 글로리아, 앨리스, 앤드루가 점심식사를 마치고 자신을 기다리고 있는 칸막이 테이블로 갔다. 테이블 위에 샌드위치와 콜라 잔들이 어지럽게 놓여 있었다. 오늘 그들은 테리가 불러서 모였다.

앨리스가 곧장 본론으로 들어갔다.

"왜 보자고 한 거야? 좋은 생각이라도 떠올랐어?"

앤드루가 옆에서 앨리스의 팔을 살짝 찔렀다.

"생각해봤는데, 칼리를 만났던 건물로 들어갈 수 있는 방법만 찾는다면 뭐든 해볼 수 있을 것 같아."

테리가 목소리를 낮춰 말했다.

"그 문제라면 내가 도울 수 있어. 브레너 박사가 비밀번호를 누르는 걸 유심히 지켜봤거든. 9, 5, 6, 3, 9, 6이야. 매번 똑같았어. 아마 연구소의 모든 키패드 비밀번호가 똑같을 거야."

앨리스가 말했다.

순간 정적이 흘렀다.

"앨리스, 어떻게 손동작만 보고 비밀번호를 외울 수 있었지? 넌 정말 놀라워."

테리가 말했다.

앨리스가 뭐 그 정도 일로 놀라느냐는 듯이 어깨를 으쓱했다.

"그다음엔 어떻게 할 거야?"

글로리아가 물었다.

"어렵겠지만 너희들 중 누군가가 주의를 분산시켜준다면, 내가 그 아이가 있는 방으로 들어가서 말을 붙여볼 거야. 만약 그 애가 이제 거기 없다면 브레너의 사무실이나 다른 곳을 찾아볼 생각이야."

"테리, 자신 있어?"

앤드루가 물었다.

테리는 자신이 불안감을 드러냈다고 느꼈다.

"그 애가 어떤 일에 연관되어 있는지, 아이가 안전한지 아직 모르는 상황이야."

"쉽지 않은 일이야. 어쩌면 우린 여기 붙들려 있고, 연구소에서 벗어나려면 셋 다 학교를 중퇴해야 할지도 몰라."

글로리아가 말했다.

"붙들려 있다니, 무슨 소리야? 너희들은 다 미국인이고, 자유롭게 선택할 권리가 있어."

앤드루가 큰 소리로 말했다. 테리는 목소리를 낮추라는 뜻으로 그의 손을 잡았다.

글로리아가 씁쓸한 미소를 지었다.

"호킨스 연구소의 실험은 정부와 연관되어 있어. 국가의 이익을 위해서라면 개인의 권리가 제한되기도 해. 너도 알잖아."

"그래도 그럴 수는 없어."

앤드루가 말했다.

"앤드루, 우리 클럽에 가입한 걸 환영해."

글로리아가 말했다.

"주의를 분산시키는 역할은 내가 해볼게. 실험실로 내려갈 때마다 타야 하는 엘리베이터를 박살내고 싶어 미칠 지경이었거든. 그렇게 하면 그자들도 날 내보내주겠지."

"그래, 앨리스는 학교에 안 다니니까 연구소에서 내보내줄지도
몰라."

앤드루가 말했다.

"나에게 선택의 여지가 없다는 듯이 말하지 마. 너희들이 모두 연
구소를 나올 때까지 나도 버틸 거야. 그들의 주의를 분산시킬 방법
이 있을 거야."

앨리스가 말했다.

"차라리 내가 할게."

켄이 마침내 입을 열었다.

"좋은 방안이 있어?"

앨리스가 미덥지 않다는 눈빛으로 물었다.

"내가 산만하잖아."

켄이 어깨를 으쓱했다.

"사실 환각제도 나한테는 별 효과가 없어. 그냥 졸리기만 해. 내 담
당 연구원은 늘 금방 나가버리고 연구보조원들만 남아 있어. 내가 거
기 왜 있는지도 모를 지경이야."

켄의 말에 앨리스가 한숨을 쉬었다.

"아무튼 타이밍을 잘 맞춰야 해. 칼리를 만나면 브레너 박사에 대
해 물어보고 연구소에서 어떤 실험을 했는지도 물어볼 수 있어. 하
지만 칼리를 못 만나고 브레너의 사무실에 들어가야 하는 상황이라
면 어떻게 할까? 뭘 찾아내야 우리에게 도움이 될까?"

테리가 친구들을 둘러보며 의사를 물었다.

글로리아가 생각에 잠긴 얼굴로 테이블에 팔꿈치를 괴었다.

"그건 내가 도와줄 수 있겠다. 브레너의 사무실에 들어가면 실험 프로토콜을 정리해둔 문서가 있을 거야. 연구보고서도. 일단 그 문서들을 찾아봐. 브레너는 용의주도한 사람이니까 어쩌면 기밀 서류들을 서랍에 넣고 열쇠로 잠가두었을 거야. 서랍 열쇠가 있어야 한다는 뜻이야."

"난 어떤 자물쇠든 딸 수 있어."

앨리스가 말했다.

"브레너는 오만하니까 우리를 그렇게까지 경계하지는 않을 거야. 연구소의 보안시스템이 잘 갖추어져 있다고 믿고 있을 테고."

테리가 말했다.

글로리아가 손가락을 딱 소리 나게 교차시켰다.

"가능하다면 환각제 샘플도 가져와야 해. 우리의 주장을 입증해야 하거나 그들이 무슨 실험을 하는지 분석할 때 필요할 테니까."

"알았어."

"위험이 따르는 계획이야."

글로리아가 강한 눈빛으로 말했다.

"그래도 해야지."

테리가 대답했다. 가만히 있는 것보다는 무엇이라도 시도해보는 편이 나았다.

앨리스가 앤드루의 팔을 찔렀다.

"시위하다가 체포됐다는 기사 봤어. 괜찮은 거야?"

걱정해주는 앨리스의 말에 테리는 가슴이 찡했다.

"괜찮아."

앤드루가 고개를 숙이며 말했다.

"금요일에 학과장을 만나기로 했어. 학교 측에서 징계를 내리지 않길 바랄 뿐이야."

테리가 말했다.

앤드루가 고맙다는 표정으로 테리를 쳐다보았다.

글로리아가 또 한 번 손가락을 교차시켰다.

테리가 친구들을 둘러보며 말했다.

"그래. 지금은 우리 모두에게 행운이 필요해."

3

마지막으로 밴에서 내린 켄은 연구소 입구로 향하는 다른 친구들을 서둘러 뒤따라갔다. 연구소로 오는 길은 이제 눈을 감고도 알 수 있을 만큼 익숙했다. 학교를 벗어나 숲길을 따라 달리다가 철조망을 통과하고 과속 방지턱 세 개를 지나면 검문소가 나타난다. 그다음은 LSD를 주고 실험을 하는 연구소 건물에 도착한다.

켄은 첫 번째 진입로를 지나기 전에 뭔가 얼핏 본 것 같은 느낌이 들었다. 그는 자신이 심령술사라는 것을 친구들이 믿지 않는다는 걸 알고 있었다. 사람들이 어떻게 생각하는지는 중요하지 않았다. 그는 앨리스가 보았다는 괴물들을 직접 보진 못했지만 느낄 수 있었다. 가슴속에서 확신이 차올랐다. 그는 현실이 단편적으로 뒤섞인 꿈을 꾸었다. 그것은 예고 없이 찾아오는 번뜩이는 직감이었다.

켄은 친구들이 심령술사라는 말을 믿지 않는 이유도 알았다. 하긴 엄밀히 따지면 그는 심령술사가 아닐 수도 있었다. 그저 자신을 설명할 더 나은 말이 없어서 그렇게 부르고 다니는지도 몰랐다.

연구소 내부로 들어가는 절차 역시 익숙했다. 여자들부터 출입증을 내보인 뒤 안으로 들어갔고, 그는 언제나 마지막으로 들어갔다. 운전자가 엘리베이터까지 그들을 안내해주었다. 엘리베이터에서는 브레너 박사와 연구보조원 한 사람이 기다리고 있었다.

마침내 그날이었다.

그들이 약속한 시간이 되었을 때 켄은 갑자기 벽에 피가 흐른다며 비명을 질러대기 시작했다. 옆에 있던 연구보조원이 깜짝 놀라 켄에게 다가갔다.

"피가 흘러요. 벽에서 피가 떨어지고 있어요."

"진정해요."

연구보조원이 안절부절못하며 말했다.

"어서 경보를 울려요. 침입자가 있어요. 저 피가 안 보여요?"

켄이 소리쳤다.

연구보조원은 그 자리에 서서 도와줄 사람이 없는지 주위를 살폈다. 하지만 아무도 없었다.

켄은 미리 준비해온 사탕 봉투를 꺼냈다. 핼러윈 축제 물품들이 쌓여 있는 가게 앞을 지나다가 사탕이 눈에 띄어 세 봉지를 사서 기숙사 책상서랍에 넣어둔 것이었다. 아무도 인정해주지 않았지만 켄은 자신을 심령술사라 여기고 있었고, 테리가 연구소 사람들의 주의를 분산시킬 방법을 찾고 있다는 걸 진작부터 알고 있었다.

켄은 몸을 웅크리고 입을 가린 채 사탕을 한 움큼 입에 집어넣었다. 시큼한 맛이 폭발하는 순간 켄은 입에 거품을 물고 고개를 뒤로 젖혔다. 가능한 한 몸을 뒤로 젖히고 삼촌이 발작을 일으킬 때의 모습을 흉내 냈다. 나이 어린 연구보조원이 그 모습을 보고 기겁했다.

"광견병에 걸린 사람 같아."

연구보조원이 방문을 열고 밖으로 뛰어나갔다.

"벽에서 피가 흘러!"

켄은 복도로 뛰어나가 벽에 붙은 화재경보기를 눌렀다. 다시 실험실로 돌아온 그는 남은 사탕을 마저 삼킨 뒤 바닥에 쓰러져 계속 온몸을 떨었다.

화재경보가 울리는 동안 연구보조원이 키 큰 여자 의사를 데리고 돌아왔다. 이전에도 본 적이 있는 의사였다.

"당장 브레너 박사를 불러와. 신경안정제도 가져오라고 하고."

의사가 연구보조원을 향해 재촉했다.

켄은 얼굴을 돌린 채 빙긋 웃었다.

테리, 어서 시작해. 지금이 기회야.

4

테리는 친구들과 함께 계획을 상의하길 잘했다는 생각이 들었다. 그녀는 조금이나마 어깨가 가벼워진 느낌이었다.

그들은 모두 브레너가 하는 일에 뭔가 문제가 있다고 생각했다. 그녀는 칼리를 만나 어린아이를 실험대상으로 삼는다는 사실을 알게 되었고, 앨리스는 브레너에게 전기충격을 당하고 나서 괴물을 봤다. 연구소의 진상을 파헤쳐야겠다는 테리의 결심은 시간이 지날수록 확고해졌다. 이 지역 사람들은 대체로 보수적이어서 정부에서 환각 실험을 지원하는 것에 찬성하지 않을 것이다. 그것 하나만으로도 지역 여론을 유리하게 이끌어갈 수 있었다. 대신 사람들에게 그 사실을 입증해줄 확실한 증거가 있어야 했다. 그들은 아직 이 연구소에서 무슨 일이 벌어지고 있는지 제대로 알지 못했다.

켄은 자기가 사람들의 주의를 분산시켰을 때를 테리가 바로 알 수 있을 거라고 했다. 그들은 환각 상태가 시작되는 초입에 일을 벌이기로 약속했다. 환각제 약효가 서서히 퍼지면서 기운이 넘치는 시간이었다. 대개 환각 체험에서 깨어날 무렵에는 잔뜩 지쳐 편집증에 시달리곤 했다. 켄은 약속을 지켰다. 화재경보기가 계속 울려대는 가운데 젊은 연구보조원이 헐레벌떡 테리의 방으로 뛰어들어왔다.

"긴급 상황인가? 불이 난 거야?"

브레너가 젊은 연구보조원에게 물었다.

"그건 아닌 것 같습니다. 전 응급 환자 때문에 왔습니다. 팍스 박사님이 브레너 박사님을 급히 모셔 오라고 했습니다. 신경안정제도 필요하답니다."

연구보조원이 쫓기듯이 말했다.

"약을 준비하게."

브레너가 옆에 있던 연구보조원에게 소리쳤다. 평소 테리와 친구들을 연구소에 데려다주는 운전자였다.

브레너가 침대에 누워 있는 테리 옆으로 다가왔다.

"잠시 다녀올 테니 쉬고 있어요. 화재경보기는 신경 쓰지 않아도 돼요."

"무슨 말인지 알겠어요."

테리는 환각제에 취한 것처럼 짐짓 어눌하게 말했다.

"화재경보가 마치 음악소리처럼 들려요."

"어서 앞장서게."

브레너가 연구보조원들에게 지시했다.

테리는 실눈을 뜨고 그 모습을 지켜보다가 그들이 문을 닫고 나가자마자 자리에서 일어났다.

복도는 화재경보에 놀라 뛰어나온 사람들로 북적거렸다. 경비원 하나가 직원들을 향해 화재가 발생한 건 아니니 안심해도 된다고 알려주었다. 현재 상황을 조사 중이고, 화재경보는 곧 멈출 거라고도 했다.

테리는 서둘러 복도를 지나며 앨리스가 있는 방을 들여다보았다. 그녀가 보였고, 옆에 놓인 거대한 기계도 눈에 들어왔다.

칼리를 만나러 가는 도중 테리는 뇌가 타들어가는 듯한 느낌을 받았다. 그녀는 머리가 아파 우왕좌왕 헤매던 끝에 겨우 다른 건물로 이어지는 문을 찾아냈다. 서둘러 앨리스가 알려준 비밀번호를 키패드에 입력했다. 삑 소리와 함께 문이 열렸다. 그녀는 재빨리 문을 통과했고, 빈 방들을 지나 이층침대와 작은 책상이 놓여 있는 방을 찾았다. 하지만 칼리는 보이지 않았다.

낭패스러웠지만 테리는 실망할 새도 없이 브레너의 사무실을 찾아 나섰다. 칼리가 브레너를 아빠라고 부르는 걸 보면 가까운 곳에 사무실이 있으리라 짐작되었다. 칼리는 브레너의 친딸이거나 이 연구소에서 매우 중요한 실험대상일 가능성이 컸다.

테리는 방을 나와 다른 복도로 통하는 문의 키패드를 눌렀다. 앨리스가 예측한 대로 비밀번호는 모두 같았다. 마침내 실험실이 아닌 사무실이 있는 복도가 나오자 용기가 생겼다. 문 옆에 명패가 붙어 있었다.

테리는 환각제의 영향으로 초점이 잡히지 않는 눈을 부릅뜨고 명패들을 하나씩 확인해 나갔다. 이윽고 '마틴 브레너 박사'라는 명패가 시야에 들어왔다.

테리는 가까이 다가가 문을 열어보았다. 잠겨 있지 않았다. 그 순간 화재경보가 멎었다. 켄이 최선을 다해 브레너 박사를 잡아둘 거라고 믿었지만 시간이 그리 많이 주어지지는 않을 것이다.

테리는 서둘러 사무실로 들어가 브레너의 책상 가운데 서랍을 잡아당겼다. 잠겨 있었다.

글로리아가 말한 대로네.

하지만 수많은 서류들을 하나의 서랍에 다 넣어두지는 않았을 거란 생각이 들었다. 책상 뒤에 커다란 목재 캐비닛이 있었다. 테리는 기도하는 심정으로 캐비닛의 두 번째 서랍을 잡아당겼다. 서랍이 열렸다.

테리는 파일들을 하나씩 넘기며 살펴보았다. 'MK 울트라'라는 단어가 보였고, 맨 위에 '인디고'라고 쓰여 있는 파일들에는 기밀 도장이 찍혀 있었다. 그녀는 파일들 속에서 글로리아가 언급했던 내용들이 있는지 찾아보았지만 없었다. 다음 서랍에도 역시 없었다.

테리는 다른 서류들을 찾아보다가 제목은 없고 숫자만 있는 파일에 시선이 꽂혔다. 001, 002, 003. 숫자들은 계속 이어져 010까지 있었다. 그 숫자들 뒤에 '인디고 프로젝트'라고 적혀 있었다. 파일을 열어보니 서류의 맨 위쪽에 더 많은 기밀 도장들이 찍혀 있었다. 그 서류에 담긴 내용은 신체 특징이었다. 아주 가벼운 몸무게들. 키도 97센티미터부터 나와 있었고, 그 옆에 나이가 기록되어 있었다.

4세, 6세, 8세······.

이 내용대로라면 실험에 관련된 아이가 칼리 하나는 아니라는 뜻이었다. 아이들을 어떤 실험에 동원하고 있는 것일까?

문서들을 전부 읽어볼 시간은 없었다. 테리는 서랍을 닫았다. 사무실을 나온 그녀는 황급히 복도를 돌아나가 왔던 길을 되짚어 갔다. 그녀는 칼리의 방을 다시 한 번 들여다보았다. 환자복을 입은 아이가 책상 앞에 앉아 그림을 그리고 있었다.

내가 오는 날에 아이도 여기에 오기로 약속되어 있는 것일 수도 있어.

테리가 방문을 두드리려는 순간 누군가 그녀의 팔을 붙잡았다. 양복 차림의 남자가 뒤쪽에 서 있었다.

"여기서 뭐 하는 겁니까? 여긴 제한구역입니다."

테리는 머리를 굴려 핑곗거리를 찾았다.

"화재경보가 울려서 대피하던 중이었어요."

"여긴 어떻게 들어온 겁니까?"

"다른 사람을 뒤따라 들어왔는데요."

남자가 그녀의 말을 곧이곧대로 받아들였는지는 알 수 없었지만 더 이상 캐묻지는 않았다.

5

앨리스는 화재경보가 울리자 기분이 좋아져 박수 치는 걸 멈추었다. 조금 뒤 처음 보는 연구보조원이 당혹스러운 표정으로 문 앞에 나타났다. 팍스 박사가 화재에 대해 묻기도 전에 그가 다른 실험대상자를 보러 와달라고 말했다.

켄이 약속대로 해낸 것이다.

어떤 방법을 썼을까?

앨리스는 계획이 뜻대로 안 될 경우에 대비해 플랜 B와 C를 짜두었다. 그녀의 머릿속에 광고 글자체 같은 거대한 B와 C가 떠다니는 중이었다. 환각제 탓이었다. 오늘은 아직 전기충격을 받지 않았고, 따라서 괴물들 역시 보지 못했다. 괴물들을 본 지 2주일이 지났다.

앨리스는 눈을 감고 화재경보를 들었다. 얼마나 목표지향적인 소리인가? 어찌나 시끄럽고 요란한지 무시하기 힘든 소리였다. 본래 만들어진 목적에 완벽하게 부합하는 소리였다.

그때 경보음이 멈추었다. 시간이 얼마나 지났는지 알 수 없었지만 팍스 박사가 허둥대며 돌아왔다.

테리에게 시간이 얼마나 더 필요할까?

"브레너 박사를 만나고 싶어요."

앨리스가 말했다. 머릿속에서는 여전히 거대한 B와 C가 춤을 추고 있었다.

"브레너 박사님에게 할 말이 있어요."

"별로 좋은 생각이 아닌 것 같군요."

팍스 박사가 얼굴을 찡그리며 문 쪽을 돌아보았다. 연구보조원이 방 안으로 들어왔다.

"브레너 박사를 불러줘요. 난 전기충격이 필요해요."

앨리스가 연구보조원을 향해 말했다. 테리가 필요로 하는 만큼 시간을 벌어줘야 했다.

방 안에 있는 물건들에 달려 있는 문자반이나 계기판들이 앨리스를 비난하듯 흔들렸다. 그녀가 소리쳤다.

"브레너 박사를 불러줘요.

"알았어요."

팍스 박사가 말했다.

연구보조원이 급히 방을 나갔다.

앨리스는 악몽 속에 자주 등장하는 기계를 가리켰다. 그녀는 항상 기계들은 정연하고 살아가는 데 도움을 준다고 믿어왔지만 여기 와서 새로운 사실을 배웠다. 사람들은 무엇으로든 고통을 줄 수 있는 방법을 찾아낸다는 것을.

"전기충격기를 연결해요."

앨리스가 말했다.

팍스 박사가 입술을 오므리며 고개를 저었다. 그리고 혼잣말처럼 중얼거렸다.

"전기충격을 가해달라니. 세상에……."

브레너 박사가 짜증스러운 표정을 지으며 방으로 들어섰다.

"무슨 일이죠?"

"전기충격을 받으면 괴물들에 대해 설명할 수 있을 것 같아요. 분명 지난번에 괴물들을 봤어요."

순간 발동한 호기심이 브레너의 얼굴에서 짜증을 몰아냈다.

팍스 박사가 앨리스에게 전기충격기 단자를 붙였다. 그녀의 눈에 연민이 어려 있었다.

아니, 나에게 미안해할 필요 없어. 오늘 당신들은 내 손 안에서 놀아나고 있는 거니까.

앨리스는 그렇게 생각하며 마음속으로 키득키득 웃었다. 그녀는 전기가 몸속으로 흘러들 것에 대비했다. 그러다 전기충격이 가해지자 눈앞에 보이는 것에 대해 이야기하기 시작했다.

사촌들과 함께 걸어가는 숲길이 보였다. 그때 개들이 떼를 지어 눈 앞에 나타났다. 앨리스가 정비소 근처에 방목해 키운 반쯤 야생인 개들이었다. 개들이 있는 이상 어쩌면 괴물은 더 이상 나타나지 않을지도 몰랐다. 그 순간 그건 개들이 아니라는 사실을 깨달았다. 다리가 네 개로 보이는 괴물들이었다. 괴물들이 으르렁거리며 달려들었고, 그 주위를 무지개색 빛이 에워싸고 있었다.

앨리스는 브레너 박사가 여전히 관심을 보이고 있는지 살피기 위해 눈을 떴다.

"이대로 환영을 보게 내버려둬요."

브레너는 그 괴물들을 환영이라고 말했다. 그의 생각이 맞을 수도 있었지만 앨리스는 여전히 알 수 없었다.

"이제 난 돌아가겠소. 뭔가 흥미로운 점이 발견되면 자세히 보고해 줘요."

앨리스는 집중력을 유지하기 위해 애쓰다 보니 기진맥진했다. 팍스 박사가 전기충격기의 전선을 제거해주자 갑자기 졸음이 쏟아졌다. 졸음이 오길 바란 것일 수도 있었다. 그녀 대신 테리의 몸에 전기가 관통하는 환영을 보았기 때문이다. 테리의 관자놀이에 전극이 붙어 있었다. 끝없이 비명을 지르는 테리의 옆에 서 있는 사람은 분명 브레너 박사였다.

6

글로리아는 방에서 몰래 빠져나가 연구소에서 보관 중인 환각제를 찾아보기로 했다. 문손잡이를 돌렸더니 문은 잠겨 있었다. 진짜 불이 난 건 아니었지만 화재경보기가 요란한 소리로 울리고 있는 위급한 상황이었다.

글로리아는 그들이 그녀가 실험실에 있다는 것을 떠올리고 달려오기까지 얼마나 걸리는지 시간을 재보았다.

십 분.

십 분 동안 글로리아는 잔뜩 긴장한 채로 실험실에 앉아 있었다. 그린 박사가 나타나자 글로리아는 자신과 친구들이 모두 한 줄로 끌려나가게 될지도 모른다고 반쯤 기대했다. 왜 그런 생각이 들었는지는 알 수 없었다.

그린 박사는 화재가 난 게 아니라고만 말해주었다. 그녀는 잠겨 있던 문에 대해서는 굳이 묻지 않았다. 적어도 아무런 수확이 없었던 건 아니기 때문이었다.

글로리아는 그날 받은 환각제를 삼킨 척하고 주머니에 감췄다. 편집증 환자 연기는 얼마든지 잘 해낼 수 있었다. 그린 박사는 아무것도 알아차리지 못한 눈치였다. 그는 새삼 환각 상태에서의 심문이 얼마나 효과적인지 알아보는 실험이 큰 진전을 이루었다고 믿는 것 같았다.

그렇게 글로리아는 환각제를 숨긴 채 연구소에서 벗어날 수 있었다.

연구소에서 돌아온 그들은 주차장에 세워둔 각자의 차에서 기다리다가 밴이 사라지자 흐릿한 보안등 불빛 아래로 모여들었다.

"켄이 시간을 정말 많이 벌어줬어."

테리가 밝은 목소리로 말했다.

글로리아와 친구들이 켄에게 박수를 쳐주었다.

"뭘 좀 찾아냈어?"

앨리스가 물었다.

"뭔가 찾아내긴 했는데 아직은 잘 모르겠어. 연구소에서 아이들을 대상으로도 실험을 하고 있는 건 분명해. 칼리 말고도 다른 아이들이 더 있는 것 같아. 하지만 무슨 실험을 하는지는 알아내지 못했어."

그들의 기대를 충족시켜주는 대답은 아니었다.

"뭘 찾았는데?"

글로리아가 물었다.

"브레너의 사무실에 인디고라는 실험에 참가한 아이들의 파일이 있었어. 시간이 부족해 자세히 살펴보지는 못하고 그냥 진행표만 훑어봤어. 칼리도 먼발치에서 보긴 했는데 접근할 기회가 없었어."

"아이들에게 무슨 일을 벌이고 있는지 알아내야지."

앨리스가 말했다.

"글로리아, 넌 어땠어?"

테리가 물었다.

글로리아가 앨리스를 돌아보며 말했다.

"앨리스, 자물쇠 따는 법 좀 알려줄래?"

"왜? 무슨 일 있었어?"

"켄이 화재경보기를 울렸을 때 그들이 나를 방에 가두고 나가는 바람에 꼼짝없이 갇혀 있었어."

"세상에!"

켄이 혀를 끌끌 찼다.

"대신 실험할 때 사용하는 환각제를 챙겨 왔어. 다음 주에는 문을 따고 나가볼게."

"다음 주에도 연구소에 갈 거야?"

테리가 물었다.

"선택의 여지가 없잖아. 우린 아직 아무것도 건진 게 없어."

"앨리스가 알려준 비밀번호가 통한다는 걸 확인한 것만으로도 의미가 있었어. 적어도 증거를 어디서 찾아야 하는지는 알게 됐잖아. 나도 포기하지 않을 거야."

테리가 말했다.

"나도 포기하지 않아."

글로리아가 말했다.

"젠장!"

켄이 그들을 훑고 지나가는 차의 전조등 불빛을 손으로 막으며 말했다.

밴 한 대가 그들 주변을 선회하고 있었다. 너무 어두워 그들이 타고 온 연구소 밴인지는 알 수 없었다.

"이제 그만 돌아가자. 모두들 조심해."

테리가 말했다.

앨리스가 머뭇거리며 테리에게 물었다.

"넌 아무 일 없어?"

"그럼. 내 걱정은 하지 마."

앨리스는 고개를 끄덕였다.

7

브레너 박사는 그날 밤 여덟 시 삼십 분에 감시실로 들어갔다. 직원들이 여러 대의 감청기기 앞에서 분주하게 움직이고 있었다. 브레너에게 연락했던 직원이 일어나 그에게 자리를 권했다.

"실험대상자들이 오 분 동안 모여서 이야기를 나눴습니다."

직원이 말하고 나서 쓰고 있던 헤드폰을 벗어 브레너의 머리에 씌워주었다.

브레너는 실험대상자들을 보낸 뒤 에이트의 방을 찾았었다. 에이트는 뿌루퉁해 있었다. 소란스러운 일들로 유난히 정신이 없었던 날이었다. 그는 모든 상황을 이해할 수는 없었지만, 누군가 의도적으로 꾸민 일이라는 직감이 들었다.

그가 나간 뒤 테리는 실험실에서 멀리 떨어진 복도에서 서성거리고 있었다. 그녀는 건물로 들어서는 사람을 뒤따라갔다고 했지만 공교롭게도 칼리의 방과 아주 가까운 곳이었다. 켄이 발작을 일으켰다는 보고를 받고 달려갔지만 그가 왜 그런 발작을 일으키게 되었는지 그 어떤 징후도 발견하지 못했다. 그는 정비공인 앨리스의 특이한 정신세계에 익숙해져 있었지만 오늘은 그녀조차 유별난 요구 사항이 있었다. 문제를 일으키지 않은 실험대상자는 생물학도가 유일했다. 다만 그녀가 오늘따라 유난히 그린 박사의 질문에 고분고분 답변한 게 마음에 걸렸다.

브레너는 오늘 저녁에 테리의 기숙사와 남자친구의 아파트에 걸려온 전화 내용을 꼼꼼하게 확인하라는 지시를 내렸다. 그가 실험실로 돌아갔을 때 테리가 보인 태도에는 분명 뭔가 석연치 않은 구석이 있었다.

브레너는 지금 테리와 래러비에 사는 언니의 통화 내용을 감청하는 중이었다.

"테리, 전화를 했으면 말을 해야지. 왜 한마디도 안 해? 무슨 일 있어? 앤드루 때문에 그래? 징계 여부는 언제 알 수 있는데?"

"내일이면 알게 될 거야."

"앤드루가 신중하지 못했어."

전화선이 지지직거렸다.

"앤드루는 자기 소신에 따라 행동한 거야."

"난 이유를 모르겠어. 가만히 있었으면 이런 일도 없었잖아. 구내
식당에 가면 쓰고 뛰어든다고 전쟁이 끝나는 것도 아니고."

"그럴지도 모르지. 하지만 잘못된 걸 알고도 아무것도 하지 않는
것보다는 나아."

테리가 짜증 섞인 말로 대답했다.

"너는 바로 그런 점이 나랑 달라. 너와 앤드루는 약삭빠르지 못해
서 늘 손해를 보고 있다는 걸 알아야 해."

테리의 언니가 답답하다는 듯 한숨을 쉬었다.

브레너는 헤드폰을 벗어 직원에게 돌려주었다.

"계속해서 주의 깊게 살피게."

브레너가 잠시 말을 멈췄다 물었다.

"테리의 남자친구 이름이 앤드루라고 했나?"

"네, 앤드루 리치입니다."

그때 신입직원이 브레너 앞으로 달려왔다.

"박사님, 드디어 찾았습니다."

바로 옆방은 연구소 내 보안영상을 볼 수 있는 곳이었다. 에이트의
방은 24시간 내내 영상으로 기록되고 있어 드나드는 방문자들을 모
두 확인할 수 있었다. 방문자라고 해봐야 고작 세 사람밖에 없지만.

브레너는 옆방으로 가 영상 모니터 앞에 섰다. 테리가 에이트와 함

께 책상 앞에 앉아 있었다.

"언제지?"

"2주 전 영상입니다."

브레너는 그제야 테리를 과소평가했다는 사실을 깨달았다. 이제부터라도 테리를 철저하게 통제할 필요가 있었다.

가장 좋은 방법은 테리가 감당하기 어려운 문제를 만들어 주의를 분산시키는 것이었다. 그는 테리의 아킬레스건이 무엇인지 알고 있었다. 그녀가 실험과정에서 전부 털어놓았으니까. 해결책은 명확했다.

브레너는 다시 사무실로 돌아가 워싱턴 D.C.에 전화를 걸었다. 그가 바라는 일을 깔끔하게 처리해줄 수 있는 사람이 있었다. 그는 잡음을 일으키지 않고 문제를 해결하는 사람을 좋아했다.

"부탁이 있어요. 앤드루 리치라는 학생에 대한 일입니다."

8

테리는 소파에 앉아 앤드루를 기다렸다. 데이브도 옆에 있었다. 테리는 앤드루가 학교에서 어떤 징계를 받게 될지 궁금해 수업이 끝나자마자 곧장 달려왔다.

"별일 없을 거야."

데이브가 벌써 세 번째로 똑같은 말을 했다.

"학사경고 정도로 끝나겠지."

데이브의 부모님은 변호사를 앞세워 학교 측과 접촉했다. 변호사는 학교에서 데이브에게 어떤 징계를 내릴지 사전에 알아보고 대책을 세웠다.

"데이브는 학생으로서 시민불복종을 실천한 것입니다. 지금 같은 시기에 이런 용기 있는 행동은 더욱 장려되어 마땅합니다."

변호사의 구두변론으로 징계 논의는 일단락됐다.

테리는 데이브의 부모님이 학교에 거액의 기부금을 냈을 거라고 생각했다. 또 다른 친구 마이클도 아무런 징계를 받지 않고 넘어갔다.

앤드루의 부모님은 베트남전 반대와 시민불복종을 지지하지는 않았지만 아들의 행동을 나무라지 않았고, 아들을 위해서라면 돈을 쓸 수 있는 분들이었다. 그럼에도 테리는 마음이 자꾸 불안해지는 이유를 알 수 없었다.

앤드루는 괜찮을 거야. 그런데 왜 이렇게 속이 울렁거리지?

앤드루가 현관문을 열고 들어왔다. 그는 곧장 주방으로 걸어가 냉장고에서 맥주를 꺼내 들었다. 그리고 거실로 나와 자리에 앉더니 테리의 무릎을 베고 누웠다.

앤드루가 누운 자세 그대로 테리를 올려다보았다.

"오늘 따라 더 예쁘네."

테리는 거의 웃음을 터뜨릴 뻔했다.

"기다리다가 목 빠지는 줄 알았어. 어떻게 됐어?"

앤드루는 대답 대신 눈을 깜박거리다가 몸을 일으키더니 맥주를 따서 한 모금 마셨다.

"학교를 떠나게 됐어."

테리는 갑자기 눈앞이 캄캄해지면서 온몸의 힘이 쭉 빠졌다.

"학교를 떠나다니, 무슨 소리야?"

"퇴학당했어."

데이브도 놀라 말도 안 된다는 듯 고개를 저었다.

"정말이야? 농담이지?"

테리는 떨리는 손을 진정시키려고 애쓰며 물었다.

"나도 농담이었으면 좋겠어."

앤드루가 어깨를 으쓱하고는 말을 이었다.

"이렇게 된 걸 어쩌겠어. 결과를 받아들여야지."

"징병 추첨일이 다음 주야."

테리는 지금 그 말이 앤드루에게 전혀 도움이 되지 않는다는 걸 알았지만 엉겁결에 그런 말이 튀어나왔다. 그녀는 군복 차림의 앤드루를 상상해보았다. 결코 있어서는 안 될 일이었다.

"나도 알아. 이번엔 운이 나빴을 뿐이야. 6개월 안에 징계에 대한 재심을 신청할 수 있으니까 매달려봐야지."

앤드루가 말했다.

데이브는 말이 없었다. 테리는 그가 그처럼 입을 꾹 다물고 있는 모습을 처음 보았다.

건강한 남자가 징병통지서를 받고 집에서 보내는 6개월은 영원과도 같은 시간일 것이다.

"차라리 캐나다에 가는 게 어때?"

테리가 생각다 못해 말했다.

"이 나라에 우리 가족이 살고 있고, 내 뿌리는 여기야. 퇴학 조치가 마음에 안 든다고 나라를 배신할 수는 없잖아."

데이브가 또다시 고개를 저었다.

"이건 부당해. 우리 세 사람이 똑같이 시위를 했는데 너에게만 다른 잣대를 적용해서 과도한 징계를 내린 거야. 우리 변호사가 어떻게 해볼 수 있을 거야."

"내가 자초한 일이니까 일단은 받아들일래. 그 문제로 시끄러워지는 걸 바라지 않아."

테리는 앤드루가 자랑스러웠다. 그들이 가면을 쓰고 구내식당에 뛰어들어와 시위를 했을 때보다 이 순간 더 큰 자부심을 느꼈다. 그가 진짜 어른으로 보였다.

"앤드루, 사랑해."

테리가 불쑥 말했다.

앤드루가 환하게 미소 지었다.

"나도 사랑해. 오늘 일이 나쁘기만 한 건 아니라니까."

하지만 테리에게는 그렇지 않았다. 이런 애틋한 감정과는 별개로 그날은 아주 나쁜 날이었다.

6장

마음의 선물

1969년 12월
인디애나주 블루밍턴

1

퇴근하기 전 마지막 테이블을 치우던 테리는 창문으로 식당 앞에 멈춰 서는 앨리스의 차를 보았다. 일을 마무리한 그녀는 동료들에게 인사를 건넸다.

"내일 봐."

"테리, 너와 앤드루에게 행운이 있길 빌어."

주방장이 소리치자 식당 안에 있던 사람들도 다 함께 행운을 빌어 주었다.

"고마워요."

테리는 곧 식당 밖으로 나갔다.

"내가 늦은 건가?"

앨리스가 물었다.

"아니, 제시간에 왔어."

앨리스는 일을 마치고 테리를 데리러 오겠다고 자청했다. 그들은 텔레비전에서 중계하는 징병 추첨(두 차례의 세계대전과 베트남전 등 전시에 시행된 미국의 징병 제도. 당국에 등록된 젊은이들 가운데 추첨으로 병역 대상자를 선발했다)을 시청하기 위해 앤드루와 데이브의 아파트로 향했다. 앤드루의 입대 여부가 결정 나는 추첨이라 친구들이 모이기로 한 것이다.

"글로리아는 교회에 가야 해서 못 온다고 했어."

앨리스가 말했다.

"켄은?"

"켄에게는 말 안 했어. 심령술사니까 보지 않아도 알 테니까."

"그건 좀 심했네."

앨리스는 고속도로 쪽으로 차를 몰았다. 그녀가 손으로 아직 기름이 묻어 있는 뺨을 문질렀다.

"아침에 수리하기 쉽지 않은 차가 들어오는 바람에 하루 종일 씨름했어. 결국 내가 완벽하게 고쳐놓았지."

"넌 역시 대단해."

두 사람은 이런저런 잡담을 나누었다. 테리는 앨리스가 오늘처럼 차분하게 이야기하는 걸 본 적이 없었다.

"여덟 시에 시작한다고 했지?"

"그렇다고 들었어."

테리는 온종일 걱정하느라 유체 이탈을 한 것 같았다.

"혹시 일이 잘못되면 캐나다에 잠시 가 있는 건 어때? 캐나다에 사촌들이 살아. 우리 가족과는 아주 각별한 사이야."

"차라리 그랬으면 좋겠는데 앤드루는 그럴 생각이 없나 봐. 사실은 나도 권한 적이 있는데 앤드루가 받아들이지 않았어. 결과가 어떻게 나오든 그대로 따르겠대."

"너무 착하면 삶이 고단해지는 법이야."

차가 아파트 단지로 들어섰다. 앨리스가 주차장에 차를 세우고 재킷 소매를 걷으며 말했다.

"이제 오 분 남았어."

아파트 문 앞에 도착하자마자 테리는 서둘러 문손잡이를 돌렸다.

"우리 왔어!"

앨리스가 안으로 들어가며 소리쳤다.

"어서 와!"

앤드루가 다가와 테리의 뺨에 키스하고 앨리스와 하이파이브를 했다.

"시간을 딱 맞춰 왔네."

앤드루는 학교에서 퇴학당한 이후 다음 날 곧바로 일자리를 구하러 나섰고, 모텔 야간관리자로 일하게 되었다. 겉으로는 의연한 척했지만 그가 매일 잠을 이루지 못하고 뜬 눈으로 지내다시피 한다는 걸 테리는 잘 알고 있었다. 얼굴이 나날이 핼쑥해지고 있었고, 눈 주위에는 푸르스름한 다크 서클이 생겼다.

데이브와 스테이시도 손을 흔들어 반겼다.

그들은 모두 소파에 앉았다.

"이제 시간이 된 것 같은데."

앤드루는 더 이상 긴장을 감추지 못했다.

테리가 그의 손을 살며시 잡았다.

드라마 〈메이베리 R.F.D.〉가 끝나고 CBS 뉴스가 흘러나오자 스테이시가 볼륨을 높였다. 앵커인 로저 머드가 워싱턴 D.C.에 있는 징병청 사무실에서 생방송으로 뉴스를 진행했다. 앵커의 뒤에 테이블들과 커다란 칠판이 놓여 있었다. 로저 머드는 27년 만에 징병 추첨이 실시된다고 보도했다.

"로저 머드는 정말 멋진 사람이야."

스테이시가 소파에서 바닥으로 내려앉으며 말했다.

"네 아빠 나이니까 관심 가져봐야 소용없어."

데이브가 장난스럽게 말했다.

"테리, 넌 어떻게 생각해?"

"난 잘 모르겠어."

테리가 반쯤 웃으며 말했다.

"넌?"

스테이시가 앨리스에게 물었다.

"내 취향은 아니야."

앨리스의 목소리에는 아무런 감흥이 없었다.

"그럼 앞으로 로저 머드는 내 거야."

로저 머드가 징병 추첨에 대해 설명했다. 그 자리에 있는 커다란 수조 안에 여러 개의 푸른색 캡슐이 뒤섞여 있었다. 각각의 캡슐에는 날짜를 가리키는 숫자가 적혀 있었다. 어떤 숫자가 뽑히면 그 날짜가 생일인 사람들은 순서에 따라 징집에 응해야 했다. 첫 번째일 수도 있고, 중간쯤일 수도 있고, 맨 마지막일 수도 있었다.

"이제 첫 번째 숫자를 뽑을 거야."

앤드루가 말하며 테리의 손을 꼭 쥐었다.

한 남자가 푸른색 캡슐을 고른 다음 테이블 앞에 앉은 사람에게 건

네주었다. 그가 캡슐을 열었다. 발표를 기다리는 동안 모두가 숨을
죽이고 아무 말도 하지 않았다.

"9월 14일."

남자가 숫자를 읽었다.

그 순간 테리는 숨을 쉴 수 없었다. 말문이 턱 막혔다.

앤드루가 손을 더욱 세게 움켜쥐었고, 그녀도 마주 잡아주었다.

"앤드루, 너 생일이 9월 14일 아니지?"

데이브가 물었다.

"내 생일이 정확하게 9월 14일이야. 아무래도 내가 일순위로 당첨
된 것 같아."

앤드루가 천천히 테리가 잡고 있던 손을 빼냈다. 잠시 공포에 가까
운 정적이 흘렀다.

"젠장."

데이브가 눈물을 터뜨렸다.

"괜찮아."

앤드루가 애써 담담한 목소리로 말했다.

"이건 말도 안 돼!"

데이브가 소리쳤다.

테리는 자리에서 일어나 앤드루를 안아주었다.

"앤드루랑 잠깐 밖에 나갔다 올게."

눈앞의 모든 사물들이 빙빙 돌았지만 환각제 때문이 아니었다. 두
사람은 함께 밖으로 나가 계단참에 서서 차가운 공기를 들이마신 후
서로 부둥켜안고 눈물을 흘렸다.

"어쩜 이런 결과가 나올 수 있지?"

테리가 말도 안 된다는 표정으로 입을 열었다.

"정말 의외이긴 하지만 눈앞에서 벌어진 일이잖아."

앤드루가 허탈하게 웃었다.

"지금부터 입대할 날까지 두 달 남았어. 난 학교에서 퇴학당했고, 징병 일순위로 뽑힌 거야."

테리는 목이 메었다. 그의 기분을 조금이나마 풀어주고 싶었지만 아무 말도 떠오르지 않았다.

"난 여기에 있어. 우선 그 사실에만 집중하면 돼."

앤드루가 말했다.

테리는 감정을 억누르며 고개를 끄덕였다.

"위로는 내가 해줘야 하는데……."

"난 괜찮아."

두 사람은 다시 집 안으로 들어갔다. 테리의 머릿속에서는 앤드루와 얼마나 오랫동안 떨어져 지내야 하느냐는 질문만 끊임없이 떠올랐다.

2

앨리스는 우주를 떠돌고 있었다. 그녀는 괴물들이 살고, 친구가 비명을 지르고 있는 저 아래쪽 땅에 발이 닿을 수 있을지 궁금했다. 발은 닿지 않았다. 환각의 세계에서 발은 길을 찾지 못했다. 그녀는 테리의 또 다른 모습을 보길 원했다. 그 모습이 환영인지, 실제인지 아니면 양쪽이 반반씩 섞인 건지 알 길이 없었다. 테리를 다시 한 번 볼 수 있다면 제대로 알아볼 생각이었다. 마른 잎사귀들이 그녀와 마찬가지로 바람 한 점 없는 허공에 떠 있었다. 무너져가는 벽이 나뭇가지들과 웃자란 덩굴에 둘러싸여 있었다. 모든 장면들이 꿈속에서처럼 흐릿하게 보였다.

꿈이 아니면 환각제 때문인가?

만화에서 본 심장처럼 반으로 갈라지고 금이 간 나무 문이 무너지는 벽에 매달려 있었다. 그 너머에 텅 빈 운동장이 있었다. 눈에 익은 곳이었다. 학교인가? 교회? 운동장은 이내 사라졌다. 머릿속에서 흐릿한 이미지들이 끊임없이 빙글빙글 맴돌았다.

이건 대체 무슨 의미일까?

앨리스는 도저히 이해할 수 없었다. 이번에는 테리도 보이지 않았다. 드디어 그녀가 아는 얼굴이 나타났다.

마틴 브레너, 그의 얼굴이 흐릿해지지 않게 정신을 집중하자 눈가의 주름살과 입가의 잔인한 인상이 그대로 드러나 보였다. 그의 옆에는 환자복을 입고, 남자아이처럼 갈색머리를 짧게 자르고, 전선이 달린 금속 헬멧을 쓰고 있는 비쩍 마른 여자아이가 있었다. 아이가 전선을 떼어냈다. 그때 그녀는 아이의 팔뚝에서 011이라는 숫자를 보았다.

지금 목격하고 있는 건 무엇일까. 그래, '목격'이 정확한 표현이다. 앨리스는 자신이 목격자라는 느낌이 들었다. 테리가 했던 말이 떠올랐다. 인디고 프로젝트와 또 다른 아이들. 이 여자아이도 인디고에 속할 것이다.

이번에는 갑자기 긴 복도에 있었다. 복도 끝에서 여자아이가 가냘픈 손으로 연구보조원 남자를 벽을 향해 힘껏 내동댕이쳤다.

어떻게 저런 일이 가능하지?

아이의 환영이 흐릿해지다가 이내 사라졌다.

앨리스는 실험실에서 눈을 떴다.

"여긴 지독한 곳이야."

앨리스는 미처 참을 새도 없이 그 말을 내뱉었다. 그리고 나쁜 사람들 중에서도 가장 최악인 인간과 함께 있는 어린 소녀를 생각했다.

브레너는 그 아이에게 무슨 짓을 한 것일까? 환각 상태에서 본 것은 진짜 현실일까?

팍스 박사는 앨리스의 말에 반응하지 않고, 가볍게 묶어놓은 앨리스의 손목에 손가락을 올렸다.

"맥박을 잴게요."

3

테리는 오늘따라 연구소에 있는 게 싫었다. 앤드루와 한시도 떨어져 있고 싶지 않았다. 앤드루가 신체검사를 받고 입대해 베트남으로 떠나기까지는 아직 시간이 남아 있었지만 벌써부터 조바심이 일었다.

브레너가 액체가 담긴 컵을 건넸다. 그녀는 쓴맛이 나는 액체를 군말 없이 받아 마셨다. 테리가 평소처럼 손을 내밀자 브레너가 LSD를 건네주었다. 그녀는 LSD를 혓바닥에 올려놓았다.

"무슨 안 좋은 일이라도 있어요?"

브레너가 염려하는 목소리로 물었다.

테리는 연구소에 와 있는 아이들에 대해 물어볼 생각이었지만 마음이 몹시 불안정했고, 앤드루에 대한 생각이 뇌리를 떠나지 않았다. 그녀는 그 질문의 여파로 일어날 수 있는 또 다른 전투를 잘 치를 준비가 되어 있지 않았다. 그녀는 몰래 약을 뱉어 침대 옆에 놓인 작은 쓰레기통에 버렸다.

테리는 이제껏 남자친구에게 집착한 적이 없었다. 고등학교 시절에는 남자들에 대한 호기심이 많아 여러 친구와 교제했다. 앤드루에게는 처음 만났을 때만 해도 별반 흥미를 느끼지 못했다. 스테이시는 그를 소개해주며 두 사람이 잘 어울릴 거라고 했지만 그녀는 회의적이었다. 앤드루는 외모가 지나치게 곱상했다. 긴 속눈썹과 숱 많은 갈색 머리가 시선을 끌었고, 성격도 깔끔해서 타고 다니는 차는 언제나 반짝반짝 광이 났다.

테리는 그가 성격이 까다롭거나 지루한 남자일 거라 지레짐작했다. 지겹도록 자기 이야기만 하거나, 과도한 스킨십을 하거나, 수시로 입술을 들이미는 남자일 거라 여겼다.

처음 생각과 달리 앤드루는 사회와 정치에 관심이 많았다. 새로운 음악을 듣거나 책이나 영화를 보고 나면 꼭 그녀의 의견을 물었고, 무슨 이야기를 하는지 귀 기울여 들었다. 그는 이 세상과 그녀를 사랑했고, 키스를 아주 잘했다.

그와 만나는 시간이 쌓여갈수록 사랑도 깊어갔다. 그들은 지금껏 결혼이나 미래의 계획에 대해서는 단 한 번도 이야기를 나누어본 적이 없었다. 말하지 않아도 서로를 너무나 잘 이해했다. 함께 있으면 저절로 서로 힘이 합쳐지는 관계였다.

이제는 테리도 미래에 대해 진지한 대화를 나눌 필요가 있다는 걸 알고 있었다. 하지만 아직 무슨 이야기를 할지 준비가 되지 않았고, 앤드루에게도 어떤 결정을 강요할 수 없었다. 테리는 이 중요한 시간에 연구소 실험실에서 환각 체험을 하고 있으려니 답답하기만 했다.

"이제 누워요."

브레너가 그녀의 생각을 끊었다.

테리는 침대에 누웠다. 지난 며칠 동안 앤드루와 함께 지내느라 잠을 제대로 자지 못했다. 앤드루가 기숙사에 들어가지 않아도 괜찮겠냐고 물으면, 무슨 문제가 생기더라도 연구소에서 해결해줄 거라고 호기를 부렸다. 언제나 그녀의 머릿속에는 연구소가 있었다. 그렇다고 연구소를 좋아한다는 의미는 전혀 아니었다.

테리는 너무 피곤했기 때문에 누우라는 말이 반가웠다. 그녀는 누운 채로 눈을 감았다.

환각 체험을 하면서 잠을 잘 수 있을까?

시도는 해볼 수 있을 거라는 생각이 들었다. 그때 뭔가 바닥에 끌리는 소리가 휴식을 방해했다. 눈을 살짝 떠보니 브레너가 침대 옆으로 의자를 끌고 와 앉아 있었다.

"오늘은 평소와 다른 걸 해보려고요."

브레너가 연구보조원에게 안으로 들어오라는 손짓을 했다.

"혈액 샘플을 채취하게."

테리가 자리에서 일어나 앉았다.

"피를 뽑으려고요?"

"우린 항상 당신의 상태를 체크합니다. 아무 이상 없이 건강한지를 수시로 확인하고 있죠."

그들이 이전에도 피를 뽑아 갔던 기억이 났다.

연구보조원이 빈 시험관 세 개를 가져왔다. 그녀는 주삿바늘이 피부를 뚫고 들어오고 시험관이 피로 채워지는 모습을 유심히 지켜보았다. 시험관이 다 차자 연구보조원이 다른 것으로 교체했다. 속이 울렁거렸다.

이상한 일이야.

테리는 이제껏 피를 뽑을 때 속이 메스꺼웠던 적이 없었다. 베키는 피를 뽑을 때마다 메스꺼워해 그녀가 손을 잡아주고 말을 걸어 다른 곳으로 주의를 돌리곤 했다. 그런데도 피를 다 뽑을 즈음에는 거의 기절할 것처럼 기진맥진한 상태가 되었다. 베키는 주삿바늘을 견디지 못했다. 테리는 이제 자신도 언니와 똑같아진 것 같았다.

브레너가 이번 주에 준 약은 강도가 더 센지 평소보다 약효가 오래 지속되는 느낌이었다. 시야의 가장자리가 빙글빙글 돌았다.

테리는 문이 열렸다가 닫히는 소리를 들었다. 연구보조원이 밖으로 나간 모양이었다.

"나한테 궁금한 게 있다고 했죠? 물어보고 싶은 게 뭔지 말해봐요."

테리는 갑자기 혓바닥이 무거워졌다.

"이건 속임수인가요?"

"그게 무슨 말이죠? 뭘 알고 싶은 거예요?"

"이 연구소가 무슨 목적으로 운영되는지 알고 싶어요."

테리는 덫에 걸린 기분이 들었다.

"내가 그 질문에 대답하게 되면 실험을 망칠 수도 있습니다. 여기서 하는 일이 우리나라의 안보에 매우 중요하다는 것만 알고 있으면 돼요. 어떤 이유로도 방해할 수 없는 일이죠. 알아들었어요?"

"아뇨, 모르겠어요."

테리는 솔직하게 대답했다.

그게 나에게 무슨 의미가 있지? 테리는 싸늘한 마음으로 다시 앤드루를 생각했다. 어쩐지 이번에는 별로 무섭지 않았다.

191

"당신의 목적은 아무것도 모르는 겁니다. 이 말은 알아들었겠죠? 이게 당신 행동의 결과라는 걸 잊지 말아요."

브레너는 잠시 말을 멈추더니 연민의 표정을 지으며 몸을 앞으로 내밀었다.

"남자친구에게 안 좋은 소식이 있다는 거 알아요."

지금 시야의 가장자리가 빙글빙글 도는 건 브레너가 내뱉은 말 때문이었다. 이건 그가 알 수 없는 일이었다. 그렇다면…….

"당신이 한 일이군요."

테리의 입에서 저도 모르게 그 말이 튀어나왔다.

브레너가 테리를 물끄러미 쳐다보았다.

"이제 당신은 남자친구 없이 어떻게 해야 할지 모를 거예요. 알 수가 없겠죠."

테리는 자신을 제어할 수가 없었다.

"앤드루 없이 어떻게 살아가야 할지 모르겠어요."

"알게 될 겁니다."

브레너가 의미를 알 수 없는 미소를 지으며 말했다.

"자, 이제 눈을 감고 깊은 곳으로 들어가봐요. 오늘 나와의 시간은 끝났으니까."

테리는 저절로 눈이 감겼고, 이내 꿈을 꾸었다.

계속 가는 거야. 저 사람으로부터 가능한 한 멀리 떨어져야 해.

테리의 뇌가 말했다.

주변 어디에나 있지만 어디에도 없는 공간이 솟아올랐다. 칠흑 같이 어두운 공간이었다. 그녀의 발은 계속 물속에 잠겨 있었다.

이번에는 진짜처럼 느껴졌다. 환각 체험과는 달랐다. 기억 속에 있는 것도 아니었다. 그 공간은 그녀가 지금껏 있었던 그 어느 곳보다 안전했다.

테리는 누군가 어깨에 손을 올리는 바람에 다시 실험실로 돌아왔다. 브레너인 줄 알았는데 칼리였다. 그녀는 몸을 똑바로 하고 불안한 눈빛으로 주위를 둘러보았지만 브레너는 없었다.

테리는 아이의 손을 만졌다. 아이가 진짜로 여기에 있었다.

"왜 나를 보러 온다고 해놓고 안 왔어요?"

테리는 어찌 된 상황인지, 무슨 일이 벌어지고 있는지 이해하려고 정신을 집중했다. 시야의 가장자리가 손가락 끝에 올려놓은 접시처럼 허공에서 빙글빙글 맴돌았다.

떨어뜨리면 안 돼……. 깨뜨리면 안 돼…….

"무슨 일 있었어요? 어디 아팠어요?"

칼리가 물었다.

"네가 아빠라고 부르는 사람, 누구야?"

테리가 아이에게 할 질문들을 생각하며 물었다.

"아빠는 아빠예요."

칼리가 바보 같은 질문이라는 듯이 대답했다. 아이가 목소리를 낮췄다.

"아빠는 내가 여기에 온 줄 몰라요."

"지금은 너무 위험해. 내가 다시 너를 보러 갈게. 아빠한테는 내 이야기를 하면 안 돼."

"아빠는 말하지 않아도 다 알아요."

테리는 고개를 저었다.

"그건 잘못 안 거야. 아무리 대단한 사람이라도 모든 걸 다 알 수는 없어.”

“아빠에게 비밀은 통하지 않아요.”

“네 아빠가 혹시 너를 아프게 하니?”

칼리는 얼굴을 찌푸릴 뿐 대답하지 않았다.

“만약 그런 거라면…… 내가 도와줄게.”

테리는 어떻게든 아이를 이해시키려고 애썼다.

칼리는 고개를 저었다.

“그런 건 아니에요. 하지만 내가 언니를 도와줄 수 있어요.”

갑자기 두 사람 주위로 노란 해바라기 꽃밭이 펼쳐졌다. 황금색 해바라기 위로 찬란한 무지개가 떠올랐다.

“아름다워.”

테리가 자리에서 일어나 한 바퀴 빙그르르 돌았다.

“칼리, 네가 만들었니? 어떻게 한 거야?”

칼리의 코에서 피가 흘러내렸다. 테리가 코피를 닦아주는 동안 아이는 눈을 꼭 감고 있었다.

해바라기들이 앞뒤로 흔들리기 시작했다. 그 위로 드리워진 무지개 빛깔에 눈이 부셨다.

“나 때문에 언니가 다칠 수도 있어요. 이제 그만 가야겠어요.”

칼리가 울먹이며 말했다.

테리는 한 손으로 차양을 만들어 밝은 빛을 가렸다. 심장이 두근거렸다. 이건 현실이 아니었지만 그녀는 이 일이 실제로 일어나고 있다는 것을 알았다.

“난 괜찮아. 이 해바라기와 무지개는 어떻게 만들었니?”

“어렵지 않아요. 이제 그만 가봐야겠어요.”

"잠깐만!"

테리가 아이를 붙잡았다.

칼리가 온몸을 떨면서 뒷걸음질 쳤다. 그 자리에 눈부신 빛 대신 그림자가 드리웠다. 형체 없는 어둠이 두 사람 주위를 슬금슬금 기어다녔다.

"안 돼요."

테리는 아이의 눈빛을 보았다. 겁에 질린 눈빛이었다.

"내가 널 도와줄게."

테리는 그렇게 말했지만 더 이상 확신할 수는 없었다.

칼리는 복도로 나가 문을 닫았다.

그림자들이 그 뒤를 따랐다.

4

브레너는 어두운 유리 반대편에서 에이트와 테리를 지켜보고 있었다. 에이트가 해바라기와 무지개를 만들어 보여준 건 테리에게 호감을 느끼고 있다는 증표였다. 아이는 그 간단한 시범 하나로 테리를 좋아한다는 의사를 분명하게 보여주었다. 그리고 언제나 그렇듯, 아이의 능력은 통제가 안 될 정도로 컸다.

에이트의 주의를 돌리기에 이보다 더 나은 방법은 없었다. 어떤 면에서는 테리가 도움이 된 셈이었다. 브레너는 위험이 따르긴 하지만 더욱 큰 이득을 볼 수 있는 만큼 그들을 그냥 내버려두기로 했다. 에이트는 지금 다른 무엇보다 친구를 원했다.

브레너는 아이들을 이해할 수 없었다. 그는 어렸을 때에도 지금과 별로 다르지 않았다.

브레너는 테리를 쫓아낼 생각이었다. 하지만 테리에게 지금껏 많은 노력을 쏟아부었고, 그녀는 뛰어난 적응력을 보이고 있었다. 워싱턴 D.C.에 있는 사람이 손을 써준 덕에 테리의 남자친구는 곧 전쟁터로 떠날 것이다. 그가 떠난 후에 테리를 무너뜨리는 편이 훨씬 만족스러울 것이라는 게 그의 계산이었다.

브레너는 평소 테리에게 먹였던 환각제에 자백을 이끌어내는 약을 더 첨가했다. 그는 자신이 징병 추첨에 관여했다는 말을 흘렸고, 남자친구가 베트남으로 떠나게 되면 테리가 무력감에 빠지게 될 거라는 암시를 했다. 그런 다음 방에서 도망쳐 나온 에이트가 테리를 만나도록 내버려두었다. 아이가 방에서 도망친 건 이번이 두 번째였다. 물론 그 사실 자체는 경계해야 마땅한 일이었다.

문에서 노크 소리가 나더니 연구보조원이 안으로 들어왔다. 그는 눈을 빛내며 조금 전 전신으로 받은 혈액 검사 결과지를 들고 있었다.

"그게 뭔가?"

연구보조원이 검사 결과지를 내밀었다.

"테리 아이브스의 혈액 검사 결과가 나왔는데 믿기 힘든 일이 있습니다."

브레너는 혈액 검사 결과지를 살펴보았다. 혈압이 약간 높긴 했지만 대체로 모든 수치가 정상이었다. 그러다가 그는 그 결과를 보았다.

"테리가 임신 중이었다니?"

브레너는 진심으로 놀랐다.

그는 테리를 성급하게 내쫓지 않은 게 천만다행이라는 생각이 들었다. 그는 이제 테리를 황금 알을 낳는 거위로 만들 자신이 있었다.

브레너는 아이 아버지를 베트남으로 보내기로 한 결정을 자축했다. 오늘 밤에는 에이트에게 케이크 한 조각을 줄 생각이었다. 아이에게 이제 곧 약속을 지킬 수 있게 되었다고 말해줄 것이다. 마침내 아이에게 친구를 만들어줄 수 있게 된 것이다. 그것도 아주 특별한 친구를.

브레너의 이론은 훌륭한 조건에서 최대치의 능력이 발현된다는 것이었다. 이제껏 잠재력이 뛰어난 실험대상자들을 몇몇 만났지만 백지 상태에서 출발한 경우는 없었다. 그는 이제 사상 초유의 실험을 할 수 있게 되었다. 테리의 뱃속에 들어 있는 아이는 아무런 때가 묻지 않았다. 브레너는 엄마의 자궁 안에서부터 아이의 잠재력을 고양시킬 수 있게 되었다. 계획대로 된다면 눈부신 결과를 얻게 되리라 확신했다.

"테리 아이브스를 내보내실 겁니까?"

연구보조원은 성실했지만 두뇌 회전이 느렸다. 잠재력도 좋게 평가해야 보통이었다. 그는 아무런 의심 없이 시키는 일만 하는 사람이었다.

브레너는 최근 네 명의 실험대상자들이 가깝게 지낸다는 걸 알고 있었다. 계속 눈여겨봐야 했다. 앨리스는 전기충격 실험으로 돌아올 수 없는 지점에 다다를 수도 있었다. 그녀는 연구소에 남겨둘 생각이었다. 테리와 다른 두 사람에 대해서는 확신이 없었다. 하지만 아기는 놔줄 수 없었다.

"그 반대야. 다음 주부터는 테리에 대한 관리 지침이 계속 늘어날 걸세. 테리는 이제 없어서는 안 되는 존재야. 다른 사람들한테는 이 일을 알리지 말게."

브레너가 말했다.

"네, 박사님."

5

앨리스에게 뭔가 안 좋은 일이 생긴 게 분명했다. 그녀는 잔뜩 긴장한 얼굴로 안절부절못하다가 작업복의 허리끈을 만지작거렸다. 밴으로 가는 길에는 걸음을 멈추고 복도를 멍하니 바라보기도 했다. 다른 친구들도 모두 피곤한 듯 말없이 걷기만 했다.

"앨리스, 무슨 일 있어?"

테리가 건물 밖으로 나가자마자 목소리를 낮춰 물었다. 아직 철조망에 둘러싸여 있긴 해도 연구소 건물을 벗어난 것만으로도 숨쉬기가 한결 편했다.

"나중에 말해줄게."

테리는 칼리가 보여주었던 해바라기와 무지개, 그 뒤를 따라오던 그림자의 이미지를 떠올렸다. 칼리는 어떻게 그렇게 한 것일까? 그리고 환각 상태에서 찾아갔던 그 어둠의 장소는 무엇일까? 이번 환각 체험은 부분적으로 불가능하면서도 진짜인 것처럼 느껴졌다. 그래서일까. 그날 아침 그들이 이곳에 왔을 때와는 세상이 달라져 보였다.

문득 앤드루의 모습이 떠올랐다. 그는 지금 무엇을 하고 있을까? 그가 머지않아 위험한 곳으로 떠나야 한다는 사실을 떠올리자 테리는 마음이 심란했다. 브레너는 오늘 자신이 영향력을 발휘해 앤드루를 전쟁터로 보낸 거라는 암시를 주었다. 정말 그렇다면 그가 무슨 일인들 못하겠는가.

"빨리 와."

앞서 걷던 켄이 뒤돌아보며 소리쳤다.

테리는 그제야 앨리스와 함께 뒤처져 걷고 있다는 걸 깨달았다. 그녀는 앨리스의 팔짱을 끼고 걸음을 재촉했다.

어둠이 내려 창밖 풍경이 흐릿하게 보였다. 돌아가는 차 안에서도 아무도 말이 없었다. 테리는 운전자가 백미러로 자신을 힐끔힐끔 쳐다보는 것을 느끼고 잠을 자는 척했다. 그러다가 짓누르는 피로 때문에 실제로 깜박 잠이 들기도 했다.

밴이 학교 주차장에 멈춰 섰고, 운전자가 먼저 내려 문을 열어주었다. 평소보다 늦은 시간이어서인지 주차장 주변을 오가는 학생들의 모습이 눈에 띄지 않았다. 지난번처럼 밴이 되돌아올 위험이 있었기에 테리는 주차장에 모여 이야기를 나누고 싶지는 않았다.

"자리를 옮기는 게 좋겠어."

앨리스가 말했다.

"앤드루 집은 어때?"

테리가 고개를 저었다.

"앤드루에게 다른 걱정거리를 더해주고 싶지 않아."

"우리 집에 가도 되지만 부모님이 우리가 오래 이야기하게 내버려두지 않으실 거야. 그렇다고 기숙사에 남자를 들일 수도 없고."

글로리아가 말하고는 켄을 흘깃 쳐다보았다.

"나도 여자는 못 데려가."

켄이 말했다.

"어디 카페에 가기에도 너무 늦었어."

테리가 갈 만한 장소를 떠올려보다 말했다.

"그럼 우리 삼촌 정비소에 가는 게 어때? 나한테 열쇠가 있어."

앨리스의 말에 아무도 반대하지 않았다. 테리와 켄은 글로리아의 차를 타고, 시내 외곽으로 향하는 앨리스의 차를 뒤따랐다.

"오늘 앨리스가 많이 힘들어 보이지 않아?"

테리가 켄에게 물었다.

"뭔 일이 있었던 것 같긴 한데 아직 잘 모르겠어."

"내 생각도 그래."

글로리아가 끼어들었다.

정비소 진입로에 서 있는 금속 표지판에 '존슨의 중장비 수리, 각종 차량 정비 및 폐기장'이라는 글씨가 새겨져 있었다.

테리는 앨리스가 일하는 정비소가 어떤 곳인지 상상해본 적은 없었지만 일반 차량을 수리하는 곳과 다르지 않을 거라 생각했다. 직접 와서 보니 정비소라기보다는 트랙터와 불도저, 다양한 부품들과 장비들에 둘러싸인 거대한 창고였다. 테리의 차보다 키가 더 큰 바퀴들도 많았다. 날이 어두워진 탓에 마치 기계들의 폐기장에 와 있는 듯 기분이 으스스했다.

정비소 앞길에는 짙은 어둠이 내려 앉았고, 희미한 보안등 하나만이 달랑 켜져 있었다. 앨리스가 앞장서서 정비소 건물 앞으로 걸어갔다. 잠시 후 문이 열렸고, 건물 안에서 전등 불빛이 새어 나왔다.

테리와 글로리아가 먼저 안으로 들어간 후 켄이 뒤따랐다. 테리가 낮게 휘파람을 불었다. 건물 안에도 거대한 중장비 부품들이 높게 쌓여 있었다. 마치 지붕을 뚫고 나갈 듯했다. 동굴 같은 작업장에서 기름 냄새와 땀 냄새가 풍겨왔다.

앨리스가 이 거대한 장비들을 고치는 것이다. 어떤 면에서 앨리스는 진짜 천재였다.

"앨리스. 정말 대단해."

테리가 감탄하며 말했다.

"굉장해."

글로리아도 놀라 입을 다물지 못했다.

앨리스는 친구들의 연이은 칭찬에도 긴장한 듯 팔짱을 꼈다.

"그리 대단할 것 없어. 너희들은 대학에서 어려운 공부를 하잖아."

글로리아가 고개를 저었다.

"중장비 수리는 아무나 할 수 있는 일이 아니야. 여긴 과학이 있어."

앨리스는 그제야 고개를 끄덕이며 팔짱을 풀었다. 친구들이 놀릴까봐 걱정했던 게 분명했다. 앨리스는 겉으로는 강해 보이지만 알고보면 여린 면이 많았다. 테리는 불현듯 낯선 타인에서 친구가 된 그들 한 사람 한 사람에 대한 애정이 밀려왔다. 아마도 연구소 실험대상자들로 이루어진 친구들은 세상에 없을 것이다.

"앨리스, 라디오도 고칠 수 있지? 내 라디오 좀 고쳐줘."

켄이 앨리스에게 말하며 눈을 찡긋했다.

앨리스가 엄지와 검지를 문질렀다.

"덕분에 돈 좀 만지겠네."

그 말에 분위기가 한결 가벼워졌다.

"의자가 하나밖에 없으니 어디에 앉지?"

앨리스가 작업장을 재빨리 둘러보았다.

"삼촌이 의자를 여러 개 놓아두면 일은 하지 않고 남의 사업장에 찾아와 노닥거리는 사람들 차지가 될 거라며 치워버렸어."

앨리스는 불도저 캐터필러에 기대앉았다.

다들 대충 앉기 편한 곳에 자리를 잡았다. 테리는 책상다리를 하고 맨바닥에 앉았다. 글로리아는 트랙터에서 방석을 가져와 앉았다. 켄은 테리 옆에 쪼그려 앉았다.

아무도 말을 하지 않자 테리가 입을 열었다.

"오늘 브레너가 노골적으로 나를 위협했어. 앤드루의 군 입대에 자기가 개입한 것처럼 말하면서."

"그건 말이 안 돼. 무작위 추첨으로 결정된 거잖아."

앨리스가 말했다.

"신문에서 이미 무작위 추첨이 아니었다는 의혹을 제기했어."

켄이 씁쓸하게 말했다.

"나도 그 기사를 봤어."

글로리아가 켄의 말에 동조했다.

"그럼 결국 내 탓이라는 얘기네."

테리가 겁에 질린 목소리로 말했다.

"네 잘못이 아니야. 공정하지 않게 추첨한 그들 잘못이지."

글로리아의 말은 테리에게 아무런 위안이 되지 않았다.

"앨리스, 너도 오늘 뭔가 할 얘기가 있어 보이던데?"

테리가 묻자 앨리스가 고개를 끄덕였다.

"이건 괴물보다 더 나쁜 일인 것 같아."

"무슨 일인데 그래?"

켄이 관심을 보이며 물었다.

"브레너가 여자아이를 데리고 있었어."

앨리스는 머리에 헬멧을 쓰고 환자복을 입은 여자아이에 대해 이야기했다. 아이의 팔뚝에는 011이라는 숫자가 새겨져 있었고, 그 아이가 손짓 한 번으로 성인 남자를 집어 던질 만큼 힘을 쓰는 걸 봤다고도 말했다.

"실험을 하는 것처럼 보였어. 확실하진 않지만 너무나 생생했어."

테리는 브레너의 사무실에서 본 서류들 중에서 011에 관한 것이 있었는지 기억을 더듬어보았다.

그럼 칼리의 팔에도 번호가 새겨져 있을까?

"오늘 칼리가 실험실로 나를 만나러 왔어. 그 애도 초능력이 있는 것 같아. 달리 설명할 방법이 없어."

테리는 실험실에서 본 칼리의 능력에 대해 자세히 설명했다.

"앨리스, 너도 나랑 비슷한 걸 본 거야."

글로리아가 골똘히 생각하다 말했다.

"앨리스, 네가 본 여자아이는 어떻게 생겼어?"

"짧은 갈색 머리에 몸이 바짝 마르긴 했어도 건강해 보였어. 나이는 열두 살이나 열세 살쯤으로 보였고, 피부가 하얗고 눈이 큰 데다 눈빛이 초롱초롱했어."

앨리스가 아이를 봤던 장면을 떠올리느라 눈을 꼭 감고 말했다.

테리는 그녀가 칼리를 본 것이라 생각했는데 이제 보니 다른 아이가 분명했다.

"앨리스가 봤다는 아이가 칼리일까?"

글로리아가 물었다.

"칼리가 아니야. 칼리는 기껏해야 다섯 살이나 여섯 살밖에 안 된 아이야. 피부도 희지 않고 검은색 머리가 어깨까지 내려와. 연구소에 아이가 더 있다는 뜻이야. 그런데 왜 물어본 거야?"

"너희 둘이 공통적으로 말한 초능력 때문에……. 실제로 그런 힘이 존재한다는 말은 들어본 적이 없지만, 정말 그런 힘들을 가지고 있다면 각기 다른 아이일 거라고 생각했어. 한 사람이 두 가지 초능력을 가질 수는 없으니까."

"왜 한 사람이 두 가지 초능력을 가질 수 없는데? 만화책에서 본 내용 아니야?"

켄이 물었다.

"어떻게 알았어? 제법인데?"

"달리 심령술사일까?"

"네가 봤다는 숫자 011도 이상해. 브레너의 사무실에서 봤던 서류철에는 분명 010까지밖에 없었거든."

테리가 도무지 알 수 없는 일이라는 표정으로 말했다.

"어디서 새로운 실험대상자를 데려왔을 수도 있지."

글로리아가 그럴 법한 사실을 지적했다.

"브레너가 아이들을 이용하고 있어. 확실해."

앨리스가 눈을 빛내며 말했다.

"혹시 이 모든 실험들이 우주계획의 일환으로 기획된 건 아닐까?"

테리는 그런 추측을 하면서도 무언가 결정적인 것을 놓치고 있다는 느낌을 지울 수 없었다.

"앨리스는, 그 아이와 브레너가 환각 실험을 하는 동안 일어난 일을 본 걸까?"

글로리아가 물었다.

앨리스가 어깨를 으쓱했다.

"가능성은 충분해."

"이제 우리가 할 일은 한 가지뿐이야."

테리는 자신들이 미지의 영역에 와 있다고 생각했다.

"연구소에 아이들이 몇 명이나 있는지, 브레너가 그 아이들을 데리고 무슨 실험을 하고 있는지 알아내야 해. 칼리는 브레너가 자기를 아프게 하지는 않는다고 했지만 이제 겨우 다섯 살밖에 안 된 아이야. 우리가 칼리를 구해야 할지도 몰라."

"브레너가 그 아이의 친아빠일 가능성은 없는 건가? 잘못했다가는 유괴범으로 몰릴 수도 있어."

켄이 부드럽게 말했다.

"그래, 그 말에도 일리가 있어. 앨리스, 앞으로 환영을 볼 때 새로운 정보를 더 찾아봐."

"그게 내 뜻대로 조종할 수 있는 게 아니야."

앨리스가 얼버무렸다.

"그래도 시도해봐. 모든 면에서 우리보다 브레너가 유리해. 우리가 가진 능력을 최대한 사용하는 수밖에 없어. 브레너는 우리가 쉽게 해답을 찾아내게 내버려두지 않을 거야."

테리는 평소보다 더 자신 있게 들리도록 말했다.

앨리스가 짧게 고개를 끄덕였다. 그녀는 자리에서 일어나 한 손을 내밀었다.

"우리를 반지원정대라고 치면 난 갈라드리엘이 되고 싶어."

앨리스가 선언했다.

"갈라드리엘은 반지원정대가 아니야."

테리도 자리에서 일어나 말했다.

"아무려면 어때? 『반지의 제왕』에는 선택할 수 있는 여자 캐릭터가 별로 없잖아. 난 오로지 갈라드리엘이 되고 싶어."

켄이 일어났다.

"우리의 적은 브레너야."

글로리아도 고개를 저으며 자리에서 일어났다.

"뭔지 몰라도 그 책을 읽지 않은 사람은 나밖에 없나 봐."

"아마 그럴걸."

앨리스와 켄이 동시에 말했다.

"자, 우리 모두 손을 모으자."

앨리스가 말했다.

그들은 모두 손을 모았다.

"이제 어떻게 해?"

켄이 물었다.

"하나가 되는 거지."

테리는 고등학교 때 풋볼 시합을 시작하기에 앞서 작전회의를 하던 모습을 상상했다.

"연구소 원정대를 위하여!"

웃음이 터졌다. 유쾌하지만은 않은 웃음소리였다.

6

일주일 뒤, 테리는 눈을 감고 약효가 돌기까지 인내심을 갖고 기다렸다. 며칠 동안 피곤에 지쳐 있었는데 지난 두 시간 사이에 갑자기 새로운 기운이 차오르는 느낌이 들었다. 지난번처럼 공허한 공간을 다시 찾아낼 수 있을까 하는 기대감 때문이었다.

브레너가 집에 가져가 먹으라며 복합 비타민을 챙겨주었다. 전에 없던 일이었다.

"환각 실험에 임하다 보면 약물 부작용이 나타날 수도 있어요. 혹시 요즘에 복부 팽만감이나 메스꺼운 증세가 나타나지 않던가요? 그런 증세가 있으면 병원을 찾기 전에 먼저 나에게 말해줘요. 일반 의사들은 어떻게 처방해야 할지 모르니까. 비타민제가 그동안 지친 당신의 뇌를 회복하는 데 도움이 될 겁니다."

"고맙습니다."

테리는 어째서 브레너가 이런 일들을 하는지 의아했다. 그가 아이들에게도 비타민을 주는지 묻고 싶기도 했다. 어쩌면 아이들에게는 새로 나온 어린이 비타민제를 줄 수도 있었다. 어찌 됐건 테리는 집에 가는 즉시 그 비타민을 버릴 생각이었다.

브레너가 이제 더 깊은 곳으로 들어가라고 말할 차례였다. 테리는 부드럽게 달래는 척하는 그의 목소리에 조금도 귀를 기울이지 않았다. 그녀는 숨을 길게 내쉬고, 자신의 내면을 들여다보았다. 그런 다음 그곳으로 깊이 들어가는 것을 상상했다. 아주 깊은 곳으로.

테리는 바깥 복도와 같은 타일로 변한 사막을 여행했다. 발아래에 온몸이 떨릴 정도로 차가운 얼음이 얼어 있었다. 해변을 걷고 있는 그녀의 발바닥으로 바닷물에 젖은 모래의 촉감이 느껴졌다. 어느해 여름 휴가를 갔던 바다였다. 바닷가에서 한 블록 떨어진 모텔에서 아버지의 군대 시절 친구 가족과 함께 지냈었다. 하루 종일 다이빙을 하느라 지친 아이들이 곯아떨어져 있을 때 테리는 야외 테이블에 앉아 엄마들끼리 나누는 이야기를 엿들었다. 엄마들은 테리가 다른 아이들처럼 다이빙을 하지 않는다는 사실을 기억하지 못했다.

"혹시 남편이 악몽을 자주 꾸나요?"

"자주는 아니지만 가끔 꿔요. 심할 때는 밤새도록 잠을 이루지 못하죠."

"당신이나 딸들에게 화풀이를 한 적도 있나요?"

"아니, 전혀요. 한 번도 그런 적은 없어요."

그 일은 테리가 어른들에 대한 생각을 형성하는 데 큰 영향을 끼쳤다. 환각의 세계를 헤매는 와중에도 그런 생각이 들었다. 그녀는 정신이 또렷했지만 아주 많이 이상하기도 했다.

그때 테리가 찾던 어둠이 몰려와 주변을 에워쌌다. 어디에나 있지만 어디에도 없는 공간이었다. 그녀는 거기에 다다르기까지 얼마나 오랜 시간이 걸렸는지 알 수 없었다. 기억들과 그에 대한 갈망을 떠올려보면 그 공허한 공간과 기억이 엇비슷하다는 생각이 들었다. 둘 모두 사람들이 서로 연결되어 있는 공간이었다.

아무런 냄새도 나지 않고, 아무런 맛도 느낄 수 없었다. 거긴 테리 이외에 아무것도 없었다.

그때 테리 앞에 익숙한 얼굴이 나타났다. 글로리아. 어둠 속의 불빛. 그녀는 눈을 감은 채 앉아 있었다.

"글로리아, 일어나."

테리가 속삭였다.

글로리아에겐 테리가 보이지 않을뿐더러 목소리도 들리지 않는 것 같았다. 그녀는 테리가 숨을 한 번 쉬는 사이에 사라져버렸다.

테리는 계속 걸었다. 발치에서 계속 물이 첨벙거렸다. 주변엔 아무것도 없었다. 그녀는 혼자였다.

이윽고 눈을 뜬 테리는 브레너 박사에게 과거의 기억을 들려주는 척했다. 자신이 갖게 된 새로운 능력에 대해서는 그게 무엇이든 일체 비밀로 하기로 했다.

브레너는 내내 실험실을 떠나지 않았다. 테리는 칼리를 다시 보러 갈 방법이 없었다.

7

오븐에서 흘러나온 열기 덕분에 주방이 따스하고 아늑했다. 라디오에서는 크리스마스캐럴이 흘러나왔다. 테리와 앤드루는 크리스마스이브를 함께 보내려고 래러비 집에 왔다.

테리는 사람 모양의 진저 브레드를 판에서 떼어내다가 실수로 머리 부분을 부러뜨렸다.

"불쌍한 브레드 씨."

앤드루가 슬픈 표정을 지었다.

"브레드 씨가 누군데?"

"누구긴? 방금 전 머리가 부러져 죽은 진저 브레드 씨 말이지."

앤드루의 농담에 테리는 피식 웃었다.

호킨스 연구소에도 크리스마스 휴가는 있었다. 그들은 2주일간 실험을 중단하기로 했다. 테리는 연구소에서 조사할 일이 많아 몸이 근질근질했지만 지금 이 시간을 즐기고 있었다. 앤드루는 내일 가족들이 기다리는 집으로 돌아가야 했기에 함께하는 시간이 더욱 소중했다.

"테리, 들어가도 괜찮지? 혹시 두 사람 키스라도 하고 있으면 방해하지 않을게."

베키가 큰 소리로 말했다.

"언니, 난 웃으면서 키스 못 해. 얼마든지 와."

앤드루가 빙긋 웃으며 테리의 코에 키스했다.

"알았어. 지금 그쪽으로 갈게. 감자튀김을 만들어야 하니까."

베키는 기분이 무척 좋아 보였다. 그들 자매는 부모님이 돌아가신 후 지난 몇 년 동안 크리스마스가 되면 더욱 기분이 우울했다. 그들은 서로 즐거운 모습을 보여주려고 애썼지만 허전한 마음은 쉽게 채워지지 않았다.

그래도 이번 크리스마스에는 앤드루가 온 덕분에 집이 한결 꽉 찬 느낌이 들었다. 테리와 베키는 크리스마스 당일에는 영화를 보러 가기로 했다. 래러비 극장에서 〈내일을 향해 쏴라〉를 상영 중이었다. 베키는 로버트 레드포드를 정말 좋아했다.

"잠깐 이리 와봐."

앤드루가 테리를 거실로 데려갔다. 천사와 커다란 별들로 장식한 크리스마스트리에는 전구들이 깜박거리고 있었고, 그 아래에 선물 상자들이 놓여 있었다.

앤드루가 중간 크기의 상자를 집어 들었다. 포장 상태가 엉성한 걸 보니 그가 직접 포장한 게 분명했다. 그가 상자를 테리에게 건넸다.

"뭘까?"

"어서 풀어봐."

테리는 포장지를 뜯다가 깜짝 놀라 숨을 들이마셨다.

"폴라로이드 카메라? 많이 비쌀 텐데!"

앤드루가 살짝 부끄러워하며 고개를 숙였다.

"네가 하는 일에 도움이 될 거야. 그리고 혹시 나한테 편지를 보내줄 거면 가끔 네 사진도 찍어서 같이 보내줘. 그래야 떨어져 있어도 네 얼굴을 볼 수 있지."

테리의 눈에 눈물이 가득 고였다.

"베트남에 가지 않았으면 좋겠어."

"나도 그래."

7장

숲속으로

1970년 1월
인디애나주 블루밍턴

1

앨리스는 어두컴컴한 정비소 출입문 옆에서 친구들이 나타나길 기다렸다. 여전히 마음 한편에 불안감이 자리하고 있었지만 앞일을 부정적으로 보지는 않았다. 크리스마스 휴가 기간 동안 앨리스는 전기충격 실험을 할 때마다 눈에 보이는 환영들을 유리한 방향으로 이용할 수 있을지 거듭 생각해보았고, 시도해볼 만하다는 확신을 얻었다. 그녀는 친구들이 탄 글로리아의 차가 시야에 들어오자 절로 흥분이 될 만큼 반가웠다. 그들은 크리스마스 휴가가 끝나는 날 밤에 앨리스가 일하는 중장비 정비소에서 모이기로 약속되어 있었다.

앨리스는 정비소에 숨어 있다가 친구들의 발소리가 들리는 순간 갑자기 불을 켜고 뛰어나갔다.

"왁!"

글로리아가 비명을 지른 뒤 완벽하게 다림질 된 블라우스의 가슴

부분을 한 손으로 누르며 안으로 들어섰다.

"축하해. 심장마비 일으키는 데 성공했어."

"딱 걸렸지?"

앨리스가 짓궂게 웃으며 글로리아의 어깨를 가볍게 툭 쳤다.

"난 이미 앨리스가 우릴 놀라게 할 줄 알았어."

켄이 말했다.

글로리아가 입을 삐죽이 내밀었다.

"알면서도 귀띔하지 않았단 말이야? 심령술사 친구가 있어봐야 소용없네."

"날 너무 좋아해서 그런 거니까 이해해줘."

앨리스가 말했다.

글로리아가 고개를 끄덕였다.

"켄이 널 많이 좋아하긴 하지."

그들은 2주 반 만에 한자리에 모였다. 그 기간 동안에는 밴도, 연구소도, 전기충격도 없었다. 괴물들도 없었다.

"간식거리로 파이를 가져왔어. 오늘 원정대 소집을 내가 했잖아."

테리가 둥근 양철통에 담아 온 머랭 파이를 들어 올리며 말했다.

"앤드루는 같이 안 왔어?"

앨리스가 물었다.

"앤드루에게는 브레너가 징병 추첨에 개입했다는 말을 할 수 없었어. 베트남에 가서도 내 걱정만 하게 할 수는 없잖아."

글로리아가 부드럽게 테리의 팔에 손을 올렸다.

켄이 종이 접시와 포크 네 개를 꺼내며 말했다.

"파이를 먹을 줄 알고 준비해 왔지."

"아무한테도 말한 적 없는데."

테리가 작은 소리로 말했다.

앨리스가 접시와 포크를 받아들고 곧장 파이를 한 입 베어 물었다.

"버터스카치 맛이야."

"버터스카치가 뭐야? 버터를 넣은 스카치위스키란 뜻인가?"

켄이 물었다.

"그건 아니고 브라운슈거와 버터를 섞어 만든 당액이야."

글로리아가 말했다. 그 말에 모두가 그녀를 쳐다보자 글로리아가 덧붙였다.

"베이킹은 화학의 또 다른 형태거든."

"너처럼 알면 알수록 새로운 사람은 또 없을 거야. 글로리아 플로 워스."

앨리스가 믿을 수 없다는 듯이 말했다.

"내가 너한테 하고 싶은 말이야, 앨리스 존슨."

"원정대 여러분. 테리 아이브스의 발은 식당 야간 근무로 몹시 지 쳤답니다. 좀 앉아도 될까요?"

테리가 여기 처음 왔을 때 앉았던 자리로 가면서 말했다.

앨리스는 기름 냄새가 진동하고 수리해야 할 중장비들이 쌓여 있 는 이곳을 사랑했다. 친구들을 처음 여기로 데려왔을 때 놀림을 당 할까봐 걱정했지만 아무도 그녀를 비웃지 않았고, 심지어 모두 깊은 감명을 받은 것처럼 보였다.

앨리스는 지난주에 불도저를 수리해 주인에게 돌려주었다. 지금은 그 자리에 쇄석기가 들어와 있었다. 테리가 조심스럽게 그 옆으로 가 더니 바닥에 앉았다. 테리는 크리스마스 이전보다 지쳐 보였다. 일순

위로 징집된 사람들의 입대 날짜가 점점 다가오고 있었다.

모두들 바닥에 책상다리를 하고 앉아 파이를 먹었다.

"연구소에 다시 안 갔으면 좋겠어."

글로리아가 먼저 입을 열었다.

"나도 그렇긴 하지만 가야 해. 그동안 내 눈에 보이는 환영을 이용해서 도움이 될 방법이 없을지 생각해봤어. 테리가 말한 대로 우리에게 유리한 방향으로 이용할 방법 말이야. 하지만 전에도 말했다시피 난 그걸 조종할 수 없어. 적어도 아직은 그래."

앨리스가 생각하기에 그 환영들을 더 잘 보기 위해서는 전기충격을 줄 때 전류를 늘려야 했다.

"내 눈에 보이는 환영을 너희들에게 그대로 전달할 수 있다면, 아마 우리는 제대로 된 진상조사를 할 수 있을 거야."

"그러려면 어떻게 해야 하는데?"

테리가 파이를 입에 넣으며 물었다.

"너희들은 내가 본 환영을 믿어? 여자아이와 괴물 이야기 말이야."

앨리스는 그들이 믿어줄 거라는 걸 알았다. 설령 못 믿는다고 하더라도 이해할 수 있었다.

"난 믿어."

테리는 조금도 망설이지 않고 대답했다.

"못 믿을 이유가 없잖아."

켄이 당연하다는 듯 말했다. 글로리아도 고개를 끄덕였다.

"뭔가 생각해둔 방법이 있는 거지?"

테리가 물었다.

"너희들은 내 생각에 동의하지 않을 수도 있어."

앨리스는 작업복 벨트를 손으로 만지작거리며 켄을 뚫어지게 쳐다보았다. 켄이 고개를 저었다.

"아니, 난 아무것도 몰라. 내 능력은 그런 식으로 통하는 게 아니야."

"그럼 어떤 식인데?"

앨리스가 물었다. 그녀는 더 자세히 알고 싶었다.

"대부분은 느낌이 있어. 가끔은 완전한 생각의 형태일 때도 있고, 이미지가 떠오르기도 해. 이를테면 연구소에서 실험대상을 모집한다는 광고를 봤을 때 지금 여기에 있는 네 사람의 이미지가 어렴풋이 떠올랐어. 그때 우리가 서로에게 중요한 존재가 될 거라는 느낌을 받기도 했지. 더 이상 구체적으로 설명하긴 힘들어."

"그래, 그 정도면 충분히 설명이 됐어."

앨리스는 자기도 이렇게 자신의 계획을 말해야 한다고 생각했다.

"네가 원하지 않는 느낌이나 생각이 떠오른 적도 있어?"

글로리아가 켄에게 물었다.

"그럼, 있지."

"우리에 대해서도?"

테리가 켄을 날카롭게 쳐다보며 물었다.

"아직은 없어."

"좋아. 앨리스, 이제 말해봐. 네 생각을 알아야 반대하든 찬성하든 하지."

앨리스는 친구들의 반응이 예상되기에 말을 꺼내기가 쉽지 않았다. 하지만 현재로서는 가장 가능성이 높은 방법이었다. 그녀는 기계의 작동원리에 대해서라면 누구보다 잘 알았다. 손에 공구만 쥐여주면 연구소에 있는 기계들의 원리도 금세 알아낼 수 있었다. 그 사실이 친구들에게 믿음을 주기를 바랄 뿐이었다.

"나한테 전기를 쓰는 거야."

앨리스는 숨을 길게 내쉬었다.

"맞는 말이지만 난 반대야. 그래도 일단 어떻게 하겠다는 건지 얘기는 들어볼게."

테리가 말했다.

"내가 환영들을 잘 볼 수 있는 방법에 대해 거듭 생각해봤어. 난 환각제를 먹고 전기충격을 받았을 때에만 환영을 볼 수 있었어."

앨리스는 지금 이 순간 친구들이 자신을 얼마나 한심하게 여기는지 알게 될까봐 그들의 얼굴을 쳐다보기가 두려웠다. '환영'이라는 말 자체가 자기 자신을 알라딘의 요술램프에 나오는 존재로 생각하는 것으로 비칠 수 있었다. 사실 그녀는 전혀 그렇게 생각하지 않았다.

아무도 나서지 않자 앨리스는 계속 말을 이어갔다.

"너희들이 전기충격을 가해주면 그다음부터는 내가 알아서 할게. 너희들은 내가 뱉어내는 말들을 받아 적으면 되는 거야."

"너무 위험해. 난 너한테 전기충격 같은 거 줄 수 없어."

테리가 말했다.

"아니, 할 수 있어. 아이들이 실험대상이 되어 고통받고 있을지도 몰라. 그 사실을 뻔히 알면서 나 몰라라 할 수는 없잖아."

테리가 또다시 반박하려고 하자 글로리아가 손을 들었다.

"정말 그럴 만한 가치가 있는 일이라고 확신해? 아직 사실이라는 근거는 없고, 그냥 느낌일 뿐이잖아?"

글로리아의 질문에 앨리스는 조금이나마 긴장이 풀어졌다.

"85퍼센트 정도 확신해."

"내가 안전한 전류 수준을 알아볼 수는 있어."

글로리아가 말했다.

앨리스는 이미 자신의 몸이 감당할 수 있는 전류가 어느 정도인지 알고 있었다.

"앨리스가 위험해질 수도 있어."

테리가 말했다.

"앨리스는 이미 위험에 처해 있다고 봐야 해. 그건 우리 모두 마찬가지고."

켄이 목소리를 낮춰 말했다.

"그 빌어먹을 연구소에서 보내야 하는 시간을 조금이나마 단축할 수 있다면 해볼 가치가 있어. 내 말이 맞잖아. 테리, 브레너가 앤드루에게 한 짓을 생각해봐."

앨리스가 비장하게 말했다.

그리고 너한테 한 짓도.

테리는 무릎 위에 양손을 포개 올렸다.

"연구소에서 그런 위험을 감수할 순 없어. 브레너는 아직 네 능력을 몰라. 만일 네가 그 작자와 아이들을 환영으로 본 걸 알게 된다면 어떻게 될까? 너의 고양된 능력을 알게 되면 브레너는 절대로 널 놓아주지 않을 거야."

"하지만 전기충격기는 연구소에 있으니 도리가 없잖아."

글로리아가 지적했다.

테리는 재빨리 주변을 둘러보았다.

"앨리스, 혹시 실험에 필요한 기계들을 직접 만들 수 있어?"

앨리스는 눈을 깜박거리며 생각에 잠겼다. 기계를 분해해볼 수만 있다면 어떻게 작동되는지 알아낼 수 있었다.

"만들 수 있어. 그럼 네 생각은 연구소가 아니라 여기서 하자는 거야? 환각제는 어디서 구하고?"

"지난번에 내가 빼돌려놓은 게 있어."

글로리아가 말했다.

"어쩌면 장소가 중요할 수도 있어. 반드시 호킨스 연구소에서 해야 할 수도 있다는 뜻이야."

테리가 말했다.

"넌 연구소에서 하는 걸 반대했잖아?"

글로리아가 물었다.

"브레너와 관련된 자료를 찾으려고 도서관에 갔다가 호킨스 연구소 일대 지도를 봤어. 연구소 주변은 온통 숲이야. 연구소를 둘러싸고 있는 철조망 밖 숲에 숨어서 하면 어떨까?"

테리가 말했다.

"숲에서 실험을 하려면 전원 없이 기계를 작동시킬 수 있어야 하는데."

앨리스가 말했다.

"불가능해?"

테리가 물었다.

"아니, 쉽지는 않겠지만 불가능한 일은 아니라고 봐. 내 실력을 보여줄 좋은 기회네."

"이제 더할 나위 없이 완벽한 계획이 수립된 것 같네? 언제 할 생각이야?"

글로리아가 물었다.

테리가 포크를 집어 들었다.

"앨리스가 기계를 준비하는 대로 해야겠지."

"좋아."

켄이 말했다.

2

테리는 눈을 감고 실험실에 앉아 있었다. 오늘 브레너는 그녀를 시각화 실험으로 이끌었다. 테리가 자신의 신체 부위들을 눈앞에 그린 다음 어느 한 군데 빠짐없이 모두 건강하다고 상상하는 것이었다. 도무지 의도를 알 수 없었지만 시키는 대로 따라 하는 건 수월했다.

시각화 연습이 끝나자 브레너는 입을 다물었고, 테리는 이전처럼 좀 더 깊은 세계로 들어갔다. 그녀는 어디에나 있지만 어디에도 없는 공간으로 깊이 들어가 있었다. 거기에는 그녀 혼자밖에 없었다.

테리는 지난번에 글로리아를 봤던 것처럼 이번에도 혹시 다른 사람을 볼 수 있을까 기대하며 사방을 열심히 두리번거렸다. 하지만 아무것도 없었다. 그 어디에도 찬란한 빛은 보이지 않았다.

아무리 앨리스가 타당한 선택을 했다고 하더라도 전기충격을 가해야 한다는 생각을 할 때마다 테리는 거부감이 일었다. 그런 일을 하지 않고도 원하는 결과를 얻을 방법을 찾아봤지만 떠오르지 않았다.

깊은 어둠 속에서 칼리가 나타나 다가왔다. 테리는 눈을 깜박여보았다. 환각 상태가 분명했다. 아이는 어둠 속에 그대로 남아 있었다.

"칼리?"

테리가 손을 내밀며 마음속으로 물었다.

"나, 여기 있어요. 내가 지금 꿈을 꾸고 있는 거예요?"

"나도 잘은 모르지만 그런 게 아닐까?"

브레너가 감시하고 있는 이 방에서 칼리와 이야기를 나누는 게 마냥 즐겁지는 않았다. 테리는 실험실에서 꼼짝도 하지 않고 환각 체험을 하는 상황이었다. 졸음이 왔지만 눈을 감고도 칼리를 만날 수 있어 다행이었다.

테리는 아이를 향해 내밀었던 손을 힘없이 떨어뜨렸다. 칼리를 겁먹게 만들어 달아나게 하고 싶지는 않았기에 최대한 감정을 억제하며 담담하게 물었다.

"칼리, 오늘은 뭘 하며 지냈니?"

칼리는 기분이 좋지 않은 듯 뾰로통해 있었다.

"아빠를 위해 그림을 그렸어요."

"나에게 해바라기를 보여준 것처럼?"

칼리는 얼굴을 찌푸렸다. 아이는 손에 크레파스를 쥐고 있었다. 테리는 그제야 칼리의 팔뚝에 새겨져 있는 작은 문신을 보았다. 008.

"그림과 환상은 완전히 달라요."

"해바라기는 환영이었다는 뜻이구나?"

"내 말이 그 말이잖아요."

테리는 아이들을 많이 상대해보지는 않았지만 오늘따라 칼리의 말투가 신경질적이라는 걸 알 수 있었다.

"우리가 이야기를 나눈 걸 아빠도 알고 있니? 아니면 아직도 비밀이야?"

"지난번에도 말했잖아요. 아빠는 일일이 말해주지 않아도 다 알아요. 아빠한테는 뭐든 숨길 수가 없어요."

테리는 문득 섬뜩한 생각이 들었다. 그녀는 아이에게 감정을 들키지 않도록 애썼다.

브레너는 지난번에 칼리가 몰래 빠져나와 나를 만나러 온 걸 알고 있을까? 혹시 그때 칼리가 온 것도 브레너가 부추긴 걸까? 그런 거라면 상황이 더욱 심각했다.

칼리는 마치 뭔가 중요한 것을 받길 기다리는 아이처럼 테리를 물끄러미 쳐다보고 있었다. 만약 칼리에게 원하는 게 무엇인지 노골적으로 묻는다면 아이는 그녀를 절대로 신뢰하지 않을 것이다. 그러면 칼리는 더 이상 그녀를 보기 위해 몰래 나올 필요가 없었다.

"아빠가 뭐든 다 알고 있는 것처럼 보일 수도 있지만, 사실은 그렇지 않아."

테리는 자신의 정직함을 보여주기 위해 아이의 눈을 똑바로 쳐다보았다.

"네 아빠는 우리가 여기서 이야기를 나눈 걸 몰라. 여기엔 우리 두 사람밖에 없으니까. 아빠가 알 수 있는 길은 네가 이야기를 했을 때뿐이야."

칼리는 한참 동안 아무 말도 하지 않았다.

"아빠에게 우리 둘만의 이야기를 하지 않도록 최선을 다해볼게요."

칼리는 새삼 진지한 표정으로 테리를 바라보았다.

"언니는 친구가 있어요?"

"난 우리도 친구라고 생각하는데, 아니야?"

칼리가 크게 기뻐하며 활짝 웃었다.

"그래요, 언니랑 나는 친구예요. 다른 친구들이 더 있었으면 좋겠어요. 언니는 나 말고 친구가 더 있어요?"

"오늘, 이 연구소에 함께 온 친구들이 있어."

칼리는 어디에나 있지만 어디에도 없는 공간을 두리번거렸다.

"여기에는 없고, 이 연구소에 있어. 우린 모두 같은 차를 타고 왔거든. 그 친구들 말고 다른 친구도 있어. 앤드루……."

테리는 그 이름을 말하다가 목이 메었다. 빌어먹을 환각 실험, 징병 추첨, 브레너. 그녀는 요즘 지나치게 감상적인 사람이 되어가고 있었다.

테리는 겨우 감정을 가라앉히고 말했다.

"앤드루는 내 제일 친한 친구야."

"불공평해요."

칼리가 물속에서 발을 쿵쿵 굴렀다. 소리의 파장이 어둠속으로 퍼져 나갔다.

"언니는 친구가 많은데 난 없어요. 아빠가 친구를 만들어주겠다고 약속해놓고 계속 미루기만 해요."

"정말 친구들이 없니?"

연구소에 다른 아이들이 더 있다면 서로 친구가 되게 해줄 수도 있을 텐데 왜 따로 떨어뜨려놓는 걸까? 브레너의 행태를 알면 알수록 역겨운 느낌이 들었다.

칼리가 고개를 끄덕였다. 아이는 금세라도 울 것처럼 얼굴을 찡그렸다.

"그래, 이건 공정하지 않아. 너랑 친구가 되어서 기뻐. 나는 네가 아빠 도움 없이 직접 만난 친구야."

칼리는 또 한 번 고개를 끄덕였다.

"이제 그만 가봐야 해요."

"네가 좋을 때 다시 찾아와 줄래?"

칼리는 알겠다는 뜻으로 고개를 끄덕이더니 갑자기 테리의 품으로 뛰어들었다. 아이는 한동안 그녀를 꼭 끌어안고 있다가 어둠 속으로 사라졌다.

칼리는 얼마나 오랫동안 브레너에게 휘둘렸을까? 테리는 아이에게 물어보고 싶은 말이 많았다. 아이의 갑작스러운 포옹에 테리는 감정이 복받쳤다. 그녀의 뺨에 눈물이 흘러내렸다.

아이들은 사람의 진을 빼놓는다. 그런 동시에 경이로운 존재였다.

3

브레너는 참나무 테이블 앞에 앉아 보안요원의 브리핑을 들었다.

"실험대상자들이 정비소에서 두 번 모였습니다."

"영상이나 감청자료는 없나?"

"유감스럽게도 없습니다. 우리 요원이 보안장치를 팔러 왔다고 속이고 정비소 안으로 들어갔지만 적절한 기회를 잡지 못했습니다. 그 삼촌이라는 작자가 우리 요원은 거들떠보지 않고 외려 정비소의 보안 상태가 얼마나 좋은지 자랑을 늘어놓았다고 하더군요. 결국 우리 요원은 감청장비를 설치하지 못하고 돌아왔습니다. 그자는 정비소 곳곳에 눈에 띄지 않게 감시카메라를 설치해둬서 자칫 잘못했다가는 우리의 신분이 발각될 위험이 컸습니다."

브레너는 그 말에 잔뜩 눈살을 찌푸리더니 한심하다는 듯 말했다.

"그러니까 자네는 그 정비소 주인이 최첨단 장비와 세계 최고의 정보력을 갖추고 있는 우리 보안요원들보다 한 수 위라는 말을 하고 싶은 건가?"

"그렇게 말씀드린 적 없습니다. 다만 저는 우리가 노출될 수도 있는 위험과 정비소 감청을 동일한 가치 기준으로 바라봐서는 안 된다고 생각합니다. 우리는 이미 테리 아이브스와 글로리아 플라워스의 기숙사 방과 집에 도청장치를 설치해두었고, 그 정도면 필요한 정보를 충분히 얻을 수 있다고 봅니다."

"변명은 듣기 싫으니까 이제 그만 나가보게."

보안요원은 하고 싶은 말이 더 있는 듯 입을 달싹거렸다. 그러다가 이내 단념한 듯 고개를 저으며 자리에서 일어섰다.

"박사님은 들은 대로 성격이 불같군요."

"자네는 그 절반도 모르는 거야."

브레너는 평소 팀워크가 깨질까봐 전전긍긍하는 사람들을 이해할 수 없었다. 그는 부하 직원들의 기분을 일일이 살피며 일할 생각이 없었다. 직원의 감정 같은 건 고려 사항이 아니었다. 그에게는 무엇보다 자신의 권위가 중요했다.

브레너가 문을 향해 걸어가는 보안요원을 멈춰 세웠다.

"자네는 이제 다른 곳에 배치될 거야. 현재 우리가 진행하는 실험은 이 나라의 미래를 좌우할 만큼 중요하다네. 이 연구소의 기밀이 결코 밖으로 새어 나가서는 안 되는 이유지. 자네 같은 사람이 헤아리지 못한다고 해서 그 중요성이 달라지지는 않아."

"마음에 안 든다고 칼을 함부로 휘두르면 곤란하죠. 언젠가 그 칼이 당신을 칠 수도 있다는 걸 기억하십시오."

보안요원은 그의 말을 기다리지도 않고 밖으로 나간 뒤 문을 쾅 닫았다.

브레너는 정비소에 도청장치를 설치하는 임무를 테리에게 맡길 수도 있었지만 더는 그녀가 비밀을 지킬 거라는 믿음이 없었다. 그리고 테리가 경계를 늦추지 않는 상태에서 그 지시를 잊으라고 최면을 걸 자신도 없었다.

이제 에이트에게 가봐야 할 시간이었다. 에이트는 계속 그림을 그려 그에게 주고 있었다. 그와 에이트 그리고 얼굴에 물음표 가면을 쓴 제3의 인물을 그린 그림이었다. 아이는 그가 데려오겠다고 약속한 친구를 그런 식으로 표현한 것이다. 브레너는 에이트의 파일에 그 그림들을 보관할 생각이었지만 그림을 보고 있자니 왠지 화가 치밀었다. 그는 그림들을 그대로 던져버렸다.

4

테리는 침대에서 몸을 옆으로 돌리고 자신을 쳐다보고 있는 앤드루를 마주 보았다.

"내가 자면서 침이라도 흘렸어? 왜 그렇게 뚫어지게 보고 있어?"

"나한테는 그런 모습도 사랑스럽게 보인다는 거 알잖아."

"사랑스럽게 혐오스러운 거 아니고?"

"그럴 리가."

두 사람은 서로를 쳐다보며 미소 지었다.

"몇 시야?"

테리가 물었다.

"아직 일러."

테리는 손을 뻗어 앤드루의 얼굴을 감쌌다. 키스는 하지 않았다.

그녀는 구취를 싫어해 양치질을 하고 나서 키스하는 걸 좋아했다. 앤드루도 그녀의 스타일을 잘 알고 있었다.

"그럼 일어나지 말고 계속 잘까?"

테리는 요즘 아무 데서나 잠이 쏟아졌다. 수업 시간에도, 식당에서 식사를 하고 나서 잠시 앉아 쉬다가도 부지불식간에 잠에 빠져들었다. 그녀는 그저 자연광 결핍 때문에 생긴 증세일 거라 여겼다.

"무슨 일 있어?"

앤드루의 얼굴에 뭔가 주저하는 기색이 비쳤다.

"아니, 네가 또 잠꼬대를 하기에."

"잠꼬대야 늘 하잖아. 스테이시가 나를 처음 소개할 때 말해준 걸로 기억하는데?"

앤드루도 물론 기억하고 있었다.

"내가 뭐라고 했어?"

"나더러 떠나지 말고 계속 옆에 있어달라고."

"다른 말은 안 했어?"

테리는 징병 추첨 배후에 브레너가 있었다는 사실에 대해 말했을까봐 걱정스러웠다.

"칼리와 브레너 박사에 대해서도 말했어."

앤드루는 그렇게만 말하고 자세한 설명은 하지 않았다.

"뭐라고 했는데?"

"테리, 우리 얘기를 하자. 우리가 앞으로 어떻게 해야 할지 진지하게 얘기해볼 때가 된 것 같아."

테리는 침대에서 일어나 앉으며 흘러내리는 시트를 끌어올려 몸을 가렸다.

"좋아."

"프로도와 샘도 가끔은 힘든 이야기를 하잖아."

앤드루가 침대 머리에 기대앉으며 말했다.

테리는 금방이라도 눈물이 쏟아질 것 같은 기분이었지만 앤드루를 위해서라도 강해져야 한다고 생각했다. 지난날 아버지는 엄마를 위해 강해졌고, 엄마는 가족들을 위해 강해졌다. 테리도 부모님처럼 강해지기로 마음먹었다.

테리는 옆에 앉아 있는 앤드루의 모습을 마음속 깊이 담았다. 앤드루가 그녀를 돌아보았다. 갈색빛이 도는 그의 초록색 눈이 진지해 보였다.

"나도 지금 내가 처한 상황이 싫어. 다시 그날로 돌아갈 수만 있다면……."

"그날로 돌아간다고 해도 넌 다르게 행동하지 못할 거야."

"하긴 나도 그렇게 생각해. 결과가 두려워 아무 일도 못하는 사람이 되고 싶지는 않으니까."

"넌 네가 옳다고 생각하는 행동을 했을 뿐이야. 다만 학교 측의 징계가 지나치게 가혹했지. 학교에서 공정하지 않은 결론을 내린 거야."

앤드루는 시트를 매만지며 말없이 앉아 있다가 테리의 얼굴을 가만히 바라보았다.

"엄마와 통화했는데, 징집되기 전까지 집으로 돌아와 지내는 게 좋겠다고 하시더라. 할아버지, 할머니가 부모님과 같이 계시는데, 그분들은 내가 학교에 다니지도 않으면서 여기서 지내는 걸 납득하기 힘든가 봐."

"넌 여기 모텔에서 일하고 있잖아."

"너도 알다시피 내가 그 일 때문에 여기 있는 건 아니잖아."

앤드루가 말을 멈추고 숨을 깊이 들이마셨다.

"엄마 말을 들으니까 내가 너무 이기적이라는 생각이 들더라."

테리는 온갖 생각과 감정이 차올랐다. 언젠가 이런 순간이 올 거라고 예상했지만 이렇게 빠를 줄은 몰랐다. 가뜩이나 함께할 시간이 얼마 남지 않았는데 그가 집으로 돌아간다면 허전함을 견딜 수 없을 것 같았다.

앤드루의 부모님은 우리가 서로 얼마나 사랑하는지 모르는 걸까. 우리가 조금이라도 더 함께 있고 싶어 하는 마음을 모르는 걸까. 테리는 원망스러운 마음이 들었지만 그들 입장에서 생각해보면 충분히 이해할 수 있는 일이었다. 그녀 역시 만일 부모님이 그렇게 일찍 돌아가실 줄 알았더라면 다르게 행동했을 것이다. 친구들과 어울려 공부하거나 파자마 파티를 하는 대신 더 많은 밤을 집에서 보냈을 것이다. 머지않아 베트남으로 떠날 아들이 집으로 돌아오지 않고 있다면 세상 어느 부모라도 그냥 내버려두지 않을 것이다. 앤드루는 이곳에 있어야 할 이유가 없었다. 그는 집으로 돌아가 가족들과 시간을 보내는 게 마땅했다.

"어머니 말대로 하는 게 좋겠어."

"테리?"

"넌 가족들이 기다리는 집으로 돌아가야 해."

"지금 한 말, 후회하지 않을 자신 있어?"

"대신 떠나기 전에 날 보러 오겠다고 약속해. 작별인사도 없이 베트남으로 가버리면 그땐 정말 끝장이야."

"그럴 리 없잖아. 내가 널 얼마나 사랑하는데."

테리는 터져 나오는 눈물을 겨우 참으며 그의 몸에 기댔다. 구취가 나도 상관없었다.

5

글로리아는 평소처럼 계산대를 지키고 있는 엄마 뒤쪽 자리에 앉아 있었다. 퇴근 시간이 지나면서 꽃집도 한산했다. 밖에서는 배달 직원이 장례식장에 보낼 꽃을 포장해 차에 싣고 있었다.

글로리아네 집은 가게가 있는 7번가에서 멀지 않았다. 그녀의 부모님은 일터와 집은 분리되어 있어야 한다는 신조를 갖고 있었다. 그 덕에 그녀는 민감한 주제로 이야기를 나누어야 할 때면 꽃가게를 애용했다. 대화를 나누다가 아무리 화가 치밀어도 꽃을 사러 온 손님들 앞에서 큰 소리를 내며 싸울 수는 없으니까.

"글로리아, 네가 들어오면 알려달라고 말했던 만화책 말이야. 아빠가 선물가게에 가져다놓았대."

"『엑스맨』 신작이 나왔대요?"

"그래, 네가 좋아하는 그 만화."

글로리아의 아버지는 『엑스맨』의 판매가 저조하다고 주문 부수를 대폭 줄였다. 요즘은 『판타스틱 포』, 『스파이더맨』, 『케이티 킨』 시리즈가 대세였지만 글로리아는 『엑스맨』을 최고로 쳤다. 염력을 쓰는 마블 걸 진 그레이는 그녀가 가장 좋아하는 캐릭터였다. 언젠가는 자신과 모습이 비슷한 마블 걸이 나오겠지만, 지금은 진 그레이로 만족했다.

글로리아는 자신이 얼마나 운이 좋은지 잘 알고 있었다. 부모님은 언제나 딸이 흥미를 느끼는 일에 몰두할 수 있도록 배려했고, 무슨 일이든 할 수 있다고 전폭적으로 지원했다. 그녀가 플라워스라는 이름에 걸맞은 행동을 하는 한은. 그들은 지역 사회의 중심에 있었으므로 딸의 미래를 매우 중요하게 생각했고, 글로리아 역시 그 점을 잊지 않았다.

글로리아가 지금 만화책을 가지러 달려가는 대신 자리에 그대로 앉아 있는 것도 그 때문이었다.

"생각할 게 좀 있었어요."

"너야 늘 생각할 게 있잖니."

"엄마, 이건 심각한 일이에요."

글로리아의 말에 엄마가 근심스러운 얼굴로 돌아보았다.

"무슨 일 있어?"

그때 문에 달린 종이 울렸고, 젠킨스가 가게 안으로 들어섰다.

"근사한 꽃다발을 하나 만들어줄래요? 세 번째 데이트를 나가는데 선물하려고요."

아내와 사별하고 혼자 살고 있는 젠킨스는 얼마 전 교회에서 만난 여자와 사귀기 시작했다.

"엄마, 꽃다발은 내가 만들게요. 이쪽은 내 전문이잖아요."

글로리아는 보라색 튤립 한 다발을 박엽지로 싼 다음 리본으로 묶었다. 젠킨스는 꽃다발을 받아들고 부푼 마음으로 가게를 나갔다.

"글로리아, 아까 하던 이야기를 계속해봐."

글로리아는 이야기를 계속해야 할지 잠시 망설였다. 그녀는 브레너가 얼마만큼 그들을 밀착 감시하는지 알고 싶었다. 그녀와 친구들이 연구소를 떠나겠다고 하면 어떤 압력을 가할지도 궁금했다.

캘리포니아에 있는 대학에서 과학 성적이 뛰어난 유색 인종 학생을 모집하고 있다며 그녀를 데려가고 싶다고 제안해왔다. 그녀는 캘리포니아에 갈 마음이 없었지만 브레너의 손에서 벗어날 안전한 방법일 수 있겠다는 생각이 들었다. 브레너가 그녀의 멘토가 되어줄 수 있는 자비에 교수(『엑스맨』에 등장하는 캐릭터)가 아니라는 건 이미 명백했으니까.

브레너는 어느 정도로 지독한 악당일까?

"캘리포니아에 있는 대학에서 연락이 온 건 알고 있죠? 그래서 학교를 옮기는 게 나은지 고민하고 있어요."

"이번 학기는 호킨스 연구소에서 학점을 받는다고 하지 않았니?"

"당장 가겠다는 뜻은 아니에요. 호킨스 연구소는 내가 바라던 공부를 할 수 있는 곳이 아니었어요. 이번 학기는 어쩔 수 없지만 다음 학기부터는 학교 수업에 매진하거나 학교를 옮기는 걸 고려해볼 생각이에요."

"나는 언제나 네 생각과 판단을 믿어. 네가 원한다면 그렇게 해. 엄마가 뭐든 도와줄게."

글로리아는 고개를 끄덕였다.

"자, 이제 네가 좋아하는 만화책을 가져오렴."

"고마워요, 엄마."

글로리아는 아버지가 계산대를 지키고 있는 선물가게로 갔다. 그녀로서는 지금 당장 캘리포니아에 가지 않더라도, 그 지역 대학들이 아프리카계 미국 여성들이 평등한 조건에서 과학을 공부할 수 있는 환경을 만들어주고자 애쓴다는 사실을 알게 된 것만으로도 각별한 의미가 있었다. 단지 지금은 친구들과 함께 더없이 중요한 싸움을 하고 있기에 어디로도 떠날 수 없었다.

이번 일은 글로리아의 개인적인 정찰이었다. 브레너 박사는 그녀와 친구들이 상대하기에는 버거운 인물이었고, 그들로서는 승산이 그리 높지 않았다. 그럼에도 맞서 싸워야 했다. 그녀는 브레너가 그들을 자기 마음대로 움직이기 위해 어디까지 할 수 있는지 알고 싶었다.

글로리아는 만화책에서 인생의 교훈을 얻게 될 줄은 몰랐다. 직접 만든 전기충격기로 친구들과 함께 환영을 보고 싶어 하는 친구가 생길 줄은 더더욱 몰랐다. 만화책이 옳았다. 큰 힘을 갖게 되면 위험에 빠진다. 심지어 그 힘을 가진 사람과 가까이 있는 것만으로도 위험해질 수 있다. 그 힘을 통제하고 싶은 사람들에게 발각될 경우에는 더 큰 위험에 빠진다.

글로리아는 확신했다.

6

테리는 브레이크 페달에 발을 올리고 천천히 속도를 줄이다가 숲이 시작되기 전 작은 공터에 차를 세웠다. 그 앞으로 컴컴한 숲이 보였고, 그 너머에 철조망으로 둘러싸인 호킨스 연구소가 있었다.

차를 세우자마자 다들 서둘러 내렸다. 테리가 트렁크 문을 열자 앨리스가 기계를 꺼냈다. 앨리스가 만든 전기충격기였다.

"손전등은?"

앨리스가 물었다.

"여기 있어."

켄이 트렁크에서 손전등을 꺼내 들었다. 앨리스를 제외한 모두가 손전등을 하나씩 들었다.

"수첩과 펜은?"

테리가 물었다.

"당연히 챙겼지."

글로리아가 말했다.

"앨리스, 네가 앞으로 가. 길이 잘 보이도록 손전등을 비춰줄 테니까."

앨리스가 군말 없이 켄의 말을 따랐다.

"불안해?"

두 사람의 뒤를 따라 걸으며 테리가 글로리아에게 물었다.

"말도 못하게."

"나도 그래."

테리는 마치 자신이 전기충격을 당한 듯 잔뜩 긴장하고 있었다.

얼마쯤 걷다 테리가 손전등을 앞으로 비추며 길을 살폈다. 앞서 가던 앨리스와 켄이 멈춰 서 있는 게 보였다.

"얼마나 더 가야 되지?"

켄이 물었다.

"몇 미터만 더 가면 될 거야. 벌써 하늘 저쪽에 빛이 보이잖아."

테리가 하늘을 뒤덮고 있는 나뭇가지들 사이를 올려다보며 말했다.

그들은 묵묵히 걸었다. 테리는 옷소매가 자주 나뭇가지에 걸리는 바람에 신경이 쓰였지만 어쩔 수 없었다. 그녀는 호빗들을 죽일 뻔했던 사악한 버드나무와 오래된 숲을 떠올리며 계속 걸었다.

테리는 켄과 앨리스의 앞쪽에서 비교적 넓은 공간을 발견하고 작은 소리로 친구들을 불렀다.

"이쯤에서 하는 게 좋겠어."

앨리스가 들고 있던 기계를 내려놓고 이마에 흐르는 땀을 닦았다. 무거운 기계를 들고 걸었으니 땀이 날 만했다.

"실험을 하는 동안 가능한 한 어두운 상태를 유지하고, 최대한 조용히 하는 게 좋아."

앨리스가 말했다.

"손전등을 한 개만 켜두자."

켄이 바닥에 앉아 기계를 손전등으로 비추었다.

"너무 어두워서 기계가 잘 안 보이는 걸 다행이라고 생각해야 하나?"

테리가 웃음 지으며 말했다.

"테리, 발명가의 작품을 모욕하면 안 돼."

글로리아가 고개를 저었다.

"작동이 되는지에만 신경 쓰다 보니 생김새가 아름답지 못하답니다."

앨리스가 양손으로 허리를 짚었다.

말 그대로 여러 부품들을 연결해 괴상하게 만든 기계였다. 앨리스가 기계를 켜자 나지막한 엔진 소리가 났다.

"자, 기계가 이상 없이 돌아간다는 걸 확인했으니 이제 슬슬 시작해볼까?"

앨리스가 말했다.

"일단 환각제부터 먹어야 하잖아."

켄이 말했다.

글로리아가 가방 속에서 환각제를 꺼내 앨리스에게 건네주었다.

앨리스는 즉시 약을 입안에 집어넣었다. 희미한 손전등 불빛에 앨리스의 떨리는 손이 보였다.

테리는 앨리스가 겉으로는 담담한 척 허세를 부리고 있지만 그들만큼 불안에 떨고 있다는 걸 알 수 있었다.

"앨리스, 우리가 옆에 있으니까 걱정하지 마."

테리는 연구소 사람들이 자신을 감각 차단 수조에 넣었을 때 브레너가 했던 말이 떠오르지 않길 바라며 말했다.

그들은 여기에 함께 있었다. 앨리스는 지난 몇 달 동안 전기충격 실험을 받아왔지만, 괜찮았다. 여전히 앨리스였다. 아무 일 없을 것이다. 테리는 위험을 감수하는 만큼 이번 실험으로 많은 것을 알아낼 수 있기를 간절히 바랐다.

앨리스가 기계를 작동시켰다.

"어떻게 하면 되는지 보여줄게."

앨리스는 기계에서 빼낸 전극 단자를 만지작거렸다.

"이 단자는 연구소에서 훔쳐둔 거야. 기계가 어떻게 작동하는지 알아보려고 분해했을 때."

앨리스는 손가락으로 관자놀이를 두드렸다.

"그 단자를 여기에 붙이는 거야."

테리가 단자를 받아들었다. 플라스틱 같은 재질에 감촉이 차가웠다. 그녀는 조심스럽게 앨리스의 관자놀이 양쪽에 단자를 부착했다.

앨리스는 전기 관리를 글로리아에게 맡겼다.

"안전이 중요하니까 낮은 전력으로 최대 두 번 충격을 줄 거야? 연구소에서는 몇 번이나 했어?"

글로리아가 자신 없는 목소리로 물었다.

"좋은 질문이야."

앨리스가 대답을 하지 않자 테리가 말했다. 그녀는 담요를 바닥에 펼치고 앉아 앨리스에게 옆으로 오라고 손짓했다. 기계 작동과 기록은 글로리아가 할 테니 테리는 앨리스의 손을 꼭 잡고 있기로 했다.

"상황에 따라 달라. 오늘은 두 번만 해도 될 거야."

앨리스가 테리 옆에 털썩 앉은 다음 담요를 끌어올려 어깨를 덮었다.

"벌써 환영이 시작된 느낌이야. 나무들이 속삭이고 있어. 오 분 후에 시작하자."

글로리아가 손전등 불빛에 시계를 비춰 시간을 확인했다.

"기다리는 동안 누가 재미있는 이야기 좀 해봐. 유령 이야기 어때?"

앨리스가 말했다.

"가뜩이나 으스스한 숲속에서 유령 이야기라니? 무서운 거 말고 뭐 재미난 이야기 없을까?"

테리가 말했다.

"내가 유령이 등장하지만 전혀 무섭지 않고 재미있는 얘기를 해줄까? 테리가 겁먹지 않을 이야기면 괜찮지?"

기계 옆에 서 있던 켄이 말했다.

테리는 앨리스와 함께 덮고 있던 담요 속으로 몸을 파묻었다. 만일 그들이 여기서 무엇을 해야 하고, 어째서 이곳에 와 있는지를 잊을 수만 있다면 친구들끼리 야영을 왔다고 여길 수도 있는 상황이었다. 그들은 모닥불 대신 전기충격기 주변으로 모여들었다.

"삼촌 집에 유령이 살았어."

"무서운 얘기면 가만 안 둬."

테리가 경고했다.

"삼촌 부부는 유령이 산다는 걸 알았지만 얼마 전에 집을 사서 이사를 왔기 때문에 다른 곳으로 갈 수도 없었지."

켄이 손전등 불빛이 얼굴에 비치도록 몸을 앞으로 내밀었다.

"무서워."

테리가 고개를 숙였다.

"유령은 밤만 되면 엠마 숙모의 신발들을 다른 곳으로 옮겨놓는 장난을 쳤어. 빌 삼촌의 허리띠를 숨기는 놀이도 즐겼지. 두 분이 잠들면 엠마 숙모가 '그만해'라고 할 때까지 벽을 톡톡 두드려대기도 했어."

"그런 게 유령 짓인지 어떻게 알았지?"

테리가 물었다.

"나야 모르지. 아무튼 삼촌 부부는 이웃집 사람들에게 이전에 그 집에 누가 살았는지 물어봤는데 제대로 아는 사람이 아무도 없었어. 삼촌 부부는 하루 이틀도 아니고 허구한 날 유령 때문에 이만저만 신경이 쓰이는 게 아니었지. 그러다가 빌 삼촌이 해군에 입대해 한국으로 가게 됐어. 엠마 숙모는 빌 삼촌이 한국에 가 있는 동안 유령이라도 있어줘서 다행이라 여겼대."

"정말 멋있는 분이네."

앨리스가 말했다.

"삼촌은 돌아오셨지?"

테리가 주변에 드리워진 그림자들을 쳐다보지 않으려고 애쓰며 물었다. 왠지 그림자들이 점점 더 많아지는 것처럼 느껴졌다.

"빌 삼촌은 다친 데 하나 없이 돌아왔어."

"나름 해피엔딩이네."

앨리스가 흘러내린 담요를 다시 어깨로 끌어올리며 말했다.

"아직 끝이 아니야. 빌 삼촌이 소속된 부대는 한국전쟁 당시 장진호 전투라는 대규모 작전에 투입됐어. 그때 박격포 포탄을 지칭하는 암호가 '툿시 롤(초콜릿 캔디)'이었대. 삼촌이 소속된 부대 사람들은 적진에 큰 타격을 가하기 위해 더 많은 툿시 롤을 요구했어. 이틀 뒤, 낙하산으로 보급품이 지급되었는데 열어보니……."

"툿시 롤 사탕이 나왔다는 거야?"

글로리아가 피식 웃었다.

"암호가 뭔지 몰랐던 통신병이나 조종사는 삼촌 부대에서 진짜 사탕을 원한다고 생각한 거야. 삼촌이 집에 돌아왔을 때 툿시 롤은 행운의 부적이 되어 있었어. 삼촌은 몇 주일 동안 그 사탕만 먹고 살았던 거야. 삼촌의 주머니 속에는 항상 그 사탕이 들어 있었지. 숙모가 유령에게도 사탕을 주고 싶다고 말해서 삼촌이 침대 옆 탁자에 사탕을 놔두었대. 그랬더니 그날 밤에는 벽을 톡톡 두드리는 소리가 나지 않더래. 다음 날 아침에 일어나 보니 탁자에 놓아둔 사탕은 사라졌어. 그 이후로 빌 삼촌과 엠마 숙모는 매일 밤 사탕을 탁자에 놔두었지. 유령은 고마움의 표시로 두 분을 돕기 시작했어. 밤마다 신발과 허리띠를 숨기는 대신 삼촌과 숙모가 물건이 어디 있는지 몰라 찾고 있으면 '짠' 하며 가져다놓는 거야."

"툿시 롤을 좋아한 유령이라니, 이런 이야기일 줄은 생각도 못 했는데?"

테리가 경이롭다는 듯이 말했다.

켄의 이야기가 끝나자 다들 조용해졌다. 테리는 어쩌면 누군가 또 다른 이야기를 꺼낼지도 모른다는 생각이 들었다. 모두들 전기충격

242

실험을 뒤로 미루고 싶을 테니까.

"이제 시작할 시간이야."

앨리스가 담요를 내리고 몸을 움직였다. 테리는 앨리스의 양손을
마주 잡았다.

"기계를 어떻게 작동하는지 알지?"

앨리스가 글로리아에게 물었다.

"알고 있어."

글로리아가 기계 손잡이를 잡더니 뒤로 당겼다.

"준비됐어?"

테리는 어둠 속에서 앨리스를 쳐다보았다. 앨리스가 고개를 끄덕
였다. 테리는 앨리스의 손을 꼭 쥐었다.

글로리아는 잠시 망설이다가 기계의 엔진을 작동시켰다. 테리는
자기도 모르게 눈을 꼭 감았다. 앨리스가 잔뜩 긴장하는 게 느껴졌다.

"한 번 더 해."

앨리스가 양손을 떨며 말했다.

글로리아가 다시 한 번 기계를 작동시켰다.

앨리스가 몸을 뒤로 젖혔다.

"불과 광채가 보여."

앨리스가 이를 살짝 부딪치며 말했다.

글로리아가 수첩과 펜을 들고 손전등 불빛이 비치는 곳으로 자리
를 옮겼다.

"모든 게 나를 둘러싸고 있는 것 같아."

앨리스가 말했다.

"뭐가?"

테리가 부드럽게 되물었다.

"저 아래 깊은 세계 말이야."

앨리스가 어두컴컴한 숲을 가리켰다.

"나무들이 부러져 있고, 거미집과 거미줄이 사방에 얽혀 있어. 허공에는 작은 홀씨들이 날아다녀."

테리는 온몸에 전율을 느꼈다.

"연구소 쪽으로 갈 수 있겠어?"

글로리아가 물었다.

"지금 연구소로 날아가고 있는 중이야. 이제 막 철조망이 쳐진 울타리를 넘었어. 무장한 군인들이 삼엄하게 경비를 서고 있어."

켄과 테리는 서로 얼굴을 쳐다본 뒤 고개를 저으며 미소 지었다.

"계속 가봐."

글로리아가 말했다.

겨울 숲에는 헐벗은 나뭇가지를 스치는 바람 소리 이외에도 이런저런 소리들이 섞여 있었다.

"괴물들은 보이지 않고, 주차장에 이상한 차들이 많이 세워져 있어."

"차가 어떻게 이상하다는 거야?"

"차의 형태나 디자인이 많이 달라. 뭔지 잘 모르겠어."

"계속 이동해봐."

테리가 말했다.

"연구소가 보여. 이상하게도 안이 다 들여다보여. 난 지금 어떤 문앞에 와 있어. 군복 입은 남자가 방금 전 그 문으로 들어갔어."

"북쪽 건물에 있는 문일 거야."

켄이 말했다.

"그 남자가 밖에서 키패드로 접속했는데 사람들이 많이 드나드는 문 같지는 않아."

앨리스가 꿈을 꾸는 것 같은 목소리로 말했다.

"이제 건물 안으로 들어왔어. 긴 복도가 있고, 평소 우리가 있는 실험실처럼 바닥에 타일이 깔려 있어. 차츰 시야가 흐려지는 느낌이 들어. 얼마나 오래 버틸 수 있을지 모르겠어."

"아이들이 있는지 방들을 살펴봐."

테리가 말했다.

"큰 사무실 안에 사람들이 모여 있어. 처음 보는 기계 앞에서…… 일하고 있어. 앞에 커다란 모니터가 붙어 있고…… 타자기처럼 생긴 기계야. 모니터 화면에 글씨가 있어."

앨리스가 잠시 말을 멈췄다가 이었다.

"노란색 종잇조각들이 여기저기 붙어 있고, 남자가 네모난 플라스틱 같은 걸 기계에 집어넣었어."

글로리아가 재빨리 받아 적었다.

"화면에 적힌 글씨도 보여?"

"아니, 너무 희미해서 안 보여."

"계속 가봐."

테리가 말했다.

앨리스가 숨을 몰아쉬었다.

"어때?"

테리가 또다시 물었다.

"여자아이가 있는데 어떤 기계 같은 곳에 들어가 있어. 브레너가

245

그 기계를 조작하는 중이야."

"어떤 기계인데? 여자애는 누구야?"

글로리아가 수첩에서 고개를 들고 물었다.

"내가 본 실험도구들 중에서 가장 압도적으로 큰 기계야."

앨리스가 좀 더 집중하기 위해 얼굴을 찌푸렸다.

"원형 튜브처럼 생겼는데, 그 가운데 평평한 표면 위에 아이가 서 있어. 불빛이 아이를 둘러싸고 있어. 브레너가 아이에게 가만히 있으라고 하는 중이야. 아이는 잔뜩 겁에 질려 있어."

"그 아이가 에이트야, 일레븐이야?"

글로리아가 물었다.

재미있네. 테리는 한 번도 칼리나 알 수 없는 여자아이를 그런 식으로 생각해본 적이 없었다.

"일레븐. 아이가 움직이자 브레너가 화를 내고 있어. 이제 그가 아이를 먼 곳으로 보냈어."

"따라가봐."

테리가 말했다.

앨리스는 잠시 아무 말도 없었다.

"이제 안 보여. 모두 다 사라졌어."

"아이는 어디로 갔어? 다른 애들은 보지 못한 거야?"

테리가 물었다.

"더 이상 안 보여. 모르겠어. 미안해."

앨리스가 정신이 없는 듯 고개를 앞뒤로 흔들었다.

테리가 앨리스를 보살피기 위해 다가갔다. 그때 연구소 쪽에서 불빛이 새어 나왔다. 어떤 남자가 동료를 부르는 소리가 들렸다.

"이쪽이야?"

"분명 그쪽에서 불빛이 보였어."

다른 남자가 말했다.

"술에 취한 애들일 거야."

"겁을 좀 주고 쫓아버려야겠어."

나무들 사이로 불빛이 점점 더 가까워졌다.

"이제 그만 가야 돼. 손전등을 꺼."

테리가 낮은 목소리로 말하고 앨리스를 일으켜 세웠다.

"무슨 일이야?"

앨리스가 물었다.

"연구소에서 누군가 나와 이곳으로 달려오고 있어."

테리가 말했다.

"기계는 그냥 여기에 놔두고 가는 게 좋겠어. 지금은 손이 델 정도로 뜨거우니까."

앨리스가 말했다.

"그럴 수야 없지."

켄이 담요로 기계를 감싸더니 끙끙대며 들어올렸다.

사람들의 목소리와 불빛이 점점 더 가까워졌다. 테리는 경보음이 울리기를 기다렸지만 아무 소리도 들리지 않았다. 그녀는 앨리스의 손을 잡고 어두컴컴한 숲속 길을 조심스레 걸었다. 뒤따라오는 켄의 발걸음이 무겁게 들렸다.

"잠깐."

켄이 낮은 소리로 말했고, 모두들 그 자리에 멈춰 섰다.

"무슨 소리가 들린 것 같지 않아?"

남자들 중 하나가 가까이에서 말하는 소리가 들렸다.

테리는 숨을 제대로 쉴 수 없었다.

만일 여기서 붙잡히면 어떻게 될까?

앨리스가 몸을 숙이더니 돌멩이를 집어 들었다. 그녀는 돌을 나무 사이로 힘껏 집어던졌다. 돌이 뭔가에 부딪쳤는지 쿵 소리가 났다.

남자들이 그쪽을 향해 달려가는 소리가 들렸다.

글로리아가 돌아서더니 검지를 입술 위에 올렸다. 일행은 조용히 차를 세워둔 곳까지 걸어갔다. 공터에 도착한 테리는 간신히 트렁크를 열었다. 켄이 트렁크에 기계를 싣고 차에 올라탔다.

테리는 도로에 올라서는 순간 저 멀리 보이는 연구소 진입로를 돌아보았다. 다행히 뒤따라오는 차는 없었다.

"우리가 해냈어."

테리가 가쁜 숨을 몰아쉬며 말했다.

"간신히 해냈지."

뒷좌석에 앉은 글로리아가 말했다.

"정말 잘했어, 앨리스."

글로리아 옆에 앉은 켄이 말했다.

조수석에 앉은 앨리스가 한숨을 쉬었다.

"연구소 내부를 충분히 보지 못해 아쉬워. 건진 게 없잖아."

테리는 그 말에 결코 동의할 수 없었다.

"우리가 해냈어. 그게 중요한 거야."

테리는 그 말이 진실이기를 바랐지만 다들 패배자처럼 말이 없었다.

8장

더 많은 비밀, 더 많은 거짓말

1970년 2월
인디애나주, 블루밍턴

1

앤드루가 집으로 돌아가자 테리는 기숙사를 벗어날 일이 많지 않 았다. 그녀는 지금 복잡한 기숙사 로비의 벽에 걸린 공용전화기 앞 에 서 있었다. 전화기를 십 분 이상 사용하면 뒤에서 기다리는 사람 이 고약한 눈길로 노려보기 일쑤였다.

"여보세요."

여자가 전화를 받았다.

"안녕하세요. 리치 부인. 저, 테리예요. 앤드루 있나요?"

"잠깐만 기다려. 바꿔줄 테니까."

앤드루의 어머니 리치 부인은 감기에 걸린 것처럼 코를 훌쩍였 다. 테리는 안부를 물으려 했으나 그 전에 수화기를 내려놓는 소리 가 들렸다.

테리는 수화기를 귀에 붙이고 앤드루가 전화를 받길 기다렸다. 스트레스 때문에 많이 먹어서인지 바지가 너무 조여 요즘은 주로 스커트를 입고 지냈다. 새로 나온 나일론 팬티스타킹은 이전에 사용했던 제품보다 훨씬 좋았지만 허리를 심하게 조인다는 게 문제였다. 가부장제가 여자들을 억압하는 방법이지. 불편한 속옷으로. 테리는 생각했다.

조금 뒤 앤드루가 전화를 받았다.

"테리, 무슨 말이든 해봐. 네 목소리가 얼마나 듣고 싶었는지 모를 거야."

앤드루의 목소리가 수화기를 타고 나지막이 울렸다.

"나만 할까."

익숙한 웃음소리가 귓가에 울렸다. 테리가 너무나 그리워하던 웃음소리였다.

"오늘부터 수업 시작이야?"

"어제 시작했어."

"그럼 내일은 연구소에 가는 날인가?"

테리는 이마를 벽에 대고 머뭇거렸다.

"아마도. 이제 연구소 얘기는 전화로 하면 안 돼."

"편집증은 여전하네. 사실은 할 말이 있어. 중요한 얘기야."

앤드루가 갑자기 진지하게 나오자 테리는 듣지 않고 멀리 달아나 버리고 싶었다.

"신체검사 결과가 나왔어."

앤드루는 누구보다 건강했기에 그 문제로 병역이 면제될 확률은 제로였다. 또한 정직한 사람이어서 전쟁에 나가지 않기 위해 신체검사 결과를 거짓으로 조작하는 일은 하지 않을 것이다.

"소집 날짜가 언제야?"

"다음 주. 당장 배치되지는 않겠지만……."

"그렇게 빨리?"

테리는 한숨을 쉬었다.

"나랑 했던 약속 기억하지?"

"지난 몇 주 동안 널 못 본 것만으로도 너무 힘들었어. 떠나기 전에 당연히 보러 갈 거야."

테리는 울음이 터지지 않도록 마음을 다잡았다. 그를 걱정시키고 싶지 않았다.

"십오 분 뒤에 수업 시작이라 이만 가봐야 해. 게다가 클레어 화이트가 나를 죽일 듯이 노려보고 있어."

"사랑해."

"나도 사랑해."

두 사람은 누가 먼저랄 것 없이 수화기를 내려놓았다.

2

테리는 그날 밤, 차를 몰고 앨리스가 일하는 정비소로 향했다. 운전이 생각을 정리하는 데 도움이 될 때도 있었다. 그녀는 라디오를 틀고, 음악에 맞춰 노래를 부르고, 더러 울기도 했다. 엘비스 프레슬리가 부른 〈의심(Suspicious Minds)〉이 흘러나왔다. 그녀는 한층 더 큰 소리로 울었다. 울고 나자 속이 조금은 후련해졌다.

정비소에 먼저 와 있던 켄과 앨리스, 글로리아의 모습이 눈에 들어오자 테리는 감정이 북받치며 또다시 눈물이 터져 나왔다. 글로리아가 제일 먼저 자리에서 일어나 달려왔다.

"테리, 무슨 일이야? 괜찮아?"

글로리아가 양팔을 벌리자 테리는 곧장 그녀의 품에 안겨 흐느껴 울기 시작했다.

"미안해."

앨리스와 켄도 가까이 다가왔다.

"테리?"

앨리스가 그녀의 이름을 불렀다.

"미안, 아무리 애써도 마음이 진정되지 않아. 앤드루가 소집됐어. 신체검사를 통과했대."

"잠깐만 기다려. 내가 물을 좀 가져다줄 테니까."

앨리스가 말했다.

테리가 고맙다며 고개를 끄덕였다.

앨리스는 서둘러 구석에 있는 사무실로 사라졌다가 물이 넘칠 정도로 가득 담긴 종이컵을 들고 돌아왔다. 테리는 물을 한 모금 마시자 마음이 가라앉았다. 그녀는 물을 한 모금 더 마셨다.

"이제 괜찮아."

"앤드루 일은 유감이야."

앨리스가 말했다. 그녀는 켄과 글로리아가 연민이 담긴 눈으로 테리를 바라보고 있는 모습을 돌아보고는 부드럽게 덧붙였다.

"아직 캐나다로 가는 방법은 유효해. 원한다면 내가 당장 나서볼게."

"앤드루는 그런 식의 회피를 원하지 않아."

테리는 자신의 마음속을 샅샅이 뒤져 아주 작은 침착함을 찾아냈다.

"다들 걱정해줘서 고마워. 이제 우리 일을 시작하자. 뭔가 새로 알아낸 사람 있어?"

오늘 그들이 모인 이유는 그날 밤 앨리스가 숲에서 알아낸 사항들에 대해 다시 한 번 차분하게 되짚어보기 위해서였다.

글로리아가 가장 먼저 손을 들었다.

"우린 사실 그날 밤 굉장한 걸 건졌는지도 몰라."

"무슨 뜻이야?"

앨리스가 물었다.

글로리아가 그날 밤 앨리스의 말을 받아 적은 수첩을 들어 올렸다.

"그날 앨리스가 했던 말들 중에 이해가 안 되는 게 있었어. 혹시 앨리스가 차들에 대해 했던 말 생각나? 무슨 차인지 도무지 모르겠다고 했지. 이상하다는 생각 안 들어?"

앨리스가 눈을 동그랗게 떴다.

"그러고 보니 그러네. 난 차 수리가 직업인 사람들 틈에서 자랐어. 내가 모르는 차는 드물어."

"앨리스가 못 알아보는 차가 한 대도 아니고 여러 대라는 게 더 이상했어. 차가 혹시 몇 대나 있었는지 기억해?"

앨리스는 얼굴을 찡그리며 고개를 저었다.

"글쎄, 환영들이 전부 뚜렷하게 기억나진 않아. 미안해, 나 때문에 망친 거야?"

"전혀 그렇지 않아. 그냥 체크해본 거야."

"계속 이야기해봐."

켄이 말했다.

"앨리스가 연구소 안으로 들어갔을 때 이상한 물건들에 대해 설명했던 거 기억나? 모니터가 달린 타자기처럼 생긴 기계가 있고, 그 안에 네모난 플라스틱 디스크를 넣었다고 했어. 또 어린아이가 들어가 있는 거대한 기계에 대해서도 말했고. 다들 기억하지?"

글로리아가 말했다.

"그래, 기억나."

테리가 말했다.

"내가 생각하기에 그 물건들은 이 세상에 존재하지 않는 것들이야. 박람회에서 그런 물건들이 나올 거라 예측한 사람도 있지만 아직은 개발되지 않았어."

글로리아가 갑자기 이야기를 멈추고 좌중을 둘러보았다.

"무슨 이야기인지 감이 안 오네. 내가 멍청해서 그런 건가?"

켄이 말했다.

테리도 글로리아의 말뜻을 파악하려고 온 신경을 집중했다.

"그날 내가 브레너를 봤을 때 지금보다 나이가 많이 들어 보였어. 그 모습을 보고도 지금껏 의문을 품지 않았다니. 글로리아, 네 말이 맞아."

앨리스가 말했다.

글로리아가 싱긋 웃었다.

"우리도 좀 알아듣게 말해봐."

테리가 말했다. 그 순간 그녀의 머릿속에서도 모든 이야기들이 하나로 꿰어졌다.

"정말이야? 그럼 그게……."

"미래야. 앨리스가 보는 환영은 현재가 아니라 미래의 어느 지점인 거야."

글로리아가 말했다.

"그럼 그 괴물들도 미래에 있는 거야?"

켄이 물었다.

"바로 그거야."

"앨리스, 넌 어떻게 생각해?"

테리가 다시 물었다.

앨리스는 경외감에 고개를 저었다.

"이제부터 나는 눈에 보이는 모든 것들을 전혀 다른 시각으로 바라볼 거야. 지금껏 내가 본 환영이나 장면들을 돌이켜봐도 글로리아의 분석이 정말로 맞아떨어진다는 생각이 들어."

테리는 물을 한 모금 더 마셨다. 그들은 지금 놀라운 사실 한 가지를 확인했다. 하지만 그 미래에도 브레너의 실험을 멈추게 할 해답은 없었다. 어찌 보면 문제가 더 커진 셈이라고도 할 수 있었다.

"그럼 문제는 우리가 미래를 어떻게 바꿀 수 있느냐는 건데, 사실상 불가능 일이야. 안 그래?"

테리는 켄을 쳐다보았다. 켄이라면 일을 그런 식으로 풀 것 같지 않았기 때문이다.

"이미 정해진 것처럼 보이는 것도 있지만 다 그런 건 아니야. 무엇이든 확정적으로 이야기할 순 없어."

켄이 어깨를 으쓱했다.

"앨리스가 미래를 본다는 걸 브레너가 알아선 안 돼. 더구나 그의 미래를 일부 봤다는 건 철저히 숨겨야 해."

테리가 말했다.

"그자가 알게 될 경우 어떻게 될지 상상이 가?"

글로리아가 자신의 목덜미를 어루만졌다. 큰 걱정거리가 생겼을 때 나오는 습관이었다.

"그런 일은 상상하고 싶지 않아. 너희들에게 말하지 않았지만 연구소에서는 훨씬 더 강한 전류를 쓰고 있어. 그 때문에 환영들이 명확하게 보이기 시작한 거야. 이제 더는 못 해."

앨리스가 말했다.

"우리가 말하지 않는 이상 브레너는 그 사실을 알 수 없어. 앨리스, 넌 그런 실험에는 두 번 다시 응하지 말아야 해."

테리가 앨리스를 안심시킨 뒤 말을 이었다.

"일단 브레너의 사무실에 다시 들어가서 증거를 더 찾아봐야겠어. 증거가 확보되면 우리가 괴물들에 대해 알고 있는 내용과 브레너가 아이들을 데리고 초능력 실험을 하고 있다는 사실을 세상에 폭로하는 거야. 지금으로선 실험을 멈추게 하는 게 중요하니까."

"우리가 연구소에 가지 않는 방법도 고려해볼 수 있어. 사실 난 지금 브레너가 우리에게 얼마나 압력을 가할 수 있는지 알아보기 위해 한 가지 시험을 하는 중이야. 내가 캘리포니아 학교로 옮기는 척하면 브레너가 은밀히 개입해 제동을 걸 줄 알았는데 아직까지는 그런 움직임이 보이지 않아."

글로리아가 말했다.

앨리스는 친구들 말을 들으며 이상할 정도로 희망적인 표정을 짓고 있었다.

"무슨 수를 써서라도 그자를 막아야 해. 난 이대로는 못 살 것 같아."

테리가 말했다.

"나도 그래. 하지만 우리가 빠져나갈 구멍을 갖고 있는 것도 중요해."

글로리아가 말했다.

"우린 떠날 수 없어. 아직은. 난 아는 게 별로 없지만, 쉬운 일이 아니라는 건 느껴져."

켄이 눈을 감았다 뜨더니 부드럽게 말했다.

"우리는 이번에 글로리아가 얼마나 대단한 걸 알아냈는지 확인했어. 우린 혼자가 아니고, 각자 개성과 장점이 있어. 우리가 서로 힘을 합쳐야 브레너를 제지할 수 있다고 생각해. 우린 최고의 동맹이야."

마지막 말을 할 때 테리의 목소리가 조금 떨렸다. 그녀는 친구들 앞에서 흥분한 모습을 보인 게 마음에 들지 않았지만 마음속에서 감정이 북받쳐 오른 탓에 어쩔 수 없었다.

"브레너는 합당한 이유 없이는 우리를 내보내주지 않을 거야. 아이들을 데리고 하는 실험 역시 스스로 포기할 리 없겠지. 우리는 브레너를 꼼짝 못 하게 할 방법을 찾아야 해. 그러려면 테리가 브레너의 사무실에 들어가 증거를 찾아낼 수 있도록 도와야 하고."

앨리스가 말했다.

"그다음에는 어떻게 할지 생각해봤어?"

글로리아가 물었다.

"일단 언론에 알리는 방법이 있어."

테리가 친구들을 둘러보며 말했다.

"이번에는 지난번처럼 브레너의 주의를 분산시키기 쉽지 않을 거야. 요즘 그가 계속 내 일거수일투족을 살피고 있으니까."

앨리스가 입술을 깨물었다.

"그렇다면 차라리 내가 브레너의 사무실에 들어가는 게 낫지 않을까?"

"그건 안 돼. 넌 브레너의 의심을 받으면 안 되니까 그에게서 최대한 멀리 떨어져 있어야 해. 나한테 폴라로이드 카메라도 있고, 어쩌면 칼리의 도움을 받을 수도 있을 거야."

테리는 지난번 만남으로 칼리의 마음이 풀렸는지 알지 못했지만 아이의 순수한 마음을 믿고 싶었다. 아이의 안전이나 자유와도 깊은 관련이 있는 일이기에 그 점을 충분히 이해시킬 필요도 있었다. 어쨌든 도움을 받으려면 아이로부터 신뢰를 얻어야 했다.

테리가 자리에서 일어났다.

"이제 집에 가서 좀 자야겠어. 내일 브레너 앞에서 연기하려면 체력과 정신력이 필요하니까."

앨리스가 일어나더니 테리를 안아주었다. 켄이 다가와 앨리스와 테리의 어깨에 팔을 둘렀다. 글로리아도 모두를 감싸 안았다.

켄이 테리에게 말했다.

"넌 네 자신이 알고 있는 것보다 강해."

테리는 심령술사의 말이 틀리지 않길 바랐다. 포옹을 푼 그들은 모두 각자의 집을 향해 출발했다.

테리는 기숙사로 돌아오자마자 침대에 누웠고, 스테이시에게 손을 흔들어 보이고는 곧장 잠에 빠져들었다. 꿈에 숲이 나왔고, 앨리스가 말한 괴물들에게 쫓겼다. 그러다 제대로 도망쳤는지 알기도 전에 잠이 깨버렸다.

3

켄은 잠시 주저하다가 문을 두드렸다. 누가 나올지 알 수 없는 상황이었다. 만약 앤드루의 어머니가 문을 열어주면서 누구냐고 묻는다면 어떻게 설명해야 할지 난감했다.

"켄, 웬일이야?"

앤드루가 스크린 도어 틈새로 내다보며 물었다. 그는 벌써 군대식으로 머리를 짧게 자른 상태였다.

앤드루가 눈을 빛내며 차가 세워져 있는 곳을 살폈다.

"테리는 같이 안 왔어?"

"나 혼자 왔어. 테리는 내가 여기 온 걸 몰라. 주소는 데이브에게 물어봤어."

앤드루가 곧 밖으로 나왔고, 현관문이 뒤에서 닫혔다.

"날 찾아온 이유를 물어봐도 될까?"

"할 얘기가 있어."

켄은 혼자 앤드루를 찾아오기까지 많이 고심했다. 앤드루의 집은 그의 고향집을 연상시켰다. 관리가 잘 되어 있는 2층 주택으로 넓은 현관과 겨울임에도 아직 꽃이 피어 있는 꽃밭이 인상적이었다. 켄은 지난 3년 간 집에 간 적이 없었다.

"집으로 들어갈까? 엄마가 뭐든 먹을 걸 만들어주실 거야."

"그 전에 잠깐 여기서 이야기를 나누는 게 좋겠어."

"손님 뜻대로."

앤드루가 현관에 있는 그네를 가리켰다.

그들은 나란히 그네에 앉았다.

"현관 그네에 앉아 좋지 않은 소식을 전하려니까 기분이 이상하다."

"무슨 일인데 그래? 심령술사 입장에서 보기에 내가 무사하지 못할 거라는 말을 전하러 여기까지 온 거야?"

켄이 발끝에 힘을 주어 흔들거리는 그네를 멈췄다.

"네 말대로 테리와 너에게 무슨 일이 일어날지 알아보려고 했는데, 뜻대로 되지 않았어. 내가 알 수 있는 건 느낌뿐이야. 테리는 싸우고 있어."

"테리가 싸우고 있다고?"

앤드루는 이해할 수 없다는 표정으로 말했다. 하지만 이내 사실을 받아들인 것 같았다.

"테리가 나한테 숨기고 있었구나. 내가 어떻게 해야 하는 건데?"

"그래서 널 찾아온 거야."

켄은 여전히 앤드루를 찾아온 게 옳은 일인지 확신할 수 없었다.

"내가 너희들 문제에 관여할 입장이 못 된다는 거 알아. 다만 테리를 돕고 싶었어."

"나 역시 테리에게 도움이 되는 일이라면 뭐든지 할 수 있어."

"너희들은 헤어지는 게 좋아. 네가 떠나 있는 동안 말이야. 이유는 모르겠지만 테리에게 도움이 되는 일이야."

앤드루는 잠시 아무 말도 하지 않았다.

"설마 내가 없는 사이에 테리와 사귀고 싶어서 하는 말은 아니지?"

"물론이야."

"좋아, 네 말대로 할게."

"정말이야?"

켄은 논쟁을 예상하고 있었고, 그로서는 반박할 근거가 없는 상황이었다.

"네가 테리를 아낀다는 거 알아. 헤어지는 게 테리에게 도움이 된다면 그렇게 할 수 있어. 그 편이 공정한 것 같기도 하고."

켄은 앤드루의 옆모습을 보면서 미래를 위해 자신이 할 수 있는 일을 더 열심히 해야겠다고 다짐했다.

4

존재하지 않는 바람이 얼굴을 스쳐 갔다. 유령처럼 으스스한 나무들이 주변에서 깔깔거리고 있었고, 나뭇잎들이 서로 부딪치며 덜그럭거리는 소리를 냈다. 테리는 침대와 타일 바닥, 감시자들이 눈에 보이는 상태였지만 그런 것은 전혀 도움이 되지 않았다.

브레너가 그녀의 어깨에 손을 올렸다.

"테리, 무슨 문제라도 있어요?"

그가 말할 때마다 치아가 지나치게 확대되어 보였다.

"이미 알고 있어야죠."

테리가 말했다. 그게 아니면 말했다고 생각했다.

오늘 그녀의 정신은 숲과 괴물 사이를 맴돌고 있었다. 브레너가 그녀 앞에서 하는 질문들은 아무런 도움이 되지 않았다. 환각의 숲에서 얼마나 오랫동안 길을 잃고 있는지 가늠할 수 없었다. 네 시간? 다섯 시간?

테리는 이제 눈을 감기가 두려웠다. 그녀는 칼리가 있는 공허한 공간에 다시 갈 수가 없었다. 어서 그곳으로 가서 아이와 이야기를 나누어야 했다. 그녀는 환각 상태에서도 칼리를 만나야 하는 이유를 기억하고 있었다.

나뭇잎들이 바람에 흔들리며 또다시 덜그럭거리는 소리를 냈다.

"진정제를 투약할까요?"

연구보조원이 물었다.

브레너가 맥박을 재기 위해 손을 내밀었다. 테리는 그의 손길을 뿌리치려고 했지만 뜻대로 되지 않았다.

"손을 놔줘요. 어서."

브레너의 푸른 눈동자에 차가운 웃음기가 맴돌았다.

"안 놔주면 어떻게 할 건데?"

테리는 비명을 지르려고 입을 벌렸지만 소리가 되어 나오지 않았다.

브레너가 그제야 손을 놓아주더니 귀에 청진기를 꽂고 그녀의 심장박동을 체크했다. 그녀는 차가운 금속이 배 위 닿자 움찔하며 브레너를 힘껏 밀어냈다.

"자, 흥분하지 말고 침착하게 있어요."

브레너가 뒤로 한 발 물러선 후 연구보조원에게 말했다.

"바이탈사인은 정상이야. 맥이 빠르긴 하지만 환각제 스트레스 때문이라고 할 근거는 없어."

테리는 고개를 이쪽저쪽으로 빼며 브레너 뒤에 있는 연구보조원에게 말했다.

"날 혼자 있게 해줘요."

"당신이 환각 체험을 하는 동안 우린 여기 있을 거예요."

어쩐지 브레너의 목소리에서 즐거워하는 기색이 느껴졌다.

테리는 눈을 감고 달리기 시작했고, 마침내 시야의 초점을 찾았다. 그녀는 음침한 숲과 방에서 탈출해 공허한 공간으로 갔다. 어디에나 있지만 어디에도 없는 공간.

테리는 눈을 뜨고, 사위에 내린 고요한 어둠을 응시했다. 그녀는 아직 화가 가라앉지 않아 거친 숨을 몰아쉬고 있었다.

마음이 어느 정도 가라앉았을 때 칼리가 보였다.

아이는 어둠을 가로질러 다가왔다.

테리는 아이를 상대하는 방법이 아직 서툴렀다. 지난번 칼리를 만나 대화하고 나서 그 사실을 절실히 느꼈다. 칼리는 연구소에서 친구 하나 없이 외롭게 지내는 아이였다. 칼리의 마음을 헤아렸다면 결코 친구가 많다고 이야기하지 않았을 것이다. 아이는 처음에는 화를 냈다가 나중에는 그녀를 힘껏 끌어안았다. 테리는 화가 많으면서도 다정한 아이 때문에 마음이 아팠다.

"매일 달력에 표시를 하는데, 언니를 만난 날이 언제나 목요일이었다는 걸 알게 됐어요."

칼리가 수줍게 말했다.

테리는 아이의 눈높이에 맞춰 몸을 숙였다. 아이의 헝클어진 머리칼을 쓸어 넘겨주고 싶었지만 칼리가 허락 없이 손을 대는 걸 싫어할까봐 간신히 참았다.

"혹시 그림도 있는 달력이니?"

"동물 그림이 있는데 매달 달라져요. 2월에는 호랑이예요."

"호랑이는 날카로운 이빨이 무섭지."

"호랑이들은 으르렁거려요."

칼리가 으르렁거리는 소리를 내며 테리의 주위를 돌다가 갑작스럽게 동작을 멈췄다.

"엄마가 호랑이 이야기를 해줄 때 내던 소리예요. 내 이름은 엄마가 여신의 이름을 따서 지었대요. 칼리 여신은 호랑이 가죽을 입고 전쟁에 나가 용감하게 싸워요."

"네 엄마는 지금 어디에 있니?"

아이는 얼굴이 어두워지더니 발로 물을 걷어찼다.

"멀리 떠났어요."

"우리 엄마도 멀리 떠났어."

칼리는 어깨를 으쓱했다.

"넌 브레너 박사와 언제부터 같이 지냈니?"

"그전에는 달력이 없어서 헤아려보지 못했어요."

"엄마가 떠나서 여기 있는 거야?"

칼리가 다시 어깨를 으쓱했다.

"지금은 여기가 집이에요."

"아빠가 너한테 화를 내니?"

칼리는 고개를 끄덕였다.

"계속 화를 내요! 가끔 내가 말을 잘 들으면 사탕을 주기도 해요."

아이가 재미있다는 듯이 깔깔거리며 웃었다.

"네 아빠가 널 아프게도 하니? 화가 났을 때 말이야."

칼리는 잠시 생각에 잠겼다.

"그런 건 아니에요. 아빠는 거짓말을 해요. 언니 말고는 아직 여기에 친구가 없어요. 아빠는 곧 친구를 만들어주겠다고 해놓고 약속을 지키지 않아요."

브레너가 아이를 아프게 하지는 않는다는 말로 들렸다. 앨리스가 미래를 봤을 때 그가 다른 아이에게 벌을 내렸던 걸 생각하면 이상한 일이었다. 칼리가 거짓말을 하는 것 같지는 않았다.

"내가 지난번에 친구들이 이 연구소에 있다고 말한 걸 기억하니? 앨리스, 켄, 글로리아가 내 친구들이야. 브레너 박사가 내 친구들과 나를 아프게 하고 있어. 우리가 원하지 않는 약을 먹이고 실험을 하고 있거든. 우린 더 이상 연구소에 오고 싶지 않아."

"언니도 날 떠날 거예요?"

"우리 모두 함께 떠날 거야. 나중에 동물원에 함께 가지 않을래? 동물원에 가면 진짜 호랑이를 볼 수 있어."

"좋아요. 언니 친구들도 만나고 싶어요."

"언젠가는 그럴 수 있을 거야. 난 네가 우리랑 같이 여길 떠났으면 좋겠어."

"아빠가 허락하지 않을 거예요."

"우리가 나갈 수 있게 도와줄 수 있어."

테리는 조심스럽게 칼리의 반응을 살피며 말을 이었다.

"난 친구들과 널 돕고 싶은데 그러려면 네 아빠 사무실에서 뭘 좀 찾아봐야 해. 네가 연구소 사람들 눈을 돌려주면 좋겠는데, 그렇게 해줄 수 있니? 그냥 몇 분 정도면 돼."

칼리는 곧바로 대답하지 않고 생각에 잠겼다.

테리가 무리한 부탁이었다고 자책하는 순간 칼리가 말했다.

"그렇게 해줄게요. 장난을 쳐서 거짓말하는 아빠를 골려주고 싶어요."

"그래, 고마워."

"이제 그만 가봐야 해요."

테리가 안아주기도 전에 아이는 사라졌다.

테리는 칼리에게 초능력을 사용하면 좋을 거라고는 차마 말할 수 없었다. 그렇게 말하면 브레너와 똑같은 부류가 되는 셈이니까.

공허한 공간에서 걸어 나올 때 물이 첨벙거리는 소리가 들리지 않았다. 그녀는 유령 호랑이들이 그림자 속에 숨어 있는 것을 상상하면서 그곳을 지나갔다.

5

호킨스 연구소에 도착한 지 몇 시간이 지났다. 앨리스는 이제 곧 연구소를 떠날 시간이라는 걸 알았다. 아직은 시간이 좀 남아 있었지만 전기충격 실험은 끝났다. 그녀는 침대 끝에 앉아 어서 돌아갈 시간이 되길 기다렸다.

팍스 박사의 질문에는 나름 신중하게 대답했다. 앨리스는 자신이 보고 이해하는 걸 브레너가 알게 될지도 모른다는 생각만으로도 패닉 상태에 빠질 지경이었다. 그녀는 테리를 위해서라도 강해질 작정이었다. 미래 세계에서 보았던 그 아이를 위해서라도 그래야만 했다.

앨리스는 오늘도 잠깐이나마 그 아이를 보았다. 아이는 브레너를 기쁘게 하기 위해 뭔가를 반복하고 있었다. 미래의 아이에게 혼자가 아니라는 말을 전해주고 싶었다. 그 아이를 지켜보는 건 고통스러운 일이었다. 그 아이에 대한 모든 걸 알고 싶었지만 지금은 아무것도 할 수가 없었다.

스피커에서 '코드 인디고'라는 말이 흘러나오자 팍스 박사와 연구 보조원이 방을 나갔다. '인디고'는 좋은 색이었다. 그 단어를 듣자 몸

속에 남아 있는 환각 성분 탓에 온 방 안이 검푸른 색으로 물들었다. 그때 문이 열렸다. 팍스 박사가 돌아온 거라고 생각했는데 그 자리에 어린아이가 서 있었다. 환영으로 봤던 아이는 아니었다. 미래에서 본 아이보다 작고 어렸다. 생김새와 나이로 짐작하건대 테리가 이야기해준 그 아이가 분명했다.

앨리스는 침대에서 일어나 아이에게 다가갔다.

"칼리?"

앨리스는 눈을 가늘게 뜨고 아이를 바라보았다.

"너 정말 여기에 있는 거니?"

아이가 싱긋 웃었다.

"테리 언니가 내 이름을 말해줬구나. 언니도 나와 같길 바랐어요. 언니는 누구예요?"

"난 앨리스야."

앨리스는 아이를 쳐다보며 미소 지었다. 지금 이 아이는 환각 상태에서 보는 환영이 아니었다. 아이는 지금 여기에 있었다.

"이 방에는 어떻게 온 거니? 혹시 브레너 박사가 가보라고 했어?"

"아뇨! 도망쳤어요."

칼리가 기쁨에 차서 노래를 불렀다.

"테리 언니 친구들을 만나보고 싶어서요. 언니가 연구소 사람들의 눈길을 돌려달라고 했거든요. 이제 우리도 친구인 거죠?"

"당연히 친구지. 그나저나 이상한 일이네. 테리가 그 부탁을 다음 주에 하려는 줄 알았는데?"

이게 원래 계획인 건가, 아니면 뭔가 변경됐나?

아이가 눈을 굴렸다.

"이 정도 부탁은 또 들어줄 수 있어요."

앨리스는 뭔가 궁금해졌다.

"혹시 너도 환영을 만들 때 몸이 아프니?"

"아뇨. 그냥 머리가 조금 뜨거워지긴 해요. 코피도 나고요."

"코피가 나는데도 아프지는 않아?"

그녀는 칼리의 팔을 잡고 코를 좀 더 가까이에서 보기 위해 턱을 들어올렸다. 칼리가 십여 명의 남자 형제들과 사촌들에게 단련된 그녀의 손아귀에서 벗어날 가능성은 없었다.

"지금은 괜찮아요. 코피가 나는 건 그런 일이 일어날 때 따라오는 대가 같은 거예요."

"대가?"

칼리가 어깨를 으쓱했다.

"아빠가 그랬어요. 환영에 대한 대가라고."

앨리스는 기가 막혀 입이 떡 벌어졌다. 그리고 이 자리에서는 자신이 어른이라는 사실을 떠올렸다.

"칼리, 대가 같은 건 지불할 필요 없어. 넌 어린아이니까."

"언니도 어리잖아요. 아무것도 모르면서! 언니는 나랑 달라요."

칼리가 갑작스럽게 화를 냈다.

앨리스는 엉겁결에 아이의 팔을 잡았다. 아이가 손을 떨쳐내려고 했지만 그녀는 계속 붙잡고 있었다.

"칼리, 날 봐. 난 다 이해해. 나도 너와 비슷해. 그들이 여기 있는 기계를 내 몸에 연결하고 실험을 해서 많이 고통스러워. 그게 내가 치르는 대가야. 내가 봐야 하는 것에 대한 대가."

"뭘 보는데요?"

칼리가 흥미를 보였다.

앨리스는 아이에게 괴물이나 고통받는 아이에 대한 이야기를 해줄 수는 없었다.

"넌 환영을 만들지? 난 여기에서 일어나지 않는 일들을 봐. 지금 당장 일어나는 일은 아니지만, 실제로 있는 일들이지. 넌 환영을 만들고, 난 환영을 보는 거야."

아이의 눈이 반짝거렸다.

"정말 우린 비슷하네요. 이제야 나 같은 친구가 생겼어요. 켄이나 글로리아도 언니와 나 같아요?"

"아니, 같지는 않지만 실험을 하는 건 비슷해. 우린 모두 너를 도우려고 해. 너를 두고 여길 떠나지 않을 거야."

"사랑해요, 언니. 우린 호랑이가 될 수도 있어요."

칼리가 호랑이처럼 으르렁거리는 소리를 냈다.

앨리스는 아이가 가엾어 눈물이 나려고 했지만 웃어야 했다. 그녀는 지금 이 순간 참을 수 없는 분노가 치밀어 올랐다.

"그래, 우린 호랑이가 되는 거야. 하지만 지금은 네 방으로 돌아가야 하지 않니?"

아이가 앨리스의 손을 잡았다.

"가봐야 해요. 여기 있다는 걸 아빠가 알면 언니가 곤란해지잖아요."

칼리는 앨리스의 손을 놓고 손을 흔들며 문 쪽으로 향했다. 앨리스가 뒤따라가 문을 여는 걸 도와주려고 하자 칼리가 빙긋 웃으며 혼자 열었다.

"나, 힘 세요."

"그래, 알아."

"다음 주에 봐요. 나 달력 있어요."

칼리가 열린 문틈으로 말했다.

이내 문이 닫혔다. 동시에 칼리라는 이름의 기분 좋고 혼란스러운 회오리바람이 사라졌다.

6

"어디에 갔었니?"

에이트가 복도로 들어서자 기다리고 있던 브레너 박사가 화를 내며 물었다.

"아빠와는 상관없는 일이에요."

아이가 잘못한 일이 없다는 듯이 턱을 치켜올리며 말했다.

브레너가 보안요원들과 직원들을 향해 손짓을 보냈다.

"잠시 물러나 있게."

그는 연구소 직원들이 에이트를 어떻게 대하는지 알고 있었다. 다들 아이 앞에서는 얼빠진 사람이 되었다. 아이가 또다시 직원들을 바보로 만들어버리고, 잠겨 있는 건물을 빠져나갔다. 아무래도 극단적인 상황에 대비한 전문적인 대응법을 가르쳐야 할 것 같았다.

브레너는 아이가 테리를 찾아가지 않았다는 걸 알았다. 그래서 최악의 상황을 우려했다. 아이에게는 초능력이 있었고, 탈출을 시도할 경우 막을 방법이 없었다. 그는 지난 며칠간 아이를 보러 오지 않았는데, 그 때문에 이런 일이 벌어진 것 같아 더 걱정스러웠다.

브레너는 일단 안도했다. 아이는 그저 그의 관심을 끌어보려고 방

을 나갔다가 돌아온 듯했다. 아이는 이제 겨우 다섯 살이었다. 아직
은 탈출을 시도한 적이 없었고, 아마도 도망치고 싶다는 마음도 알
지 못할 것이다.

"어디 갔었어? 테리를 만나러 가지 않았다는 건 알아."

"숨어 있었어요."

"어디에?"

에이트가 그를 순진한 눈빛으로 쳐다보며 연습한 것처럼 어깨를
으쓱했다.

"그냥 사람들이 없는 곳이요. 아빠도 숨기놀이를 좋아할 텐데요?"

"널 찾지 못하는데 어떻게 좋아할 수가 있어?"

아이가 그를 물끄러미 쳐다보았다.

"찾으려고도 안 했잖아요."

"그렇지 않아. 난 네가 돌아올 줄 알고 있었단다."

브레너가 당황스러운 마음에 아이를 안아 올렸다.

"식당에 가서 아이스크림 먹을래?"

아이들은 단순하고, 기억력이 짧아 매수하기 쉬웠다. 대신 브레너
는 다른 사람들이 보지 않을 때 에이트를 벌 줄 생각이었다. 아이가
기억할 수 있는 방식으로.

에이트가 잠시 머뭇거렸다.

"우리도 친구예요?"

브레너는 어떻게 대답해야 할지 난감했다. 아이가 평소에 하던 질
문이 아니어서 그는 그 말뜻을 추측해서 대답했다.

"네 친구를 찾고 있는 중이야. 약속했잖니. 조금만 더 기다리렴."

에이트가 계속 그를 뚫어지게 쳐다보았다. 브레너는 그것이 마음

에 들지 않았다.

"그 전에 아이스크림을 먹자꾸나."

"네, 아빠."

브레너는 아이가 졸음에 겨워 눈을 깜박거리는 걸 보았다. 식당에 가기 전에 잠이 들 게 뻔했다. 오늘 일로 그는 이제부터 매일 아이에게 들러야겠다고 마음먹었다.

브레너는 아이에게 직접 벌을 주었다. 어쩌면 나중에 아이가 자신의 사무실을 찾아올 수도 있었다. 그는 새삼 아이가 그려준 그림들을 보관하지 않은 것을 후회했다. 앞으로는 전부 보관할 생각이었다. 그러면 필요한 만큼 아이를 옆에 둘 수 있을 것이다.

7

2월도 거의 막바지였다. 테리는 지난 3주 동안 몇 번이나 칼리가 공허한 공간에 찾아오길 기다렸다. 아이를 마지막으로 본 날 이후 브레너는 단 한 번도 실험실을 비운 적이 없었다. 그의 주의를 분산시킬 만한 사건도 없었다. 아이가 왔던 날 브레너의 사무실에 갔어야 했다. 그랬다면 지금 그들은 다음 계획을 세우고 있었을 것이다. 지금처럼 계절에 맞지 않게 따뜻한 토요일 맑은 하늘 아래에서 '재미있는 야외 활동'에 빠져 있는 앨리스를 보는 대신에.

테리는 눈을 동그랗게 뜨고 앨리스가 운전해 온 차를 바라보았다. 차체가 낮고 매끈한 빨간색 고출력 자동차였다. 앞 유리창에는 금색의 날개가 그려져 있었다.

"이거 네 차야? 여기에 우리 모두 탈 수 있어?"

테리가 말했다.

"물론. 탈 수 있으니까 걱정 마."

앨리스는 켄과 글로리아에게 살짝 윙크하고 덧붙였다.

"뒷좌석에서는 다리를 뻗고 앉기가 힘들긴 하지."

"그럼 테리가 앞에 타야지. 오늘은 테리를 위한 여행이니까."

글로리아가 말했다.

"테리는 자동차를 별로 좋아하지 않는답니다."

테리가 친구들에게 상기시켰다.

앨리스가 눈을 흘겼다.

"파이어버드를 안 좋아할 사람은 없어. 우린 브릭야드로 갈 거야. 삼촌이 이걸 타고 연습용 경주를 보고 와도 좋다고 허락했어."

브릭야드는 '인디 500'이 열리는 자동차 경주장을 부르는 별칭이었다. 기숙사에서 한 시간 거리에 있었다. 테리는 아버지가 해마다 텔레비전으로 자동차 경주를 보던 것을 떠올렸다.

"그럼 삼촌 차야?"

켄이 물었다.

테리는 그들이 처음 만났을 때 앨리스가 한 말을 기억하고 있었다.

"난 네가 파이어버드를 산 줄 알았어. 돈을 얼마나 더 모아야 하는 거야?"

"돈은 이미 다 모았지만 만일의 경우에 대비해 쓰지 않기로 했어."

앨리스가 말했다.

켄이 장난스럽게 파이어버드의 앞바퀴를 캔버스 운동화 끝으로 살짝 찼다. 힘껏 걷어차면 앨리스가 살려두지 않을 테니까.

"일단 차에 올라 마리화나를 한 대 피우고 출발할까?"

켄이 말했다.

"미안하지만 새 차라서 마리화나는 안 돼. 앞으로 석 달 동안 매 주 한 번씩 세차를 해주기로 약속하고 빌린 거야. 그냥 밖에서 피우고 들어가."

글로리아가 눈썹을 치켜올렸다.

"그건 이 차 운전해보고 싶어서 네가 자원한 것 같은데."

앨리스가 구름이 드문드문 떠 있는 하늘을 올려다보았다. 테리는 오늘 나들이가 그녀의 우울한 기분을 풀어주기 위해 앨리스가 준비한 것임을 알고 있었다. 모처럼의 토요일 외출이 즐거웠지만 한편으로는 낮잠을 잘 수 없어 아쉬웠다. 요즘은 잠을 많이 자도 피로가 쉽게 풀리지 않았다.

테리는 지난번에 칼리가 앨리스를 만난 것을 들켰기 때문에 칼리를 두 번 다시 보지 못하게 된 거라고 결론 내렸다. 브레너가 그 사실을 알아낸 것이 틀림없었다. 그녀는 아이가 무사하기만을 빌었다.

테리는 어제 앤드루의 전화를 받았다. 그가 이틀 안에 작별인사를 하러 올 것이다. 이제 마흔 시간 뒤면 마지막 인사를 나누어야 하고, 그가 무사히 돌아오길 기도하는 수밖에 없었다.

그녀는 사방이 꽉 막혀버린 느낌이었고, 어디에도 돌파구가 보이지 않았다. 가장 심각한 건 스스로 그 일들을 막아낼 힘이 없다고 느끼는 것이었다. 이제까지 한 번도 그런 적이 없었다. 그녀는 늘 용감했고 맞서 싸우는 사람이었다.

"얼굴 좀 펴지. 기분도 좀 내고."

앨리스가 테리의 얼굴을 손가락으로 가리키며 말했다.

"알았어."

테리는 눈을 크게 뜨고 애써 미소를 지었다.

그들은 어설프게 차에 올랐다. 테리는 좌석이 좁아 불편했지만 적응하는 수밖에 없었다.

앨리스가 시동을 켜자 요란한 엔진 소리가 울려 퍼졌다. 그녀가 소리쳤다.

"엔진 소리가 교향곡 저리 가라지?"

"지나치게 소리가 커."

테리가 맘에 안 든다는 듯이 투덜거렸다.

"너희들도 이제 곧 얼마나 굉장한 차인지 알게 될 거야."

앨리스가 기어를 바꾸더니 빠르게 후진했다. 그런 다음 총알같이 앞으로 달려 나갔다. 테리는 속도위반 딱지를 받게 될까봐 걱정이었지만 앨리스는 규정 속도를 지킬 생각이 없어 보였다. 그들은 고속도로를 순식간에 지나쳤다. 이십 분 정도 달렸을 때 테리는 정말로 굉장한 차라는 사실을 인정할 수밖에 없었다.

테리는 앨리스의 주의를 끌기 위해 천천히 운전대 위에 손을 올렸다. 그리고 입모양으로 말했다. 고마워.

앨리스가 싱긋 웃으며 소리쳤다.

"별말씀을!"

뒤에서 들리는 글로리아와 켄의 웃음소리가 음악 소리 같았다. 테리는 여기 있는 사람들을 지키기 위해서라면 무슨 일이든 할 수 있었다.

277

9장

벽 안에서

1970년 3월
인디애나주 블루밍턴

1

글로리아는 집에 들어서자마자 무슨 일이 있다는 걸 알아차렸다. 엄마가 마시멜로와 크랜베리를 넣은 젤로 샐러드를 만들었고, 추수 감사절에만 쓰는 접시가 나와 있었다. 주말 식사에서는 좀처럼 없던 일이었다. 글로리아의 접시 옆에는 새로 나온 만화책이 쌓여 있었다. 아버지는 만화책을 집에 가져오는 일이 거의 없었다. 딸이 가게에 나오는 걸 좋아했고, 만화책을 주문할 때 글로리아의 평을 들어보고 참고하면 큰 도움이 되었기 때문이다. 『엑스맨』은 글로리아만 좋아하고 잘 팔리지 않았지만 다른 책들은 대부분 정확하게 예상이 들어맞았다.

"오늘, 무슨 일 있어요?"

"학교에서 연락이 왔어. 네가 캘리포니아에 가지 않고 계속 이 학교에 다니길 바란다면서 장학금을 제안하더구나. 호킨스 연구소의 마틴 브레너 박사님이 오늘 저녁에 우리 집에 오기로 했어. 그분이 너에게 깊은 인상을 받은 것 같더라."

아버지가 말했다.

집에서 브레너와 함께 저녁식사를 한다고?

그자는 테리를 시켜 가게에 도청장치를 설치한 사람이었다. 글로리아는 캘리포니아의 대학으로부터 제안을 받고 연구소에서 벗어나는 일이 생각보다 어렵지 않을 수도 있겠다는 희망을 가졌던 건지도 몰랐다. 브레너의 반응을 기대하긴 했지만 이런 식으로 접근할 줄은 예상하지 못했다.

"잠깐만요. 이것들 좀 방에 가져다놓고 올게요."

글로리아는 만화책을 안아 들었다.

"브레너 박사가 만화책들에 대해 물을까봐 그러지?"

아버지가 눈을 찡긋했다.

"맞아요."

그때 현관문을 두드리는 소리가 들렸다. 글로리아는 브레너를 상대하고 싶지 않았다.

"글로리아, 나가볼래?"

엄마가 말했다.

글로리아는 어쩔 수 없이 만화책을 방에 내려놓고 옷매무새를 가다듬은 다음 현관으로 걸어가 문을 열었다. 문 앞에 서 있는 사람은 브레너가 아니라 앨리스였다. 너무 뜻밖이라 글로리아는 눈을 깜박거렸다.

"앨리스?"

"불쑥 찾아와서 미안해. 가게로 연락했더니 벌써 집에 갔다고 해서 찾아왔어. 난 너희 집 전화번호를 모르거든."

"괜찮아, 어서 들어와."

앨리스가 집 안으로 들어온 후 글로리아가 말했다.

"사실은 조금 뒤에 브레너가 우리 집에 오기로 되어 있어."

앨리스 역시 깜짝 놀란 얼굴이었다.

"내가 브레너를 상대로 한 시험이 역효과가 났어. 우리 집에서 브레너와 마주쳐봐야 좋을 게 없으니까 그가 도착하기 전에 돌아가는 게 좋을 거야. 그런데 무슨 일로 온 거야?"

"너한테 할 말이 있어서 왔는데, 네 말대로 그냥 가는 게 좋겠어."

"빌어먹을! 브레너가 왔어."

물결 문양의 현관문 유리에 사람 그림자가 비치더니 노크 소리가 들렸다.

"엄마, 자리 하나 더 준비해주세요. 제 친구 앨리스도 저녁을 같이 먹을 거예요."

글로리아가 외쳤다.

엄마가 고개를 내밀고, 기름때 묻은 작업복 차림의 앨리스를 힐끔 쳐다보았다. 그러고는 기계적인 어투로 말했다.

"친구가 왔으면 함께 저녁을 먹는 게 당연하지."

다시 현관문을 노크하는 소리가 들렸다. 글로리아는 사랑하는 부모님이 브레너에게 친절을 베푸는 모습이 떠오르자 상상만으로도 기분이 나빴다. 그녀는 현관으로 가 문을 열었다.

"안녕하세요, 브레너 박사님. 우리 집에 직접 찾아오실 줄은 몰랐어요. 마침 앨리스도 와 있는데, 누군지 아시죠?"

글로리아가 떨떠름한 표정으로 말했다.

"안녕하세요."

앨리스도 옆에서 인사했다.

"여기서 연구소 실험대상자를 두 명이나 만나다니 신기한 일이네요."

"이쪽으로 오세요."

글로리아가 말했다.

아버지와 브레너가 악수를 나누고 나서 서로의 등을 가볍게 두드렸다. 접시를 가지러 갔던 엄마도 식탁으로 돌아왔다.

"브레너 박사님, 이렇게 와주셔서 감사합니다."

엄마가 인사를 건넸다.

브레너가 미소로 화답하며 당연하다는 듯이 고개를 끄덕였다.

아버지가 다들 의자에 앉으라고 권했다.

"글로리아가 캘리포니아로 가지 않게 되어서 정말 다행입니다."

브레너가 아버지를 쳐다보며 말했다.

"이곳에 있는 제 동료들과 친구들에게 말했죠. 글로리아는 실력이 출중한 학생이니까 장학금을 지급하더라도 반드시 이곳에 남아 있게 해야 한다고요."

글로리아는 숨이 턱 막히는 느낌이 들었다. 옆자리의 앨리스도 그런 듯 낮은 한숨을 토했다.

앨리스가 젤로 샐러드를 접시에 덜었다.

"앨리스, 닭고기 요리도 먹어봐."

엄마가 말했다.

"글로리아, 궁금한 게 있는데, 왜 이곳을 떠날 생각을 했지요?"

브레너가 글로리아를 쳐다보며 물었다.

"저의 미래에 어떤 선택이 도움이 되는지 알아본 것뿐이에요."

브레너가 고개를 끄덕였다.

"나와 함께하는 연구소 실험이 최고의 선택이 될 거라고 약속하죠."

브레너는 계속해서 부모님에게 딸의 미래에 자신이 얼마나 중요한 역할을 하는 사람인지를 설명했다.

나뿐만 아니라 친구들 모두가 떠나고 싶어 해. 그래서 제일 쉬운 방법으로 그게 가능한지 알아본 거야.

글로리아가 속으로 외쳤다.

브레너의 사무실에 들어가 증거를 확보하려던 테리의 계획은 지연되고 있었다. 테리는 다 함께 브릭야드에 다녀온 뒤로 조용히 지내는 것 같았다. 그날 나들이는 아주 즐거웠다. 앨리스는 눈에 보이는 모든 경주용 차에 대해 막힘없이 설명해주었는데, 과연 전문가다웠다. 앨리스가 약속한 대로 '재미있는 야외 활동'이었다.

글로리아는 이제 환각제를 아예 복용하지 않거나 적은 양만 먹었다. 그들이 환각제를 건네면 입에 넣고 미리 씹고 있던 껌과 함께 한쪽으로 몰아넣었다가 그린 박사가 보지 않을 때 재빨리 뱉는 식이었다. 그린 박사가 질문을 하면 멍청한 척하는 연기로 대충 넘기기도 했다. 그건 분명 과학적인 실험과는 거리가 멀었다.

앨리스가 직접 만든 전기충격기가 차라리 더 과학적이라고 할 수 있었다. 글로리아는 그때보다 더 무서웠던 적은 없었다. 앨리스에게 전류를 흘려보내기 전에 혹시 일이 잘못되거나 친구를 다치게 하면 어쩌나 두렵기만 했다. 앨리스가 그처럼 위험한 실험을 자처한 건 대단한 용기였다. 앨리스처럼 정규교육을 받지 않은 정비공이 그런 기계를 만들어낸 것 역시 믿기 힘든 일이었다.

"브레너 박사님은 이 세상이 공정하다고 생각하세요?"

브레너가 자신의 위대한 업적에 대해 늘어놓자 글로리아가 불쑥 끼어들었다.

"이 세상이 그다지 공정하진 않지요."

브레너가 말했다.

아버지의 이마에 주름이 깊게 잡혔다. 뭔가 심각한 생각에 잠길 때 나오는 습관이었다.

"나는 세상이 공정해야 한다고 생각하지만 그렇지 않은 면이 있는 게 사실이야. 브레너 박사님 말씀이 옳아."

"감사합니다."

브레너가 아버지에게 감사를 표했다.

엄마가 포크를 집어 들었다.

"박사님이 너의 실력을 인정해주신다니 기쁘구나."

글로리아는 젤로 샐러드를 한 입 삼켰다. 그녀는 부모님이 난처해지길 바라지 않았기에 더는 대화에 끼어들지 않고 묵묵히 음식만 먹었다.

브레너 박사는 식사 후에 아버지와 술까지 마시고 나서 돌아갔다. 글로리아는 집 안에 독사가 한 마리 있는 것처럼 불편했다. 그나마 앨리스가 옆에 있어줘서 다행이었다. 글로리아는 그제야 앨리스가 찾아온 이유가 궁금했다. 그녀는 앨리스에게 밖으로 나가 차에서 이야기하자고 말했다.

3월이었고, 밖에는 비가 부슬부슬 내리고 있었다.

"브레너는 갔어. 이제 편안하게 찾아온 이유를 말해봐."

"브레너는 우리를 놓아줄 생각이 없나 봐. 네 생각에도 그렇지?"

"그가 우리를 내보내게 만들어야 한다고 테리가 그랬잖아."

"사실은 테리 때문에 온 거야. 미래에 갔을 때 테리를 봤는데 좋은 모습이 아니라서 어떻게 해야 할지 모르겠어. 그 이야기를 테리에게 해줘야 할지 판단이 서지 않아."

"뭘 봤는데 그래?"

2

테리는 기숙사의 좁은 거울을 보며 옷매무새를 매만졌다. 어제 어떤 남학생이 길을 가는 그녀를 붙잡고 블라우스 목 뒤에 상표가 나와 있다고 말해주었다. 그녀는 가까운 화장실에 가서 즉시 상표를 떼어 냈는데, 매무새를 가다듬다가 겨드랑이 부분에서 데오드란트 얼룩을 발견하고 서둘러 기숙사로 돌아와 옷을 갈아입었다.

오늘 입은 셔츠는 스타일이 제법 괜찮았다. 페이즐리 무늬 셔츠로 앤드루가 예전에 그림처럼 보인다고 했던 옷이었다. 최근에 체중이 불어나 마음에 드는 스커트를 고르기 쉽지 않다는 게 문제였다. 겨우 500그램 정도 늘었을 뿐인데 몸무게의 분포가 바뀐 것인지 옷이 맞지 않았다. 브레너가 경고했던 실험 부작용일지도 모른다는 생각이 들었지만 그에게 물어보긴 싫었다.

테리는 화장 상태를 확인하고 나서 헤어스타일을 살폈다. 마지막으로 기숙사 창문에 비친 모습을 확인했다. 지금껏 앤드루를 만날 때 이토록 긴장한 적은 없었다. 앤드루는 그녀가 사랑한 유일한 남자이고, 처음 만났을 때부터 언제나 마음이 편안했다. 그는 솔직한 편이어서 하고 싶은 말을 있는 그대로 했다. 만약 마음이 변했다면 그렇다고 말할 사람이었다.

앤드루의 차가 주차장으로 들어서는 모습이 시야에 들어왔다. 테리는 서둘러 가방을 챙겨 들고 밖으로 나갔다. 가방 안에는 폴라로이드 카메라가 들어 있었다. 그녀는 복도에서 잠시 멈춰 섰다. 문을 잠갔던가? 누가 신경이나 쓰겠어?

테리는 엘리베이터를 기다리기 싫어 서둘러 계단을 내려갔다. 그녀가 기숙사 로비에 도착했을 때 앤드루가 출입문으로 다가오고 있었다. 그녀는 과감하게 문을 밀고 나가 앤드루의 품으로 돌진했다.

앤드루가 그녀를 힘껏 안아주었다. 두 사람의 몸이 앞뒤로 흔들렸다.

"네가 날 보는 걸 좋아하지 않을까봐 걱정했어."

"자만하게 만들고 싶지 않아서 냉정하게 대처한 거야."

테리가 그를 꼭 끌어안은 채 말했다.

"앞으론 냉정하게 굴지 마."

테리는 그의 얼굴을 제대로 보기 위해 몸을 뒤로 젖혔다. 그는 왠지 타인의 시선을 의식하고 있었고, 어딘가 모르게 불안해 보였다. 테리의 시선을 받는 것도 불편해하는 것 같았다. 머리카락은 두피가 보일 정도로 짧았고, 턱을 괄호처럼 감싸주던 구레나룻과 턱수염도 없었다.

"짧은 머리가 마음에 들어."

테리가 손을 내밀어 앤드루의 머리를 쓰다듬었다. 손바닥에서 까끌까끌한 감촉이 느껴졌다.

"이제 우리 둘만 있을 수 있는 곳으로 가자."

"데이브가 아파트를 비워줬어. 다섯 시쯤 돌아올 거야."

"그럼 어서 가. 시간이 별로 없잖아."

테리가 앤드루의 손을 잡아끌었다.

"그 셔츠 네가 좋아하는 건데, 오늘은 제 기능을 못 하겠는걸?"

"네가 좋아하는 셔츠지. 그래서 입은 거야."

테리가 앤드루에게 윙크했다.

"오, 그럼 좋지."

앤드루는 다음 주면 전쟁터에 배치된다는 사실에 대해서는 아직 아무 말도 하지 않았다.

앤드루가 테리의 등을 감싸 안았다. 두 사람은 누가 먼저랄 것 없이 서로의 품으로 더 깊이 파고들었다.

데이브의 침대 시트는 부드러운 면직물이 아니었다. 그들은 데이브의 새틴 시트 위에 누워 있었다. 막 세탁해서 좋은 냄새가 났지만 느낌이 마음에 들지 않았다.

앤드루가 쓰던 방은 이제 마이클이 사용하고 있었다. 그도 학교 식당에서 앤드루와 함께 핼러윈 가면을 쓰고 시위를 벌였다. 하지만 데이브와 마찬가지로 마이클도 퇴학당하지 않았다. 그들은 여전히 학생 신분이라 입대 연기가 가능했다. 징병 추첨 후순위여서 졸업 후에도 소집될 가능성이 희박했다. 그리고 보면 이 세상은 전혀 공정하지 않았다.

시트가 달랐고, 방도 달랐다. 그들을 제외하고 모든 것이 달라졌다. 심지어 그들마저도 어딘지 모르게 예전 같지 않았다.

"테리."

테리는 몸을 돌려 앤드루의 얼굴을 쳐다보았다.

"내가 널 얼마나 사랑하는지 알 거야."

"나도 널 사랑해. 우리가 서로 사랑한다는 거 알아."

테리는 그의 속눈썹 끝을 마음에 담았다. 짧은 머리를 한 그의 얼굴을 오래도록 보고 싶은데 시간이 얼마 남지 않아 안타까웠다.

"내가 없는 동안 너답게 씩씩하게 지내야 해. 멀리 있는 나에게 연연해 발목에 족쇄를 찬 듯 불편하게 살아가는 걸 원치 않아."

앤드루가 미리 연습이라도 한 듯 말을 쏟아냈다.

"앤드루."

테리는 팔꿈치를 세워 턱을 받쳤다.

"감히 나한테 이래라 저래라 하지 마."

"그런 게 아니란 걸 알잖아. 네가 여기서 날 기다리고 있다고 생각하면 내가 무슨 일을 할 수 있을지 모르겠어. 아마 널 생각하느라 아무 일도 못 할 거야."

테리는 지금 그가 무슨 말을 하는지 알 수가 없었다.

"넌 군복무를 무사히 마치고 돌아올 생각만 하면 돼. 우리가 함께 할 미래만 생각하면 된다고."

앤드루는 한숨을 쉬더니 돌아누웠다.

"네가 이럴 줄 알았어."

"내가 어떻게 하길 바라는데?"

테리는 벽에 붙어 있는 더 후(영국의 록그룹)의 포스터를 쳐다보았다.

앤드루가 머리 위로 이불을 끌어올렸다.

"나도 잘 모르겠어. 대범한 척하려고 했는데 뜻대로 안 되네."

지금 보이는 모습이 바로 그녀가 아는 앤드루였다. 그 어떤 경우에도 솔직한 사람…….

"넌 운명의 산(『반지의 제왕』에 나오는 산)에 가게 된 거야. 거기에서 무슨 일이 일어날지는 아무도 몰라. 넌 그곳에 가기에는 너무 좋은 사람이지."

"내가?"

"그래, 네가."

테리는 우는 대신 더 강해져야겠다고 생각했다. 자신이 알고 있는 것보다 훨씬 더 강한 사람이 되어야 했다. 켄이 예측한 대로였다.

"네가 일찍 군대에 가게 된 건 내 잘못이 커. 너에게 말하고 싶지 않았는데 브레너 박사가 너의 징집 문제에 관여했어."

"그게 무슨 뜻이야?"

"말한 대로야. 브레너 박사가 널 베트남으로 보내는 데 결정적인 역할을 했어."

앤드루는 잠시 아무 말도 하지 않았다. 그는 몸을 앞으로 내밀어 테리의 입술에 스치듯 가볍게 키스했다.

"네 잘못이 아니야. 그자가 무슨 짓을 했는지는 아무도 몰라. 누가 알겠어? 얼마든지 일어날 수 있는 일이었어."

테리는 더는 아무 말도 할 수가 없어 그저 고개만 끄덕였다.

"너는 자유롭게 살아가야 해. 나에게 아무 일이 없더라도 난 네가 나를 기다리지 않으면 좋겠어. 나를 기다리는 사람이 있다고 생각하면 난 아무것도 할 수 없을 거야. 그러니까 내가 떠나 있는 동안 우린 아무 사이도 아닌 거야. 난 너를 사랑하고, 돌아오면 함께하길 간절히 바라지만 말이야."

테리는 말문이 막혔다. 미래는 알 수 없었다. 전쟁터에 나가야 하는 군인의 미래는 특히 더 불투명했다. 그녀는 한숨을 쉬었다.

"그래야 네 마음이 편하다면 그렇게 하자."

앤드루는 그제야 마음이 놓인다는 듯이 편하게 자리에 누웠다.

테리는 침대에서 내려가 가방에 들어 있던 폴라로이드 카메라를 꺼냈다.

앤드루가 눈썹을 치켜올렸다.

"이상한 생각 하지 마. 그냥 우리 모습을 기억할 사진을 남기고 싶은 것뿐이니까."

테리가 말했다.

"그럼 사진을 찍어줄 사람이 필요하잖아?"

"팔을 길게 뻗어서 카메라를 한쪽씩 잡고 찍으면 돼. 버튼은 내가 누를게."

테리는 침대에 무릎을 꿇고, 뷰파인더를 들여다보았다. 앤드루의 짧은 머리가 볼수록 잘 어울렸다. 앤드루에게 손을 들어 올리라고 손짓했다. 그가 손을 내밀어 카메라를 잡았고, 그녀는 옆에 앉아 반대편을 잡았다. 두 사람은 얼굴을 최대한 가깝게 붙였다.

"웃어."

테리가 말한 뒤 버튼을 눌렀다.

"잠깐!"

앤드루가 카메라를 내리려고 하자 테리가 소리쳤다. 그녀는 앞으로 몸을 내밀어 카메라에서 튀어나오는 사진을 받았다.

"한 장 더 찍자."

테리가 다시 자리에 누웠다. 그녀가 고개를 돌려 앤드루의 뺨에 키스했다. 그가 활짝 웃었다. 테리는 그때 카메라 버튼을 눌렀다. 또다시 윙 소리와 함께 즉석사진이 튀어나왔다.

두 사람은 서로를 꼭 끌어안은 채 사진이 선명해질 때까지 흔들었다. 테리는 사진으로 남긴 이 순간에 어떤 마법이 작용하길 바랐다. 지금 이 순간에 언제까지나 그대로 머무르고 싶었다.

앤드루가 차로 기숙사까지 데려다주었다. 오는 동안 라디오도 켜지 않았다. 그는 테리를 내려주고 다시 돌아가 데이브와 맥주를 마시기로 되어 있었다.

기숙사 앞에 도착했지만 앤드루는 쉽게 돌아가지 못했다. 그는 계기판 앞에 놓아둔 즉석사진을 집어 들고 한참 동안 들여다보았다. 그와 테리가 활짝 웃고 있었다.

"이 사진, 떠날 때 가져가야겠어."

"그래, 가져가."

테리는 눈시울이 붉어졌지만 나중에 울기로 했다.

네가 그냥 여기에 있었으면 좋겠어.

앤드루는 사진을 다시 계기판에 올려놓았다. 그가 테리의 손을 잡았다.

"잘 지내. 그 빌어먹을 연구소는 박살내버려. 괴물 잘 피하고, 앨리스도 잘 챙겨줘."

테리는 미소를 짓다가 하마터면 눈물을 흘릴 뻔했다.

"그럴 생각이야."

"어련히 알아서 잘하겠지."

"그래, 잘되게 할 거야."

앤드루는 여전히 앨리스가 말한 괴물들의 진실을 알지 못했고, 그 괴물들이 언제 나타나는지도 몰랐다. 그런 까닭에 지금이 아니라 미래의 환영이라고 말해줄 수도 없었다. 그가 돌아오면 그때는 말해줄 수 있을 것이다. 그들 앞에 미래가 놓여 있을 때…….

"그만 가볼게. 가끔 편지 보내."

"너도."

그들은 작별 키스를 했다.

3

켄은 캠퍼스 내에 있는 작은 식당에서 앤드루를 만났다. 그는 커피에 각설탕을 세 개나 집어넣어 종업원들의 따가운 눈총을 받았다. 단 커피를 좋아했기 때문에 어쩔 수 없었다.

앤드루가 맞은편에 앉더니 짧게 자른 머리 위에 손을 올렸다. 누구나 길었던 머리를 짧게 자를 경우 무의식중에 그런 동작을 취하기 마련이었다.

"네 말이 맞아야 할 거야. 정말 힘든 일이었으니까."

"테리는 앞으로도 힘든 시간을 보내게 될 거야."

켄은 테리와 관련이 있는 바다에서 길을 잃은 느낌이었다. 테리가 점점 더 강해진다는 확실한 파도를 보았지만 불완전한 그림이었다. 앤드루에게 베트남에 가 있는 동안 테리와 헤어지라고 충고한 것도 확신이 있어서는 아니었다. 그저 감에 불과했다. 그것이 바로 얼치기 심령술사의 한계였다.

"이미 말했다시피 테리는 지금 대단히 중요한 투쟁을 하고 있어. 테리를 비롯해 우리 모두가 위험해질 수도 있는 일이지."

"네가 뒤에서 이러고 있는 걸 테리가 알면 싫어할 텐데."

"나도 알아."

켄이 한숨을 쉬고 말했다.

"확신이 없는 큰일에는 섣불리 개입하면 안 돼. 어릴 때 엄마가 자주 해주던 말이야."

앤드루가 손을 흔들어 웨이트리스를 불렀다.

"초콜릿 밀크셰이크 한 잔 줘요."

웨이트리스가 고개를 끄덕인 뒤 돌아갔다.

"일리 있는 말인데, 그럼 작은 일에는 개입해도 된다는 거야? 가령 우리 목숨만 해도 그렇잖아. 모두 한 번 죽으면 끝인 일회용 삶을 사니까."

"그렇다고 삶을 일회용이라고 하찮게 여기는 사람은 없어. 베트남에 가서는 그런 말 하지 않는 게 좋을 거야."

켄은 그 순간 앤드루를 보면서 이상한 전이를 느꼈다. 만일 자신이 졸업했을 때도 전쟁이 끝나지 않는다면 그 역시 아주 쉽게 바다를 건너게 될 거라는 예감이었다. 그의 징병 순위는 상대적으로 뒤쪽이어서 지금 입대를 걱정할 단계는 아니었다.

"일회용인 사람은 없어. 누구나 사는 동안 계속 실수를 반복하지."

켄이 말했다.

"경험이 많은 사람처럼 말하네?"

앤드루가 손가락으로 탁자 위를 톡톡 두드렸다.

"심령술이라는 게 도대체 뭐야? 진짜야? 가령 네가 심령술사라서 특별히 할 수 있는 일은 뭔데?"

켄은 창문을 바라보며 호흡을 가다듬었다. 그런 다음 느낌이 오기를 기다렸다. 진지하게 물었으니 정직하게 대답을 해줘야 하나? 테리를 믿는 것처럼 그를 믿는다면.

"우리 가족은 항상 그런 걸 믿었기 때문에 난 진짜라고 생각해. 지금껏 나는 일어날지도 모르는 일들에 대한 느낌과 협상하며 살아왔어. 확신하지는 못하지만 무시할 수 없는 가능성이라고 할까?"

켄은 커피를 한 모금 마시고 잔을 내려놓더니 신경질적으로 잔을 돌리기 시작했다.

"난 항상 가족끼리 서로 보호해야 한다고 생각했지만, 지금은 내가 보호할 대상을 선택하는 거라고 생각해."

"왜 생각이 바뀐 거야?"

앤드루는 진심으로 관심을 보였다.

"가족들이 나를 일회용품처럼 대했으니까."

켄이 청바지에 손을 문질렀다. 좀처럼 말하기 힘든 이야기였고, 이제껏 입에 담은 적이 없는 이야기였다. 손바닥에 땀이 고였다.

"우리 가족은 이해할 수 있는 건 받아들였지만 그렇지 않은 건 거부했어."

켄은 앤드루가 자신의 말을 완전히 이해하지 못했다는 걸 알 수 있었다.

"우리 가족은 내가 아무리 멍청한 짓을 저질러도 날 위해줬어. 가족들이 날 일회용처럼 대했다면 나 역시 큰 상처를 받았을 거야."

"이젠 차츰 상처를 극복해가고 있어. 그 일을 잊어야 하는데 잘 안돼."

켄이 슬픈 미소를 지었다.

"무슨 일이 있었는데 그래?"

"가족들에게 남자를 사귀었다고 말했어. 그와 헤어진 후였지만 언젠가는 또다시 사랑에 빠지리라는 걸 알았으니까. 그때도 상대는 남자일 테니까. 난 호킨스에서 사랑하는 사람을 만나게 될 거라는 느낌이 왔어."

"모르겠어. 그러니까 나는 잘 모르겠다는 말인데……."

앤드루가 당황하며 말했다.

"칭찬으로 받아들일게."

"내가 개자식이 된 것 같네. 그러니까 내 말은 네가 사랑하는 사람 때문에 가족을 잃었다는 게 심란하다는 뜻이었어."

앤드루가 어색하게 미소 지었다.

"그런데 그게 호킨스에 온 이유였어? 상대는 만났고?"

"테리와 다른 친구들에게 말했어. 우리가 서로에게 중요한 존재가 될 것 같다고. 호킨스 연구소에서 내가 해야 할 일이 있다는 걸 알아. 하지만 운명의 상대를 찾는다고 해도 해가 되진 않겠지."

"아직 못 찾았다는 얘기야? 눈여겨본 후보는 있어?"

"운명의 상대라면 고르고 자시고 할 필요도 없겠지. 바로 알아볼 테니까."

웨이트리스가 초콜릿 밀크셰이크를 가지고 왔다.

"초콜릿 밀크셰이크에 감자튀김 찍어 먹어봤어?"

켄이 물었다.

"아니, 그럼 무슨 마법이 일어나는데?"

"지금까지 헛살았네."

켄이 손을 들어 웨이트리스를 부르더니 감자튀김을 주문했다.

"테리에게 그 말을 했더니 어떻게 받아들였어?"

켄이 물었다.

앤드루는 반쯤 미소를 지었다.

"쉽게 받아들이지 못했어."

"그랬겠지."

"나에 대한 건 몰라도 돼. 하지만 테리는, 테리는 괜찮겠지?"

"나도 몰라. 너에 대한 것도 마찬가지고. 그저 두 사람이 헤어지는 게 테리를 위해 좋은 일일 거라는 느낌을 받았어. 그 이상은 설명할 수가 없어."

감자튀김이 나왔다. 앤드루는 감자튀김을 집어 들다가 너무 뜨거워 인상을 찌푸렸다. 그가 감자튀김을 초콜릿 밀크셰이크에 찍어 입에 넣었다.

"정말 끝내주는데. 뜨겁고 차갑고, 짜고 달고."

켄도 감자튀김을 하나 집어 들었다.

"나도 테리가 잘 지낼 수 있도록 뭐든 애써볼게. 그럼 됐지?"

"아니."

앤드루가 감자튀김과 초콜릿 밀크셰이크를 탁자 가운데로 밀어놓으면서 말했다.

"원하는 걸 항상 가질 수는 없지(You can't always get what you want, 롤링 스톤스의 1969년 발표 곡)."

"가끔은 필요한 것도 가질 수 없어."

켄이 대꾸했다.

298

4

테리는 몽유병 환자처럼 갑자기 깨어났다. 세상이 낯설게 느껴졌다. 하지만 지난 몇 주일이 그리 멀게 여겨지지 않았다. 앤드루를 만났을 때 브레너가 징집에 개입했으며 그녀 자신에게도 잘못이 있다고 고백한 것이 그녀가 짊어지고 있던 죄책감을 덜어준 모양이었다.

브레너가 방에 들어오더니 그녀 옆 테이블에 약이 든 작은 컵과 액체가 들어 있는 또 다른 컵을 올려놓았다.

"비타민입니다. 이건 물이고. 당신이 지난번에 가져가지 않은 비타민은 집으로 보냈어요."

테리는 비타민을 그대로 던져버리려다가 가까스로 참았다.

"아뇨. 그 비타민은 먹지 않았어요. 여기서 주는 뭔가가 내 신진대사를 엉망으로 만들고, 체중이 불어나게 하는 것 같아서요."

"남자친구가 불평하던가요?"

테리는 브레너의 말을 무시했다. 엄밀히 말하면 테리에게는 이제 남자친구가 없었다. 그녀는 아침저녁으로 앤드루를 위해 기도했다. 라디오에서 눈물샘을 자극하는 노래가 흘러나와도 더 이상 울지 않았다. 앤드루의 말대로 씩씩하게 버티기로 결심했다.

"무슨 일 있어요? 안색이 안 좋아요."

브레너가 청진기를 꺼내 가슴을 누르는 바람에 테리는 움찔했다. 브레너는 청진기를 그녀의 배에 대고 소리를 들었다.

"나를 경계하는군요. 최근에 부쩍 더 그러는 것 같네요."

테리는 칼리를 만나 이야기를 더 해볼 생각이었다. 아이가 공허한 공간에 다시 나타날까? 그들로서는 별다른 선택지가 없었다.

"요즘은 환각 실험도 최선을 다하지 않는 것 같더군요."

브레너가 테리를 한참 동안 쳐다보았다.

테리는 지금 위협하는 거냐며 따지고 싶었지만 괜히 성가신 일을 만들 필요가 없다고 생각해 잠자코 있었다.

브레너가 글로리아의 집에 왔었다는 이야기를 들었다. 그의 방문에 글로리아가 얼마나 당혹스러웠을지는 굳이 말할 필요가 없었다. 브레너는 단 한 번의 만남으로 글로리아의 부모님을 자기 편으로 만드는 데 성공했다. 그들은 이번 일을 더 신중하게 처리해야 했다.

"자, 이제 이 약을 먹어요."

브레너가 손가락 사이에 작은 환각제를 들고 있었다.

테리는 약을 받아들었다. 약을 혓바닥에 올리고 브레너가 보고 있든 말든 개의치 않고 눈을 감고 기다렸다. 누군가 방문을 열고 들어오는 소리에도 눈을 뜨지 않았다. 연구보조원이 들어왔을 것이다. 테리는 연구소에 처음 왔던 날이 떠올랐다. 모니터를 통해 빨간색 선을 봤던 기억이 났다.

오래지 않아 테리는 깊은 곳으로 들어갔다. 발밑에서 물이 찰랑거렸고, 공허한 공간이 주위를 에워쌌다. 그녀는 더 강해진 것 같았고, 깨어 있는 느낌이었다.

칼리가 팔짱을 낀 채 어둠 속에서 성큼성큼 다가왔다.

테리는 반가운 마음에 하마터면 바닥에 주저앉을 뻔했다.

"그동안 올 수 없었어요. 너무 잠이 와서요. 내가 보는 게 꿈인지 아닌지도 확실하지 않아요."

칼리가 말했다.

"아팠니?"

"그랬나 봐요. 아빠가 매일 나를 보러 왔으니까. 앨리스 언니도 보러 가지 못했어요. 그 언니가 슬퍼하지 않았으면 좋겠어요. 착한 아이가 되기로 아빠와 약속했거든요."

테리는 빠르게 뛰는 심장을 애써 진정시켰다.

"앨리스를 만난 걸 아빠는 모르지?"

칼리가 고개를 끄덕였다.

"아빠의 주의를 돌릴 방법에 대해서는 생각해봤어? 네가 곤란해질 일은 없을 거야."

칼리는 고개를 비스듬히 기울이더니 잠시 생각에 잠겼다.

"아빠가 나를 보러 오게 해야 한다는 뜻이죠?"

"지난번에는 정말 잘했어. 이번에도 내가 잠깐 혼자 있었으면 해서 그래."

"아빠가 화를 낼 거예요. 하지만 좋은 생각이 있어요."

칼리는 그 말을 끝으로 사라졌다.

테리는 실험실로 돌아와 눈을 떴다. 그리고 기지개를 켜며 하품하는 시늉을 했다.

"기운이 없어 좀 더 누워 있어야겠어요."

브레너가 알았다는 뜻으로 손을 들어 올렸다. 그는 말을 한마디도 하지 않고도 빈정거리는 재주가 있었다.

테리는 피곤하다는 듯 몸을 뒤척이다가 돌아누워 팔로 얼굴을 가렸다.

벽에 붙어 있는 스피커에서 요란한 소리가 울렸다.

"'코드 인디고'. 브레너 박사님, '코드 인디고'. G동으로 와주시기 바랍니다."

다급한 목소리였다.

브레너 박사의 표정이 심각하게 굳어졌다.

"무슨 일이죠?"

테리는 칼리가 행동을 개시했다는 걸 알면서도 순진한 척 물었다.

"당신이 신경 쓸 문제가 아니니까 잠자코 있어요."

브레너 박사가 연구보조원에게 따라오라고 손짓하며 서둘러 복도로 나갔다. 스피커에서는 계속 같은 소리가 반복해서 흘러나오고 있었다.

테리는 창문을 통해 복도를 살폈다. 칼리의 노력을 헛되게 할 수는 없었다. 그녀는 가방을 어깨에 메고 복도로 나섰다.

앨리스가 알려준 비밀번호가 마법을 발휘해 브레너의 사무실까지 가는 길에 있는 문들을 힘들이지 않고 통과했다. 칼리의 방으로 통하는 복도 쪽이 소란스러웠다. 브레너가 사람들에게 급히 명령을 내리는 소리가 들렸다. 연구소 벽에 치솟는 불길이 보였다. 진짜 불이 난 것처럼 보였지만 실제 상황이 아니라 환영이었다. 칼리가 만들어 낸 작품……

테리는 브레너의 사무실로 부리나케 달려갔다. 보안카메라가 도처에 달려 있었지만 지금은 다들 화재 사고에 정신이 팔려 있었다. 나중에라도 그들이 영상을 돌려보지 않기를 바라는 수밖에 없었다. 그녀는 브레너의 사무실에 무사히 잠입하는 순간 안도의 한숨을 내쉬었다.

아직은 안심할 때가 아니야.

테리는 들고 간 가방을 의자에 내려놓고 폴라로이드 카메라를 꺼냈다. 사진에도 맥락이 필요했다. 잠깐 생각한 그녀는 책상을 끼고 돈 다음 먼저 '마틴 브레너 박사'라고 쓰인 명패를 찍었다. 그리고 머릿속으로 덧붙였다. 천재적인 악마. 카메라에서 윙 소리가 나더니 사진이 튀어나왔다. 그녀는 사진을 책상 위에 올려놓고 증거를 찾기 시작했다. 카메라 필름이 일곱 개 남아 있었다.

그녀는 서류를 보관해둔 캐비닛으로 향했다. 서랍을 열고, 아이들과 관련된 파일을 찾아보았다. 맨 위에 '인디고 프로젝트'라고 쓰여 있는 파일이 있었다.

테리는 일단 칼리의 것으로 보이는 008 파일을 찾아내 실험과 관련된 내용들을 훑어보았다.

'다섯 살. 아이의 재능이 뛰어나 사람들로부터 고립시켜야 할 필요가 있다. 아이는 끊임없이 가족과 이름에 대해 물어본다. 다행히 최근에는 엄마에 대한 질문을 하지 않는다. 파도의 환영을 만들어 오 분 동안 유지하지만 통제력 연습은 되지 않는다. 잠재력은 매일 커지고 있다.'

테리는 그중 두 페이지를 골라 사진으로 찍었다. 연달아 찍으니 윙 소리가 더 크게 울리는 것 같았다. 그녀는 파일이 011이 아니라 010으로 끝나는 것을 확인했다. 그다음에는 기자들에게 보여주어야 할 경우를 대비해 일렬로 꽂혀 있는 문서들을 찍었다.

그들에게 대체 무슨 실험을 하는 걸까?

테리는 또 다른 서랍을 열었다. 'MK울트라 프로젝트'라고 쓰인 파일이 들어 있었다. 파일 하나를 열어보니 바로 그녀 자신에 대한 내용이 담겨 있었다.

나보다는 앨리스의 파일이 필요해.

테리는 나머지 파일들을 뒤졌다. 앨리스 존슨……. 전기충격 용량과 날짜, 환각제에 관해 기록해둔 서류가 있었다. 팍스 박사가 작성한 보고서였다.

'전기충격의 결과나 환자에게 정신적인 충격이 있었는지에 대해 말하는 것은 불가능하다.'

브레너가 직접 쓴 메모도 있었다.

'전류량을 증가시켜 명확한 환영을 보게 해야 한다.'

테리는 그 페이지도 찍었다. 다음 장은 연구소에 상주할 MK울트라 프로젝트의 실험대상자들을 위한 제안서였다. 서류에 '미결, 장차 연구에 필요'라고 적힌 스탬프가 찍혀 있었다.

시간이 너무 많이 지났다. 이제 그만 나가야 했다. 테리는 가방에 카메라와 사진을 집어넣었다. 보안요원에게 발각되면 약에 취해 브레너 박사를 따라 밖으로 나왔다가 박사가 사무실에 있는 줄 알고 찾아갔다고 둘러댈 생각이었다.

복도에 나타났던 환영은 사라지고, 사방이 조용했다.

테리는 사람들의 눈에 띄지 않고 방으로 돌아왔다.

칼리에게 가봐야 하는 걸까?

아이는 지금 곤란한 상황에 처해 있을 것이다. 브레너가 돌아오지 않았다는 건 좋은 일이 아니었다. 이번 일로 칼리에게 무슨 일이 생기는 건 용납할 수 없었다. 그녀는 다시 복도로 나갔다. 다행히 제지하는 사람이 아무도 없었다.

칼리의 방에 도착해보니 브레너가 문 앞에서 기다리고 있었다.

"아이가 보고 싶어 여기까지 왔군요. 아이도 당신을 보고 싶어 할 겁니다."

테리는 어떻게 된 상황인지 영문을 알 수 없었다. 하지만 아이를 직접 봐야 했다. 칼리의 방문을 열었다. 아이는 이층침대에 비스듬히 누워 양손으로 시트를 움켜쥐고 울고 있었다. 아이의 환자복이 땀에 흠뻑 젖어 있었다.

"칼리, 괜찮니?"

"언니, 아래층 침대로 올래요?"

아이가 흐느끼면서 말했다.

테리는 뒤따라 들어온 브레너를 불안한 눈길로 쳐다보았다.

"나는 신경 쓰지 말아요."

지금 이 상황은 애초의 계획과는 정면으로 배치되는 것이었다. 충분하지는 않아도 어느 정도 증거자료를 확보했으니 도망쳐야 마땅했다. 그럼에도 테리는 아이를 내버려두고 갈 수 없었다.

테리는 아래층 침대에 앉아 위를 올려다보았다. 그녀는 아이와 둘만이 은밀한 대화를 나눌 수 있는 공허한 공간이 주변을 에워싸기를 간절히 바랐다.

"우리가 했던 이야기를 아빠에게 전부 다 말했어요."

브레너의 반응을 확인하고 싶었지만 그가 의기양양해하는 모습을 보고 싶지 않았다. 하지만 브레너가 옆으로 움직인 순간 테리는 고개를 돌리고 침대에서 일어났다. 무엇이 두려운 걸까? 브레너는 그저 벽에 몸을 기댔을 뿐이었다. 그의 얼굴에 비웃음이 어렸다. 그는 그 비웃음 하나로 자기가 이겼다는 사실을 과시하고 있었다.

테리는 칼리를 쳐다보았다.

"뭐라고 했는데?"

테리의 머릿속에 앨리스의 얼굴이 떠올랐다. 앨리스가 미래의 환영을 본다는 사실을 브레너가 알게 된다면 그를 막을 수 있는 방법이 완전히 사라지는 셈이었다.

"아이에게 다 들었어요. 내가 실험실 밖으로 나가게 아이에게 소란을 피워달라고 했다고요."

테리의 맥박이 빠르게 뛰었다. 브레너가 공허한 공간에 대해서도 알았을까? 그녀는 브레너를 두려워하는 자신이 못마땅했다. 하지만 어떻게 두렵지 않겠는가?

"아빠한테는 거짓말을 못 해요."

칼리가 울음을 멈추고 부드럽게 말했다. 아이는 계속 그녀를 바라보고 있었다. 그러더니 비밀을 지키는 신호로 손가락을 떨리는 입술에 가져다 댔다. 브레너는 아직 그것까진 알지 못한다.

브레너 박사가 이층침대 쪽으로 다가와 칼리를 쳐다보았다.

"칼리, 오늘 아주 훌륭한 불길을 보여줬어. 넌 점점 강해지고 있는 거야. 다음 달에 멋진 공연을 기대해도 될 것 같구나."

테리는 불길한 느낌을 받았지만 그 감정을 뭐라고 설명할 수 없었다.

"다음 달에 무슨 일이 있는데요?"

테리가 물었다.

"칼리에게 깜짝 놀랄 일이 있죠. 당신에게도."

5

브레너 박사가 테리를 방으로 데려다주었다. 연구보조원이 테리의 가방 속에 들어 있는 물건들을 테이블 위에 꺼내놓았다. 폴라로이드 카메라와 브레너의 사무실에서 찍은 사진이 있었고, 요즘 테리가 항상 가방에 넣어 다니는 생리대도 놓여 있었다.

"생리는 규칙적으로 하는 편입니까?"

브레너가 물었다.

테리의 뺨이 달아올랐다. 이런 대화는 부적절했다.

"굳이 대답해야 할 질문이 아닌 것 같네요."

"약물 부작용이 있는지 확인해보려는 것뿐입니다. 매달 한 번씩 규칙적으로 하고 있나요?"

브레너가 테리를 뚫어지게 쳐다보며 답을 기다렸다.

"전혀 규칙적이지 않아요. 그래서 생리대를 가방에 넣어 다녀요. 많은 여성들이 겪는 일이죠. 스트레스를 받으면 더욱 심해지고요. 내 설명을 더 듣고 싶으세요? 생리통에 대해서라면 아직 할 말이 많은데요."

브레너는 자신이 했던 방식으로 그를 곤란하게 만들려고 하는 테리에겐 신경도 쓰지 않은 채 냉정하게 폴라로이드 사진들을 집어 들었다. 그는 의도적으로 천천히 사진을 살펴보았다.

"이건 내가 보관하죠."

브레너가 자신의 명패를 찍은 사진을 들어 올리며 말했다. 다른 사진들은 내버려두었다.

"다른 건 가져가도 좋아요. 이런 두서없는 사진들로는 아무것도 할 수 없을 테니까. 유감이지만 당신 계획은 실패했어요. 다음번에는 좀 더 행운이 따르기를 빌어요."

테리는 환각제의 영향으로 방이 흔들리는 것 같았다.

"이제 됐나요?"

"그런 셈이죠."

브레너가 그녀를 쳐다보았다.

"테리, 우리는 국가적으로 매우 중요한 연구를 하고 있어요. 당신과 친구들은 이 일을 위해 반드시 필요한 사람들이에요. 칼리도 마찬가지고요. 간혹 비인간적으로 보일 수도 있지만 연구를 위해서는 불가피하다는 점을 이해하기 바라요. 인간의 정신 능력을 극대화하려는 실험은 우리뿐만 아니라 세계 여러 나라에서 행해지고 있어요. 다른 나라에서는 더 잔인한 일도 종종 일어나고 있을걸요."

브레너의 주위에 그림자들이 나타났다. 환각제 탓인 것 같았다. 어쩌면 브레너는 항상 그런 그림자들에 둘러싸여 있을지도 몰랐다.

"이제 다섯 살밖에 안 된 아이를 혼자 고립시켜 실험 대상으로 삼는 걸 순수한 연구 활동으로 봐달라고요? 아이들을 가두고 연구소 밖으로 한 발짝도 못 나가게 하는 것도 연구를 성공시키기 위해서는 어쩔 수 없다는 건가요? 아이들을 세상과 차단시켜 뭘 이루겠다는 거죠?"

"이 아이들이 우리가 가진 보물일 수도 있어요. 최근 입수된 정보에 따르면 소비에트연방에서는 엄마와 아이들이 서로 정신적 연관성을 갖고 있다는 이론을 토대로 정신 영역 연구를 하고 있다더군요. 그들이 어떤 실험까지 하는지 알아요? 엄마 토끼들과 새끼 토끼들을 각기 다른 방에 넣어두고, 새끼 토끼들을 죽일 때 엄마 토끼들이 어떤 반응을 보이는지 관찰한답니다."

테리는 속이 메스꺼웠다. 머릿속에서 죽어가는 토끼들의 모습이 맴돌았다.

"다들 미쳤군요. 이제 그만하고 가보시죠. 이번 환각 체험은 너무 강렬했으니까."

테리는 브레너가 남겨둔 폴라로이드 사진들을 집어들고 침대로 향했다.

브레너는 계속 그 자리에 서 있었다.

"다음 주에도 올 거죠? 내 한계를 시험해서 당신을 강제로 데려오는 건 원치 않을 테니. 우리 시나리오에서는 당신이 엄마 토끼가 될수도 있겠네요. 당신이 다시 올 거라는 거 알아요. 내가 당신 대신 아이를 벌주길 원하지 않을 테니까요."

비열한 협박이었지만 테리도 그의 말을 인정할 수밖에 없었다.

"이제 그만 가보시라고요."

테리가 말했다.

브레너가 실험실을 떠나자 테리는 폴라로이드 카메라로 찍은 사진들을 한 장씩 살폈다. 사진에 찍힌 글자들은 너무 작고 희미해서 읽을 수가 없었다. 서류 전체를 보지 못한 사람에게는 별 의미가 없는 내용들이었다. 결국 아무것도 건진 게 없었다.

6

호킨스 연구소는 정부의 지원을 받고 있었다. 브레너는 연구 전반에 대해 정부의 관리 감독을 받으며 그들에게 진행 상황을 보고해야 했다. 브레너는 자신의 보고를 받는 관료들을 후원자나 투자가쯤으로 여겼다. 자기 일을 훌륭히 해내는 사람들은 확고한 원칙을 가지고 소신껏 일한다. 다른 사람의 변덕과 나침반을 따라가기 시작하면 썩게 되는 법이니까. 연구 책임자로서 여러 관료들을 상대해온 브레너는 자신이 운이 좋다고 생각했다. 그가 필요로 했던 대부분의 관료들은 이미 오래전에 뿌리부터 썩어가고 있었다. 그들을 조종하는

건 간단했다. 사람들은 아주 쉽게 자신의 신념과 용기를 잃어버릴
수 있었다.

간혹 까다로운 사람들도 있었다. 가령 존슨의 정비소에 도청장
치를 달지 못해 쫓겨난 보안요원이 그랬다. 그는 다른 기관에 배치
된 이후에도 여전히 안 좋은 감정을 드러내고 있었다. 관료들 중에
도 브레너가 몇 달 동안 현장에 있다 보니 진행 중인 사안에 대한 새
로운 정보를 원하는 이들이 있었다. 그는 연구 진행 상황을 브리핑
하기 위해 관료들을 연구소로 초대할 생각이었다. 그 무대에 칼리를
등장시킬 계획이었다. 아이는 잘못을 저질렀다가 들킨 이후 그를 만
족시키기 위해 최선을 다하고 있었다.

브레너는 테리가 스스로 자기 처지를 깨달을 때까지 인내심을 갖
고 기다리기로 했다. 만일 그의 손아귀에서 벗어나려고 하면 다시는
그런 생각을 못 하도록 약점을 틀어쥐고 압박을 가할 생각이었다.
테리만큼 값진 자원은 없으니까.

7

테리는 기숙사에 도착하자마자 전화번호부를 펼쳐 호킨스와 가까
운 도시의 제법 큰 신문사 전화번호를 알아냈다. 그리고 기숙사 공
용전화 앞에서 순서를 기다리는 여학생들 뒤에 줄을 섰다. 그녀 차
례가 되어 신문사에 전화를 걸었다.

신호음이 세 번 울리고 나서 어떤 남자가 하품 소리를 흘리며 전화
를 받았다.

"네, 편집실입니다."

"제보할 게 있어서 전화했어요. 아주 좋은 기삿거리라고 생각해요. 혹시 호킨스 연구소에서 어떤 실험을 하고 있는지 아세요?"

"호킨스에 연구소가 있어요?"

"저는 호킨스 연구소의 놀라운 기밀을 알고 있어요. 그들이 하는 실험이 뭔지 알면 흥미를 느끼실 거예요."

테리는 이 일이 얼마나 대단한 기삿거리인지 알리면서도 사실을 부풀리지 않기 위해 애썼다. 기자는 셋째 주 목요일에 호킨스 연구소를 찾아가 마틴 브레너 박사를 만나보고 무슨 연구를 하는지 알아보겠다고 했다.

테리는 입가에 미소를 띤 채 전화를 끊었다.

10장

커튼 뒤의 사람들

1970년 4월
인디애나주 블루밍턴

1

기숙사 창문으로 눈부신 아침 햇살이 쏟아져 들어왔다.

"정말 가고 싶지 않아. 하지만 가야 돼."

테리는 팔로 눈을 가리며 스테이시에게 투덜거렸다. 그녀는 한 시간 전에 잠을 깼지만 아직 침대를 벗어나지 못하고 있었다. 또다시 밴을 타고 연구소에 가서 브레너의 얼굴을 마주하자니 견딜 수 없이 괴로웠지만 피할 방법이 없었다.

테리는 어제 연구소 직원인 척 기자에게 전화를 걸어 방문 계획이 있는지 확인했다. 그녀는 기자에게 오전 열 시 삼십 분에 연구소에 도착해 경비에게 마틴 브레너 박사를 만나러 왔다고 하면 들여보내줄 거라고 말해두었다.

테리는 마음이 불안했다. 과연 신문사에 제보한 게 바람직한 선택이었는지 자신할 수 없었다.

"그렇게 스트레스를 받으면서까지 갈 필요는 없잖아. 너도 나처럼 그만둬버려."

스테이시가 밀린 과제를 한꺼번에 해치우느라 바쁜 와중에 말했다. 테리는, 처음부터 이상하게 느끼고 연구소에 가지 않기로 결정한 스테이시가 참으로 현명했다고 생각했다. 그녀는 자신이 원하는 대로 했고, 그곳에서 벗어났다.

테리는 눈을 가리고 있던 팔을 치웠다. 기숙사 방에서 스테이시가 사용하는 쪽 벽면에는 유명 뮤지션들의 공연 포스터와 화장 기술을 다룬 잡지 기사들이 빼곡하게 붙어 있었다. 반면 테리 쪽에는 액자에 넣은 가족사진 몇 장과 십대 시절에 이모에게 생일선물로 받은 오드리 헵번의 〈사브리나〉 포스터만이 붙어 있었다.

"그랬다가는 연구소에서 사람을 보내 억지로 끌고 가려고 할 거야."

"요즘 네 편집증이 부쩍 심해진 것 같은데, 무슨 일 있어?"

스테이시가 여전히 과제에 열중하며 물었다.

"그럴 일이 있어. 나중에 얘기해줄게."

브레너는 이번 달에 있을 깜짝 놀랄 일이 무엇인지 설명해주지 않았다. 지금까지는 그럴 만한 일이 없었고, 칼리도 만나지 못했다. 지난 두 번의 실험에서는 브레너가 그녀의 과거를 포함한 온갖 것에 대해 질문들을 퍼붓는 바람에 공허한 공간으로 들어갈 기회가 없었다. 그녀는 계속 두려움을 떨치지 못했다.

"그 환각제를 생각하면, 네가 영구적인 환각 상태에 빠지지 않는 게 놀라울 정도야. 어쩌면 그 영향으로 네 편집증이 심해진 건지도 몰라."

"환각제 탓이 아니라 브레너 박사 때문이야. 그자의 면상을 봐야 한다는 게 제일 큰 스트레스거든."

테리는 마음 같아서는 연구소를 날려버리고 싶었지만 그럴 수도 없었다. 칼리가 그곳에 있으니까. 글로리아, 켄, 앨리스 역시 그녀처럼 곤란한 상태였다. 현재로서는 브레너를 이길 방법이 없었다.

그렇게 놔둘 수는 없어.

"난 포기하지 않을 거야."

"훌륭해. 그 정도 집념이면 폴에게 탈퇴하지 말고 계속 비틀스 멤버로 남아야 한다고 설득할 수 있겠어."

비틀스는 해체를 결정했다. 폴 메카트니가 솔로로 나서겠다는 선언을 하면서 해체 논의가 공식화되었다.

"존이 먼저 나가겠다고 했잖아."

"아직 정확하지 않은 정보야."

스테이시가 단호하게 말했다.

"아, 깜빡했네. 앤드루가 엽서를 보냈어."

테리는 그 말을 듣자마자 침대에서 벌떡 일어섰다.

"왜 어제 말하지 않았어?"

세인트루이스 아치 사진이 들어간 엽서였다. 테리는 스테이시의 뒤통수를 가볍게 때리고는 침대 끝에 앉아 엽서를 읽기 시작했다.

테리

나는 내일 떠나. 그 소식과 더불어 편지 보낼 주소도 알려줄 겸 엽서를 보내. 집에 전화하면 엄마가 내 소식을 알려줄 거야. 집으로 매주 편지를 쓸 거니까. 네가 그립지만 우리가 내린 결정이 옳았다고 생각해.

내가 없는 동안 너의 인생을 살길 바랄게. 난 샤이어(『반지의 제왕』에 나오는 지명)에 정착할 거야. 우리를 위한 회색 항구는 없어.

사랑을 담아
앤드루

그리움이 밀려왔다. 너무나 강렬한 그리움에 테리는 약해졌다. 하지만 그 감정은 그녀가 다시 마음을 다잡는 데 도움이 되기도 했다. 그는 베트남 전선에 배치되었고, 살아남기 위해 싸울 것이다. 그녀도 친구들과 연구소에 가서 국가를 위해 아이들을 가둘 수밖에 없었다고 주장하는 괴물과 대면할 것이다. 그녀는 앨리스가 봤던 미래보다 더 나은 미래를 위해 싸우기로 결심했다. 그것이 애초에 실험에 참가한 이유이기도 했다.

연구소에 기자가 나타나면 브레너는 어떤 표정을 지을까? 당황스러워하는 그의 얼굴이 눈에 선했다.

테리는 엽서를 가방에 넣었다. 항상 지니고 다닐 생각이었다. 앤드루와 함께 활짝 웃으며 찍은 사진이 눈에 들어왔다. 그녀는 거울에 끼워놓은 그 사진을 손가락으로 어루만졌다. 지금은 서로 볼 수 없는 사이지만 잘 이겨낸다면 둘이서 함께 더욱 환한 미래를 만들어가게 될 것이다. 앤드루는 여전히 그녀의 가슴속에서 살아 숨 쉬고 있었다.

"연구소에 갈 거야?"

스테이시가 물었다.

318

"가야지."

테리는 옷장 문을 열고 허리 부분이 넉넉한 치마를 꺼내 입었다.

"앤드루가 엽서에 뭐라고 썼는지 왜 안 물어봐?"

"벌써 봤거든."

테리가 깔깔거리며 웃는 룸메이트를 향해 베개를 집어던졌다.

2

호킨스 연구소에는 아침 일찍부터 많은 사람이 모여들었다. 해가 뜨기 무섭게 검정색 차 세 대가 연구소로 연이어 들어왔다. 브레너 박사가 미처 준비를 갖추지 않은 때에 기습적으로 들이닥쳐 여러 가지 연구 활동을 점검하려는 의도인 듯했다.

브레너는 연구소 건물 입구에서 방문객들을 맞이했다. 그는 오늘 국장이 직접 나타날 거라고는 예상하지 못했다. 국장의 방문이 긍정적인 의미인지 부정적인 의미인지 판단할 수 없었다.

"모두 이렇게 와주셔서 감사합니다."

브레너는 그들이 예정보다 세 시간이나 일찍 온 것에 대해서는 짐짓 모르는 척했다.

"짐, 랭글리에서 여기까지 오는 길은 어땠습니까?"

"뭐 별일 없었네."

연구소 건물을 돌아보던 국장이 시큰둥하게 대답했다. 아무래도 부정적이라는 신호였다.

국장은 세련된 검정색 양복을 입고 있었다. 브레너는 상대를 압도하는 고급스러운 회색 양복 차림이었다. 오늘 방문한 사람들 중에는 그가 이전 모임이나 기지 실험실에서 본 적이 있는 인물이 몇 명 포함돼 있었다. 하지만 국장보다 중요한 사람은 없었다.

브레너는 그들을 안내부스로 데려갔다. 그들은 비밀 투자처를 방문했을 때 방명록에 이름을 남기지 않는 게 원칙이었다. 동선을 기록으로 남기면 안 되는 사람들이었다.

"오늘 여러분들은 지난 일 년 가까이 우리 연구소에서 이룬 흥미로운 성과들을 눈으로 확인하실 수 있을 겁니다."

브레너는 이 연구소에서 1년 가까이 일해왔지만 어쩌면 '평생'이 될 수도 있는 일이라는 생각이 들었다. 테리의 아기를 에이트에게 붙여줄 계획이었고, 그 프로젝트를 진행하려면 앞으로도 많은 연구와 시간이 필요할 테니까.

"어마어마한 자금이 들어가긴 했지."

관료들 중 한 명이 말했다. 그는 반짝거리는 구두를 신고 있었고, 머리카락 역시 햇빛을 받아 빛이 나고 있었다.

"빛나는 성과를 내려면 그만큼 특별한 대가를 치러야 하는 법이죠. 안 그렇습니까?"

브레너가 말했다.

"그렇지요. 인사가 늦었는데 나는 밥 워커라고 합니다."

브레너는 남자를 보며 고개를 끄덕였다. 그는 국장과 더불어 밥 워커를 주시해야 한다고 판단했다. 다른 사람들도 연이어 이름을 댔지만 그냥 흘려들었다. 어차피 그들은 국장을 따라온 수행단일 뿐이었다.

최근에 국장은 혼자 출장을 다닌 적이 없었다. 브레너도 국장의 현장 경력에 대한 이야기를 들었다. 그는 활동 범위가 상당히 넓었고 어디서든 흔적을 남기지 않는 사람으로 유명했다. 그런 국장이 회계

직원과 함께 있는 모습을 보고 있자니 생소하게 느껴졌다.

브레너는 인터컴을 누르고 VIP들과 함께 연구소 내부로 들어갈 거라고 설명했다. 문이 열리자 보초를 서고 있던 군인들이 일제히 국장을 향해 거수경례를 했다.

"이 프로젝트에 소요되는 비용을 관리하는 직원들과 면담을 하고 싶은데, 자리를 마련해주길 바랍니다."

밥 워커가 말했다.

그들의 방문이 오직 브레너의 초대 때문만은 아니라는 것이 확실해졌다. 그들은 연구소의 활동을 점검하고, 중대한 하자가 있을 경우 실험을 중단시킬 작정으로 방문한 게 틀림없었다. 적어도 밥 워커는 그런 것 같았다. 동기가 뭘까?

빌어먹을! 얼마 전에 쫓겨난 보안요원이 안 좋은 소리를 한 것이다.

"혹시 여기서 일했던 보안요원을 아십니까?"

브레너가 물었다.

"네, 요전에 같이 있었죠. 좋은 사람이었습니다."

미스터리가 풀렸다.

"무엇이든 궁금하신 게 있다면 기꺼이 대답해드리겠습니다. 직원들의 보고를 전부 받으니까요."

"직원들과 직접 대화하고 싶습니다. 실험대상자들과도 만날 수 있게 해주세요. 그중에는 어린아이들도 있다고 들었는데요? 미안하지만, 엄밀히 말해 그건 정당한 것 같지 않군요."

"자, 자. 너무 앞서가지 말게."

국장이 밥의 말을 가로막았다.

브레너는 인상을 쓰지 않도록 조심하며 낮게 한숨을 쉬었다.

"이곳에서 하고 있는 일의 중요성은 누구보다 국장님이 잘 아시리라 생각합니다. 국장님께서 이 시설을 관리, 감독할 사람으로 저를 발탁하셨으니까요."

국장은 그 사실을 떠올리고 싶지 않다는 듯 얼굴을 찡그렸다. 밥도 잠시 물러났다. 그는 그 사실을 몰랐던 것이 분명했다.

"상황은 언제든 변할 수 있네. 이 연구에 막대한 자금을 투자했으니 비용 대비 이익을 늘 따져야 하지 않겠나."

국장이 말했다.

브레너는 마치 식인상어들이 우글거리는 해변에서 헤엄치고 있는 느낌이 들었지만 미리부터 걱정할 필요는 없었다. 국장의 말대로 상황은 언제나 유동적이니까.

"국장님 말씀에 전적으로 동의합니다."

3

테리는 밴의 좌석을 손가락으로 두드렸다. 켄이 지각하는 바람에 예정보다 오 분 늦게 연구소에 도착했다. 초소 앞에 다다랐을 때 눈앞에 펼쳐진 광경을 보는 순간 그녀는 저도 모르게 미소 짓고 말았다. 다른 친구들도 서로 눈빛을 교환했다. 그녀가 신문사 기자에게 제보했다는 사실을 모두에게 전화로 알려주었기 때문이다.

주차장 경비원이 투박하게 생긴 낡은 차에 타고 있는 남자와 여자를 상대하고 있었다. 브레너가 주차장을 가로질러 부지런히 걸어오는 모습이 보였다. 브레너가 경비원 앞에 서자 경비원이 뭔가를 설명했다. 브레너는 결정을 내리지 못하고 잠시 망설이는 눈치였다. 테리는 그렇게 자신 없는 태도를 보이는 브레너의 모습을 처음 보았다.

테리는 밴의 문을 열었다.

"지금 뭐 하는 거요?

뒤에서 운전자의 목소리가 들렸지만 테리는 거침없이 차에서 내려섰다.

"무슨 일이에요? 무슨 문제 있나요?"

테리가 외쳤다.

낡은 차 안에 있던 남자가 고개를 내밀고 테리를 쳐다보았다.

테리가 차에 타고 있는 그들을 향해 걸어가자 운전자가 서둘러 뒤따라왔다. 브레너가 손을 들어 운전자를 만류했다.

테리가 차에 도착하자 조수석에 앉아 있던 여자가 카메라를 들어 올려 사진을 찍기 시작했다.

"사진 촬영을 허가한 적 없습니다."

브레너가 말했다.

"난 좋은데요."

테리는 저도 모르게 의기양양해져 있었다.

"그런데 누구시죠? 사진은 왜 찍는 거죠?"

운전석에 앉은 남자는 턱수염을 기르고, 스포츠 재킷을 입고 있었다. 기자라고 하면 연상되는 전형적인 모습이었다. 사진 촬영을 한 여자는 남자보다 젊어 보였는데, 테리 나이 또래인 것 같았다.

"우린 《가제트》지 기자입니다. 호킨스 연구소를 취재하려고 왔습니다."

남자가 말했다.

"우리 실험에 대한 기사를 쓸 건가요? 그렇다면 저도 적극 협조할

게요. 저 역시 이 연구소의 실험대상자니까요."

기자가 그 말을 듣고 눈을 가늘게 떴다.

"아니에요. 이분들은 나에 대한 기사를 쓰고 싶다고 했어요. 아무래도 일정이 꼬인 것 같군요. 오늘은 취재에 응하기 힘들 것 같습니다."

브레너가 애써 침착하게 말했다.

"난 괜찮아요. 내 친구들이나 다른 실험대상자들도 마찬가지일 거예요."

테리가 말했다.

"당신은 상관없는 일이니까 빠져요."

브레너가 말했다. 하지만 기자가 뭔가 의심스럽다는 듯 눈을 가늘게 뜨고 쳐다보자 다시 상황을 수습했다.

"일단 차를 주차장으로 들여보내요. 기자분들을 로비에서 만나볼테니까."

경비원에게 지시를 내린 브레너는 서둘러 안으로 들어갔다.

테리는 기자들을 향해 환한 미소를 지어 보였다.

"이렇게 오셨으니 이 연구소에서 뭘 하는지 철저하게 취재하시길 바랍니다. 특히 브레너 박사님의 배경에 대해서는 저도 궁금한 게 많답니다. 정말 대단하신 분이거든요."

"네, 그러죠."

기자가 별 희한한 사람 다 보겠다는 말투로 대답했다.

경비원이 기자들에게 통행증을 건넸다.

테리는 그제야 밴으로 돌아왔다.

그들은 건물 안쪽 복도를 따라 이동했다.

"오늘 나는 일정이 바빠 팍스 박사가 대신 안내해줄 겁니다. 연구와 시설의 보안 규칙에 따라 사진을 촬영할 때는 반드시 사전 허락을 받아야 합니다."

"잘 알겠습니다."

카메라를 목에 건 사진기자가 대답했다.

"일단 여기 계신 실험대상자들을 찍어도 될까요?"

"저들은 잠시 후 실험을 시작해야 합니다. 지금은 시간이 없습니다."

"사진 찍을 정도의 시간은 있잖아요. 우리가 실험실에서 입는 환자복으로 갈아입고 찍는 게 좋겠어요. 그래야 정확해 보일 거예요. 금세 갈아입고 나올 수 있어요."

테리가 말했다. 그녀는 여기 있는 그들 모두와 브레너의 모습을 증거 자료로 남기고 싶었다.

"박사님 일정에 맞추도록 최대한 빨리 찍을게요."

사진기자가 말했다.

브레너도 어쩔 수 없이 동의했다. 테리는 브레너가 곤혹스러워하는 모습을 보는 것이 즐거웠다.

테리와 친구들은 각자 평소 사용하는 방으로 들어갔다.

팍스 박사가 테리의 방에서 기다리고 있었다.

"우리가 여기서 하는 일에 관한 세부 내용은 발설하면 안 돼요."

팍스 박사는 그 말을 하고 밖으로 나갔다. 다른 친구들에게도 똑같은 주의를 주기 위해서일 것이다. 브레너의 지시를 받은 게 분명했다.

테리와 친구들은 모두 환자복으로 갈아입고 밖으로 나왔다.

브레너가 복도에서 기다리고 있었다. 테리와 똑같은 환자복을 입

은 다른 여자들도 있었다. 처음 보는 사람들이었다. 기자가 수첩에
뭔가를 기록하는 동안 사진기자가 콘크리트 벽을 배경으로 사진을
찍기 위한 준비를 했다.

"자, 다들 웃어요."

사진기자가 말했지만 테리는 웃지 않았다. 다른 사람들도 웃을 수
없을 것이다. 사진기자가 몇 번이나 셔터를 눌렀다.

촬영이 끝나자 이번에는 턱수염 기자가 나섰다.

"이제 이 연구소에서 무슨 일을 하는지 말씀해주시겠어요?"

"이미 말씀드렸다시피 실험과 관련된 사항은 기밀이라 별로 해줄
말이 없습니다. 국가적으로 대단히 중요한 연구를 하고 있다는 것만
말씀드리죠."

브레너가 말했다.

"가령 어떤 분야 연구인지는 말해줄 수 있지 않을까요?"

"그 역시 아직은 밝힐 수 없습니다. 때가 되면 세상에 공개하게 될
겁니다."

"모든 게 비공개라면 우린 헛걸음을 한 셈이군요."

기자가 실망스럽다는 듯 말했다.

"나로서도 유감이네요. 그러니 다음번에는 미리 연락을 하고 오시
죠."

브레너가 기자들에게 부드럽게 말했다.

"이쪽에서 3주 전에 취재 요청을 하셨잖습니까?"

브레너의 얼굴이 살짝 일그러졌다.

"이제부터 팍스 박사가 기자분들을 안내할 겁니다. 테리, 나와 함
께 가요."

브레너가 기자들에게 말하고 테리에게 따라오라는 손짓을 했다. 그는 테리를 데리고 그녀의 방으로 들어갔다.

"당신이 한 짓입니까?"

테리는 어깨를 으쓱했다.

"왜 하필 나라고 생각하는데요?"

"이런 식이면 모든 게 위험해질 거요. 내가 지시하는 대로 하는 게 좋습니다. 그렇지 않을 경우 결과가 마음에 들지 않을 겁니다. 조금 뒤에 이리로 사람을 보낼 겁니다. 당신과 칼리를 만나고 싶어 하는 손님들이 있어요. 부디 최선을 다해주기 바랍니다."

테리가 무슨 일인지 묻기도 전에 브레너는 방을 나갔다. 그녀가 곧 문을 열려고 했지만, 잠겨 있었다.

칼리와 그녀를 만나러 온 사람들. 테리는 지난달 깜짝 놀랄 만한 일이 있을 거라던 브레너의 말이 떠올랐다. 그것은 두 사람에게 동시에 일어날 일인 모양이었다. 어쩌면 일이 잘 풀릴 수도 있었다. 칼리를 기자들 앞으로 데려갈 수 있다면 좋은 기회를 만들 수 있었다.

테리는 가방에서 『반지의 제왕』을 꺼내 들었다. 앤드루가 준 책이었다. 테리는 거의 끝부분을 읽고 있었다. 책을 다 읽으면 앤드루가 엽서에 쓴 내용이 무엇을 의미하는지 알 수 있을 것이다. 그녀는 책갈피로 끼워둔 엽서를 꺼내 앤드루가 쓴 글을 다시 한 번 읽어보았다.

제발 앤드루가 안전하게 지내게 해주세요. 그 사람이 서로를 지켜주는 좋은 사람들을 만나게 해주세요. 무사히 군복무를 마치고 저에게 돌아오게 해주세요.

테리는 샘과 프로도가 모르도르에 도착한 뒤에 오크족에게 붙잡히는 부분을 읽기 시작했다. 그때 문이 열리더니 연구보조원이 들어왔다.

"따라오세요. 갈 데가 있어요."

"어디에 가는지부터 말해줘요."

"브레너 박사님이 당신한테 손님들에게 최선을 다해 행동하라고 단단히 주의를 주셨어요."

연구보조원이 지나치게 격앙된 소리로 말했다.

도대체 어떤 손님들일까?

지난번에 브레너는 칼리가 멋진 '공연'을 하게 될 거라고 했었다.

그 손님들이 브레너가 여기서 하는 일을 저지시킬 가능성이 있을까? 그렇다면 절대 나를 그 자리에 보낼 리 없겠지.

하지만 지금은 아무것도 예단할 수 없었다. 테리는 자리에 앉아 마음을 차분히 가라앉히려 애썼다.

"어서 갑시다."

연구보조원이 재촉했다.

자리에서 일어서는 순간, 그녀의 눈앞에 검은 점들이 스쳐 지나갔다. 그녀가 비틀하자 연구보조원이 팔을 잡아주었다. 이제껏 한 번도 베푼 적 없는 호의였다. 지금 그의 행동은 방문객들 때문인 듯했다.

테리는 연구보조원을 따라 여러 복도들을 지났고, 친구들의 방을 지나쳤다. 브레너가 복도에 서 있었다. 감각 차단 수조가 있는 방 바로 앞이었다.

브레너는 두 사람이 다가올 때까지 잠자코 기다렸다.

"에이트의 안전을 위해서는 당신의 협력이 필요해요."

실험대상자 에이트. 테리는 파일에 적혀 있던 숫자를 떠올렸다.

"칼리를 에이트라 부른 건가요?"

"그건 당신이 신경 쓸 문제가 아닙니다."

테리는 팔짱을 꼈다.

"우리는 왜 숫자로 부르지 않죠?"

"어른은 아이들보다 다루기 어려우니까요. 무슨 말인지 알아들었을 테니 이제 시키는 일이나 잘 해요."

"손님들이란 누구를 말하는 거죠?"

"중요한 분들입니다. 혹시라도 오늘 일을 방해할 생각은 하지 않는 게 좋을 겁니다. 그랬다가는 우리 둘 다 크게 후회하게 될 테니까."

영혼을 가진 사람들은 원래 후회하는 법이에요. 영혼이 없는 당신은 모르겠지만.

"적어도 칼리를 해치는 일은 하지 않을 거예요."

브레너가 자못 흥미롭다는 표정을 지었다.

"당연히 그래야죠. 자, 들어갈까요?"

테리는 적당한 순간에 칼리를 데리고 도망칠 생각이었다. 기자들이 아직 연구소에 있을 것이다.

브레너가 문을 열고 테리와 연구보조원을 먼저 들여보냈다. 수조 주위와 그 옆 빈 공간에 반원 형태로 만들어놓은 관람석이 보였다. 처음 보는 사람들이 관람석을 차지하고 앉아 있었다. 관람석 앞 무대 한복판에 칼리가 서 있었다.

테리를 발견한 칼리가 작은 치아가 다 드러나 보일 만큼 환한 미소를 지으며 손을 흔들었다.

브레너가 검정색 양복을 입은 손님들을 향해 말했다.

"여기 있는 이 여성은 실험대상자 에이트의 시범을 함께 지켜볼 또 다른 실험대상자입니다. 이 연구소에서 큰 기대를 걸고 있는 여성이죠."

칼리는 그 말을 듣자 기뻐하며 한층 더 환한 미소를 지었다.

손님들 중 한 명이 손을 들더니 칼리가 서 있는 쪽을 가리켰다.

"어떤 시범을 말하는 겁니까? 숨은 재주라도 보여주는 겁니까?"

왁스를 지나치게 많이 바른 그의 머리가 조명을 받아 반짝반짝 빛나고 있었다.

"이제 곧 시작할 테니 보시면 알게 됩니다."

브레너 박사가 연구보조원에게 지시했다.

"불을 끄게."

연구보조원이 전등 스위치를 내렸다. 방 안이 갑자기 공허한 공간처럼 어두워졌다.

"칼리."

브레너 박사가 신호를 하듯 아이를 불렀다.

"지금 뭐 하자는 거요?"

어둠 속에서 누군가 투덜거렸다.

그러자 또 다른 사람이 말했다.

"어서 불을 켜요."

"헛소동이군. 이 정도면 충분한 것 같은데."

"칼리."

브레너 박사가 다시 아이를 명령조로 불렀다.

그 순간 커다란 불길이 일어나며 천장 위로 솟구쳤다. 칠흑처럼 어둡던 방 안이 일시에 불길에 휩싸였다. 일렁거리는 불길이 사람들이 있는 쪽으로 거침없이 날아가자 여기저기서 비명이 터져 나왔다. 벽을 타고 오르던 불길이 탁탁 튀는 소리를 내며 허공을 점령했다.

테리는 도망치고 싶었다. 하지만 칼리가 흐느끼는 소리가 들리자 불길을 뚫고 아이를 향해 달려갔다. 환영이라고 생각하기엔 너무나 강렬한 불길이 주변을 에워쌌다. 그녀의 뇌는 진짜 불이니 살고 싶으면 어서 도망치라는 명령을 쉴 새 없이 내리고 있었다.

마침내 칼리의 앞에 다다른 그녀는 아이의 어깨를 끌어안았다. 그 와중에도 불길은 점점 거세지고 있었다.

"칼리, 이제 그만해. 이만하면 충분해."

불길은 절대 꺼지지 않을 것처럼 보였다.

아이는 고개를 저으며 흐느껴 울었다.

"그만둘 수가 없어요. 못 하겠어요."

"넌 할 수 있어."

테리가 부드럽게 속삭였다.

갑자기 불길이 잦아들기 시작했다.

테리는 칼리가 어둠 속에서 지신에게 몸을 기댄 채 다리를 절뚝거리는 걸 느낄 수 있었다.

다시 방 안의 전등에 불이 들어오며 사위가 환해졌다.

양복 입은 남자 두 명이 총을 꺼내 들고 칼리와 테리를 겨누고 있었다. 테리는 여전히 울고 있는 아이를 지키기 위해 몸으로 막아섰다.

"쏘지 말아요. 아이는 브레너 박사가 시키는 대로 했을 뿐이니까."

테리는 지금이 밖으로 뛰어나가 기자들을 찾을 적기라고 판단했지만 아이가 위험할 수도 있다는 생각에 그 자리에서 꼼짝할 수 없었다. 이곳은 브레너가 정한 규칙이 통하는 공간이었다.

방 안 가득 정적이 흘렀다.

브레너가 침묵을 깼다. 그는 총을 겨누고 있는 사람들에게 다가가 한껏 친근한 미소를 지어 보였다.

"아주 인상적이지 않습니까, 국장님? 제가 과학 대신 기적을 믿었다면 기적이라고 했을 겁니다."

"매우 인상적인 실험이었어. 헛소동이란 말은 취소하겠네."

국장이 말했다. 그가 자리에서 일어나 경외감이 어린 눈으로 칼리를 쳐다본 후 눈길을 돌려 테리를 일별했다.

국장이 브레너 앞으로 다가갔다.

"상상만 해도 감격스럽군. 이 나라에 저 아이처럼 대단한 능력을 가진 사람들이 더 많아진다면 강력한 무기가 될 것 같네."

브레너가 옆으로 다가오더니 테리의 어깨에 손을 올렸다.

"머지않아 그렇게 될 겁니다."

"확신하나?"

"방금 전 국장님께서 보신 기적을 이룰 다음 세대를 이미 키우고 있습니다."

"이곳에서 정말 놀라운 장면을 봤습니다. 이만하면 연구소에 투자한 비용이 제대로 쓰였다고 볼 수밖에 없겠네요."

밥이 말했다. 그는 마치 테리가 암말이라도 되는 듯 그녀를 머리에서 발끝까지 얼빠진 눈으로 쳐다보았다.

"다른 실험대상자들은 어떤 잠재력을 가지고 있습니까?"

"다들 대단한 능력을 갖고 있죠. 전기충격을 가하면 신비한 능력을 보이는 실험대상자도 있습니다."

브레너가 자랑스럽게 말했다.

그 자리에 모인 사람들이 흥미로운 동물 쳐다보듯 자신에게 눈길을 주는 동안 테리는 배 속에서 뭔가 움직이는 듯한 느낌을 받았다. 그녀는 불현듯 브레너가 다음 세대 운운한 것을 떠올렸다. 그렇다면…….

이제야 알겠어. 그래서 그렇게 피곤했던 거야. 전보다 배도 많이 고프고, 눈물도 자주 흘렸던 거야. 그래서 몸이 변했던 거야.

브레너는 그 사실을 알면서 왜 말해주지 않았을까? 그 사실을 알면서 왜 계속 연구소에 나오게 했을까? 무슨 꿍꿍이속이 있는 걸까? 아니야, 내가 잘못 안 것일 수도 있어.

테리는 비틀거리는 걸음으로 출입문을 향해 걸어갔다.

"어지러워서 이만 돌아가서 좀 누워야겠어요."

테리는 브레너가 보지 못하게 몸을 돌린 뒤 배에 손을 올렸다. 심장이 배에서 뛰고 있는 것 같았다. 방 안이 어지럽게 흔들렸다.

"그렇게 해요. 수고 많았어요."

브레너 박사가 뒤에서 말했다.

테리는 사실상 아무 일도 하지 않았다. 칼리에게 다가가 안아주며 다독인 것이 전부였다. 브레너가 수고했다는 말을 하는 게 이상했다. 연구보조원이 다가와 그녀의 팔을 잡았다. 그녀는 그의 손길을 뿌리치며 다시 배에 손을 올렸다. 배에서 여전히 미약한 심장박동이 느껴졌다. 배 속에서 또 다른 심장이 뛰고 있는 게 분명했다.

4

앨리스는 환각제나 전기충격 때문인지, 아니면 머릿속에서 만들어낸 환상 때문인지 알 수 없었지만 오늘따라 연구소의 에너지가 이전과 다르게 느껴졌다. 건물 전체가 평소와는 다른 빈도로 진동하는 듯했다. 팍스 박사는 기자들을 상대하느라 바쁜 듯 아직 방에 나타나지 않았다. 모든 일이 테리가 바라던 대로 되지는 않았지만 브레너도 진땀깨나 흘렸을 거라는 생각이 들었다.

팍스 박사는 전기충격을 가한 뒤 방을 나갔다. 창문으로 밖을 내다보니 복도에서 사람들이 부산스럽게 움직이고 있었다. 테리가 연구 보조원과 걸어가는 모습이 보였다.

앨리스는 이전과 다른 악몽을 보았다. 불길과 에너지와 거대한 어둠의 소용돌이, 점점 자라 뻗어나가는 괴물의 촉수들이 커질 대로 커지더니 하늘을 집어 삼켰다. 그 거대한 아가리에서 파괴의 불길이 타오르고 있었다.

어느 누가 괴물과 맞서 싸울 수 있겠는가?

그때 문이 열리더니 칼리가 안으로 들어왔다.

"앨리스 언니!"

칼리가 그녀를 반갑게 끌어안았다.

"오늘은 정말 재미있었어요."

"무슨 일이 있었는데?"

앨리스는 혹시나 해서 복도 쪽을 살폈다. 다행히 뒤따라온 사람은 없었다.

"손님들이 와서 그 앞에서 내가 뭘 좀 보여줬어요. 테리 언니도 함께 있었죠."

앨리스는 눈썹을 치켜올렸다. 물어보고 싶은 게 많았다.

"여긴 어떻게 왔어?"

"아빠가 많이 바쁘거든요. 친구를 만나러 가도 되냐고 물어봤더니 그러라고 했어요."

칼리가 멋쩍은 미소를 지었다.

"아빠는 내가 말한 친구가 테리 언니일 거라고 생각했을 거예요. 테리 언니는 이미 만났으니까 언니를 보러 왔어요."

앨리스는 자꾸만 신경 쓰이는 게 있었다. 이제 그녀는 환영이 현재가 아니라 미래 모습이라는 걸 알게 되었고, 여전히 그 환영들을 보고 있었다. 하지만 칼리는 여기에 살고 있었다.

"칼리, 연구소 안에서 괴물을 본 적 있니?"

칼리는 얼굴을 찌푸리면서도 생각에 집중했다.

"못 본 것 같아요. 어떻게 생겼는데요?"

앨리스는 양팔을 들어 올려 촉수처럼 흔들었다.

"이상하게 생긴 팔에, 머리에 달린 입이 쫙 벌어지는 괴물이야."

칼리는 눈을 동그랗게 뜨며 고개를 저었다.

"그런 게 여기 살아요?"

아이는 잔뜩 겁에 질린 표정이었다.

앨리스는 여덟 살 때 공포영화를 보고 나서 몇 달 동안 밤에 불을 끄고 잠들지 못했다. 그러자 엄마는 공포영화 보는 것을 금지시켰다. 그녀는 지금도 가끔 자기 전에 침대 밑을 확인해보곤 했다. 숲에 갔던 날 밤에 켄이 유령 이야기를 했을 때도 솔직히 무서웠다.

"걱정하지 마. 연구소에는 괴물이 없으니까."

칼리는 여전히 무서운 듯 얼굴을 찌푸렸고, 작은 이마에 주름이 잡혔다.

"언니는 괴물을 봤어요?"

앨리스가 고개를 끄덕였다.

"하지만 지금 여기에는 없어. 미래에 있는 괴물이야."

"미래?"

"아직은 없다는 얘기야. 지금 내가 한 이야기는 잊는 게 좋겠다."

"절대로 잊을 수 없을 것 같아요."

칼리가 호랑이처럼 으르렁거리며 방의 가장자리를 기어 다녔다.

"내가 손님들 앞에서 했던 걸 보여줄까요? 테리 언니도 봤어요."

"아니, 괜찮아."

그 말에 칼리의 표정이 뾰로통해지자 앨리스가 덧붙였다.

"네가 대가를 지불하는 걸 원하지 않으니까."

칼리가 어깨를 으쓱했다.

"난 괜찮아요."

"네가 착한 아이라서 그래."

"아빠는 그렇게 생각하지 않아요."

아이가 무덤덤하게 말했다.

앨리스는 뭐라고 대답해야 할지 잠깐 망설이다 아이들 식으로 말하기로 했다.

"네 아빠는 돌대가리라서 그래."

그 말에 칼리가 미친 듯이 웃었다. 적어도 이제 괴물에 대한 두려움은 잊은 듯했다.

유감스럽게도 앨리스는 그 괴물을 잊어버릴 수 없었다.

5

밴이 떠나자 테리는 주차장에 서 있는 친구들을 돌아보았다. 그녀는 계속 배에 손을 얹고 있었다. 그녀는 앞으로 벌어질 수많은 상황들을 떠올려보았다. 거기에는 불쾌하고 극단적인 예상도 포함되어 있었다. 베키 언니는 분노할 것이다. 앤드루에게는 어떻게 설명해야 할까. 그가 기겁하지 않을지 걱정이었다. 학교에서 알게 되면 즉시 퇴학이었다.

브레너도 문제였다. 브레너는 그녀가 임신한 사실을 알고 있는 게 분명했다.

도대체 그는 나에게 무슨 짓을 하려는 걸까?

"이야기할 게 있어."

"이번에도 정비소로 가야 하는 거야?"

켄이 미간을 찡그리며 물었다.

"아니, 여기서 말할게."

테리가 고개를 젓고는 양팔로 자신의 몸을 감쌌다.

"기자를 부른 일이 계획대로 되지 않은 건 유감이지만, 적어도 기사는 실릴 거야."

켄이 말했다.

"오늘 연구소에 왔던 사람들은 누구야?"

글로리아가 물었다.

"그 사람들도 지금 이야기해야 하는 이유 중 하나야."

글로리아가 주차장 주변을 샅샅이 살폈다.

"밴은 확실히 떠났어."

켄이 고갯짓으로 가까운 건물을 가리켰다.

"저기 벤치가 있어. 너무 오래 있지만 않으면 괜찮을 거야."

날씨가 쌀쌀한 저녁이었다. 하늘에는 회색 구름이 낮게 깔려 있었다. 나무에 솟아난 새싹들이 어둠 속에서 눈물방울처럼 보였다. 벤치가 모자라 켄은 바닥에 앉았다. 앨리스도 그 옆에 앉았다. 글로리아가 벤치에 앉았고, 그 옆에 테리가 앉았다.

"무슨 일이야? 뭐가 잘못됐어?"

앨리스가 물었다.

테리는 말을 꺼내기가 쉽지 않았다.

"아무래도…… 나 임신한 것 같아."

그녀가 처음 그 사실을 알았을 때 그랬던 것처럼 다들 어떤 반응을 보여야 할지 몰라 멍하니 앉아 있었다.

켄이 손가락을 튕기더니 입을 열었다.

"너에 대해 뭔가 놓치고 있다는 느낌이 들었는데 이제야 뭔지 알겠네."

테리는 웃고 싶은 한편 울고 싶었다. 비명을 지르고 싶기도 했다.

"넌 정말 최악의 심령술사야."

"가혹하지만 틀린 말은 아니야."

"확실한 거야?"

글로리아가 물었다.

"거의 확실해."

테리가 말했다.

"우리한테 왜 말 안 했어?"

앨리스가 물었다

"테리도 이제 알았을 거야."

글로리아가 대신 대답해주고 말을 이었다.

"네가 갈 만한 곳을 알아. 교회에서 만난 여자들 중에 너와 비슷한 경우가 있었어."

"앤드루의 아이야. 나와 앤드루의 아이. 포기할 수 없어."

앨리스가 자리에서 일어나 서성거리기 시작했다.

"일단 앤드루에게 알려야겠네."

"앤드루는 떠났어. 어제 엽서가 왔어. 부대에 배치됐다고."

앤드루의 반응은 능히 상상할 수 있었다. 그는 분명 기뻐할 것이다. 절대 기겁하지 않을 것이다. 테리는 의심의 여지 없이 그럴 거라 확신했고, 그래서 더 힘들었다.

"브레너 박사는 알까? 우리 피를 뽑아 갔으니 이미 오래전부터 알고 있었겠네."

글로리아가 말했다.

"알고 있는 게 분명해. 그가 암시한 말 때문에 나도 알게 됐으니까."

테리는 외부 사람들 앞에서 칼리가 놀라운 능력을 보여준 이야기를 해주었다. 브레너와 참석자들이 어떤 반응을 보였는지에 대해서도.

"결과적으로 브레너는 참석자들에게 신뢰감을 심어줬어. 앞으로 그는 원하는 걸 더 쉽게 얻게 될 거야."

서성거리던 앨리스가 발걸음을 멈췄다.

"테리가 임신 사실을 알았다면 환각제 복용을 거부했겠지. 브레너는 그래서 사실을 말하지 않은 거야."

"브레너는 특별한 힘과 기적을 보여줄 다음 세대를 키우고 있다고 했어. 아무래도 내 아이를 두고 한 말 같아. 그런 짓을 하기 전에 내가 연구소를 다 불태워버릴 거야."

"칼리가 아직 거기 있잖아. 그 애가 오늘 날 만나러 왔어. 내가 아이에게 괜한 겁을 준 건 아닌지 걱정돼."

앨리스가 한숨을 쉬었다.

"무슨 일이 있었는데?"

"아이에게 괴물 이야기를 해버렸어."

"앨리스!"

"덧붙이자면 그 애는 괴물 같은 건 못 봤대."

앨리스가 발밑을 내려다보다가 뒤로 한 걸음 물러서며 말했다.

"그나저나 우리가 어떻게 해주면 좋겠어?"

"일단 생각을 좀 해봐야겠어. 우리 모두 연구소에서 벗어나기 위해할 수 있는 일이 뭔지 찾아보자. 브레너에게 내 아기를 빼앗길 수는 없어."

글로리아가 테리의 손을 어루만졌다.

"일단 너 자신부터 챙겨. 너도 이 사실을 안 지 얼마 안 됐고, 아직 많이 흥분한 상태야. 생각할 시간이 필요할 거야. 그다음에 태아가 건강한지도 알아봐야 하겠지."

"브레너도 아기의 상태를 체크하고 있었을 거야."

테리가 씁쓸하게 말했다.

"네가 알아본 건 아니잖아. 확인해보면 기분이 나아질 거야."

글로리아가 손을 뻗어 테리의 뺨에 붙은 머리카락을 떼어주었다. 테리는 엄마도 자주 그렇게 해주었던 기억이 났다. 그녀는 손을 내밀어 글로리아의 손을 꼭 잡았다.

"모두들 고마워."

테리는 이제 기숙사로 스테이시를 만나러 가야 했다.

켄이 자리에서 일어나더니 묻지도 않고 테리의 배 위에 손을 올렸다.

"뭐 하는 거야?"

"딸이야. 이번에는 확실해."

6

테리가 기숙사 방으로 들어섰을 때 스테이시는 침대 한복판에 앉아 발톱에 장밋빛 매니큐어를 칠하고 있었다.

"방에 있어서 다행이야."

스테이시는 테리의 가장 오랜 친구였다. 새로 사귄 친구들은 그녀가 겪고 있는 일을 보통 사람들은 이해할 수 없는 방식으로 이해해주었다. 스테이시 역시 또 다른 방식으로 그녀를 이해해줄 것이다. 지금 테리에게 가장 필요한 건 스테이시의 위로였다.

"얼굴이 핼쑥해 보여. 무슨 일 있어?"

테리는 대답 대신 스테이시의 매니큐어 병을 빼앗아 들었다.

"왜 그래?"

스테이시가 항의했다.

테리는 매니큐어 병을 책상 위에 올려두고 스테이시의 손을 잡아 자신의 배 위에 올렸다.

"그동안 내가 이상하게 배가 고팠던 이유를 알게 됐어."

스테이시는 자신의 손을 쳐다보고는 테리를 올려다보았다. 테리가 예상한 대로 충격받은 눈빛이었다.

"테리, 어떻게 할 거야?"

스테이시가 숨을 몰아쉬었다.

테리는 하마터면 웃을 뻔했다. 스스로에게 했던 질문과 다르지 않은 친구의 반응이 어쩐지 위안이 되었다.

"어떻게 할지 알아보려면 네 도움이 필요해. 일단 임신이 맞는지 확인해봐야겠지. 내 주치의 선생님을 찾아가고 싶지는 않아. 연구소에서 지켜보고 있을지도 모르니까."

"연구소에는 이제 더 이상 가지 마!"

테리는 침대 끝에 걸터앉았다.

"네 주치의 선생님을 만나보는 게 낫겠어. 진료 예약을 잡아줄 수 있지?"

스테이시가 고개를 끄덕였다.

"내일 아침에 곧바로 예약할게."

"네 이름으로 가도 될까?"

또다시 잠깐이지만 스테이시를 사칭하겠다는 뜻이었다.

"그럼. 이제야 네가 왜 그렇게 편집증 환자처럼 굴었는지 알겠어. 임신 호르몬 때문일 거야."

"나도 까마득히 몰랐어."

"우리 주치의 선생 말인데 끔찍한 노인네야. 언젠가 나한테 치근덕거린 적도 있어."

"끔찍한 인간이라면 연구소에도 많아. 내가 알아서 할게."

스테이시가 다가와 테리를 꼭 끌어안아주었다.

"앤드루도 좋아할 거야. 떠나기 전에 알았으면 결혼하자고 했을 텐데."

"그랬을 거야."

앤드루는 진심으로 기뻐했을 것이다.

"앤드루가 있었으면 모든 일이 수월했을 텐데, 지금은 상황이 좋지 않아. 모든 게 엉망이 될 수도 있어."

스테이시가 명확히 지적했다.

테리도 수긍할 수밖에 없었다. 무엇보다 자신도 같은 생각을 했으니까. 하지만 내면에서는 그 말에 반박하고 있었다. 켄의 말대로 이 아이는 딸일 것이다. 이제부터 더 강해져야 했다.

"아니, 엉망이 되는 건 아무것도 없어. 이 아이는 완벽할 거야."

11장

작별과 만남의 인사

1970년 5월
인디애나주 블루밍턴

1

스테이시의 주치의 진료실은 대체로 차가운 느낌이 드는 방이었다. 하지만 연구소의 방을 경험한 테리로서는 벽에 걸린 노먼 록웰(1894~1978, 미국의 화가이자 일러스트레이터)의 복제그림들을 보니 일반적인 가정집에 와 있는 기분이 들었다. 환자복 재질도 두꺼웠다. 카운터에는 화장지 상자와 솜뭉치, 덤덤 롤리팝스(막대사탕 상품명)가 들어 있는 유리병이 놓여 있었다. 벽에는 '인체'라는 제목 아래에 몸 안의 장기들이 그대로 드러난 포스터가 붙어 있었다.

간호사는 병원을 찾아온 이유를 듣더니 시큰둥한 얼굴로 몸무게를 재고 나서 얼른 환자복으로 갈아입고 플라스틱 컵에 소변을 받아오라고 했다.

"두 시간 뒤에 임신 여부를 알 수 있을 거예요."

테리는 검사 결과가 나올 때까지 의자에 앉아 기다렸다. 신문이 있는지 물어보려다가 그만두었다. 최근에 발생한 켄트주립대학교 총격 사건(1970년 5월 4일, 오하이오주 켄트에 있는 켄트주립대학교에서 주 방위군이 반전시위를 하던 학생들을 향해 총격을 가한 사건) 관련 기사를 읽고 싶었다. 군인들이 십삼 초 만에 시위에 나선 학생들을 향해 실탄 예순일곱 발을 발사했고, 그 결과 학생 네 명이 사망하고 아홉 명이 부상을 당했다. 무슨 이유로 총격을 가했는지 아직 이렇다 할 소식이 없었다.

한참 만에 문이 열리더니 의사와 간호사가 나타났다.

"스테이시의 친구라고요?"

"맞아요."

의사가 테리를 보며 얼굴을 찡그렸다. 아인슈타인을 연상케 하는 버섯구름 모양 회색 머리가 그의 얼굴 주위를 감싸고 있었다. 그가 손에 장갑을 꼈다. 테리는 의사의 손에 수북이 나 있는 털을 보았다. 그녀는 진심으로 그가 자신을 더듬지 않기를 바랐다.

"스테이시는 똑똑한 아가씨라 곤란한 상황을 만들지 않죠."

"그 말씀은 제가 곤란한 상황에 처했다는 건가요?"

의사는 그녀를 뚫어지게 쳐다보았다.

"그래요. 사실 보호자나 아이 아빠 없이 이렇게 진찰하면 안 돼요. 하지만 아이 아빠가 있었다면 여길 찾아오지 않았겠죠."

"그 사람은 베트남에 가 있어요."

"결혼한 게 아니면 지금 같은 상황을 만들어선 안 돼요."

의사가 누우라며 턱짓으로 진찰대를 가리켰다.

"자, 상황이 얼마나 안 좋은지 봅시다."

테리는 이 병원에 온 걸 후회했다. 매사에 친절하고 부모님 장례식에도 참석해주었던 가족 주치의에게 가지 못하는 것이 안타까울 따름이었다.

테리는 불안한 마음으로 몸을 뒤로 기댔다. 의사들이 몸을 찌르거나 누르는 것에 익숙했지만 이번 일은 좀 달랐다. 그녀는 임신했을 날짜들을 생각해보았다. 아주 오래전이거나 최근일 수도 있었다. 그녀와 앤드루는 대부분 피임기구를 이용했지만 두 번 정도 부주의했던 기억이 났다.

간호사가 테리의 발목을 들어 올리더니 진찰대 끝 차가운 금속 발걸이에 올려놓았다. 의사가 검사를 하는 동안 테리는 눈을 감고 어딘가 다른 곳에 와 있다는 상상을 해보려고 애썼다.

"이제 앉아도 돼요."

의사가 말했다.

"어떤가요?"

"임신 후기예요."

테리는 충격을 받았다. 전혀 예상하지 못한 일이었다. 머릿속으로 날짜를 계산해보니 11월이었다. 11월에 앤드루와 계속 함께 지냈으니까. 그 무렵 앤드루가 핼러윈 가면을 쓰고 식당에 들어와 시위를 했다. 테리가 경찰서 유치장에 있는 그를 보석으로 빼낸 그 즈음 피임에 부주의했던 날이 있었다.

"정확하게 얼마나 되었죠?"

"7개월쯤 됐어요. 그런데도 이렇게 티가 나지 않다니 신기하네요. 본인이 여태껏 몰랐다는 것도 놀랍고요."

의사는 테리를 못마땅한 눈으로 쳐다보았다.

"임신 상태를 끝낼 만한 곳을 몇 군데 알고 있어요. 그렇게 하는 게 좋아요."

"아뇨, 난 딸아이를 포기할 생각 없어요."

"아직 성별은 몰라요. 지금 호르몬 때문에 비이성적인 애착관계가 형성된 겁니다."

맙소사, 스테이시는 여기서 '임신 호르몬'이라는 말을 들은 걸까.

의사는 자신의 지식에 테리가 깊은 인상을 받았을 거라고 생각한 듯 계속 말했다.

"아이를 낳을 거면 잘 키워줄 수 있는 부모님 집으로 보내는 게 모두에게 좋을 거예요."

테리는 의사한테 출산과 육아에 관한 이런 종류의 충고를 듣는 것이 불쾌했지만, 논쟁을 벌인다 해도 아무것도 얻지 못할 것이 뻔했다. 그녀에겐 실질적인 정보가 필요했다.

"남은 임신 기간 동안 어떻게 해야 하는지 알려주세요. 딸, 아니 아기가 건강한지도 알 수 있을까요?"

"태아의 건강 상태는 정상으로 보입니다. 일단 칼로리 섭취를 늘려야 합니다. 태아의 체중이 늘어나기 시작할 때니까요. 소변을 자주 보게 될 수도 있어요. 학교는 계속 다닐 건가요?"

"다음 주에 학기가 끝나요."

얼마나 다행인가. 임신 사실을 들키지 않으면 도덕성 위반으로 학교에서 쫓겨나지 않고 넘어갈 수도 있었다.

점잖은 여자들은 결혼하지 않은 상태에서 임신하지 않았다. 하지만 테리의 걱정거리들 중에 수치심은 우스울 정도로 별것 아니었다. 그런 건 전혀 상관없었다. 테리는 자신의 몸을 화학 물질로 가득 채운 괴물 같은 인간과 그자의 목표에 온 신경을 집중하고 있었다. 만일 브레너가 배 속의 아기를 자신의 뜻대로 할 수 있는 다음 세대로 생각한다면 대단한 착각이었다.

7개월. 브레너는 틀림없이 알고 있었을 것이다. 얼마나 오래전부터 알고 있었을까? 그럼에도 브레너는 그녀를 계속 연구소에 나오게 했다. 앨리스의 말대로 의도적으로 임신 사실을 알려주지 않았던 것이다. 게다가 그녀가 임신 중인데도 계속 환각제를 주입했다.

테리의 걱정은 한 단어로 요약되었다. 탈출.

아무도 다치지 않고 이 상황에서 벗어날 수 있는 방법을 찾아야 했다.

2

기말시험이 일주일 앞으로 다가왔다. 여름방학에 집으로 돌아가기 전에 시험과 과제를 통과하기 위해 학생들 모두가 벼락치기 공부를 하는 광란의 시간이었다.

테리는 공용전화 앞에 줄을 서 순서를 기다렸다. 앞에 네 명이 남아 있었다. 책을 꺼내긴 했지만 집중이 되지 않았다. 샘과 프로도는 여전히 오크족에게 붙잡혀 있었다.

지금으로선 앤드루의 어머니에게 전화하는 것이 최선이었다. 앤드루에게 기숙사로 전화해달라는 말을 전해달라고 부탁할 생각이었다. 앤드루에게서 전화가 오면 어떻게 말해야 할지 벌써 수백 번쯤 생각해보았다.

'우리 잠시 헤어지자고 했던 말은 잊고, 약혼을 하는 게 어떨까? 여름이 되면 우리 아기가 태어날 거야.'

테리는 자기 차례가 되자 외우고 있던 번호를 돌렸다. 신호음이 울리는 동안 가만히 서 있기가 힘들었다. 한참 전화를 받지 않아서 수화기를 내려놓으려는 순간 리치 부인이 전화를 받았다. 이번에도 지난번처럼 코를 훌쩍거리는 소리가 들렸다.

테리가 먼저 말했다.

"리치 부인? 테리예요. 가급적 빨리 앤드루에게 전해야 할 말이 있어서 전화했어요. 앤드루에게 시간을 정해 기숙사로 전화해주길 바란다고 전해주시겠어요? 전화하는 시간을 알아야 제가 받을 수 있으니까요."

"테리…… 세상에……!"

전화기가 바닥에 떨어지는 소리가 들렸다. 잠시 후 남자 목소리가 들렸다. 앤드루의 아버지였다.

"누구시죠?"

"테리입니다. 앤드루의 여자친구요. 앤드루에게 전할 말이 있어서요."

"테리, 이런 소식을 전하게 될 줄은 몰랐구나……."

테리는 그 뒷말을 제대로 들을 수가 없었다.

3

켄은 그 느낌이 왔을 때 기숙사 방에서 물리학 시험공부를 하고 있었다. 냉혹하고 암울한 확신. 흐릿한 빛이 이내 사라졌다. 곧 압도적인 상실감이 밀려왔다.

켄은 지금껏 몇 번이고 그 해답을 찾기 위해 애써왔다. 지금은 원하지도 않았는데 해답이 전달되었다.

앤드루가 죽었다. 켄은 그것이 진실임을 온몸으로 알았다.

4

앨리스는 테리의 기숙사 방문을 두드렸다. 그동안 학교가 편하게 느껴진 적은 한 번도 없었다. 학교는 항상 그녀에게 비밀스러운 공간이었다. 학교에 다니는 친구들을 만나게 된 지금은 이쪽 세상도 크게 다르지 않다는 걸 알게 되었다.

학교 기숙사까지 오는 동안 앨리스는 그녀의 옷차림을 이해하지 못하는 호기심 많은 속물들의 시선을 견뎌야 했다.

방문이 열렸다.

"어서 와, 앨리스. 글로리아도 와 있어."

스테이시가 말했다.

"어서 와."

글로리아가 말했다. 그녀는 책상 앞에 테리와 나란히 앉아 뭔가를 열심히 하고 있는 것 같았다. 책들과 종이들이 주위에 흩어져 있었다.

"테리는 지금 문학 시험을 보러 가야 해. 그다음에는 세미나 과제를 제출하러 가야 하고. 지금 건물 위치를 메모하는 중이야."

"좀 어때?"

앨리스가 물었다.

"물어보지 마. 쟤들은 내가 가야 하는 건물 위치를 적고 있다고."

테리가 결연한 표정을 지으려고 애쓰며 말했다.

앨리스가 고개를 끄덕였다.

"그래, 알았어. 네 감정 상태에 대해선 궁금해하지 않을게. 기말

시험 잘 칠 준비는 됐어?"

테리가 앤드루 소식을 듣고 온 뒤에, 스테이시가 앨리스와 글로리아에게 연락했다. 세 사람은 테리가 기말시험을 무사히 치를 수 있도록 옆에서 돕기로 했다. 스테이시는 셋이 번갈아가며 테리를 보살피자고 제안했다.

"테리가 고릿적 규율 때문에 학교에서 쫓겨나는 일은 없어야 하잖아. 일단 시험을 잘 치러야 해."

스테이시가 말했다.

아무도 그 말에 이의를 제기하지 않았다.

글로리아가 코트와 가방을 챙겨 들더니 앨리스 옆에 멈춰 섰다.

"내일 거기에 갈 마음의 준비는 되어 있어?"

그녀가 테리에게 차분한 목소리로 물었다.

내일은 목요일이었다.

"난 내일 연구소에 안 갈 거야. 아직 어떻게 그만둬야 할지 모르겠어."

글로리아와 앨리스가 서로 시선을 주고받았다.

"안 가면 그만이지 저들이 뭘 어쩌겠어."

스테이시가 옆에서 말했다.

"우린 가야 해. 브레너가 어떻게 나오는지 확인해봐야지."

글로리아가 말했다.

"너희들도 그만둬. 켄이라는 애만 가게 내버려두고."

스테이시가 말했다.

앨리스는 어색한 표정으로 글로리아를 쳐다보았다. 스테이시는 상황을 이해하지 못하기 때문에 그런 말을 할 수 있다는 생각이 들었다.

"내일 봐."

앨리스가 글로리아에게 말했다. 글로리아는 고개를 끄덕이고 방을 나갔다.

테리는 앞으로 어떻게 해야 할지, 잠에서 깨어났을 때 비극의 주인공이 된 것 같은 기분이 들지 않으려면 뭘 해야 좋을지 찾고 있는 중이었다. 칼리가 괜찮은지도 알고 싶어 했다. 앨리스는 자신이 그것들을 알아낼 거라고 다짐했다. 미래도 열심히 내다보면서, 지금 그들을 도울 일을 찾아야 한다고 생각했다.

"쟤 신발 좀 신겨줘."

스테이시가 말했다.

"나 여기 있어. '쟤'가 아니라 테리야."

"알았어. 그럼 네가 직접 골라 신어."

스테이시가 신발장을 가리켰다.

앨리스는 한참을 끙끙대기만 할 뿐 운동화 끈을 묶지 못하는 테리를 지켜보다가 안 되겠다 싶어 도와주려고 나섰다.

"처음 운동화 끈을 묶었던 사람의 경이로운 기술에 대해 감사할 줄 알아야 해."

앨리스가 말했다.

테리는 그 말에 결국 웃음을 터뜨렸다.

"테니스화를 처음 개발한 사람의 기술도 경이로워."

테리가 웃는 모습을 보자 앨리스는 기쁘기 그지없었다. 그녀는 테리가 곧 본래의 모습으로 돌아올 거라 믿었다. 모두 그렇게 믿고 있었다.

"경이로움과 위대함이라. 다 헛소리지."

테리가 배를 문지르며 말했다. 그녀는 길고 품이 넉넉한 상의를 입고 있었다. 스테이시나 글로리아라면 절대로 입지 않을 옷이었다.

앨리스는 테리의 말뜻을 이해하지 못했다.

"그런 말을 하는 걸 보니 이번 시험 잘 칠 모양이네. 이제 겨우 며칠 지났어. 다 지나갈 거야."

"그래, 알아."

테리가 운동화 끈을 다 묶은 앨리스를 보며 꿈을 꾸듯 말했다. 그녀의 눈은 빨갛게 충혈되어 있었지만 전날처럼 부어 있지는 않았다.

"부모님이 교통사고로 돌아가셨을 때가 떠올라. 그때도 절대로 좋아지지 않을 거라고 생각했지만 시간이 지나면서 차츰 그 기억을 담아둘 마음의 여유가 생기더라."

앨리스는 고개를 끄덕였다.

"아직은 그럴 여유가 없을 거야. 기억을 담을 마음의 여분이 없으니까."

"마음이 따뜻해지는 이야기긴 한데 빨리 가지 않으면 지각할 거야."

스테이시가 끼어들었다.

앨리스는 글로리아가 적어준 대로 문학부 건물까지 테리와 함께 갔다. 로비에 작은 도서관이 있었다. 테리가 시험을 보러 들어가 있는 동안 앨리스는 거기 있는 책을 꺼내 되는 대로 펼쳐 읽으면서 시간을 보냈다.

글로리아가 전화로 앤드루의 사망 소식을 알려주었을 때 앨리스는 받아들이기 힘들었다. 하지만 테리를 제외하고 그 소식을 누구보다 받아들이기 힘들어한 사람은 켄이었다.

앨리스는 켄이 앤드루와 그렇게 친한 사이인 줄 몰랐다. 켄은 테리를 대신해 식당 일을 해주고 있었다. 며칠만 지나면 테리는 집으로 돌아가 베키 언니와 함께 지내게 될 것이다.

앨리스는 앤드루가 떠날 때 제대로 작별인사를 하지 못한 걸 후회했다. 그가 아이가 생긴 것도 모르고 죽었다는 사실이 더욱 가슴 아팠다. 테리는 앤드루의 부모님에게 아직은 임신 사실을 알리지 않기로 결정했다. 브레너가 그들을 위험에 빠뜨릴 수 있기 때문이었다. 테리가 이번 주에 연구소에 가지 않기로 한 건 브레너가 무슨 짓을 벌일지 시험해보기 위해서인 듯했다.

"추워?"

어느새 다가온 테리가 물었다.

"벌써 끝났어? 이제 과제만 제출하면 되겠네."

앨리스는 손에 들고 있던 『삼총사』를 책장에 꽂았다.

"앨리스, 나는 다녀올 데가 있으니까 먼저 들어가."

"무슨 일인데? 혼자 올 수 있겠어?"

"물론이지. 무사히 돌아가겠다고 약속할게."

앨리스는 잠시 생각에 잠겼다. 테리의 눈이 최근 들어 가장 맑아 보였다.

"너한테 무슨 일이 생기면 스테이시가 나를 죽이려 들 거야."

"아무 일 없을 거야. 그냥 도서관에 들를 일이 있어서 그래."

"그럼 도서관까지 같이 갈게. 그건 괜찮지?"

"좋아."

"그 전에 과제부터 제출해야지."

"내일 연구소에 가면 칼리가 잘 지내는지 알아봐줄래? 앞으로 내가 연구소에 가지 않아도 정말 괜찮을까?"

앨리스도 그건 알 수가 없었다.

"내일 브레너가 어떻게 나오는지 보고 알려줄게."

"고마워."

앨리스는 더 많은 걸 해주고 싶었다.

"우린 연구소 원정대잖아."

"그렇지. 그리고 우린 가족이기도 해."

"그래, 우린 가족이야."

앨리스도 동의했다.

5

테리는 지난 사흘 동안 밤낮을 가리지 않고 혼자 지낸 적이 없었다. 항상 누군가가 옆에 있었다. 스테이시는 끊임없이 친구들을 닦달했다. 그래서 도서관에도 혼자 오래 있을 수 없었다. 오늘은 대기하는 줄이 그리 길지 않았다. 다수의 학생들이 열람실 책상 앞에 앉아 과제를 마무리하느라 바빴다.

테리는 지금 자신이 가는 곳마다 다른 세계를 안고 다니는 것처럼 느껴졌다. 일상의 근심들은 앤드루를 잃은 상실의 아픔과 눈앞에 직면한 문제들 앞에서는 아무런 의미가 없어 보였다. 테리는 앤드루에게 아빠가 될 거라고 말해주고 싶었다. 그가 돌아와 아기의 아빠가 되어주길 바랐다.

테리는 이제 자기 자신과 아기의 앞날을 생각해야만 했다.

사서는 처음에는 테리를 보고 그냥 지나쳤다.

"아, 도움이 필요한가요?"

"네, 전에도 한 번 도움을 받았어요. 이번에도 도와주실 수 있을까 해서 왔어요. 좀 이상한 게 궁금해서요. 어떻게 말을 꺼내야 할지 모르겠네요."

"내가 가장 좋아하는 유형이네요. 말해봐요."

사서가 손가락을 흔들었다.

"어떤 젊은 여자가 곤경에 처해 있어요. 연기처럼 사라질 필요가 있죠. 그 여자는 어떻게 해야 할까요? 혹시 그런 문제를 다룬 책이 있을까요?"

사서는 다크서클이 생긴 테리의 부은 얼굴을 바라보며 생각에 잠겼다.

"언뜻 생각나는 책은 없지만 내 전문 분야가 정보거든요. 그 젊은 여자는 급박한 위험에 처해 있나요?"

"급박한지 아닌지는 확실하지 않지만 위험에 처한 건 분명해요."

"젊은 여자는 영원히 사라지길 원하나요, 아니면 잠시 몸을 피하려는 건가요?"

테리는 그렇게 멀리까지 생각해본 적은 없었다.

"영원히 사라지고 싶어 해요."

"젊은 여자에게는 위험한 상대가 있겠군요?"

"네, 비열하고 냉혹한 사람일 거예요."

"그 위험한 상대로부터 벗어나고 싶다면 죽음을 가장하는 게 최선이겠네요. 젊은 여자가 죽었다고 생각하게 만드는 거예요. 돈이 많을수록 좋아요. 아무도 모르는 곳으로 멀리 떠나야 할 테니까. 아니면 어디에 가서든 돈을 벌 수 있는 수단이 있어야 해요."

테리도 이미 그런 생각을 해본 적이 있었다. 죽은 사람은 찾지 않는 법이니까. 다만 어떻게 죽음을 가장하느냐가 문제였다. 만약 그렇게 했을 경우 그녀는 누구로 살아야 한단 말인가.

"어떻게 그렇게 하죠? 전혀 다른 사람으로 살아가려면 새 이름과 신분증이 필요할 텐데요."

"예전에 어떤 남자가 자기와 비슷한 시기에 태어나서 어렸을 때 죽은 소년의 이름으로 살아간다는 내용의 소설을 읽은 적이 있어요. 그 남자는 죽을 때까지 도망쳐 다녔어요. 발각될 위험이 있을 때마다 모든 걸 버리고 살던 곳을 떠나야 했죠."

테리는 그 이야기에 빠져들었다.

"1960년대 초반의 부고란은 어디서 볼 수 있을까요? 혹시 어린아이의 죽음에 대해서도 나와 있나요?"

"이쪽이에요. 2년 치 신문을 볼 수 있게 해줄게요. 사고로 죽은 어린아이 관련 기사를 보고 싶을 수도 있으니까요."

테리는 사서가 지난날 무슨 일을 겪었기에 이리 열심히 도와주는지 궁금했지만 묻지는 않았다.

켄이 도서관에 왔다. 약속보다 몇 분 늦은 시간이었다. 그는 테리가 앉은 자리로 다가와서 의자를 끌어와 앉은 뒤 그녀 앞에 쌓여 있는 신문들을 훑어보았다.

"부고들을 보니 기분이 우울해지네. 혹시 앤드루의 부고를 찾고 있는 거야?"

테리는 그런 생각은 해본 적이 없었다. 앤드루의 부고는 그의 부모님이 지역신문에 실었을 거라고 생각했다. 갑자기 눈물이 핑 돌았다.

테리는 사서가 다가오는 걸 알아차리고 고개를 들었다. 사서는 켄을 내쫓아주길 바라는지 눈빛으로 묻고 있었다.

"아, 괜찮아요. 제 친구니까 아무 문제 없어요."

켄이 서글픈 미소를 지었다.

"내가 문제가 없지는 않지."

사서가 고개를 끄덕이고 나서 원래의 자리로 돌아갔다.

테리는 앤드루의 사망 소식을 들은 후 켄을 처음 만나는 것이었다. 켄 역시 많이 힘들어 보였다.

"네가 앤드루와 친하게 지낸 줄 몰랐어."

"친한 사이였다고 하기는 좀 그래. 하지만 앤드루가 떠나기 전에 만나서 너에 대한 이야기를 한 적이 있어."

테리는 전혀 모르는 일이었다.

"그랬구나. 무슨 얘길 했는데?"

"내가 개입했어. 두 사람이 헤어지면 좋겠다는 건 내 생각이었어. 너희가 헤어지게 될 중대한 일이 벌어질 것 같은 느낌이 들었거든. 차라리 미리 헤어지는 편이 나을 거라 생각한 거야. 그냥 가만히 있었어야 했어. 엄마가 큰일에는 절대로 개입하지 말라고 했는데."

"켄, 그런 건 중요하지 않아. 사실 우리가 헤어지기로 한 건 쇼에 불과했어. 얼마간 도움이 되기도 했고. 그때도 앤드루는 항상 내 옆에 있었고, 앞으로도 그럴 거야."

"그것 말고도 방법이 있었을 거야."

그 말에 테리가 웃음을 터뜨렸다. 사서가 봐줄 것 같았지만 그래도 목소리를 낮췄다.

"이건 다 뭐야? 나를 왜 보자고 한 거야?"

켄이 물었다.

"조용히 사라지는 방법을 알아냈거든. 하지만 모든 일들을 깨끗이

마무리하지 않은 채로 떠날 수는 없잖아. 브레너에게서 영원히 벗어나려면 우리가 어떻게 해야 할지 알아. 그가 하는 일을 중단시키는 거야. 난, 내가 확실히 알아야 할 무언가를 네가 알게 된다면, 그게 무엇이든 나한테 말해줬으면 좋겠어. 그래서 만나자고 한 거야. 난 아무도 잃고 싶지 않으니까."

"그러겠다고 약속할게. 너도 잊지 마. 너를 잃고 싶지 않은 사람들이 많다는 걸."

"누군가는, 나는 떠나야 할 수도 있어. 그렇게 해야 모두가 안전하다면 그래야 하잖아. 무슨 말인지 알지?"

테리는 그가 이해하지 못했다는 걸 알았다. 그녀는 이미 돈을 모으기 시작했다. 보석금을 낸 뒤로 연구소와 식당에서 받은 돈을 거의 쓰지 않고 모아두었다. 일단 계획이 확정되면 친구들에게도 알릴 생각이었다. 그들이 몇 십 달러쯤 보탤 수도 있을 것이다.

테리는 아기가 발길질을 하자 배를 어루만졌다.

"느껴져?"

켄이 물었다.

테리는 주위를 살폈다. 주변에 그들 말고는 아무도 없었다.

"손을 이리 줘봐."

테리는 그의 손을 잡고 부풀어 오른 배에 올렸다. 아기가 다시 발길질을 했다.

"아기 이름도 생각해뒀어. 내셔널 지오그래픽 기사를 읽었는데 탄자니아에서 침팬지를 연구하는 제인 구달에 대한 기사였어."

"그것도 과학 실험이잖아?"

"제인 구달은 달라. 실험대상인 침팬지들에게 숫자를 붙이지 않고 이름을 불러. 난 아기 이름을 제인으로 결정했어.”

제인이 또다시 발길질을 해서 테리는 잠시 말을 멈췄다. 아이는 자신의 존재가 드러나자 끊임없이 스스로를 알리기로 결심한 것 같았다.

“난 제인이라는 이름이 좋아. 그러니까 네가 딸이라고 했던 말 틀리면 곤란해.”

“나도 느껴져. 이 안에 엄마처럼 용감하고 성질이 불같은 여자아이가 들어 있어. 내 말이 틀림없을 거야.”

켄이 테리의 배에서 손을 떼며 말했다.

6

브레너 박사는 하루 종일 되는 일이 없어 화가 잔뜩 나 있었다. 에이트를 몇 번이나 찾아갔지만 끝내 아이의 마음을 풀어주지 못했다. 컵케이크 정도로는 이제 통하지 않았다.

“친구를 만나고 싶어요.”

“테리는 오늘 안 왔어.”

브레너는 그녀 때문에도 화가 났다. 테리가 의사를 찾아갔다는 보고를 받고 그녀가 몹시 혼란스러운 상태일 거라고 추측했지만, 연구소에 나오지 않으리라고는 미처 예상하지 못했다.

테리는 그의 권위를 무너뜨리기 위한 도발을 멈추지 않았다. 그녀는 잠시도 경계심을 늦추지 말고 주시해야 하는 인물이었다. 사실 테리의 남자친구에 대한 소식에는 그조차 깜짝 놀란 터였다.

결과적으로 잘된 일이었다. 걱정거리를 하나 던 셈이니까. 그 남자의 징병 문제에 개입했을 때부터 이런 일이 일어날 것을 미리 예상하고 대비했어야 했다는 생각이 들었다.

"테리 언니 말고 나 같은 친구 말이에요."

에이트가 말했다.

"연구소에 그런 아이는 없어. 이제 조금만 더 기다리면 그런 친구를 데려올 거야."

"나랑 비슷한 언니 말하는 거예요. 난 괴물을 본 적 없지만, 분명 여기에 있어요. 그 언니랑 이야기하고 싶어요."

에이트는 쉽게 포기할 것 같지 않았다.

괴물?

브레너는 그 말을 어디선가 분명 들어본 적이 있었다. 곰곰이 생각해보니 전기충격 실험대상자가 그런 말을 했던 기억이 났다.

앨리스 존슨.

"에이트, 테리 말고 다른 사람이랑 이야기해본 적 있니?"

아이는 천장을 올려다보면서 검지에 묻은 초콜릿을 빨아 먹었다.

"팍스 박사님, 벤자민 아저씨……."

아이는 또 다른 연구보조원들과 직원들의 이름을 나열했다.

"다른 사람은?"

"말하지 않을 거예요. 약속했으니까."

"아빠에게는 모두 다 말하겠다고 약속하지 않았니?"

아이가 머리를 좌우로 흔들며 고개를 저었다.

"다 말하는 건 옳지 않은 것 같아요."

"옳은지 그른지 판단은 아빠가 하는 거야."

"어쨌든 말하기 싫어요."

아이가 문을 열고 복도로 뛰어나갔다.

브레너는 빠른 걸음으로 아이를 뒤따라갔다. 아이가 연구소 밖으로 도망칠 방법은 없었다.

브레너는 계속 아이를 쫓아갔다. 아이는 테리의 방을 지나쳐 계속 달려갔다. 켄의 방을 지난 아이는 이내 글로리아의 방을 지나쳤다. 그다음이 앨리스의 방이었다. 에이트는 앨리스의 방 앞에 멈춰 서더니 곧장 문을 열고 안으로 사라졌다.

이제 보니 아이가 말한 친구는 앨리스였다.

브레너는 아이를 뒤따라 들어갔다.

방금 방에 들어왔던 칼리가 눈앞에서 사라지자 앨리스는 놀라 입이 벌어졌다.

"에이트, 여기 있는 거 다 알아. 어서 나와."

"에이트라고요?"

앨리스가 물었다.

브레너는 눈썹을 치켜올렸다. 왜들 그렇게 이름에 집착하는 건가.

"칼리, 아빠 화난 거 아니야……."

에이트가 뭐라고 했더라? 아이는 분명 자기와 '같은' 친구를 불러 달라고 했다.

앨리스가 뭔가를 숨기고 있는 걸까? 그녀가 말한 괴물이 실제로 있는 건가?

"테리와 친구 사이죠?"

브레너는 진짜 묻고 싶은 말을 내뱉는 대신 이렇게 물었다.

"네, 테리는 지금 힘든 시간을 보내고 있어요. 오늘은 연구소에 올 수 있는 형편이 아니었죠. 이제 제발 테리를 놓아주세요. 편하게 지내게 내버려두세요."

브레너는 듣는 둥 마는 둥 하며 방 안으로 한 발자국 더 들어갔다.

"에이트, 이제 나와."

"그래, 칼리 이제 그만 나오는 게 좋겠어."

앨리스가 겁 먹은 목소리로 말했다.

"당신이 에이트에게 지금 여기에 괴물이 있다고 했나요?"

앨리스가 고개를 끄덕였다. 브레너는 그 괴물이 자신을 뜻한다는 것을 깨닫고 쓴웃음을 지었다. 에이트가 앨리스를 좋아하는 게 이해되었다. 그녀는 아마 아이에게 그가 괴물이라고 했을 것이다.

"난 괴물이 아니에요. 그렇게 생각하고 싶다면 어쩔 수 없지만. 칼리, 이제 나와. 그만 돌아가자."

브레너가 말했다.

"잘 있어요, 앨리스 언니!"

칼리가 다시 나타났다. 아이는 문 밖으로 나가려다가 머뭇거리며 돌아섰다.

"지금 여기에는 괴물이 없다고 했죠?"

앨리스는 대답하고 싶지 않았다. 하지만 칼리가 계속 그 자리에 서 있자 어쩔 수 없이 대답했다.

"없어."

"이 아이가 여기 드나든 지는 얼마나 됐죠?"

"얼마 안 됐어요. 난 아무 말도 안 할 거예요. 아이가 뭘 할 수 있는지…….'"

"그래요. 우린 이만 가볼게요."

브레너 박사가 에이트의 어깨를 잡았다. 이번에는 아이도 쉽게 빠져나갈 수 없었다.

복도로 나가자 브레너가 아이에게 물었다.

"앨리스가 네 친구란 말이지?"

"앨리스 언니는 나랑 똑같아요. 뭔가 볼 수 있어요. 하지만 지금은 없다고 했어요. 미래에 나올 거래요."

미래? 미래에 있는 괴물?

브레너는 그 말을 믿어야 할지 확신이 서지 않았다. 그러다가 갑자기 테리를 데려올 방법이 떠올랐다.

7

테리는 마지막으로 남은 옷상자를 들고 현관 계단을 올라가다가 베키에게 빼앗겼다.

"무거운 거 들면 안 돼."

"언니, 너무 요란 떨 거 없어. 난 임신을 한 거지 치명상을 입은 환자가 아니야."

베키가 인상을 찌푸렸다.

"어서 들어가. 낮잠을 자야 되니까."

테리는 기분이 좀 나아졌다. 기말시험을 간신히 통과한 후 기숙사의 짐을 싸고 옮기는 일은 스테이시의 감독 아래 매우 효율적으로 이루어졌다. 테리는 손가락 하나 까딱하지 않았다. 그녀가 '사라질 상자들'이라고 이름 붙인 두 개의 상자만 조심스럽게 옮겼을 뿐이다.

테리는 만약의 사태에 대비한 최악의 시나리오를 가지고 있다는 게 위안이 되었다. 돈을 벌어야 한다는 문제까지는 생각하지 못했고, 필요한 경우에 대비해 가짜 신분을 골라두었다. 여섯 살 때 결핵으로 죽은 델리아 먼로였다.

베키는 아무것도 모른 채 '사라질 상자들' 중 두 번째 상자를 들고 튼튼한 나무 계단 위로 올라갔다. 테리는 뒤에서 천천히 계단을 올랐다.

"언니가 잔소리를 퍼붓지 않아서 얼마나 고마운지 몰라."

계단 끝에 다다른 베키는 그대로 집 안으로 들어가 다른 짐들이 놓여 있는 테리의 방에 상자를 내려놓았다. 그 방에는 어린 시절 테리에게 위안이 되어준 그림들, 가족사진, 엄마가 테리를 가졌을 때 이모가 만들어준 이불이 있었다. 앤드루와 함께 찍은 폴라로이드 사진은 보석함에 넣어두었다. 베키는 벌써부터 아이 방을 꾸미고 있었다. 복도 건너편 방이었다.

베키가 테리의 어깨에 손을 올리고 동생의 얼굴을 쳐다보았다.

"넌 내 동생이야. 내가 널 길거리로 내쫓기라도 할 줄 알았어? 앞으로 잔소리는 가급적 안 할 테니까 걱정 마. 앤드루는 좋은 남자였어. 그렇지만……."

베키가 주저했다.

"그렇지만 뭔데?"

베키는 대답 대신 테리의 땀에 젖은 이마에 달라붙은 머리카락을 떼어주었다.

"아이스티나 마시자."

"아직 하던 말을 끝내지 않았잖아."

"그렇지만 이런 일이 없었으면 더욱 좋았겠지. 넌 좋은 엄마가 될 거야. 내가 도와줄게. 혼자 모든 일을 감당하지 않아도 돼."

테리는 엄마가 되어 이 집에서 언니와 함께 사는 모습을 그려보았다. 최악의 미래 같지는 않았다. 크리스마스 때 앤드루의 존재가 그 랬던 것처럼 아이로 인해 집안은 활기가 넘칠 것이다.

그때 전화벨이 울렸다.

"내가 받을게. 넌 누워서 좀 쉬어."

테리는 전화한 사람이 누군지 알아보려고 그 자리에 서 있었다.

"여보세요?"

베키가 말없이 전화를 건 상대방의 소개를 듣고 있었다.

"브레너 박사님이라고요? 저는 누구신지 모르겠네요. 테리와는 어떻게 아시는 거죠?"

테리는 복도로 나가 베키에게 다가가면서 입에 검지를 가져다댔 다. 그런 다음 통화 내용을 들을 수 있게 수화기에 얼굴을 바짝 들 이댔다.

"테리는 괜찮습니까? 큰 충격을 받았다는 말을 들었습니다. 테리 가 하루빨리 연구소로 복귀하기를 바랍니다."

그저 브레너의 목소리를 들었을 뿐인데도 테리는 맥박이 빠르게 뛰기 시작했다.

"테리는 많이 좋아졌어요."

베키는 두루뭉술하게 대답했다.

"다행이군요. 테리를 언제쯤 볼 수 있을까요?"

테리가 잔뜩 긴장하자 베키가 눈치껏 대답했다.

"당분간 휴식이 필요해요."

"유감이군요. 테리와 잠시 통화할 수 있을까요?"

테리가 망설이다가 전화를 받았다.

"전화 바꿨어요."

"남자친구 소식은 안됐습니다. 동시에 축하할 일도 있죠."

테리는 공포감 대신 분노가 끓어올랐다.

"언제부터 알고 있었는지 모르겠지만……."

테리는 놀란 얼굴로 쳐다보는 베키를 의식해 할 말을 삼켰다.

당신은 내가 임신한 사실을 알면서도 환각제 실험을 했어.

"그 아이는 특별할 겁니다. 내가 특별하게 키울 겁니다. 우리가 함께 만든 아이니까요."

테리는 분노가 치밀어 숨을 쉴 수가 없었다.

당신은 내 아이에게 아무런 권리도 없어.

"당신과 우리 모두를 위해 좋은 일 아닌가요?"

테리는 수화기를 벽에 던져버리려다가 겨우 참았다.

"아뇨, 그렇지 않아요."

"당신이 연구소로 돌아오지 않으면 에이트, 아니 칼리가 힘들어질 겁니다. 당신 친구들도요. 최근에 당신 친구들 중 한 명에 대해 아주 흥미로운 사실을 알게 됐어요."

이제부터 본론이었다.

"그게 무슨 말이죠?"

"앨리스에 대해 새로운 사실을 알게 됐어요. 오늘 부득이 긴급 구금 영장을 준비했답니다."

테리는 연구소 실험들을 중단시킬 생각이었다. 만일 브레너가 앨리스의 능력에 대해 알게 됐다면 낭패였다. 그가 구금 영장까지 준비한 걸 보면 앨리스를 절대로 놔주지 않겠다는 뜻이었다. 그는 인간이 미래를 볼 수 있다는 것에 고무되어 그 능력을 최대한 이용하고 통제하려고 할 게 뻔했다.

"앨리스를 내버려둬요."

"나는 우리 연구소의 실험대상자들이 잠재력을 최고로 발휘할 수 있게 도우려는 것뿐입니다. 심지어 앤드루의 죽음으로 인한 당신의 고통도 덜어줄 수 있어요. 그렇게 하면 좀 더 편해지지 않겠어요?"

테리는 기가 막혀 아무 말도 할 수 없었다.

"내 말이 틀린가요? 부모님의 장례식날을 떠올려봐요. 우리가 첫 실험에서 떠올렸던 기억이죠? 그날 고통이 사라졌을 겁니다. 안 그래요? 내가 그렇게 해준 거예요."

테리는 장례식이 치러진 교회와 관 속에 누워 있던 부모님을 떠올렸다. 이전에 느꼈던 쓰라린 고통 대신 둔탁한 아픔이 느껴졌다.

"당신은 악마야. 우리를 그냥 내버려둬요."

"당신들을 놔주는 건 국가적으로도 큰 손실이죠. 놔줄 수 없어요."

절망감이 그녀를 짓눌렀다.

모두를 위해 이번 일을 해결할 방법을 찾을 거야. 어떻게든.

테리는 전화를 끊어버린 뒤 전화기를 노려보았다.

베키가 양손을 허리에 올렸다.

"무슨 일인지 잘 모르겠지만, 넌 어떤 실험에도 응해서는 안 돼."

테리는 진실을 말하면 언니가 힘들어질 것을 알았지만 더 이상은 거짓말을 하고 싶지 않았다.

"호킨스 연구소에 대해 말해야 할 게 있어. 브레너는 내가 아기를 가진 걸 오래전부터 알고 있었어. 나도 몰랐을 때부터 말이야."

"그게 무슨 뜻이야?"

"잠깐만 기다려. 일단 전화부터 해야겠어."

테리는 즉시 글로리아에게 전화를 걸었다.

"글로리아, 앨리스에게 전화해서 함께 여기로 와. 켄한테는 내가 연락할게. 할 말이 있어."

"알았어."

테리는 글로리아에게 집 주소를 알려주고 나서 켄에게 전화를 걸었다.

통화를 마친 그녀는 침실로 들어갔다. 베키가 방에서 기다리고 있었다.

'사라질 상자들'은 더 이상 위안이 되지 않았다. 하지만 그녀에겐 언니가 있었다. 그리고 브레너와 통화하고 나니 절망을 이겨낼 방법이 떠오르기 시작했다. 그들에겐 동료가 있었다. 협력자가 있었다. 능력이 있었다.

야심가인 브레너의 뒤에는 정부 기관의 후원이 있었다. 그에게 결코 아이를 넘겨주지 않을 것이다. 앨리스를 데려가게 놔두지 않을 것이며, 칼리를 그곳에 남겨두지도 않을 것이다. 테리는 브레너를 그곳에 내버려두고 싶었다. 아무것도 없고, 아무도 없는 곳에.

이건 미래를 위한 전쟁이었다. 그녀는 아무도 잃지 않을 작정이었다.

8

한 시간 후에 모두들 테리와 베키의 집에 모였다.

"2층에 올라가도 돼? 우리끼리 얘기 좀 할게."

테리가 베키에게 말했다.

"브라우니 좀 가져다줄게."

테리는 베키에게 더 이상은 비밀을 만들기 싫었고 이제는 베키도 어느 정도 진실을 알게 됐지만, 앞으로의 계획까지 언니에게 말하기는 힘들었다. 베키는 타고난 회의론자였다. 특별한 능력을 가진 사람들이나 그런 사람들을 육성하는 정부와 연구소 이야기는 그녀가 믿을 수 있는 한계를 넘어서는 것이었다. 베키는 지난 몇 달 간 브레너 박사가 테리가 임신한 것을 알면서도 그녀의 몸에 약물을 주입했다는 것을 알게 된 것만으로도 충분히 힘들어했다. 그녀는 테리가 트라우마에 대한 보상을 요구하기 위해 연구소에 다시 나가는 거라고 믿었다. 아이를 키우는 데는 돈이 많이 드니까.

테리는 친구들을 데리고 2층으로 올라갔다. 그녀는 이 상황을 헤쳐나갈 방법을 찾기 위해 고심했고, 몇 가지 해결책이 떠올랐다.

앨리스가 테리의 방이 아니라 육아실로 들어갔다. 테리도 뒤따라 들어가 불을 켰다.

"언니가 벌써 이렇게 꾸며놨어."

베키가 고등학교 동창생에게 산 요람이 놓여 있었고, 그 위에 파랗고 빨간 어릿광대 모빌이 매달려 있었다.

"광대를 좋아하는 애는 별로 없는데, 이건 귀엽네. 꼬마 제인이 좋아할 거야."

글로리아가 모빌이 돌아가게 흔들면서 말했다.

"사람들은 모두 광대를 좋아해."

켄이 말했다.

"난 무서워."

앨리스가 말했다.

"안 좋은 소식이 있어. 브레너가 여기로 전화했어."

테리가 친구들에게 비밀 계획을 이야기하고 실행에 성공한다면 아이를 키우면서 평화롭게 사는 목가적인 생활이 실현될 수도 있었다. 한 가지 확실한 건 그 계획을 친구들과 공개적으로 논의할 수 없다는 것이었다.

브레너는 감시가 필요할 경우 도청장치를 설치해두고 수시로 엿듣는 사람이었다. 테리는 바로 그 점을 이용할 생각이었다.

테리는 수첩을 들고 빈 페이지를 펼쳤다. 그녀는 수첩에 뭔가를 적고 나서 친구들에게 보여주었다.

브레너가 엿듣고 있어. 진짜 계획은 나중에 말할게.

"브레너가 연구소 돌아오라고 하면서 날 위협했어."

테리가 말했다.

"그래? 연구소에 다시 갈 거야?"

글로리아가 스파이처럼 냉정하게 물었다.

"이번 주에는 가보려고. 너희 모두의 도움이 필요해. 그가 앨리스를 노리고 있어."

"뭐라고?"

앨리스는 안절부절못하면서 테리가 수첩에 휘갈겨 쓴 내용을 넋 놓고 쳐다보았다.

테리가 다시 수첩에 글씨를 썼다.

잠깐 캐나다에 있는 사촌들에게 가 있을래? 필요에 따라서 말이야.

앨리스는 미간을 찌푸리며 고개를 끄덕였다.

"우리 모두 위험해."

테리가 숨을 들이마셨다.

"난 거기서 벌어지고 있는 모든 일들의 증거를 손에 넣고 싶어. 브레너와 그 작자의 프로젝트들을 중단시킬 때가 됐어. 그의 사무실에서 서류들을 손에 넣으면 외부에 터뜨려버릴 거야. 《가제트》뿐만 아니라, 《뉴욕타임스》와 《워싱턴 포스트》에도 증거자료를 보낼 거야. 연구소에서 아이들을 데리고 나오고, 아예 문을 닫게 만들 생각이야. 그래야만 우리도 다시는 그곳에 갈 일이 없을 테니까."

"사무실에는 어떻게 들어갈 건데?"

글로리아가 물었다.

테리는 켄을 쳐다보았다.

"우리가 이 일을 해낼 수 있을 것 같아?"

"이번에는 느낌이 괜찮아."

"내가 듣고 싶었던 대답이야."

이제 테리는 가짜 계획을 설명하기 시작했다.

"글로리아, 화재경보기를 울릴 수 있지?"

"문제없어."

테리는 그런 식으로 가짜 계획의 세부 사항들을 몇 가지 확인했다. 글로리아가 사람들의 주의를 다른 곳으로 돌리고, 켄이 옆에서 도울 것이다. 그리고 테리가 브레너의 사무실에 잠입해 서류들을 손에 넣는 것이다.

실제 계획과는 전혀 달랐다.

"난 뭘 할까?"

앨리스가 물었다.

테리가 수첩에 다시 적었다.

진짜 계획은 나중에 밖에서 의논할 거야. 넌 아무도 모르게 전기충격기를 망가뜨려. 나머지는 칼리가 해주길 빌어야지.

앨리스는 고개를 끄덕였다.

아래층에서 누군가가 현관문을 쾅쾅 두드렸다. 테리는 방에서 나와 계단 위에 섰다. 다른 친구들도 그녀를 따라왔다.

베키가 행주로 손을 닦으며 현관문으로 향했다.

"누구세요?"

군복 차림 남자들이 문 앞에 서 있었다.

테리는 손에 들고 있던 수첩을 켄에게 내밀었다.

"숨겨야 돼."

켄은 수첩을 받아들고 안으로 들어갔다.

문 앞에 있던 군인이 말했다.

"앨리스 존슨을 데려가려고 왔습니다. 그 사람을 호킨스 국립연구소에 구금하라는 영장을 가지고 왔어요."

테리가 어떻게 된 일인지 알아보기도 전에 군복을 입은 남자들이 집 안으로 들어와 2층으로 올라왔다.

"잠깐만 기다려요."

베키가 아래층에서 소리를 지르며 항의했지만 그들이 더 빨랐다. 대장처럼 보이는 남자가 테리를 향해 다가가자 다른 남자가 말했다.

"임신한 여자는 조심스럽게 다루어야 합니다."

그가 테리를 쳐다보고 말했다.

"브레너 박사님이 전하라는 말이 있습니다. 이번 주에는 반드시 연구소에 나와야 할 거랍니다."

테리를 지나쳐 간 군인들이 앨리스를 붙잡았다.

"난 가고 싶지 않아."

앨리스가 소리쳤다.

"구금 영장이야. 브레너가 영장을 발부하겠다고 했었어. 앨리스, 걱정하지 마. 우리가 곧 너를 보러 가겠다고 약속할게."

"난 가기 싫어."

켄이 자리로 돌아오자 앨리스가 또다시 말했다. 그들 세 사람은 앨리스가 계단을 끌려 내려가 밴에 강제로 태워지는 모습을 무기력하게 지켜볼 수밖에 없었다. 군인들도 뒤이어 차에 올랐고, 밴은 어둠 속으로 사라졌다.

테리는 자신이 세운 진짜 계획이 앨리스를 구해낼 수 있기를 마음 속으로 빌었다.

12장

무너진 모든 것

1970년 6월
인디애나주 블루밍턴

1

테리는 침대에 앉아 있었다. 목요일 이른 아침이었다. 준비는 모두 끝났고, 몇 분 뒤면 글로리아와 켄을 만나게 될 터였다. 그 전에 그녀는 자신에 대해, 자신의 능력에 대해 알고 싶었다. 눈을 감고 손을 배 위에 올렸다. 그런 다음 편안하게 정신을 집중하며 숨을 깊이 들이마셨다. 그녀 자신 말고는 약도 없고, 감시모니터도 없었다.

내면으로 깊이 들어가는 거야. 정신을 집중하자 주변이 흐릿해지기 시작했다. 캄캄한 공간으로 걸어 들어가는 동안 발밑에서 물이 첨벙거렸다. 한참 동안 그곳에 머물다가 포기하고 떠나려는 순간 앨리스가 눈앞에 보였다. 앨리스는 침대에 누워 있었고, 테리가 다가오는 걸 알지 못했다. 환자복을 입고 있는 그녀의 눈 밑이 거무스름했다. 그 모습이 마치 유령처럼 보였다.

앨리스? 테리는 가능한 한 최대한도로 정신을 집중해 앨리스에게 메시지를 전달했다.

우리가 구하러 갈 테니까 준비하고 있어.

앨리스는 아무런 대꾸도 하지 않았다. 그녀가 메시지를 제대로 받았는지 확인할 방법이 없었다.

테리는 다시 눈을 떴다. 침대 옆 스탠드가 깜박거리고 있었다. 그녀는 이제 준비를 다 마쳤다.

2

브레너는 하루 종일 사무실에서 흥분 상태로 보냈다. 테리가 자신이 세운 계획에 대한 기대가 큰 만큼 그들의 비위를 맞춰주는 편이 장기적인 관점에서 그녀의 협력을 끌어내는 데 도움이 될 수도 있었다. 그녀는 이미 그의 예상보다 훨씬 더 고집이 세다는 걸 입증했다. 그점에서만큼은 존경심이 우러나올 정도였다.

하지만 브레너는 그런 헛된 행동을 하는 사람을 좋아할 수 없었다. 그것은 그가 이 연구소에서 이루고자 했던 모든 것들을 파괴시키도록 허락하는 일이나 마찬가지였다. 사람들은 이 프로젝트에 대한 그의 헌신을 이해하지 못했다. 그런 건 그에게 중요하지 않았다. 그들의 이해 같은 건 필요하지 않았다. 오직 그 자신이 옳다는 것을 입증할 시간이 필요했다. 오늘 그는 이곳에서 일어날 반란을 진압하고, 미래를 향해 한 걸음 더 나아갈 생각이었다.

누군가 사무실 문을 두드렸다.

"브레너 박사님?"

보안요원이 들어왔다.

"테리와 글로리아가 도착했습니다. 그 남자는 보이지 않습니다."

켄. 그는 함께 오지 않은 모양이었다. 그의 실험 결과는 지지부진했다.

브레너는 곧장 테리를 만나러 가는 대신 연구소 건물 2층에 있는 제약연구실을 먼저 들렀다. 그는 그곳을 관리하는 부소장에게 특별 지시를 내려놓았다.

제약연구실은 항상 소독이 되어 있었고, 언제나 조용하게 부산스러웠다. 사람들이 커다란 기계 앞에서 뇌와 신체기능을 변화시키기 위한 다양한 화학물질을 생산해내고 있었다.

"준비됐습니까?"

실험복을 입은 남자가 고개를 끄덕였다. 그는 헌신적인 직원들이 대부분 그러하듯 오랫동안 햇빛을 보지 못한 탓에 안색이 창백했다.

"사람에 따라 약간의 차이가 있겠지만 두 시간 정도 약효가 지속될 겁니다."

남자가 뚜껑을 씌운 주사기를 내밀었다.

"완벽해요."

브레너가 주사기를 건네받아 주머니에 집어넣었다. 그는 미로 같은 복도를 지나 테리의 방으로 걸어가면서 음정도 박자도 맞지 않는 콧노래를 흥얼거렸다. 그는 테리의 방 창문 앞에 서서 잠시 그녀를 지켜보았다. 그녀는 몸을 꼿꼿이 세우고 가만히 앉아 있었다.

이제 곧 테리의 기세를 꺾을 것이다.

"당신이 약속을 지켜서 사실 좀 놀랐습니다. 앨리스는 잘 있으니까 너무 걱정하지 말아요. 지난번에 통화할 때 당신이 나에게 상당한 적개심을 갖고 있다는 걸 새삼 알겠더군요."

테리는 그를 쳐다보며 거짓으로 미소를 지었다.

"거짓말을 잘하는 편이 못 되거든요."

브레너는 그녀와 이야기를 좀 더 나누며 시간을 보낼까 하다가 더는 기다릴 필요가 없다고 생각하며 주사기를 꺼내 들었다.

"팔을 내밀어봐요."

테리가 미간을 찌푸렸다.

"이게 뭐죠? 주사는 사양할래요."

브레너가 고개를 저었다.

"임신 상태에 도움을 주는 주사예요. 당신이나 우리 아이한테 해가되지 않을 겁니다."

그가 그 표현을 쓰자 테리가 굳어지는 것이 보였다. 하지만 이 아이는 그들의 아이였다. 그녀의 아이인만큼 그의 아이이기도 했다.

"당신을 어떻게 믿고 그 주사를 맞으란 거죠?"

브레너가 손짓을 하자 연구보조원이 방 안으로 들어왔다.

"잡고 있어."

테리는 강하게 저항했지만 연구보조원이 그녀를 꼼짝 못 하게 붙잡고 양팔을 눌렀다.

브레너가 그녀의 팔뚝에 주삿바늘을 꽂았다.

"나에게 원하는 게 뭐죠?"

테리가 연구보조원을 밀치며 따져 물었다.

"난 그저 이 주사를 놓아주고, 혈액 채취를 하려던 것뿐이오."

브레너의 얼굴에 가식적인 미소가 떠올랐다.

"정말인가요? 나와 내 친구들을 그냥 내보내줄 건가요?"

"테리, 왜 내 말을 믿지 못하죠?"

그러자 테리가 히죽 웃었다.

"아직은 내 뇌가 제대로 작동하고 있다는 방증이죠. 난 당신을 믿지 않아요."

"이제 그만 쉬는 게 좋겠어요. 자신을 괴롭히지 말고."

"그러죠. 당신 말을 따르는 건 아니에요."

테리는 어린아이처럼 침대에 몸을 기댔다.

브레너는 사무실로 돌아가 테리가 어리석은 계획을 실행에 옮길 때까지 기다리기로 했다.

3

칼리를 만날 수 있다면 어느 정도 위험을 감수할 수도 있었다. 그럴 경우 브레너가 너무 빨리 알아차릴 수 있다는 게 문제였다. 이제 그녀는 브레너의 도움을 받지 않고도 혼자 힘으로 공허한 공간에 들어갈 수 있게 되었다. 브레너가 팔뚝에 놓은 주사약이 무엇인지 알고 싶었지만 차라리 모르는 편이 나을 수도 있었다. 그가 자기 아이라고 생각하는 아이에게 해가 되는 짓을 하지는 않을 테니, 그것으로 만족해야 했다.

테리는 자리에 앉아 계획의 각 단계와 그것이 제대로 이행되지 않았을 경우 어떻게 대처할 것인지, 보다 완벽을 기하기 위해서는 어떤 점을 보완해야 할 것인지에 대해 생각했다. 글로리아, 켄, 앨리스도 만반의 준비를 하고 있는지 궁금했다.

모두가 주어진 역할을 제대로 해내야 성공할 수 있는 계획이었다. 그리고 모든 일이 제대로 되기 위해서는 칼리의 도움이 절실히 필요했다.

테리는 제발 칼리가 그곳에 있기를 빌었다.

어디에도 없고 어디에나 있는 곳으로 가는 데는 시간이 걸리지 않았다. 테리는 눈을 감고 내면으로 들어갔다. 주위에 어둠이 내리고, 발밑에서 물이 소리 없이 찰박거렸다.

칼리는 곧바로 모습을 보였다.

"테리 언니! 다시 볼 수 있어서 정말 좋아요."

"나도 널 만나서 기뻐. 아주 중요한 일이 있어. 네 도움이 필요해."

칼리가 의심스럽다는 듯 물었다.

"아빠도 알아요?"

"아빠는 절대로 모를 거야. 전에도 말했지만 이번에는 진짜야."

칼리가 입술을 오므렸다.

"사실은 네 아빠가 나랑 아기를 해치려고 해."

테리가 배를 톡톡 치며 말했다.

"그 안에서 아기가 자라고 있어요?"

칼리의 얼굴에 경외감이 깃들었다.

"그래. 그런데 브레너 박사가 아직 세상에 나오지도 않은 아기를 해치려고 해. 앨리스도 해치려 하고 있어."

칼리의 아랫입술이 떨렸다.

"나 때문이에요. 내가 아빠에게 다 말해서 그래요."

아이가 속삭이듯 말했다.

테리는 몸을 숙여 아이를 끌어안았다.

"네 탓이 아니야. 그렇지만 이번엔 아무도 모르게 해야 돼. 비밀이니까. 우린 앨리스를 안전하게 지켜야 해. 그렇게 해줄 수 있겠지?"

칼리가 고개를 끄덕였다.

"좋아. 네가 환영을 만들어주면 좋겠어. 다만 네가 조절할 수 있는 수준이어야 해. 아주 작아도 괜찮아."

"해볼게요."

아이가 부드러운 목소리로 말했다.

"그래, 좋아. 앨리스의 방에 갈 수 있겠니? 앨리스가 깊이 잠든 것처럼 보이게 만드는 거야. 숨도 쉬지 않을 만큼 깊이 잠든 것처럼 만들어야 해. 무슨 일이 있더라도 계속해서 환영을 띄워줄 수 있을까?"

칼리는 잠시 머뭇거리다가 발을 굴렀다.

"앨리스 언니가 떠나는 건 싫어요."

"너도 우리와 함께 가면 돼. 네 아빠를 떠나서 자유로워지는 거야."

테리는 아이가 그 말에 어떤 반응을 보일지 알 수 없었다. 설령 다른 수가 있다고 해도 칼리를 연구소에서 빼내는 게 최선이었다.

"난 못 가요. 괴물들이 이리로 오고 있는데 친구를 남겨두고 갈 순 없어요."

칼리가 침울하게 말했다.

아이의 친구, 브레너가 데려오겠다고 약속했던 그 친구. 테리는 배에 손을 올렸다. 이제야 브레너가 칼리에게 데려다주겠다고 한 친구가 누구인지 알 것 같았다. 왜 그걸 지금껏 몰랐을까? 앨리스가 미래의 환영에서 본 팔에 011을 새긴 아이. 제인이었다.

"부탁이야 칼리, 우린 친구잖아."

칼리는 금방이라도 눈물을 쏟을 듯 울상을 지었다.

"난 못 가요. 아빠가 허락하지 않을 거예요."

테리는 처음부터 이 점이 걱정스러웠다. 그녀는 계획대로 실행하고 칼리를 데리러 돌아와야 했다. 아이를 남겨두고 떠날 수는 없었다.

"내가 널 데리러 다시 올게. 그럼 괜찮지?"

"하지만 앨리스 언니는 다시 돌아오지 못하잖아요."

테리는 아이의 얼굴을 쳐다보았다.

"그래. 네 말대로 앨리스는 못 돌아와. 영원히 여길 떠날 거야."

"앨리스 언니랑 같이 있고 싶어요."

칼리가 또다시 발을 굴렀다.

"네 마음 이해해. 나도 너와 같이 있고 싶어. 하지만 너도 앨리스나 내가 다치길 원하지 않을 거야, 그렇지?"

"맞아요."

하지만 아이의 목소리는 퉁퉁 부어 있었다.

어떻게 해야 아이를 이해시킬 수 있을까?

"네 엄마를 기억하니? 엄마가 이 안에 들어 있어?"

테리가 머리와 심장에 손을 가져다 댔다.

"네, 들어 있어요."

"왜 그럴까? 엄마가 가족이기 때문이야. 친구도 네가 만든 가족이야. 함께하지 못하더라도 언제나 마음속에 간직할 수 있어. 네가 나이를 먹을수록 조금씩 잊게 되더라도…… 친구와 가족은 가까이 있는 거야. 아무리 친구 사이라고 해도 언제나 함께 있을 수는 없어. 그럴 땐 마음속에 담아두어야 하는 거야."

"그럼 앨리스 언니도 항상 나랑 같이 있는 거예요?"

칼리가 한참 생각한 끝에 말했다.

"그럼. 나도 언제나 너와 같이 있을 거야."

"언니를 도울게요. 아빠한테는 아무 말도 안 할 거예요. 내가 언니를 지켜줄게요. 우린 가족이니까."

테리는 몸을 굽혀 아이의 이마에 키스했다. 놀랍게도 아이는 거부하지 않았다.

"칼리, 널 잊지 않을 거야. 약속할게. 이제 가자. 앨리스가 아주 깊이 잠든 것처럼 보이게 해야 한다는 걸 잊지 마. 숨도 쉬지 않는 것처럼⋯⋯. 무슨 일이 있어도 네가 만든 환영이라는 걸 들키면 안 돼."

"무슨 일이 있어도!"

칼리가 순식간에 어둠 속으로 사라졌다. 테리는 어둠 속에서 그 발소리를 따라 실험실로 돌아왔다. 화재경보가 울리고 있었다.

글로리아.

때가 됐다.

4

그린 박사는 글로리아에게 환각제를 건넨 다음 기억해야 할 내용이 담긴 서류를 건네주고 곧바로 방을 나갔다. 글로리아는 환각제를 먹지 않고 주머니에 넣었다. 지금이 바로 작전을 시작해야 할 기회였다.

그녀는 만화책에 나오는 주인공처럼 주어진 일을 완벽하게 해내고 싶었다. 앨리스에게 배운 대로 도구를 이용해 잠겨 있는 문을 열었다. 그리고 복도로 나가 화재경보기가 눈에 보이자 힘껏 버튼을 눌렀다. 뭐가 잘못되었는지 경보음이 울리지 않았다.

심장이 두근거리고, 피가 귀로 쏠리는 듯했다. 그녀는 복도를 뛰어다니며 또 다른 화재경보기를 찾기 시작했다. 이러다가 타이밍을 놓치는 건 아닌지 불안했다. 마침내 그녀는 다른 화재경보기를 발견했다. 바로 그 옆에 청소 수레와 함께 연구보조원이 서 있었다.

한다면 하는 거지.

글로리아는 연구보조원을 있는 힘껏 밀치고 화재경보기 버튼을 눌렀다. 잠시 아무런 소리도 나지 않아 또다시 실패했다고 낙담하는 순간 사이렌 소리가 고막이 터지도록 울려 퍼지기 시작했다.

내가 해냈어. 진 그레이처럼.

그제야 정신을 차린 연구보조원이 글로리아를 잡으려고 했지만 그녀는 재빨리 그의 손길을 피해 왔던 길로 힘껏 뛰어갔다. 아직 할 일이 남아 있었다.

글로리아는 건물 북쪽의 미리 정해둔 장소에서 켄과 만나기로 되어 있었다. 앨리스가 전기충격을 통해 본 환영으로 그들에게 필요한 비밀 출입구를 더 많이 찾아 알려준 것이다.

이제 곧 놀라운 일이 벌어질 거야.

글로리아는 뛰어가면서 슬쩍 웃음 지었다. 전에는 미처 알지 못했다. 슈퍼히어로들은 제정신이 아니었던 거야.

5

켄은 어릴 때부터 자동차 애호가들 틈에서 자랐다. 그의 아버지도 소문난 자동차 애호가로, 자동차 전시회가 열리는 곳이라면 어디든지 가고 싶어 했고, 차에 관한 토론을 즐겼다. 하지만 켄은 그쪽으로는 관심이 없었다.

만약 켄이 자동차 애호가였다면 호킨스에 가까워질수록 테리의 낡은 차를 타고 온 것을 후회했을 것이다. 테리의 차는 오히려 낡고 오래되었다는 이유로 선택되었다. 그는 오래된 포드에게 이런 식으로 폐차를 당하게 될 운명이어서 유감이라는 의사를 전했다.

"그동안 테리를 태우고 다니느라 수고했어. 넌 빨리 달리지는 못하지만 품위 있게 네 일을 해왔어. 너는 오늘 불굴의 전사가 모는 전차가 될 거야."

켄은 지금 전쟁터에 뛰어든 심정이었다. 마침내 철조망 울타리가 보이기 시작했고, 건물 안쪽에서 투광 조명등 불빛이 쏟아져 나왔다. 켄은 아무렇지도 않다는 듯 싱긋 웃었다. 그는 자동차 애호가가 되기에도 부족했지만 운전 실력도 썩 좋지 않았다. 운이 따라주길 바라는 수밖에 없었다. 출입구가 가까워지자 그는 끼익 소리와 함께 방향을 돌린 다음 요란한 엔진 소리를 내며 경적을 울렸다. 그가 쏜살같이 달려가자 경비를 서던 군인들이 주춤하더니 몸을 날려 피하느라 바빴다. 그는 문을 들이받으며 곧장 앞으로 돌진했다.

"잘했어, 넬리."

켄은 테리의 차를 그렇게 부르기로 했다. 그는 연구소를 향해 계속 달렸다. 두 번째 검문소를 그대로 통과한 후 계속해서 미친 듯이 경적을 울리며 앞으로 달려갔다. 그때 건물 안에서 화재경보 사이렌이 울리기 시작했다. 그는 건물을 끼고 옆으로 돌아가 지하 주차장으로 진입한 다음 브레이크 소리를 내며 급정거했다.

테리가 뛰어나와 문을 잡고 서 있었다.

"앨리스는 어디 있어?"

켄이 물었다.

"바로 뒤따라올 거야. 오래 걸리지 않아."

어느새 그들의 시야에 총을 든 군인들의 모습이 보이기 시작했다.

6

브레너는 사무실 문 쪽으로 다가오는 그림자를 보자 정신이 번쩍 들었다. 건물 전체에 요란한 경보 사이렌이 울리고 있었다. 테리가 일을 벌일 때가 되었다.

문이 열렸다.

"테리, 어째서……."

브레너는 새로 부임한 보안요원이 들어오자 말끝을 흐렸다.

"무슨 일인가?"

"그게, 문제가 생겼습니다."

경보음 때문에 보안요원이 큰 소리로 말했다.

"문제라니?"

브레너는 자리에서 일어나 의자 팔걸이에 걸쳐두었던 재킷을 입었다.

"화재경보음이 울리는 동안 건물 바깥에서도 위협적인 상황이 발생했습니다."

결국 켄이 온 모양이었다.

"경보음을 끄고, 위협은 무력화시키게."

"박사님, 그 사람은 일반 시민입니다. 그보다 또 하나 이상한 일이 있습니다. 말씀하신 것처럼 아이브스 양이 박사님 사무실 쪽으로 오고 있었는데, 뭔가를 보고는 멈춰 서더니 앨리스 존슨의 방으로 들어갔습니다. 박사님이 직접 가보셔야 할 것 같습니다. 아이브스 양이 흥분해 있고, 팍스 박사님도 당황해 어쩔 줄 몰라하는 상태입니다. 에이트도 그 방에 있습니다.”

브레너는 계획을 망쳐 화가 난 테리의 모습을 감상하고 싶었다. 그런데 앨리스의 방이라니. 테리가 자신의 계획을 포기했다는 것은 뭔가 크게 잘못됐다는 의미였다.

브레너는 보안요원을 따라나섰다. 그는 예상치 못한 일이 벌어져 놀라는 것을 제일 싫어했다. 게임에서 지는 건 그보다 더 싫었다.

7

테리는 팍스 박사를 밀치고 앨리스에게 한 걸음 다가갔다. 앨리스는 전기충격기 옆 바닥에 누워 있었다. 그녀는 미동도 하지 않았고, 숨도 쉬지 않는 듯했다.

칼리는 그녀 옆에서 울고 있었다. 아이가 만드는 환영을 테리가 볼 때마다 매번 그랬듯이.

“앨리스 언니가 안 움직여요.”

칼리가 울부짖었다. 테리는 아이가 한쪽 콧구멍에서 흐르는 피를 닦아내는 모습을 지켜보았다. 아이가 진짜로 속상해하기는 했지만, 칼리의 환영은 지금까지 평이하게 지속되고 있었다.

“앨리스! 앨리스!”

테리가 연속해서 앨리스의 이름을 불렀지만 그녀는 여전히 움직이지 않았다. 앨리스의 관자놀이에는 단자가 붙어 있었고, 기계의 다이얼은 높은 숫자에 맞춰져 있었다.

테리는 평상복으로 갈아입은 상태였고, 주머니 속에는 집에서 몰래 가져온 식칼이 들어 있었다. 필요할 경우 꺼내 사용할 생각이었다.

그녀는 브레너가 오지 않으면 작전이 무위로 끝난다는 걸 알고 있었다. 칼리의 능력으로 봤을 때 이번 일은 비교적 간단한 편이었다. 불길을 일으키는 것에 비하자면 훨씬 수월했다. 하지만 언제까지나 지속할 수는 없었다.

앨리스는 사라져야만 했다. 일이 계획대로 된다면 그렇게 될 것이다. 브레너는 앨리스가 죽었다고 믿을 테니까. 이렇게 하지 않으면 브레너는 그녀와 친구들을 절대로 놔주지 않을 것이다.

"앨리스는 우리에게 맡겨요."

팍스 박사가 말했다.

"앨리스에게 손대지 말라고 했죠."

테리가 소리쳤다. 그녀는 앨리스 옆에 앉아 친구의 머리칼을 부드럽게 쓰다듬었다. 환영은 유지되고 있었다.

테리와 눈이 마주치자 칼리는 더욱 심하게 흐느꼈다. 어느 모로 보나 앨리스는 진짜 죽은 사람처럼 보였다. 팍스 박사도 울면서 칼리를 앨리스의 옆에서 떼어내려고 애쓰고 있었다.

"무슨 일입니까?"

브레너 박사가 방으로 들어서다가 이내 걸음을 멈췄다.

"앨리스가 기계 설정을 너무 높은 쪽으로 바꾸는 바람에 사고가 일어났어요."

팍스 박사가 조용히 말했다.

"당신이 한 짓이야. 당신이 앨리스를 죽였어."

테리가 손가락으로 브레너를 가리키며 소리쳤다.

"진정해요. 살아날 수도 있으니까."

브레너가 말했다. 그는 앨리스의 죽음을 믿지 않았다. 테리는 알 수 있었다.

"앨리스는 죽었어. 이제 영원히 우리 곁으로 돌아오지 못해."

앨리스는 여전히 죽은 사람처럼 축 늘어져 있었다.

"어쩌다 이런 일이……. 일단 진정제를 먹이는 게 어떨까요?"

브레너 박사가 말했다.

"원래는 당신 사무실에서 실험대상자 파일을 가져올 계획이었어. 그러다 앨리스가 생각나 달려온 거야."

테리는 목이 메도록 흐느껴 울었다.

"당신이 내 친구들을 두 번 다시 해치도록 내버려두지 않을 거야. 앨리스의 가족들에게도 내가 알고 있는 진실을 다 말해줄 거야. 당신은 우리를 계속 이 연구소에 붙잡아두려고 하겠지만 절대로 그럴 수 없어. 난 이곳에서 벗어날 때까지 당신과 싸울 거야. 당신이 앨리스를 죽음으로 몰아넣었을 뿐만 아니라 온갖 비인간적인 실험들을 해온 사실을 온 세상에 알릴 거야. 반드시 그렇게 할 테니까 두고 봐."

"테리, 흥분하지 말고 마음을 가라앉혀요. 아이를 생각해야죠."

테리는 주머니에서 식칼을 꺼내 들었다.

"이제 난 글로리아, 켄이랑 함께 여길 떠날 거야. 뒤따라올 생각은 하지 마. 누구든지 뒤따라오거나 나한테 손을 대면 이 칼을 나 자신에게 써버릴 테니까."

브레너가 어찌할 바를 모르고 머뭇거렸다.

"난 앨리스 언니를 사랑했어요. 저 사람들을 보내줘요, 아빠."

칼리가 흐느끼며 말했다.

테리는 아이가 그런 말을 할 줄은 전혀 예상하지 못했지만, 아이의 말을 받았다.

"내 앞에서 물러 나."

브레너는 움직이지 않았다.

"앨리스 일은 정말로 유감입니다. 잃어버린 잠재력은 언제나 슬프죠. 세상에 흔치 않은 능력이니까요. 어쩌면 이런 상태에서도 앨리스에게서 뭔가를 얻게 될 수도 있습니다."

테리는 브레너의 말이 역겨웠지만, 그들의 계획이 무엇인지 정확하게 암시하는 말이기도 했다. 두 사람은 계속 그렇게 서 있었다. 테리는 위압적으로 브레너를 쳐다보았다.

"우린 떠날 거야."

"좋아요. 아이는 해치지 말아요!"

브레너가 옆으로 물러섰다. 그리고 복도에 있는 군인들을 향해 지시했다.

"그냥 내보내줘! 모두에게 그냥 내보내주라고 전해."

테리는 연구보조원 옷을 입고 있는 글로리아와 복도 중간에서 마주쳤다. 글로리아는 평소보다 머리카락이 길어 보였다.

"어떻게 됐어?"

글로리아가 물었다.

"칼리가 잘해줬지. 켄은 준비됐어?"

"오늘 보니 노련한 기사 같았어. 금방 다녀올게."

테리는 글로리아가 계획의 마지막 단계를 이행하러 가는 모습을 돌아보지 않았다.

8

글로리아는 이동식 침상을 밀고 앨리스의 방 앞에 멈춰 섰다. 그녀는 위장을 위해 엄마의 가발까지 몰래 가져와 썼다.

문을 열고 들어가니 팍스 박사는 여전히 울고 있었고, 브레너는 방을 나가고 없었다. 칼리도 눈에 띄지 않았다. 앨리스는 미동도 하지 않았고, 실제로 죽은 사람처럼 보였다.

"팍스 박사님, 해부를 위해 시신을 영안실로 옮기려고 왔습니다."

글로리아가 낮은 목소리로 말했다.

팍스 박사가 그렇게 하라는 뜻으로 손을 흔들었다.

글로리아는 힘겹게 앨리스를 들어 올려 침상에 옮겨 싣고 시트로 덮었다. 팍스 박사가 이쪽을 보고 있지 않아 다행이었다. 그녀는 밖으로 나오자마자 엄청난 속도로 침상을 밀기 시작했다.

"꽉 잡아."

글로리아가 말했다. 그녀는 앨리스가 시트 아래에서 침상의 가장자리를 꽉 잡는 모습을 보았다.

"어디로 가는 거야?"

앨리스가 물었다.

"이 빌어먹을 연구소에서 사라져야지."

"반가운 소리네."

계획대로 켄이 출입구 앞에 차를 세워두었고, 테리가 차 문을 활짝 열고 기다리고 있었다.

"가만히 있어."

글로리아는 침상을 밀며 출입문을 통과했다.

"자, 이제 일어나서 차 트렁크로 들어가는 거야. 자동차 후드가 가려줄 테니까 걱정하지 말고."

"트렁크?"

앨리스가 몸을 웅크린 채 침상에서 내려오며 말했다.

"오래 걸리진 않을 거야."

앨리스는 한숨을 쉰 후 글로리아의 말에 따랐다. 글로리아는 후드를 닫고 뒷자리에 올라탔다.

멀찍이 떨어진 곳에서 보안요원들이 통제선을 만들고 있었다. 켄이 요란하게 차의 시동을 걸었을 때 테리는 누군가 외치는 소리를 들었다.

"그들을 그냥 통과시키라는 지시가 내려왔어! 총도 사용하지 마."

"준비됐어?"

운전대를 잡은 켄이 물었다.

"준비 끝."

테리가 말했다. 다시 요란한 엔진 소리가 울렸다.

"안녕, 호킨스. 우리에게 운이 따른다면 여기 다시 올 일은 없겠지."

칼리를 데리러 올 때를 제외하고.

테리는 브레너가 괴물 같은 일을 계속하게 내버려둘 생각이 없었다. 하지만 일단은 앨리스를 안전한 곳으로 보내야 했다.

9

그들은 백미러로 호킨스 연구소가 보이지 않을 때까지 속도를 늦추지 않았다. 차를 달린 끝에 블루밍턴 외곽, 래러비와 멀지 않은 곳에 위치한 유니언빌 그레이하운드 터미널에 도착했다.

앨리스를 트렁크에서 꺼내준 켄이 미리 사둔 버스표를 그녀에게 건넸다.

"너희들이 날 탈출시켜줬다는 게 믿기지 않아."

앨리스가 경이롭다는 듯 눈을 커다랗게 뜬 채 고개를 절레절레 저었다.

"나도 믿어지지 않아."

글로리아가 이마의 땀을 닦는 시늉을 했다.

앨리스의 눈에 눈물이 고였다.

"많이 보고 싶을 거야."

"울지 마. 우리가 해낸 거야. 브레너가 무슨 짓을 저질렀는지 세상에 널리 알릴 때까지만 캐나다에 가 있어. 가족들에게는 우리가 대신 연락해줄까?"

테리가 말했다.

"캐나다에 도착하면 사촌들이 연락할 거야. 가족들과 쓸 암호도 정해놨어."

"좋아. 넌 아주 훌륭한 스파이가 될 거야."

테리가 켄에게 고갯짓을 했다.

"가방."

켄이 차 뒷좌석에 놓아둔 테리의 가방을 꺼냈다. 테리가 '사라질 상자들'에 들어 있던 물건들을 전부 옮겨 담은 가방이었다. 그중에서 앨리스가 갈아입을 옷 한 벌은 미리 꺼내두었다. 그녀와 앨리스는 옷 사이즈가 비슷했다.

"이 옷으로 갈아입으면 아무도 알아보지 못할 거야."

앨리스가 옷을 갈아입기 위해 터미널로 들어갔다.

"브레너가 정말 우릴 가만히 내버려둘까?"

글로리아가 물었다.

"앨리스는 안전할 거야."

켄이 말했다.

"오늘 밤만 무사히 넘기면 돼."

테리가 말했다.

그때 켄이 얼굴을 찌푸렸다.

"무슨 일이야?"

"확실하진 않지만……."

"그럼 아무 말도 하지 마."

테리는 오늘 밤에는 심령술사의 막연한 예언이 도움이 될 것 같지 않았다.

"그러는 게 낫겠어."

켄이 어깨를 으쓱했다.

옷을 갈아입은 앨리스가 작업복을 품에 안고 나타났다. 그녀가 입은 옷은 길이가 무릎 위까지 오는 꽃무늬 드레스였다. 테리도 아끼고 앤드루도 좋아하던 옷이었다. 그 아래에는 여전히 작업용 부츠를 신고 있었다.

"그래, 신발!"

테리가 외치더니 트렁크에서 검정색 구두를 꺼냈다.

"깜박 잊을 뻔했네. 부츠는 벗어서 비닐에 넣어."

"정말 근사해."

앨리스가 신발을 바꿔 신자 글로리아가 말했다.

앨리스의 뺨이 붉게 달아올랐다.

"방금 전까지 시체였는데 살아나자마자 제대로 차려입었네."

테리가 말했다.

"신데렐라가 된 느낌인데."

"그럼 12시가 다 되어가니 다행이네."

켄이 말했다.

그들은 서로 끌어안고 작별인사를 나누었다. 버스가 터미널로 들어왔다. 이제 정말 헤어져야 할 시간이었다. 테리는 작업용 부츠가 든 비닐봉지를 들고 앨리스와 함께 버스가 있는 곳으로 걸어가는 동안 목이 메었다.

앨리스는 버스 입구에서 기다리고 있는 포터에게 짐 가방을 건네주었다. 조금 떨어진 곳에 서 있던 테리가 말했다.

"이제 다 된 건가?"

앨리스가 무언가 망설이는 듯한 표정으로 테리를 보았다.

"앨리스, 할 말 있으면 해."

"사실은 너한테 말해줄 게 있어. 내가 너에게 일어날 일을 본 것 같아. 미래의 일 말이야. 글로리아는 그 이야길 들을지 말지 너에게 선택을 맡겨야 한다고 했어."

앨리스의 표정이 진지해졌다. 무엇을 봤든 좋은 건 아닌 모양이었다.

"말해봐. 그때도 내가 계속 싸우고 있어? 여전히 옳은 일을 하려고 애쓰면서?"

"그래."

앨리스가 바로 대답했다.

"그럼 더 알 필요 없어. 혹시 나중에 내 생각이 달라지면 그때 알려 줘. 됐지?"

앨리스가 고개를 끄덕였다.

"생각이 바뀌면 언제든지 말해."

"알았어."

두 사람은 서로를 힘껏 끌어안았다.

테리는 버스에 올라타는 앨리스의 모습을 지켜보았다. 그녀는 어느 누구에게도 미래에 대해 묻는 일은 없을 거라고 다짐했다.

"다들 차에 타!"

버스가 떠나자 켄이 글로리아와 테리를 불렀다. 그들은 모두 차에 올랐다. 켄이 계속 운전을 맡았다.

"앨리스가 많이 보고 싶을 거야."

글로리아가 말했다.

테리와 켄도 동시에 말했다.

"나도."

10

브레너는 앨리스의 비밀을 알아내기도 전에 그녀가 죽었다는 사실을 믿기 힘들었다. 그 일로 인해 자신이 테리에게 무력한 모습을 보였다는 것도 믿을 수 없었다. 칼리는 조금 전 진정제를 먹고 잠이 들었다. 팍스 박사에게는 아무것도 하지 말고 쉬라고 지시한 뒤 그들이 작성한 비밀유지각서 내용을 상기시켜주었다. 시신은 이미 영안실에 내려가 있을 것이다. 앨리스의 비밀도 이제 곧 밝혀질 것이다. 그러므로 그날의 승리는 그의 차지였다.

브레너는 사고 소식을 전하기 위해 랭글리로 전화를 걸었다.

"국장님, 오늘 연구소에서 있었던 일에 대해 알려드리려고 연락드렸습니다."

"건물 내에서 화재경보음이 울렸다는 말은 들었네."

"가짜 경보였습니다."

브레너는 앨리스 존슨의 죽음에 대해 자세히 설명했다.

"실험대상자가 직접 전기충격 장치에 손을 댔다가 심장마비를 일으켰습니다. 다른 실험대상자들 몇 명이 여자의 시신을 봤고, 화재경보기와 출입문 비밀번호에도 손을 댔습니다. 직원들한테는 술 취한 운전자가 울타리를 들이받아 죽은 거라고 알릴 겁니다. 내일이면 아무도 진실을 알지 못할 것이고, 머지않아 이 일은 사람들의 기억에서 잊힐 겁니다."

혹시 누군가 문제를 일으킨다고 해도 해결하면 될 일이었다.

"불행 중 다행으로 최악의 상황은 모면한 셈이죠. 달아난 실험대상자들이 오히려 이 엉망진창인 상황을 해결해줄 겁니다. 우리가 자기들을 놓아주었다고 착각하면서요. 앨리스 존슨의 가족들은 맘껏 죽음을 애도하게 내버려둘 겁니다. 유가족들을 괴롭힐 필요는 없으니까요. 시신을 부검해보면 뭐든 알아낼 수 있을 겁니다."

"테리 아이브스의 아이가 필요하다고 하지 않았나?"

국장이 물었다.

"이미 확보해두었습니다."

"지켜보도록 하지."

이것으로 다음 단계를 위한 절차는 밟은 셈이었다. 일을 여기서 완수하는 편이 수월하긴 했겠지만, 혼란을 수용하고 계획을 재조정하여 궤도를 이탈하지 않도록 하는 노력도 색다른 경험이었다. 브레너는 의사자격증과 병원 수술복, 가짜 신분증을 챙겨 차로 갔다. 그는 연구소를 나가면서 엉망이 된 철조망을 보고 고개를 저었다.

이 지역에서 병원은 래러비 근처에 하나밖에 없었다. 테리는 곧 그병원으로 실려 오게 될 것이다. 이제 곧 주사의 약효가 나타나게 될테니까.

브레너는 차의 속도를 높였다.

11

켄이 정원에 차를 세웠다. 테리는 피곤한 듯 늘어지게 하품을 했다. 모든 일이 계획대로 끝나자 안도감과 함께 졸음이 밀려왔다. 켄과 글로리아는 테리를 내려주고 진입로에 세워둔 켄의 차를 타고 함께 돌아가기로 했다.

"내내 긴장한 건 난데 네가 왜 피곤해?"

켄이 말했다.

"나도 피곤해. 오늘 일로 만화책에서 본 히어로들에 대한 환상이 말끔히 사라졌어."

글로리아의 말에 테리가 피식 웃었다.

"집에 잠깐 들어왔다 갈래? 브라우니가 남아 있을 거야."

테리는 내심 친구들이 거절해주길 바랐지만 응한다 해도 그 또한 좋을 거라는 마음이었다.

"엄청난 밤이었잖아. 넌 아기를 위해서라도 빨리 잠자리에 들어야 해."

글로리아가 말했다.

켄은 멍하니 앞을 바라보고 있었다.

"켄, 정신 좀 차려. 너도 같은 생각인 거야?"

"뭔가 있긴 한데 도대체 뭔지 모르겠네……. 이런 말 짜증날 테니 그만할게."

"좋아, 그럼 난 이만 들어간다."

켄이 자동차 열쇠를 테리에게 건네주었다.

"잘했어, 넬리."

차에서 내린 켄이 자동차 지붕을 톡톡 두드리며 말했다. 테리는 그 말이 무슨 뜻인지 굳이 묻지 않았다.

그녀는 친구들에게 손을 들어 인사하고 현관으로 들어갔다. 그리고 물을 마시려고 주방으로 향했다. 브라우니가 아직 남아 있나? 우유도 좋겠는데.

오늘 한 일을 생각하면 그 정도 간식은 먹을 자격이 있었다. 계획한 대로 일이 흘러갔다. 앨리스는 안전하게 피신했다. 그들 모두 안전했다. 브레너가 무슨 짓을 하고 있는지 세상에 알릴 방법도 찾아냈다.

그런데…… 어째서 눈앞에 어둠이 몰려드는 것 같은 느낌이 드는 걸까?

순간 허리를 중심으로 온몸이 찢기는 듯한 통증이 일었다. 허벅지로 물이 흘러내렸다.

"오, 이런."

테리는 조리대를 붙잡고 소리쳤다.

"언니, 아기가 나오고 있어."

베키가 허둥지둥 계단을 뛰어내려왔다.

"세상에! 양수가 터졌잖아."

베키는 잠시 말을 잇지 못했다.

"이건 너무 이른데."

"당장 병원에 가야겠어."

베키가 차 앞부분이 찌그러진 이유를 물었지만 테리는 설명할 수가 없었다.

"나중에 말해줄게."

"괜찮을 거야. 이 지역에서 제일 잘하는 병원이니까."

베키가 말했다.

두 사람 모두 그곳이 부모님이 돌아가신 병원이라는 걸 알고 있었다.

"더 빨리— 가야 해."

테리가 말했다. 진통이 올 때마다 번개라도 맞은 듯 온몸의 뼈마디가 덜그럭거렸다. 난생 처음 경험하는 고통이었다.

베키는 엄청난 속도로 차를 몰았다. 병원 응급실 앞에 도착하자 베키는 급히 차를 세우고 뛰어나와 테리가 차에서 내릴 수 있도록 부축했다.

테리는 극심한 통증에 그곳이 어디인지 겨우 알 수 있었다.

"아기가 곧 나올 것 같아!"

베키가 소리쳤다.

"도와주세요. 우리 아기를 살려줘요."

테리도 소리쳤다.

간호사들이 달려와 테리를 이동식 침상에 싣고 급히 병원 안으로 들어갔다. 베키는 어느 틈엔가 보이지 않았다. 테리의 팔에 링거가 꽂혔다. 진통제라고 하는 것 같았다. 머리 뒤쪽에 심전도를 보여주는 모니터가 있었다. 테리는 너무 익숙한 광경에 순간적으로 호킨스 연구소로 되돌아간 듯한 착각을 느꼈다.

"아기가 나옵니다."

의사와 간호사들이 테리를 에워쌌다. 테리는 의식을 잃지 않기 위해 필사적으로 정신을 집중했다. 진통이 올 때마다 칼로 생살을 찌르는 듯했다. 그녀는 제인을 위해 기도하며 고통을 받아들였다.

"한 번 더 힘을 줘요."

옆에서 얼굴에 마스크를 쓴 의사가 말했다. 테리는 그의 말대로 온 힘을 다 쏟았다. 마침내 눈앞에 광명이 비치면서 이 세상에서 가장 아름다운 소리가 들려왔다.

제인은 싸우는 것처럼 악을 쓰면서, 이 세상에 자신의 생각을 말할 준비를 했다. 제인이 여기에 있었다. 아이가 여기 있어.

누군가 아기를 수술복을 입은 남자에게 건네주었다. 테리는 그 남자의 눈빛을 알아보았다. 푸른색 눈. 그자를 막아야 했다.

내 딸이야.

의식이 빠져나가기 시작했다.

내 딸이야.

테리가 정신이 들었을 때 침대 옆에는 베키가 앉아 있었다.

"아이는 어디 있어?"

테리가 억지로 몸을 일으키며 물었다.

"제인은 어디에 있냐니까?"

베키는 아무 말도 하지 못하다가 겨우 소리 내어 대답했다.

"테리, 어떻게 이런 일이 있니. 합병증 때문에 아기를 구할 수 없었대……."

"아니야. 분명 아기 울음소리를 들었어."

테리가 팔에서 링거를 뽑으며 자리에서 일어나려고 하자 베키가 테리를 붙잡았다.

"언니는 몰라. 난 그 작자를 봤어. 그자가 내 아이를 데려간 거야."

"테리, 아니야. 아기는 이제 없어. 내 말을 들어야 해."

아무도 테리의 말을 귀 기울여 들어주지 않았다.

그녀의 아기는 살아 있었다.

아기는 분명 살아 있어.

그녀는 그 사실을 증명할 방법을 찾아야 했다.

에필로그

1970년 11월

✦

"아이를 유모차에 태우지 그래요."

브레너가 육아를 담당하고 있는 간호사에게 말했다.

"제가 안고 가도 돼요."

간호사는 브레너가 위협을 가하기라도 하듯 아기를 꼭 끌어안으면서 말했다.

"혼자 있을 땐 유모차에 태우는 게 최선입니다. 내가 아이들과 있는 동안 복도에서 기다려주겠습니까?"

그리 위엄 있는 요구는 아니었다.

간호사가 몸을 숙여 아기를 유모차에 태웠다. 아직 솜털이 보송보송한 아기는 살짝 초점이 맞지 않는 눈으로 주위를 두리번거렸다.

언제쯤 저 아이가 사람 구실을 하게 될까? 인내심을 가져야지. 언젠가는 성장하게 될 테니까. 앞으로 에이트가 네 친구가 되어줄 거야.

브레너는 그렇게 생각했다. 그는 유모차를 앞으로 밀며 간호사에게 문을 잡고 있으라는 몸짓을 했다. 간호사는 문을 잡은 뒤 아기를 향해 손을 흔들었다.

에이트는 모르고 있었지만 아기는 이 방에서 문 두 개만큼 떨어진 곳에서 지내왔다. 두 개의 문 중 한 곳에는 복잡한 키패드가 달려 있었고, 다른 한 곳에는 단순한 자물쇠가 달려 있었다. 그 문들을 열면 육아실로 꾸며놓은 방이 있었다.

에이트는 몇 달 동안 종잡을 수 없이 발작을 일으켰다. 브레너는 꼭 필요한 일이 아니면 아이와 접촉하지 않았다. 그는 이제 에이트의 마음을 되돌려놓을 자신이 있었다. 마침내 아이들의 만남이 이루어질 때가 된 것이다.

간호사의 말에 따르면 아기와 에이트가 조만간 같이 놀 수 있을 거라고 했다. 두 아이 모두에게 좋은 일이었다. 브레너는 놀이방을 에이트가 좋아하는 색으로 꾸며놓으라는 지시를 내렸다.

"여깁니다."

브레너가 타일 바닥에서 유모차를 돌리며 말했다. 간호사가 에이트의 방문을 연 뒤 따라 들어오려고 하자 브레너가 제지했다.

"여기서 기다려줘요."

간호사는 걱정스러운 눈으로 유모차를 보았지만 그의 말대로 그 자리에 남았다.

에이트는 이층침대 위에서 천장을 쳐다보고 있었다. 브레너는 아이가 색연필로 천장에 무지개를 그린 것을 알아차렸다. 놀이방도 그렇게 꾸미는 게 좋을 듯했다.

에이트가 다시 그림을 그리기 시작했다는 건 좋은 신호였다. 아이는 최근 들어 계속 천장만 쳐다보며 지냈다.

"에이트, 내가 누굴 데려왔는지 볼래? 네 동생이야."

에이트가 침대에서 바닥으로 뛰어내리더니 유모차 앞으로 달려와 바로 앞에 멈춰 섰다. 에이트는 아기를 가만히 쳐다보았다. 수줍어하는 것처럼 보이기도 하고, 불안해 보이기도 했다.

"이 아기는 일레븐이야."

브레너가 말했다.

"일레븐."

에이트는 손을 쳐다보며 생각에 잠겼다.

"발가락까지 같이 세야겠네요. 그럼 나인이나 텐도 여기 있어요? 파이브나 식스는? 다른 애들도 있어요?"

브레너가 에이트를 보며 얼굴을 찡그렸다.

"네 친구는 일레븐이야. 넌 그것만 알면 돼."

"친구가 되기에는 너무 어려요."

"언젠가는 클 거야. 그리고 너처럼 될 거다."

그 말에 에이트는 유모차 위로 몸을 굽히고, 손을 꿈틀거리는 아기를 자세히 살폈다. 그러더니 아기에게 속삭였다.

"내가 널 지켜줄게. 일레븐 아가."

에이트가 브레너를 쳐다보며 싱긋 웃었다.

"내가 아기 보살피는 걸 도와줘도 돼요?"

"간호사가 안전하게 돌보는 방법을 알려줄 거야. 그렇게 하고 싶니?"

"우린 가족 같은 친구가 될 거니까요."

아이가 노래를 불렀다.

"에이트와 일레븐! 우린 자매!"

그런 셈이지. 내 목적에 부합하는 한은.

그는 테리 아이브스가 아직도 언니와 기자에게 그가 아이를 어떻게 훔쳐 갔는지 떠들어대고 있는지 궁금했다.

이 아기는 그의 것이었다. 그가 그 말을 했을 때 테리는 귀담아 들었어야 했다.

테리는 공원 벤치에 앉아 글로리아를 기다렸다. 테리는 병원에서 퇴원한 이후 오랫동안 줄곧 아무도 만나지 않고 혼자 지냈다. 자기가 알고 있는 사실을 베키가 받아들일 수 있게 애쓰면서. 브레너가 이 연구소에 오기 전에는 무슨 일을 하던 사람이었는지 알아내기 위해 기자들과 여러 번 연락을 주고받기도 했다.

브레너가 아기를 훔쳐 갔다. 그녀가 아무리 설명해도 어느 누구도 그 말을 들어주지 않았다. 테리는 그동안 밖으로 나오기 힘들었고, 이제야 왜 그랬는지 알 것 같았다. 밝은 대낮에 밖에 앉아 있으면 지척에 어둠이 숨어 있다는 걸 쉽게 잊어버리기 때문이었다. 테리는 아이와 함께 걸을 수 있기 전에는 환한 빛이 쏟아지는 낮에는 밖으로 나오지 않을 생각이었다.

브레너는 그날 밤에 했던 약속을 지켰다. 아이를 훔쳐 가긴 했지만 더 이상 친구들을 연구소로 부르지 않았다. 테리는 브레너가 이겼다고 생각했다. 그는 왜 그토록 무모한 짓을 저지른 것일까?

그날 이후 테리는 아무리 노력해도 공허한 공간으로 들어갈 수 없었다. 그녀의 능력은 아이와 함께 모두 사라져버렸다.

오늘 소풍에는 켄도 오기로 했었는데, 그는 사랑에 빠져서 올 수 없게 되었다고 아침에 글로리아가 전화로 알려주었다. 만나는 사람은 전직 군 장교라고 했다. 이럴 줄 누가 알았을까? 테리는 켄을 위해 함께 기뻐해주었다. 그는 계속 그녀에게 정보를 모아주고 있었다. 칼리는 여전히 연구소에 남아 있고, 건강해 보이더라고 했다.

글로리아와 켄은 여전히 브레너를 무너뜨리기 위해 헌신하고 있었지만, 테리는 표면에 나서는 건 자기가 하겠다고 주장했다. 그녀는 더 이상 아무도 잃고 싶지 않았다.

앨리스는 캐나다를 마음에 들어 했다. 사촌들과 함께 일을 했고, 아직은 돌아오는 일에 관심이 없었다.

"좋아 보이네."

글로리아가 테리 뒤쪽에서 벤치를 돌아 다가오며 말했다.

"거짓말. 너야말로 좋아 보이는데."

테리는 자연스럽게 컬을 넣은 긴 머리가 글로리아에게 썩 잘 어울린다고 생각했다.

"지난 석 달 동안 유령처럼 보였던 사람 같진 않다는 뜻이었어."

글로리아는 테리 옆에 앉았다. 평소보다 큰 가방을 무릎에 올린 채 양손으로 꼭 쥔 모습이 어딘가 불안해 보였다.

"글로리아, 무슨 일 있는 거야?"

"너한테 줄 게 있어. 켄이 준 거야."

글로리아는 주위를 돌아보았다. 두 사람밖에 없다는 것을 확인한 그녀는 가방에서 파일을 꺼냈다.

"켄의 남자친구가 연구소에서 일한대. 그 사람이 켄에게 이 파일을 줬어."

"무슨 파일인데?"

"직접 열어봐."

테리는 파일을 무릎 위에 올려놓고 펼쳤다.

사진들이 떨어졌다. 흑백사진이었다. 테리는 바닥에 떨어진 사진을 집어 들었다. 금방이라도 넘어질 것처럼 앉아 있는 아기 사진이었다. 동그스름한 뺨, 앤드루의 귀도 이랬던가? 아기 머리에는 가느다란 솜털이 나 있었다.

파일 안에는 메모지도 한 장 들어 있었다.

인디고 프로젝트. 실험대상자 011. 신입, 유아. 보호자 마틴 브레너 박사, 잠재력 극한.

테리는 사진을 들고 아이의 얼굴을 뚫어지게 바라보았다. 웃고 있는 건가?

그녀도 언젠가는 웃을 수 있을 것이다. 언젠가는.

어느새 눈물이 뺨을 타고 흘러내렸다.

"이 아이야. 내 아기가 살아 있어. 제인이 살아 있어."

테리는 딸을 되찾겠다고 맹세했다. 아무도, 그 무엇도 그녀를 막을 수 없었다.

감사의 말

책이란 글을 쓰는 작가뿐만 아니라 많은 분들의 도움을 받아 세상에 나오게 됩니다. 이 책이 나올 수 있게 도와준 분들에게 감사 인사를 드리고자 합니다. 먼저 델 레이의 뛰어난 편집자, 엘리자베스 섀퍼는 제가 이 책을 쓸 적임자라고 믿어주었고, 함께 일하는 동안 비범한 재능을 보여주었습니다. 이 책이 독자의 손에 닿을 수 있게 된건 출판팀 전체의 노력 덕분입니다. 무엇보다 더퍼 형제와 넷플릭스의 영상이 없었다면 이 책은 이 세상에 존재할 수 없었을 겁니다. 저에게 당신들이 만들어낸 우주의 중요한 한편을 탐구할 수 있는 영광을 허락해주어 감사합니다. 특히 많은 자료들을 구해주고, 조언을 아끼지 않은 폴 디처에게 감사를 전합니다.

스티븐 킹의 초기 소설들에 대해 열띤 논의를 함께해준 캐리 라이언, 메건 미란다에게도 고마움을 전합니다. 이 책을 쓰는 동안 훌륭한 작품들을 보여주신 R. D. 홀에게도 감사드립니다. 이 책에 나오는 만화들을 조사해 메일로 보내준 팀 헨리에게도 감사드립니다.

에이전트 진 라그렌은 저에게 항상 고마운 분입니다. 매번 결승선을 통과할 수 있게 도와주신 부모님, 남편 크리스토퍼, 생각하는 것과 미루는 것을 동등하게 하는 개들과 고양이에게도 고마운 마음을 전합니다. 그리고 이 작품을 읽어주시는 독자 여러분께 진심으로 감사드립니다. 계속 기묘한 세계에 머물러주시기 바랍니다.

기묘한 이야기 최초의 의심

초판 1쇄 발행 2020년 12월 24일
초판 2쇄 발행 2022년 10월 12일

지은이 그웬다 본드
옮긴이 권도희
펴낸이 이수철
주 간 하지순
디자인 권석중
마케팅 안치환
관 리 전수연

펴낸곳 나무옆의자
출판등록 제396-2013-000037호
주소 (10449) 경기도 고양시 일산동구 호수로 358-39 동문타워1차 202호
전화 02) 790-6630 팩스 02) 718-5752
전자우편 namubench9@naver.com
페이스북 www.facebook.com/namubench9

ISBN 979-11-6157-112-6 03840